Morte no Internato

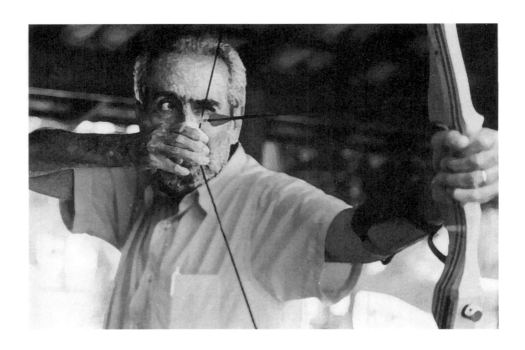

O Arqueiro

GERALDO JORDÃO PEREIRA (1938-2008) começou sua carreira aos 17 anos, quando foi trabalhar com seu pai, o célebre editor José Olympio, publicando obras marcantes como *O menino do dedo verde*, de Maurice Druon, e *Minha vida*, de Charles Chaplin.

Em 1976, fundou a Editora Salamandra com o propósito de formar uma nova geração de leitores e acabou criando um dos catálogos infantis mais premiados do Brasil. Em 1992, fugindo de sua linha editorial, lançou *Muitas vidas, muitos mestres*, de Brian Weiss, livro que deu origem à Editora Sextante.

Fã de histórias de suspense, Geraldo descobriu *O Código Da Vinci* antes mesmo de ele ser lançado nos Estados Unidos. A aposta em ficção, que não era o foco da Sextante, foi certeira: o título se transformou em um dos maiores fenômenos editoriais de todos os tempos.

Mas não foi só aos livros que se dedicou. Com seu desejo de ajudar o próximo, Geraldo desenvolveu diversos projetos sociais que se tornaram sua grande paixão.

Com a missão de publicar histórias empolgantes, tornar os livros cada vez mais acessíveis e despertar o amor pela leitura, a Editora Arqueiro é uma homenagem a esta figura extraordinária, capaz de enxergar mais além, mirar nas coisas verdadeiramente importantes e não perder o idealismo e a esperança diante dos desafios e contratempos da vida.

Lucinda Riley
Morte no Internato

Título original: *The Murders at Fleat House*
Copyright © 2022 por Lucinda Riley
Copyright da tradução © 2022 por Editora Arqueiro Ltda.

Todos os direitos reservados. Nenhuma parte deste livro pode ser utilizada ou reproduzida sob quaisquer meios existentes sem autorização por escrito dos editores.

tradução: Simone Reisner

preparo de originais: Mariana Gouvêa

revisão: Midori Hatai e Suelen Lopes

diagramação: Abreu's System

capa: ZeroMedia GmbH

imagem de capa: Nic Skerten / Arcangel; Finepic®, Munique

adaptação de capa: Ana Paula Daudt Brandão

impressão e acabamento: Associação Religiosa Imprensa da Fé

CIP-BRASIL. CATALOGAÇÃO NA PUBLICAÇÃO
SINDICATO NACIONAL DOS EDITORES DE LIVROS, RJ

R43m

    Riley, Lucinda, 1965-2021
        Morte no internato / Lucinda Riley ; tradução Simone Reisner. – 1. ed. – São Paulo : Arqueiro, 2022.
        384 p. ; 23 cm.

    Tradução de: The murders at fleat house
    ISBN 978-65-5565-295-6

    1. Ficção irlandesa. I. Reisner, Simone. II. Título.

22-76692   CDD: 828.99153
                                                   CDU: 82-3(417)

Meri Gleice Rodrigues de Souza – Bibliotecária – CRB-7/6439

Todos os direitos reservados, no Brasil, por
Editora Arqueiro Ltda.
Rua Artur de Azevedo, 1.767 – Conj. 177 – Pinheiros
05404-014 – São Paulo – SP
Tel.: (11) 2894-4987
E-mail: atendimento@editoraarqueiro.com.br
www.editoraarqueiro.com.br

*Este romance é dedicado a todos aqueles que sonham.
Nunca desistam – Lucinda não desistiu.*

– Família de Lucinda Riley

Prefácio

Caro leitor,

Espero que você esteja tão empolgado quanto eu por ter em mãos um novo romance de Lucinda Riley. Talvez você seja um fã ardoroso da série As Sete Irmãs e esteja esperando ansiosamente para ser transportado mais uma vez para uma nova e emocionante dimensão. Ou talvez você seja um novato nas obras dela e se sinta intrigado com a promessa deste novo e envolvente romance policial. Neste caso, com muita tristeza, devo começar pelo fim, para contextualizar as páginas que você está prestes a devorar. Para quem não sabe, Lucinda – minha mãe – faleceu em 11 de junho de 2021, de um câncer de esôfago diagnosticado em 2017. Eu sou seu filho mais velho e seu coautor (não deste projeto, apresso-me a acrescentar). Juntos, criamos a série infantil Anjos da Guarda, e minha tarefa é completar seu enorme legado literário, concluindo o oitavo e último romance da série As Sete Irmãs.

Por esse motivo, gostaria de contar como *Morte no internato* surgiu. Embora nunca tenha visto a luz do dia, o livro foi escrito em 2006. Depois que seus filhos mais novos começaram a ir para a escola, Lucinda escreveu três romances sem a chancela de uma editora, dois dos quais foram posteriormente lançados com grande sucesso da crítica: *O segredo de Helena* e *A sala das borboletas*. Sempre foi sua intenção publicar o terceiro desses romances após a conclusão da série As Sete Irmãs.

Lucinda reescreveu bastante os dois primeiros (como gostaria de fazer qualquer autor que revisita um projeto depois de uma década). Mas não teve essa oportunidade no caso do terceiro, *Morte no internato*. Por isso, enfrentei um dilema ao tomar a decisão de lançar esta obra. Seria minha responsabilidade editar, adaptar e atualizar o texto, como ela gostaria? Depois de muita reflexão, concluí que preservar a voz de mamãe deveria ser prioridade. Então apenas um trabalho editorial mínimo foi realizado.

Tudo o que você vai ler, portanto, é o que Lucinda escreveu em 2006.

Mamãe tinha muito orgulho deste projeto. Foi seu único romance policial, mas os leitores leais reconhecerão instantaneamente sua habilidade incomparável de capturar o espírito do lugar. Tenho certeza de que vai interessar a você saber que, no momento em que ela o escreveu, minha família vivia na vasta e misteriosa paisagem em que a história se passa. Além do mais, a escola de Norfolk apresentada no livro foi fortemente inspirada naquela em que nós, seus próprios filhos, estudamos. Felizmente, posso confirmar que nada de tão dramático aconteceu nos corredores de seus dormitórios.

Como já se pode esperar, segredos do passado influenciam os eventos do presente e somos agraciados com uma personagem muito bem construída, a detetive Jazz Hunter, que – tenho certeza de que você concordará – teria o potencial de encabeçar uma série própria.

Talvez Lucinda tivesse mesmo dado continuidade à história se as circunstâncias fossem diferentes.

Harry Whittaker, 2021

Prólogo

Escola St. Stephen
Janeiro de 2005

Enquanto a figura subia as escadas que levavam ao corredor dos estudantes dos últimos anos da escola – um labirinto de cômodos quase tão pequenos quanto caixas de sapatos, um para cada menino –, os únicos sons que se ouviam eram os ruídos e os solavancos vindos dos obsoletos aquecedores, ineficientes sentinelas de ferro fundido que, por cinquenta anos, lutavam para trazer um calor reconfortante à Fleat House e aos garotos que ali moravam.

Um dos oito alojamentos que compunham a Escola St. Stephen, a Fleat House recebera o nome do diretor da época em que fora construída, havia 150 anos. Chamado de "Pulgueiro" por seus habitantes, o feio edifício vitoriano de tijolos vermelhos fora convertido em uma acomodação estudantil logo após a guerra.

A Fleat House foi também o último edifício a se beneficiar de reformas bastante necessárias. Em seis meses, corredores, escadas, dormitórios e salas comuns foram despidos do linóleo preto em péssimo estado que cobria os pisos, as paredes amareladas foram renovadas e receberam novo papel em tom creme, e os arcaicos banheiros ganharam acessórios de aço inoxidável e reluzentes azulejos brancos. Tudo isso com o objetivo de apaziguar os meticulosos pais, que insistiam que seus filhos vivessem e aprendessem com conforto semelhante ao de um hotel, não de uma choupana.

Do lado de fora do Quarto 7, a figura parou por um momento e ficou ouvindo. Como era sexta-feira, os oito rapazes daquele andar já deviam ter ido até o pub do centro comercial de Foltesham, mas era bom se certificar. Como não escutou nenhum barulho, a figura girou a maçaneta e entrou.

Logo que fechou a porta com cuidado e acendeu a luz, a figura percebeu o cheiro arraigado e rançoso da adolescência: uma mistura de meias sujas, suor e hormônios em ebulição que costumava permear todos os cantos e fendas da Fleat House.

A figura estremeceu; o cheiro desencadeava memórias dolorosas. Quase tropeçou em uma pilha de cuecas jogadas no chão. Em seguida, pegou os dois comprimidos brancos que eram deixados na mesa de cabeceira do rapaz todas as noites e os substituiu por outros idênticos. Então a figura se virou, apagou a luz e saiu do cômodo.

Na escadaria perto dali, um pequeno vulto de pijamas sentiu seu corpo congelar quando ouviu passos se aproximando. Em pânico, ele se enfiou no vão sob as escadas no patamar abaixo, fundindo-se com as sombras. Se fosse pego às dez horas fora da cama, poderia sofrer uma punição, e ele não aguentaria mais uma, ainda mais naquela noite.

Rígido na escuridão, com o coração martelando, ele manteve os olhos bem fechados, como se isso pudesse ajudar de alguma forma. Ficou escutando, sem fôlego, enquanto os passos subiam as escadas centímetros acima de sua cabeça. Então, misericordiosamente, foram para longe. Tremendo de alívio, ele rastejou para fora do esconderijo e disparou pelo corredor até chegar a seu quarto. Subiu na cama, deu uma olhada em seu despertador e, calculando que teria uma hora inteira antes que pudesse se permitir adentrar o santuário do sono, puxou os cobertores sobre a cabeça e, enfim, deixou as lágrimas rolarem.

Cerca de uma hora depois, Charlie Cavendish entrou no Quarto 7 e se jogou na cama.

Tinha 18 anos e, em plena sexta-feira, às onze horas da noite, estava trancado como uma criança naquela sucata que mais parecia um enfileirado de gaiolas para coelhos.

E ainda teria que acordar cedo para ir à maldita capela às sete na manhã seguinte. Faltara duas vezes naquele semestre e não podia se dar ao luxo de fazer isso novamente. Já fora levado para a sala de Jones por causa daquele problema idiota com Millar. Jones o havia ameaçado de expulsão se ele não mudasse o comportamento, assim Charlie tentou se manter longe de problemas. Seu pai deixara bem claro que não financiaria seu ano sabático sem um boletim decente com notas máximas e um relatório escolar que o deixasse orgulhoso.

Mas tudo se encaminhava para um verdadeiro desastre.

De qualquer maneira, o pai não aprovava aquela história de tirar um ano sabático. O hedonismo era algo detestável para ele, e a ideia do filho vagando por alguma praia tailandesa, provavelmente drogado, não fazia parte de seus planos, ainda mais se fosse à custa do seu dinheiro.

Eles haviam tido uma discussão acalorada sobre o futuro de Charlie pouco antes do início do semestre. O pai, William Cavendish, era um advogado de alto nível em Londres e sempre presumira que Charlie seguiria seus passos. Durante a infância, o filho nunca pensara muito sobre isso.

Entretanto, à medida que chegava ao fim da adolescência, começou a perceber o que era esperado dele, aparentemente sem levar em conta seus desejos.

Charlie era do tipo aventureiro, gostava de adrenalina; era assim que ele se via. Queria viver no limite. A ideia de uma vida presa ao ambiente hierárquico e pedante da Honorável Sociedade do Templo Interior, uma associação profissional para advogados e juízes, revirava seu estômago.

Além disso, o conceito que seu pai tinha de ser "bem-sucedido" era algo completamente ultrapassado. As coisas tinham mudado; as pessoas podiam fazer o que quisessem. Todo aquele papo de respeitabilidade pertencia à geração mais velha.

Charlie queria ser DJ e ver mulheres lindas e seminuas rebolando nas pistas de dança de Ibiza. Sim. Isso era bem mais parecido com seu estilo! Além disso... um DJ poderia ganhar rios de dinheiro.

Não que o dinheiro algum dia pudesse se tornar um problema. A menos que seu tio solteiro, de 57 anos, de repente decidisse começar a ter filhos, Charlie herdaria a propriedade da família com milhares de hectares de terras agrícolas.

Ele tinha planos para isso também. Tudo o que precisaria fazer era vender alguns hectares com permissão de construção para uma incorporadora imobiliária e, então, teria nas mãos uma monstruosa fortuna!

Não, seus problemas não eram as finanças *futuras*; era o fato de que seu pai era sovina e tinha o controle de suas despesas *agora*.

Ele era jovem. Queria se divertir.

Perdido em pensamentos, Charlie pegou os dois comprimidos que tomava todas as noites desde os 5 anos, assim como o copo d'água deixado pela governanta.

Colocando os comprimidos sobre a língua, tomou um gole generoso para engoli-los antes de pousar o copo na mesa de cabeceira.

Por um minuto, nada aconteceu e Charlie, suspirando, continuou a ruminar sobre a injustiça de sua situação. Mas então, quase imperceptivelmente, ele sentiu seu corpo começar a tremer.

– Mas que diabos...?

O tremor se intensificou, tornando-se incontrolável, e de repente Charlie sentiu a garganta se fechar. Em pânico, ofegante, sem compreender o que estava acontecendo, conseguiu cambalear pelo curto espaço até a porta. Agarrou a maçaneta, mas, em um terror crescente, atrapalhou-se e, incapaz de girá-la, caiu no chão, semiconsciente, com a mão no pescoço e espumando pela boca. As toxinas letais percorriam seu corpo. Privados de oxigênio, seus órgãos vitais gradualmente pararam de funcionar. Então, suas entranhas relaxaram e, pouco a pouco, o jovem que um dia se chamara Charlie Cavendish deixou de existir.

1

Robert Jones, diretor da Escola St. Stephen, estava de pé, com as mãos enfiadas nos bolsos – um hábito pelo qual ele costumava punir os estudantes –, olhando pela janela de seu escritório.

Lá embaixo, viu os alunos atravessando o gramado da capela a caminho das aulas. Suas mãos estavam úmidas de suor, seu coração ainda acelerado pela adrenalina, uma condição constante desde que o acidente ocorrera.

Ele saiu de perto da janela e foi se sentar à sua mesa. Havia uma pilha crescente de cartas e documentos que permanecia intocada e uma lista de mensagens telefônicas que ele ainda não havia respondido.

Robert enxugou a cabeça calva com um lenço e soltou um suspiro profundo.

Um diretor encarregado de centenas de adolescentes enfrentava inúmeras situações potencialmente apavorantes: drogas, bullying e, em tempos de internatos mistos, o fantasma incontrolável do sexo.

Durante seus catorze anos como diretor da St. Stephen, Robert tinha lidado bem, até certo ponto, com todas elas.

Mas essas crises se desvaneceram diante do que acontecera naquela sexta-feira. O maior dos pesadelos se concretizara: a morte de um aluno sob seus cuidados.

Se havia uma maneira de acabar com a reputação de uma escola, esse era o melhor caminho. Os detalhes de *como* o rapaz havia morrido eram quase irrelevantes. Robert podia visualizar multidões de pais procurando outros internatos e cortando a St. Stephen de suas listas.

No entanto, ele buscou consolo no fato de que a escola tinha sobrevivido mais de quatrocentos anos – e, consultando os registros, viu que esse tipo de tragédia já havia ocorrido. Talvez o número de alunos caísse a curto prazo, mas, com o passar do tempo, certamente os acontecimentos de sexta-feira seriam esquecidos.

A última vez que um estudante morrera ali fora em 1979. Um menino tinha sido encontrado no depósito de malas do porão. Ele havia se enforcado com uma corda amarrada em um gancho no teto. O incidente acabou por se tornar parte das lendas da escola. Os alunos adoravam cultivar o mito de que o espírito do garoto assombrava a Fleat House.

O jovem Rory Millar parecia um fantasma quando foi encontrado esmurrando a porta do depósito, depois de passar a noite trancado lá.

Charlie Cavendish, sem dúvida o culpado, negou tudo como de costume e, pior, achou graça na situação. Robert Jones tremeu desconfortavelmente, desejando sentir a perda daquela vida tão jovem e descobrindo que não conseguia.

O rapaz tinha sido um problema desde o momento em que colocara os pés na escola. E, por causa da sua morte, o futuro de Robert estava em jogo. Ele estava ansioso para deixar de trabalhar dali a quatro anos com uma aposentadoria integral, aos 60 anos. Se fosse forçado a renunciar, não haveria muitas chances de conseguir emprego em outro lugar.

Na noite anterior, durante a reunião de emergência do conselho superior, ele havia deixado o cargo à disposição. O conselho, no entanto, apoiara seu diretor.

A morte de Cavendish fora um *acidente...* causas naturais. Ele tivera um ataque epiléptico.

Essa era a única esperança de Robert. Desde que o legista apresentasse a conclusão de que a morte ocorrera por causas naturais e a cobertura da mídia fosse mínima, era possível que o dano pudesse ser controlado.

Mas até que os fatos fossem confirmados, sua reputação e seu futuro estavam por um fio. Eles haviam prometido ligar naquela manhã.

O telefone tocou estridentemente em sua mesa. Ele apertou o botão do viva-voz.

– Sim, Jenny?

– É do escritório do legista.

– Pode transferir.

– Sr. Jones? – soou uma voz masculina.

– Sim, sou eu.

– Aqui é Malcolm Glenister, o legista local. Eu queria discutir os resultados da necrópsia realizada ontem em Charlie Cavendish.

Robert engoliu em seco.

– Claro. Pode falar.

– O patologista concluiu que Charlie não morreu de ataque epiléptico, e sim de choque anafilático.

– Entendo. – Robert engoliu em seco de novo, tentando pigarrear. – E... qual foi a causa?

– Bem, como o senhor deve saber, os registros médicos mostram que ele era altamente alérgico a aspirina. Sua corrente sanguínea continha 600 miligramas da substância, o que corresponderia a dois comprimidos comprados sem receita.

Robert não conseguiu responder, a garganta seca demais para falar.

– O patologista não encontrou nada além de traços da droga Epilim, que Charlie tomava todos os dias para controlar a epilepsia, e níveis mínimos de álcool. Ele estava perfeitamente saudável.

Robert recuperou a voz.

– Se ele tivesse sido encontrado mais cedo, poderia ter sobrevivido?

– Se tivesse sido atendido imediatamente, sim, quase com certeza. No entanto, era bastante improvável que ele conseguisse pedir ajuda nos poucos minutos antes de ficar inconsciente. É compreensível que ele só tenha sido encontrado na manhã seguinte.

Robert fez uma pausa, sentindo uma pequena gota de alívio penetrar em suas veias.

– Então, o que acontecerá agora? – perguntou.

– Bem, nós sabemos *como* ele morreu. A questão é: por quê? Os pais dele confirmaram que Charlie *sabia* que era alérgico a aspirina; sempre soube.

– Ele deve ter engolido os comprimidos por engano. Não há outra explicação, certo?

– Não cabe a mim especular sem tomar conhecimento de todos os fatos, diretor, mas há uma ou duas perguntas sem resposta. E receio que vá haver uma investigação policial.

Robert sentiu o sangue se esvair do rosto.

– Entendo – disse ele, calmamente. – Como isso afetará o dia a dia da escola?

– Esse é um assunto que o senhor vai ter que discutir com o detetive encarregado.

– Quando a polícia virá?

– Imagino que logo. Eles vão entrar em contato em breve para tomar as medidas necessárias. Até logo.

– Até logo.

Robert desligou o viva-voz, sentindo-se tonto. Inspirou e expirou profundamente três ou quatro vezes.

Uma investigação policial... Ele balançou a cabeça. Era a pior notícia possível.

E então percebeu: naqueles dias, ele não conseguia parar de pensar na reputação da escola. Mas, se a polícia estava envolvida, o legista não devia ter certeza se Cavendish ingerira a aspirina por engano.

– Meu Deus.

Eles não estavam pensando que ocorrera um assassinato, certo?

Robert balançou a cabeça novamente. Não, talvez fosse apenas uma formalidade. Na verdade, pensando bem, o pai de Charlie era influente o bastante para insistir nisso. Ele se lembrou das inúmeras vezes em que o rapaz se postara diante de sua mesa, olhando para ele sem demonstrar a mínima preocupação quando era repreendido. Era sempre a mesma história: Robert avisava que Charlie não podia usar os meninos como empregados nem intimidá-los caso não cooperassem. O garoto aceitava a punição e continuava a fazer o que bem entendesse como se nada tivesse acontecido.

Charlie queria estudar em Eton, mas fora reprovado no exame de admissão. Desde o dia em que chegara à St. Stephen, deixou claro que considerava a escola, seu diretor e seus colegas inferiores a ele. Sua arrogância era perturbadora.

Em busca de inspiração, Robert olhou para a pintura de lorde Grenville Dudley, o fundador da escola no século XVI, e então, consultando seu relógio, percebeu que era quase hora do almoço. Ele apertou um botão no telefone.

– Sim, Sr. Jones?

– Jenny, pode vir aqui, por favor?

A figura reconfortante de Jenny Colman atravessou a porta alguns segundos depois. Ela trabalhava na escola havia trinta anos. Começara na cozinha, mas, depois de concluir um curso de secretariado, assumira o posto de assistente administrativa no escritório do tesoureiro. Quando Robert chegara, catorze anos antes, e descobrira que sua secretária estava prestes a se aposentar, escolheu Jenny como substituta.

Ela estava longe de ser a candidata mais sofisticada, mas Robert gostava de seu estilo calmo e inabalável, e seu conhecimento sobre a escola se mostrou inestimável quando ele assumiu o cargo de diretor.

Todos amavam Jenny, dos faxineiros ao conselho superior. Ela conhecia cada criança pelo nome e sua lealdade à instituição era inquestionável. Três anos mais velha que Robert, ela estava mais perto da aposentadoria, e o diretor muitas vezes se perguntava como iria fazer quando ela deixasse o cargo. Agora, percebia com tristeza que provavelmente partiria antes dela.

Jenny estivera ausente durante todo aquele semestre devido a uma cirurgia no quadril. Sua substituta se mostrara competente e muito mais atualizada em termos de tecnologia, mas Robert tinha sentido falta do comportamento maternal da secretária e estava feliz em tê-la de volta. Com seu caderno e caneta, Jenny acomodou o corpo rechonchudo em uma cadeira diante da mesa, exibindo um olhar de profunda preocupação.

– O senhor está com uma cor estranha. Posso lhe trazer um copo d'água? – ofereceu ela, com um sotaque de Norfolk.

Robert teve um desejo repentino de aconchegar a cabeça no peito de Jenny, sentindo seu abraço maternal a confortá-lo.

– O legista não deu uma boa notícia – disse ele, rejeitando o pensamento inadequado. – Haverá uma investigação policial.

Jenny arqueou as sobrancelhas espessas.

– Ah, não! Não acredito.

– Vamos torcer para que seja rápida. Todos vão ficar incomodados e desestabilizados com a polícia bisbilhotando por aqui.

– Concordo plenamente. O senhor acha que vamos ser interrogados?

– Não faço a menor ideia, mas precisaremos alertar todo mundo. Ao que parece, um detetive vai me ligar a qualquer minuto. Saberei mais quando falar com ele. Mas talvez seja melhor convocar uma assembleia no Salão Principal amanhã de manhã para avisar a todos o que vai acontecer. Estou me referindo não só a alunos e professores, mas também a *todos* os funcionários, inclusive os lavadores de prato. Você pode organizar isso para mim?

– Claro, Sr. Jones. Vou fazer isso agora.

– Obrigado, Jenny.

Ela se levantou e perguntou:

– O senhor retornou as ligações de David Millar? Ele já telefonou três vezes esta manhã.

A última coisa que Robert precisava era de um pai alcoólico em pânico por causa do filho.

– Não, não liguei.

– Bem, ele insistiu várias vezes ontem à noite e deixou mensagens, algo sobre Rory estar chateado ao telefone.

– Eu sei, você me contou. Ele vai ter que esperar. Tenho coisas mais importantes na cabeça no momento.

– Que tal um pouco de chá? Sua glicose parece estar lá embaixo. Um chá sempre cai bem.

– Obrigado, seria ótimo – disse ele, assentindo com gratidão.

O telefone tocou sobre a mesa. Jenny o alcançou primeiro, atendendo a ligação.

– Escritório do diretor.

Ela ouviu por um momento, então cobriu o bocal com a mão e sussurrou:

– É um tal comissário Norton querendo falar com o senhor.

– Obrigado. – Robert pegou o telefone e esperou até Jenny sair e fechar a porta. – Aqui é o diretor.

– Diretor, aqui é o comissário assistente Norton do DIC, o Departamento de Investigações Criminais. Presumo que o senhor saiba por que estou ligando.

– Sim.

– Achei melhor avisar que estou enviando dois policiais para investigar a morte de Charlie Cavendish.

– Certo, sim. Sim. – Robert Jones não sabia mais o que dizer.

– Eles estarão aí amanhã de manhã.

– Vão vir de onde?

– Londres.

– Londres?

– Sim. O caso foi passado para nós, do Departamento de Operações Especiais do DIC. Vamos trabalhar em conjunto com a polícia de North Norfolk.

– Entendo que o senhor precisa fazer seu trabalho, comissário, mas estou obviamente preocupado com as perturbações que a investigação provocará na escola, sem mencionar o pânico.

– Meus colegas são muito experientes em cuidar de casos como esse, diretor. Tenho certeza de que vão lidar com a situação com sensibilidade, além de aconselhá-lo sobre como proceder com a equipe e os alunos.

– Certo. Eu ia convocar uma assembleia amanhã, de qualquer maneira.

– Excelente ideia. Assim minha equipe terá a oportunidade de informar a todos sobre nossa presença e talvez conter qualquer agitação.
– Vou fazer isso, então.
– Certo.
– O senhor poderia me fornecer os nomes dos investigadores que virão?

Houve uma pequena pausa antes de o comissário responder:
– Ainda não tenho certeza, mas ligarei até o fim do dia para confirmar. Obrigado pela atenção.
– Obrigado, comissário. Até logo.

Obrigado pelo quê?, perguntou-se Robert Jones quando desligou. Ele apoiou a cabeça nas mãos.
– Ai, meu Deus – murmurou.

Os policiais iriam investigar o passado de todos... suas vidas privadas... Nunca se sabia o que poderiam trazer à tona. *Ele* poderia se tornar um suspeito...

A quantidade de alunos havia caído nos últimos três anos. A concorrência crescera muito. Um escândalo era a última coisa de que a escola precisava. Ou, de maneira mais egoísta, pensou o diretor enquanto pegava o telefone para falar com o chefe do conselho superior, a última coisa de que *ele* precisava.

2

Jazmine Hunter-Coughlin – Jazz para os amigos, detetive-inspetora Hunter para seus ex-colegas de trabalho – abriu as cortinas e olhou pela pequena janela de seu quarto. A vista era limitada, a condensação borrava a paisagem dos pântanos de Salthouse e do austero mar do Norte. Escreveu suas iniciais no vidro, do jeito que costumava fazer quando criança, analisou o *JHC* por um momento e, então, apagou o *C* com um gesto determinado.

Observou as numerosas caixas de papelão espalhadas pelo chão do quarto. Ela se mudara havia três dias, mas desenterrara apenas alguns itens essenciais como o pijama, a chaleira e um sabonete, deixando o resto intocado.

Aquele chalé pequenino era o extremo oposto do apartamento minimalista de paredes brancas em Docklands que compartilhara com o ex-marido. E ela adorava o tal apartamento. Em geral patologicamente organizada, ela não estava disposta a arrumar seus pertences porque a casa ainda teria que passar por reformas invasivas nas semanas seguintes. O encanador estava reservado por uma semana para instalar o aquecimento central, o marceneiro ia ligar no dia seguinte para medir os armários da cozinha, e ela enviara mensagens para alguns decoradores locais.

Jazz esperava que, em alguns meses, seu lar tivesse uma aparência tão pitoresca por dentro quanto prometia pela fachada.

O dia estava mais brilhante e Jazz decidiu fazer uma caminhada pelos pântanos em direção ao mar. Calçou botas e vestiu uma jaqueta impermeável, abriu a porta da frente e saiu, respirando o ar fresco e rejuvenescedor do litoral.

Sua casa se situava na estrada costeira que separava a vila dos pântanos e do mar. No verão, a via ficava congestionada, pois os turistas a usavam para ter acesso às praias e vilas costeiras de North Norfolk. Mas agora, em pleno fim de janeiro, estava deserta.

Jazz sentiu certo contentamento enquanto contemplava a vista. Seu aspecto plano e a falta de árvores apresentavam um cenário sombrio e pouco acolhedor, mas ela apreciava aquela crueza. Não havia nada bonito na paisagem, nada para quebrar a rigidez de um horizonte que se estendia por quilômetros em ambos os lados. A simples elegância da curvatura distante do encontro da terra com o mar e a vastidão do lugar atraíam sua natureza inquieta.

Ao atravessar a estrada, ela avistou, pelo canto do olho, um homem saindo da agência dos correios, a uns 50 metros. Pisando na grama áspera e pantanosa, estava focada no reconfortante barulho da água sob seus pés quando pensou ter ouvido alguém a chamando.

Imaginou que fossem apenas os gritos das aves reunidas em um círculo à sua direita e continuou subindo o aclive, a única proteção que o chalé tinha contra inundações – um ponto controverso quando ela tentou negociar uma hipoteca.

– Jazmine! Detetive-inspetora Hunter! Por favor, espere um segundo!

Dessa vez não havia dúvida. Ela parou e se virou para olhar para trás.

Santo Deus! Que diabos ele *está fazendo aqui?* Jazz estava chocada enquanto refazia seus passos. Parou a poucos metros de distância, oferecendo ao homem um sorriso breve.

– Olá, inspetora Hunter.

– O que o senhor está fazendo aqui?

– É um prazer revê-la também – disse Norton, estendendo a mão.

– Desculpe. – Ela suspirou, finalmente caminhando na direção dele e cumprimentando-o. – Eu não esperava encontrá-lo aqui, só isso.

– Não tem problema. E então, vai me convidar para entrar antes que eu congele até a morte neste terno fininho?

– Sim, é claro. Entre.

Uma vez lá dentro, Jazz convidou Norton a se sentar no sofá e acendeu a lareira. Fez café e depois se acomodou em uma cadeira de jantar de madeira.

– Lugarzinho agradável – comentou ele. – Aconchegante.

– Obrigada. Eu gosto.

Houve uma pausa estranha.

– Então, Jazmine, como você está?

Era estranho ouvir Norton chamá-la pelo primeiro nome. Essa atitude destacava até que ponto sua vida mudara nos últimos meses, mas também tinha uma conotação paternalista.

– Estou bem – respondeu ela.

– Você está... está mais corada desde a última vez que eu a vi.

– Sim, faz calor na Itália, mesmo no inverno. – Outra pausa, e Jazz desejou que ele chegasse logo ao ponto. – Como sabia que eu estava aqui? – perguntou enfim, mesmo não se sentindo pronta para entrar no assunto. – Só me mudei há três dias.

Norton riu.

– Estou surpreso que você pergunte isso, depois de trabalhar tanto tempo na Yard, embora até mesmo *nosso* computador só pudesse encontrar o número 29 da Salthouse Road. Quando cheguei aqui e não encontrei nenhum número nas portas, perguntei nos correios.

– Ah – murmurou Jazz.

– Por que aqui? – indagou ele.

– Férias de infância, acho. Sempre amei Norfolk, e parecia tão bom quanto qualquer outro lugar. Perto dos meus pais também.

– Sim, é claro.

Outra pausa.

– Então – disse Norton, de repente, sentindo a impaciência dela –, você quer saber por que eu dirigi mais de 250 quilômetros para vê-la logo de manhã, no frio de janeiro. Eu tentei seu celular, mas aparentemente você cancelou a linha.

– Abandonei-o quando fui para a Itália. E, quando voltei, decidi que não precisava dele.

Norton assentiu.

– Não em North Norfolk, de qualquer maneira. O meu não tem sinal desde Norwich. Enfim, estou aqui... porque quero que você volte ao trabalho.

Jazz ficou em silêncio por um instante.

– Pensei que tinha deixado as coisas muito claras – respondeu ela, calmamente.

– Deixou, sim. Mas isso foi há sete meses. Você teve um período sabático, se divorciou, encontrou um lugar para morar...

– Que não tenho intenção de abandonar para voltar a Londres – interrompeu Jazz bruscamente.

– Tenho certeza de que não. Não se preocupe – concordou Norton, parecendo inquieto de repente.

– Além disso, *como* eu poderia voltar? O que o leva a pensar que eu *gostaria* de voltar?

– Jazmine, se você puder não ficar na defensiva só por um minuto e me ouvir... – A voz de Norton adquiriu um tom mais duro.

– Desculpe, *senhor*, mas acho que vai me perdoar por eu não estar tão interessada em revisitar o passado.

Jazz sabia que estava sendo hostil, mas não tinha como evitar.

– Sim, eu entendo... – Ele a encarou. – O que eu quero saber, no entanto, é por que você está tão zangada *comigo*? Não fui eu que a traí.

– Isso é golpe baixo.

– Bem – Norton examinou as próprias unhas imaculadamente tratadas –, talvez você tenha sentido como se eu a tivesse traído.

– Eu entendo e aceito que o senhor não pôde fazer nada sobre meu marido. De qualquer maneira, eu já estava desiludida naquele momento e...

– Aquela foi a gota d'água. – Norton tomou um gole de café e olhou para ela. – Jazmine, você sabe quanto custa recrutar e treinar um detetive-inspetor?

– Não, não sei.

– Bem, se eu lhe dissesse que daria aproximadamente para comprar outra casa como esta...

– Está tentando fazer com que me sinta culpada?

– Não, mas, se você se sentir, ajuda. – Norton conseguiu esboçar um meio sorriso. – Você nem me deixou argumentar. Uma semana você estava sentada à sua mesa; na outra, tinha fugido para a Itália.

– Eu não tive escolha.

– Isso é o que você diz. Eu esperava que a boa relação de trabalho que construímos a fizesse se sentir à vontade para debater a questão comigo, só isso. Se tivéssemos concordado que sua demissão era a única alternativa, eu não a teria impedido. Mas você simplesmente... fugiu, sem uma conversa, nada!

O rosto de Jazz continuou impassível.

– Ah. Então é por isso que o senhor está aqui, não é? Para me questionar?

Norton soltou um pequeno suspiro de frustração.

– Por favor, eu estou fazendo o meu melhor. E você está agindo como uma adolescente truculenta. O fato é que, tecnicamente, você ainda é nossa funcionária.

Ele tirou um envelope do bolso interno do paletó e o entregou para ela.

– O que é isso? – murmurou Jazz, franzindo a testa.

Dentro do envelope havia contracheques, correspondências relacionadas com a conta que ela compartilhava com Patrick, os extratos mensais que continuaram a ser enviados para sua antiga casa e que, obviamente, ela não tinha recebido. Também havia a carta de demissão que ela escrevera às pressas no aeroporto e postara antes de embarcar no avião para Pisa.

– Uma partida não muito... profissional, não foi?

– Não, acho que não, embora eu não consiga enxergar a importância que isso tem agora. – Jazz enfiou a carta de volta no envelope e o devolveu a Norton. – Aqui está. Estou lhe entregando isso oficialmente. Eu me demito. Tudo certo agora?

– Sim, se é isso que você quer mesmo. Veja bem, Jazmine, eu entendo. Sei que você se sentiu decepcionada e desmoralizada e que sua vida pessoal estava em ruínas. Você provavelmente precisava de um pouco de tempo para refletir...

– Sim! É bem por aí – disse ela, meneando a cabeça com veemência.

– E como você estava com raiva e amargurada, apenas seguiu seus instintos e fugiu. Mas você também ficou cega. Será que não consegue perceber isso?

Jazz ficou em silêncio.

– E – prosseguiu Norton – *porque* estava cega, tomou uma decisão impulsiva que, além de arruinar uma carreira promissora, me fez perder um de meus melhores agentes. Veja – ele sorriu gentilmente –, não sou nenhum idiota. Eu sabia o que estava acontecendo. Descobrir sobre seu marido, ainda mais quando você foi praticamente a última a saber, deve ter sido horrível.

Silêncio.

Norton suspirou.

– Tudo converge para a mesma questão: relacionamentos amorosos no trabalho são perigosos, especialmente no nosso ramo. Eu alertei o inspetor--chefe Coughlin quanto a isso quando ele me contou que vocês dois pretendiam se casar.

Jazz ergueu o olhar.

– Alertou? Patrick me falou que o senhor nos deu sua bênção.

– Na verdade, sugeri que um de vocês se transferisse para outro departamento, para que pelo menos não atrapalhassem um ao outro o tempo todo. Ele me implorou para deixá-lo ficar onde estava. Então, em vez de perder ambos, decidi lhes dar uma chance... indo contra meus instintos, devo acrescentar.

– Ahn, o senhor disse "inspetor-chefe"?

– Sim. Seu ex-marido foi promovido recentemente.

– Não se dê ao trabalho de lhe transmitir meus parabéns.

– Fique tranquila, não vou fazer isso.

Olhando para ele, Jazz pensou em como Norton parecia deslocado em seu terno elegante, as longas pernas dobradas, quase encostando os joelhos no peito, sentado no sofá baixo.

– O senhor sabia? Sobre Patrick e... ela?

– Eu tinha ouvido boatos, mas não podia interferir. Se serve de consolo, ela pediu transferência para Paddington Green algumas semanas depois que você partiu. Ela sabia que não poderia competir com você. Todos na equipe a ignoraram como forma de retaliação. Você era muito popular, sabe? Todos sentem sua falta.

Norton abriu um largo sorriso, mostrando os belos dentes brancos. Jazz não podia deixar de perceber que a idade só destacava sua imponência, os cabelos pretos ficando grisalhos nas têmporas, os óculos de leitura empoleirados na ponta do nariz.

– Bom saber disso. De qualquer forma, o que Patrick e sua investigadora de estimação fazem agora é problema deles. Não me importa mais. E não se esqueça – gracejou Jazz –, é melhor avisar a ela que, ao primeiro sinal de competição, vai levar uma facada nas costas.

– Não duvido. Seu ex é um oficial talentoso, mas também é impiedosamente ambicioso. A única coisa com a qual ele não conseguia lidar era uma esposa potencialmente melhor do que ele. Eu sabia o que ele estava fazendo, minando você, desestimulando-a o tempo todo, mas, como você nunca veio até a mim, não pude fazer nada quanto a isso.

– Eu estava em uma situação muito difícil. Ele era meu marido.

– Eu entendo. De qualquer forma, desde que ele aprenda a manter a braguilha fechada, ouso dizer que vai conseguir o que almeja.

– Ele pode transar com o departamento inteiro, se quiser. Não estou nem aí.

– É esse o espírito – respondeu Norton alegremente. – Então, tem certeza de que quer que eu leve essa carta de volta? Isso irá oficializar sua demissão, você sabe.

Ele acenou com o envelope.

– Sim, quero.

– Ok, detetive-inspetora Hunter – disse Norton, de repente em um tom formal –, tive a oportunidade de debater a situação com você, que deixou claro que está determinada a sair da corporação. Vou voltar para Londres com meu rabinho entre as pernas e não vou mencionar as outras opções que eu tinha em mente.

A imagem de Norton com o rabo entre as pernas fez Jazz sorrir. Ela arqueou as sobrancelhas e suspirou.

– Vá em frente, então, pode falar, já que o senhor viajou tantas horas para chegar aqui.

– Acredite ou não, *existem* outras divisões no DIC. Eu poderia ter sugerido que você se transferisse para uma delas.

– Paddington Green, talvez? Então eu poderia ter um *tête-à-tête* reconfortante com a amante do meu ex-marido.

– Vou ignorar essa observação infantil. Mas isso me leva ao ponto principal: você se demitiu por causa da situação com Patrick? Ou porque não queria mais fazer parte da corporação?

– Ambos – respondeu Jazz, com sinceridade.

– Tudo bem, deixe-me colocar de outra maneira: aqui está você, com 34 anos, uma oficial do DIC altamente treinada, vivendo em um retiro de Norfolk como uma velha solteirona. O que diabos você vai fazer da vida?

– Vou pintar.

Norton se mostrou surpreso.

– Pintar? Entendo. Você quer dizer profissionalmente?

– Só Deus sabe. Se eu não tivesse entrado para a polícia, teria ido para a Universidade Real de Artes assim que obtivesse meu diploma de Cambridge. Eu tinha uma vaga no curso básico.

– Sério? Bem, talvez seja por isso que você tem um olho tão bom para detalhes.

– Talvez, mas, enfim, esse é o plano. Vou converter o anexo em um estúdio. Tenho dinheiro sobrando da venda do nosso antigo apartamento para me manter por um tempo. Além disso, vou me inscrever em um curso na Universidade da Ânglia Oriental no ano que vem.

– Admito que não é um mau lugar para redescobrir sua criatividade – concordou Norton.

– *Redescobrir* é a palavra certa, senhor – observou Jazz, com veemência. – O trabalho tomou conta de mim. Eu tinha perdido de vista a pessoa que era.

– Hum. – Norton assentiu. – Eu entendo, mas me parece que você a encontrou novamente. Seu espírito combativo parece ter retornado.

– De fato.

– Veja... – Ele suspirou, ficando mais sério. – Por quanto tempo você vai continuar fugindo? Não acho que foi o trabalho que a derrubou, mas um homem que estava determinado a minar você e sua confiança a cada momento. Eu a observei, Jazmine. Você progride com a adrenalina. Você é uma investigadora excepcional. E eu não sou o único que pensa assim.

– Isso é... gentil de sua parte, senhor.

– Eu lido com fatos, não com gentileza. Apenas me irrita ver alguém com a sua habilidade jogando a toalha só porque o casamento não deu certo. Eu a vi lutando contra o machismo dia após dia, ao longo dos anos. Vai mesmo deixar Patrick vencer?

Jazz permaneceu em silêncio e fitou o tapete.

– Agora ouça – pediu ele. – E se eu lhe dissesse que há um caso a apenas alguns quilômetros daqui?

– Um caso aqui, em Norfolk? Como é possível?

– Houve um incidente no internato local, nos arredores de Foltesham. Um aluno foi encontrado morto em seu quarto no sábado de manhã. Fui chamado porque ele é filho de um advogado que acabou de conseguir a extradição de dois terroristas de peso para o Reino Unido. Pediram que eu enviasse oficiais e confirmasse se não houve algum crime.

Norton olhou no fundo dos olhos verde-claros de Jazmine e registrou uma pequena faísca de euforia.

– Quem pediu? O pai?

– A chamada veio do *comissário*, na verdade. Como você sabe, a polícia metropolitana normalmente não estaria envolvida em algo assim, mas...

– Ter amigos no alto escalão faz toda a diferença – comentou Jazz, sorrindo, quando completou a frase para ele.

– Exatamente.

– Como o garoto morreu, afinal?

– Ele era epiléptico. Os paramédicos afirmaram que o corpo apresentava todos os sinais de uma convulsão. No entanto, o pai insistiu em uma necrópsia. O legista me contatou esta manhã e parece que o caso é mais complexo.

– Por quê?

– Não posso dizer mais nada até você me confirmar se está interessada ou não.

Ambos sabiam que ela estava.

– Talvez, desde que eu possa estar em casa a tempo de pintar a próxima *Mona Lisa* – respondeu Jazz, de forma casual.

– E vou enviar o detetive-sargento Miles para ajudá-la – observou Norton, seus olhos cintilando.

– O senhor poderia me dar um dia para pensar sobre isso?

– Receio que não haja tempo. Preciso de você imediatamente no caso. Você deve encontrar a mãe do garoto às duas da tarde. Ela mora a uma hora e meia de carro daqui, por isso – Norton verificou seu relógio – você tem uma hora para se decidir. Caso contrário, precisarei mandar outra pessoa. Aqui está o arquivo.

Norton entregou a Jazz um envelope de papel pardo.

Ela encarou Norton, impotente.

– Uma hora?

– Sim. Parece que você vai ter que tomar mais uma de suas famosas decisões impulsivas, inspetora Hunter. Analisando seu histórico profissional, eu diria que elas nunca a levaram por um caminho errado, exceto quando decidiu pedir demissão, é claro. – Norton olhou para o relógio. – Preciso ir. Eu disse que estaria de volta à cidade para uma reunião às duas, e essas estradas de terra são um pesadelo.

Ele se levantou e, como era mais alto do que Jazz, com 1,80 metro, o topo de sua cabeça roçou no teto.

– Se eu me recusar, o que faço com isso? – perguntou ela, indicando o arquivo.

– Queime naquele fogo fraco que você acendeu. Parece que você precisa de mais aquecimento nesta casa. Certo, vou embora agora. – Norton apertou a mão dela. – Obrigado pelo café. – Ele foi até a porta e, em seguida, virou-se para ela. – Eu não teria feito essa viagem toda até Norfolk por qualquer pessoa, inspetora Hunter. E juro que não vou implorar novamente. Me ligue ao meio-dia. Até logo.

– Até logo, senhor. E obrigada... eu acho – murmurou Jazz.

3

David Millar andava de um lado para outro na cozinha pequena e desarrumada. Então, em uma explosão de fúria, agarrou uma jarra de leite e a atirou na parede oposta o mais forte que pôde. Ela ricocheteou e caiu no chão de linóleo, fazendo um estrondo, mas, para sua irritação, não se quebrou.

– Meu Deus! – gritou ele, e se agachou, segurando a cabeça com as mãos, em desespero.

Seus olhos ficaram marejados, a respiração pesada e irregular.

– Que diabos eu *fiz*? – gemeu.

Ele se levantou, cambaleando pelo quarto, e se jogou no sofá.

Em desespero, tentou praticar os exercícios que o terapeuta lhe ensinara. Respirou lentamente, concentrou-se em cada respiração, e sua raiva foi diminuindo. Abriu os olhos e se viu fitando a fotografia de si mesmo com Angelina e Rory, a família sorridente e feliz de três anos antes.

David se lembrava daquele dia. Uma tarde quente de julho, o sol aquecendo suavemente os campos de Norfolk enquanto eles se sentavam no jardim, almoçando perto da churrasqueira.

Tudo era perfeito, não era? Tudo. Uma esposa linda, um filho maravilhoso, uma vida nova. Tudo com que sempre havia sonhado.

David nascera ali, passara os primeiros cinco anos de sua vida em um vilarejo nos arredores de Aylsham, viajando nas férias para o litoral. Então, quando ele e Angelina conversaram seriamente sobre fugir de Londres, Norfolk lhe pareceu a escolha natural.

Compraram uma bela propriedade a cerca de 10 quilômetros de Foltesham e dedicaram muito tempo, esforço e dinheiro para reformá-la. Angelina estava à vontade, escolhendo papéis de parede e cortinas; ela estava feliz. Pelo menos *parecia* feliz. Rory tinha se estabelecido na Escola St. Stephen, um local bem diferente da apertada instituição de ensino da cidade, com seu minúsculo playground e o ar sufocante de Londres. Era fantástico ver seu filho começar a aceitar a vida no campo, as bochechas ficando mais rosadas, o corpo mais forte.

A única desvantagem, é claro, era o longo trajeto diário que David precisava percorrer até seu escritório na cidade, mas ele nem se importava com isso. Faria qualquer coisa para ver Angelina e Rory felizes.

A própria Angelina também havia florescido, mergulhando de cabeça em sua nova vida, fazendo novas amigas no grupo de mães que conhecera no estacionamento da escola. Muitas delas também tinham escapado da labuta londrina, buscando uma vida melhor no campo.

Ela estava sempre ocupada: clubes de livros, a Associação de Pais e Mestres, almoços femininos e aulas de tênis preenchiam seus longos dias, enquanto David estava no trabalho. Ela convidava para jantar casais que compartilhavam das mesmas ideias, que então retribuíam a gentileza e, aos poucos, a vida social da família tornou-se cada vez mais ativa.

Quando ia aos jantares, David percebia que as casas dos novos amigos quase sempre eram maiores que a sua. As mulheres falavam sem parar sobre roupas e sapatos de grife e férias nas Ilhas Maurício ou no Caribe; os homens se gabavam de suas adegas de vinho e de espingardas Purdey que haviam comprado para a temporada de caça.

Ele não os invejava. Sua família tinha origem relativamente humilde, então David sentia que progredira muito. Estava bastante feliz em sua casa confortável, com a esposa e o filho. Na época, ele acreditava que Angelina também era feliz.

Olhando em retrospecto, ele deveria ter percebido. Deveria ter sentido o que estava acontecendo ao ouvir as observações melancólicas de Angelina: "Ah, meu bem, o marido de Nicole acabou de comprar para ela uma Mercedes maravilhosa com tração nas quatro rodas!" ou "Todo mundo alugou casas na Toscana para o verão, não seria maravilhoso se nós também pudéssemos fazer isso?".

Ela começou a selecionar os classificados de imóveis do jornal local, separando-os discretamente para que ele visse uma casa em particular que tinha acabado de ser anunciada. Em pouco tempo, David começou a perceber que Angelina insinuava que seu estilo de vida deveria se equiparar ao de suas amigas elegantes e endinheiradas, dando um passo além das próprias pernas.

Considerando que Angelina havia trabalhado como esteticista e morava em uma casa geminada em Penge quando ele a conheceu, David achou que já estava oferecendo a ela um padrão de vida bem mais alto.

Mas a necessidade de Angelina de estar no mesmo nível das amigas havia se tornado insaciável. David enfim cedeu em relação ao carro, comprando o 4x4 que ela tanto desejava e que ela amava como se fosse um segundo filho. O prazer que a esposa sentia dirigindo todos os dias até a escola fazia David sorrir. Ele gostava de vê-la feliz, mas o fato de ela estar tão obviamente preocupada com o status social o incomodava cada vez mais.

David era um corretor de sucesso e negociava em moeda estrangeira para uma lista de clientes fiéis. Com uma reputação sólida, era visto como uma pessoa confiável, mas não chegava a ser considerado um homem bem-sucedido. Não se arriscava em negócios que poderiam resultar no tipo de recompensas que um pequeno grupo de rapazes da cidade era famoso por receber, mas, por outro lado, evitava as perdas que andavam lado a lado com tais riscos. Ele usava o dinheiro de forma sensata, insistindo que vivessem do seu salário, e investia quaisquer bônus a fim de garantir o futuro. Ciente de que aquela carreira não duraria para sempre, estava determinado a assegurar uma reserva confortável em dinheiro caso tivesse que se aposentar mais cedo devido a algum imprevisto.

Angelina sabia que o dinheiro existia, mas não conseguia entender por que David se recusava a gastá-lo.

– Querido, ainda somos jovens – reclamava ela. – Certamente este é o momento em que deveríamos aproveitar ao máximo, não? Sua carreira está em ascensão; não sei por que temos que continuar economizando para tempos difíceis que talvez nunca cheguem. Não vamos ficar sentados sobre uma pilha de dinheiro aos 70 anos, não é? Estaremos velhos demais para aproveitá-lo. Pense nisso, poderíamos ter a casa dos nossos sonhos!

David se lembrava de ter murmurado que achava que os dois já possuíam a casa dos sonhos, mas Angelina não desistiu.

Depois de algum tempo, outra vez contra seu bom senso, ele cedeu e Angelina imediatamente saiu com uma amiga para ver uma casa nos arredores de Foltesham. Era uma antiga reitoria georgiana, impressionante, porém não remodelada, construída em 2 hectares de terra, um espaço grande demais para uma família de três pessoas. Mas, como Angelina disse timidamente enquanto ela e David vagavam pelos oito quartos, talvez esse número estivesse destinado a crescer.

– Querido – dissera ela, jogando os braços em volta do pescoço dele enquanto entravam em mais um quarto com o teto vergado –, este aqui não daria um ótimo quarto de bebê?

– Angie, você está falando sério?

Ela assentiu, os olhos brilhando.

– Sem dúvida. Acho que outra criança é exatamente o que precisamos para transformar esta casa em um lar.

Aquele fora o argumento decisivo. David sempre desejara um segundo filho, mas até aquele momento Angie fora inflexível, afirmando que não conseguiria passar de novo pelos horrores da gravidez.

– Sem mencionar o estrago que fez no meu corpo – reclamara uma manhã, alisando o vestido sobre a barriga reta, conquistada tão arduamente. – Demorei um ano para recuperar minha forma. Imagine quanto tempo levaria depois de uma segunda gravidez!

Como Rory estava prestes a completar 12 anos, David desistira de nutrir esperanças. Ele aceitou a mudança de opinião de Angelina e fez uma oferta pela casa.

Um ano e meio depois, mediante uma hipoteca gigantesca, sem contar as obras que custaram três vezes o que ele tinha planejado, as reservas de David secaram e ainda não houvera sinal de um bebê.

Então, a economia começou a entrar em crise. Ao redor dele, nos bares da cidade, a conversa não era sobre quantas garrafas de champanhe Krug uma pessoa conseguia beber em uma só noite, mas sobre a tendência de baixa do mercado e qual empresa seria a próxima a cortar despesas.

E ainda assim Angelina queria mais. A quantia que ela gastou em móveis extremamente confortáveis se aproximava do PIB de um pequeno país do Terceiro Mundo, e eles precisavam construir *de qualquer jeito* uma piscina no jardim murado para Rory poder convidar seus amiguinhos para nadar.

Depois de passar o dia inteiro no escritório sentindo o estômago se revirar, David temia voltar para uma casa que havia se tornado o símbolo de sua falta de controle, bem como de uma esposa que parecia insatisfeita com o que quer que ele lhe oferecesse.

Então, em vez de enfrentar a realidade, ele passou a afogar as mágoas na bebida após o trabalho. Depois de cinco ou seis canecas de cerveja, seguidas por uma ou duas doses de uísque, ouvir as exigências de Angelina e ceder tornou-se menos doloroso. Ele pegou um empréstimo para cobrir a construção da piscina, depois outro para custear o recapeamento da quadra de tênis e o paisagismo do jardim.

Com a pressão adicional, seu trabalho acabou sofrendo as consequências. Seu olhar, sempre tão cuidadoso, já não estava tão voltado para os negócios, e David cometeu um erro incomum. Nada sério a ponto de ser demitido, mas, do jeito que o mercado estava, foi o suficiente para ele ser visto como excedente quando a empresa decidiu reduzir o quadro de funcionários.

O chefe chamou David e lhe informou que o estavam dispensando. Receberia um ano de salário, mas teria que esvaziar sua mesa e sair naquele mesmo instante.

David passou uma longa noite em seu bar favorito e quase perdeu o último trem para casa.

Quando chegou, Angelina já estava na cama. David cambaleou até a cozinha, a cabeça latejando, serviu-se de um grande copo d'água. Em seguida, foi para o armário da despensa, onde Angelina guardava a caixa de primeiros socorros, para ver se encontrava algum analgésico.

Pegou a caixa, mas deixou todo o conteúdo cair no chão. Ajoelhou-se e começou a guardar as pomadas, os curativos e os comprimidos. Uma caixinha, no entanto, chamou sua atenção. Continha as pílulas anticoncepcionais que Angelina tomava antes de começarem a tentar engravidar.

Então, com o coração acelerado, viu a data em que tinham sido adquiridas: duas semanas antes. David conferiu a cartela e viu que metade estava vazia.

Furioso, ele invadiu o quarto do casal. Angelina estava recostada na cama, lendo um livro.

– Querido, eu estava tão preocupada. Onde você estava...

Antes que ela pudesse terminar, David a agarrou pelos braços e levantou-a para fora da cama. Começou a sacudi-la, como se fosse uma boneca.

– Que diabos você está fazendo? – berrou. – Como você se atreve a mentir para mim? Como *ousa* fazer uma coisa dessas?

Então ele lhe deu um tapa no rosto com tanta força que ela caiu no chão.

Em seguida, sentou-se na beira da cama, apoiando a cabeça nas mãos, chorando.

– Por que você mentiu para mim? Por quê? Você nunca teve *nenhuma* intenção de ter outro filho, não é?

Quando David abriu os olhos novamente, Angelina tinha desaparecido. Ele a encontrou lá embaixo; estava trancada na sala e havia ligado para a polícia. Poucos minutos depois, quando os oficiais chegaram, o encontraram batendo à porta e exigindo que ela o deixasse entrar para que ele pudesse se explicar.

Na manhã seguinte, após uma noite em uma cela da delegacia, foi acusado de agressão. Angelina fora levada ao hospital para fazer exame de corpo de delito, depois voltou para casa, chocada, porém ilesa.

Horrorizado com o que tinha feito, David tentou contar à polícia o que acontecera com ele e, como não havia nenhum registro anterior de violência doméstica, acabou sendo liberado.

Cheio de remorso, ele percorreu a curta distância até sua casa, mas a encontrou trancada como uma fortaleza. Ligou de um telefone público, mas Angelina não atendeu, então ele voltou para casa, bateu à porta e tentou entrar de qualquer maneira.

A polícia chegou de novo no momento em que ele quebrou uma vidraça com uma grande pedra do jardim.

O advogado de Angelina obteve imediatamente uma medida protetiva, proibindo-o de chegar perto da própria casa, da esposa e do amado filho no futuro próximo.

As semanas seguintes foram um pesadelo movido a álcool, do qual David não conseguia acordar.

Então, finalmente ele despertou no pequeno e desagradável chalé que alugara num momento de desespero, e ligou a televisão.

Em um programa de bate-papo matinal, estavam entrevistando um alcoólico recuperado e, enquanto David ouvia a desgraça daquele homem, lágrimas rolaram por seu rosto. Era o retrato de sua decadência.

Naquela noite, David compareceu a uma reunião dos Alcoólicos Anônimos. E esse foi o começo de sua jornada de volta à sobriedade.

No início, foi um verdadeiro inferno. Muito mais difícil do que David poderia sequer imaginar. Mas, à medida que as semanas passavam e ele continuava sóbrio, sua visão começou a clarear.

David consultou uma advogada em Foltesham, uma mulher chamada Diana Price, que observou que a rapidez com que Angelina obtivera a medida protetiva era claramente estranha.

– Na verdade, sua esposa não chegou a ser hospitalizada – disse ela –, mesmo que tenha passado algum tempo no pronto-socorro. E, claro, você deveria estar vendo seu filho, ainda que sob supervisão.

– E quanto ao dinheiro? – indagou David. – Eu não sei como minha esposa está vivendo, pois nossa conta conjunta está praticamente zerada.

– E sua rescisão? – perguntou Diana.

– Entrou na minha conta da sociedade de crédito imobiliário; ela não pode tocá-lo.

– Bem, isso já é alguma coisa, imagino.

– Sim, eu sei, mas isso é tudo o que tenho. Estou desempregado e, aconteça o que acontecer, vou ter que vender a casa. Não posso pagar a hipoteca nem os empréstimos. Angie ainda se recusa a falar comigo e preciso pegar alguns dos meus pertences. Estou, literalmente, com as roupas do corpo.

– Vou escrever para o advogado dela e ver em que pé as coisas estão – disse Diana. – Você deverá ir ao tribunal no dia 6 do mês que vem, mas preciso saber se você e sua esposa tiveram problemas conjugais *antes* da noite da agressão.

David tentou se lembrar. Estava tão envolvido com as preocupações financeiras que tinha perdido a noção do estado real de seu casamento nos últimos meses. Não vinham transando com frequência, e ele estava chegando tão tarde...

– Acho que já não tínhamos tanto diálogo – respondeu David –, mas não costumávamos brigar e, fora essa vez, eu nunca teria sonhado em agredi-la.

– É só que... – Diana balançou a cabeça. – Normalmente, a esposa pelo menos daria ao marido uma chance de se explicar. Eu não estou tentando justificar seu comportamento, mas, se ela o amasse, refletiria sobre as circunstâncias e pelo menos *tentaria* entender por que você se comportou daquele jeito.

– Talvez ela tenha medo de mim.

– Talvez, mas, não se esqueça, ela sabe que mentiu para você sobre querer outro filho. Achei que ela tentaria resolver a situação, ainda que fosse só pelo bem do Rory. A atitude dela me parece muito estranha. De qualquer forma, vou entrar em contato com o advogado e vamos ver o que acontece.

David passou os dias seguintes andando de um lado para outro na pequena cozinha do chalé, em uma enorme agonia por conta da expectativa. Finalmente, uma semana depois, Diana o chamou ao seu escritório.

– O que ela disse? – perguntou.

– Bem, tenho boas e más notícias – respondeu Diana, com calma. – Sua esposa está preparada para retirar a acusação de agressão e suspender a medida protetiva.

David sentiu a esperança crescer em seu coração.

– Mas – acrescentou ela –, em troca, quer um divórcio rápido. Ela vai basear sua petição em comportamento irracional e deixar a situação por isso mesmo, contanto que você não faça uma contestação.

– O quê? – David estava atordoado.

– Além disso, Rory continuará morando com ela na casa da família.

David estava começando a se sentir enjoado. Suas mãos tremiam.

– Mas por que ela quer o divórcio? Não discutimos *nada* sobre isso. Ela nem deve ter percebido que perdi o emprego. Senão, saberia que temos que vender a casa.

– Pelo que o advogado dela diz, isso é irrelevante – observou Diana. – Sua esposa quer comprar a sua parte.

– Comprar a minha parte? Com que dinheiro ela vai fazer isso?

– A casa está no nome dos dois. Sua esposa receberá uma parte do que sobrar depois que a hipoteca for paga e você receberá outra parte. O que ela está sugerindo é que ela fique na casa, assuma a hipoteca e pague pela sua parte do patrimônio. Dessa forma, estará comprando a sua metade.

– Isso é loucura! Angie não tem nada. Não tem renda e certamente não tem poupança. Onde diabos ela arrumaria dinheiro para pagar a hipoteca, quanto mais comprar a minha parte?

Diana deu de ombros.

– Não faço ideia, mas é isso que ela quer fazer. Por que você não pega essa carta, vai para casa e pensa na proposta? Depois, então, você me conta o que prefere fazer.

– Quais são as minhas opções?

– Bem, você pode alegar que ela está blefando e deixá-la processá-lo por agressão. Mas, lembre-se, é a palavra dela contra a sua. Você pode lutar pela guarda de Rory para que ele more com você, mas o tribunal costuma decidir a favor da mãe, especialmente quando há histórico de violência doméstica. Você pode tornar o processo do divórcio longo e cansativo, mas eu não aconselharia isso.

– Então você quer dizer que ela me deixou sem saída, certo?

– Quero dizer que você tem que tomar uma decisão. Vai ser doloroso, mas pelo menos assim você não terá antecedentes criminais, seu divórcio será barato e rápido e, o mais importante, você vai poder ver Rory.

– Que maravilha – retrucou ele, com sarcasmo. – Um dia, eu posso ver meu filho sempre que eu quero, posso preparar o café da manhã para ele, jogar futebol com ele. Então, de repente, minha esposa decide que eu só posso vê-lo algumas vezes por ano!

– Não será tão ruim assim. Agora que Rory está no internato durante toda a semana, vamos pedir que ele fique com você a cada dois fins de semana e em metade dos feriados. Tenho certeza de que ela vai concordar.

– Que bondade a dela! Meu Deus! Tudo o que eu sempre fiz foi amá-lo! E dei a Angie a vida que ela me disse que queria.

David sentiu aquela raiva ardente, já conhecida, tomar conta dele mais uma vez.

– Obrigado, Diana. Falo com você depois.

Tudo isso acontecera havia quatro meses. Os acordos financeiros estavam sendo finalizados e, mesmo que David tivesse expressado sérias dúvidas sobre a capacidade de Angelina de levantar o dinheiro para comprar sua parte, ele tinha uma carta de Diana lhe dizendo para esperar a chegada de um cheque em poucos dias.

O valor cobriria os empréstimos bancários, deixando algumas sobras para ajudá-lo a recomeçar a vida – provavelmente em um quarto e sala, se tivesse sorte, pensou David, com amargura. Na verdade, ele já passara da fase de se preocupar com dinheiro. A única coisa com a qual ele realmente se importava agora era Rory.

Ele ansiava pelas visitas quinzenais do filho e, mesmo que Rory fosse uma criança muito mais quieta hoje em dia, David estava determinado a reconstruir a relação que tinham antes.

Porém – e essa era a razão pela qual ele estava transtornado –, algo estava errado com Rory.

Sebastian Frederiks, administrador do internato de Rory na St. Stephen, ligara para David alguns dias antes dizendo que queria conversar sobre uns "problemas". Aparentemente, Rory estava cada vez mais retraído, e Frederiks se preocupava com o menino.

– Mas só o verei daqui a dois fins de semana. Ele vai participar de um festival de coros no sábado, Sr. Frederiks. Eu poderia entrar na escola para vê-lo?
– Bem, que tal se ele telefonasse para o senhor? É um bom ponto de partida. A última coisa que queremos é que Rory se sinta pressionado e se feche ainda mais.
– Se o senhor acha que isso é o melhor... E, por favor, cuide dele.
– Claro, Sr. Millar. Até breve.
David desligara o telefone, frustrado e desesperado para ver o filho. Um longo dia se estendia à frente e ele percebeu que seus pensamentos se voltavam para o álcool.
Naquela noite, bêbado pela primeira vez em meses, dirigira até o internato, determinado a ver Rory, independentemente do que o tal Frederiks pudesse dizer. Seu filho estava em apuros, David sabia disso.

Isso acontecera havia quatro dias. A noite em que ele fora até o internato era apenas um borrão. Ele se lembrava de entrar na Fleat House e procurar Rory nos corredores desertos, batendo às portas dos quartos, mas o lugar estava vazio e sua busca pelo filho foi infrutífera.
Ele não sabia como dirigira para casa.
Desde então, havia deixado várias mensagens para Frederiks e o diretor. Nenhum dos dois retornara as ligações.
O celular tocou. Ele o pegou depressa.
– Aqui é David Millar.
– Papai, sou eu. – Rory parecia sem fôlego.
– Rory! Ah, meu Deus! Até que enfim! Como você está?
– Papai... eu... – Rory soltou um soluço contido. – Estou com muito medo.
– De quê?
– Eu... Quem vai me proteger agora?
– Rory, do que você está falando? Me diga.
– Não posso. Você não pode me ajudar, ninguém pode.
A linha ficou muda.
David discou o número novamente. Tocou várias vezes. Percebendo que devia ser o telefone público dos alunos na Fleat House, ele ligou para a secretária do diretor.

– Sim, aqui é David Millar. Preciso falar com o diretor agora! Meu filho, Rory, acabou de me ligar e parecia muito nervoso.

– Eu vou transmitir a mensagem, Sr. Millar, e vou me certificar de que ele retorne a ligação.

– Não! Eu preciso falar com ele agora!

– Agora não é possível, ele está dando aula, mas vou passar seu recado.

– Então mande ele sair de lá! Meu filho está em apuros, eu sei que está.

– Pedirei ao Sr. Jones que retorne o mais rápido possível, Sr. Millar. Ele está muito… ocupado no momento, mas sabe que o senhor tem ligado.

– Eu pedi isso para você ontem e ele não telefonou! Diga que é urgente, entendeu? – implorou David.

– Sim, vou dizer, mas tente não se preocupar. Rory deve estar com saudades de casa. São as primeiras semanas do segundo semestre, é sempre um momento difícil. Posso tentar colocá-lo em contato com o Sr. Frederiks, na Fleat House, se o senhor quiser.

– Você faria isso, por favor?

– Espere um momento, então.

David andava de um lado para outro na pequena sala de estar enquanto esperava a ligação ser transferida.

Houve alguns cliques e uma gravação com a voz do administrador surgiu. Frustrado, David deixou uma mensagem.

Meia hora depois, sem nenhum retorno do diretor ou do administrador, David estava desesperado.

Decidiu que iria à escola naquele instante para ver o filho. Pegando as chaves do carro, saiu de casa e entrou no velho Renault que comprara havia algumas semanas. Girou a chave algumas vezes, mas nada aconteceu.

– Droga!

David bateu no volante, frustrado, quando viu que o farol tinha ficado ligado um bom tempo, então era quase certo que a bateria havia descarregado.

Ele não tinha vizinhos próximos para fazer uma chupeta no motor. Teria que ligar para a oficina de manhã e pedir que fossem até sua casa.

David entrou de novo no chalé, sua agitação agora incontrolável.

Foi até o armário da cozinha e pegou uma garrafa de uísque.

4

Jazz entrou no carro estacionado em frente à sua casa e começou sua jornada para o oeste, em direção a Peterborough.

– A questão é descobrir se Charlie Cavendish tomou a aspirina por engano ou não. A primeira parada será na casa dos pais dele, para obter algumas informações sobre o rapaz. Adele Cavendish, mãe dele, a está esperando – disse o comissário Norton. – Boa sorte, inspetora Hunter. Tenho o prazer de recebê-la de volta à equipe. Vamos torcer para que tenha tomado a decisão certa.

– Obrigada, senhor. Espero que sim.

Enquanto colocava para tocar uma música de Macy Gray, Jazz duvidou que a mãe de Charlie estivesse esperando que uma inspetora do DIC aparecesse em um Mini laranja com quinze anos de uso. O detetive-sargento Miles chegaria no dia seguinte com o carro oficial, mas por enquanto teria que ser daquele jeito.

Ela evitou pensar que a última coisa que esperava fazer naquela tarde era interrogar a mãe de uma criança morta... Como o pai de Jazz sempre dizia, a vida era muito curta. E tudo que se podia fazer era seguir os próprios instintos. Se não desse certo... bem, ela iria se demitir da maneira correta após o encerramento do caso.

Uma hora depois, Jazz chegou a Rutland. Como só havia passado pela estrada A1 seguindo na direção norte, ela ficou surpresa com a beleza do lugar, semelhante aos Cotswolds, com seus edifícios de arenito amarelo e campos suavemente ondulados.

Ela se perdeu um pouco no trajeto, mas por fim pegou um caminho sinuoso que dava na casa dos Cavendishes. Estacionou seu Mini entre um velho Land Rover e uma espaçosa Mercedes respingada de lama, na lateral da imponente casa estilo Queen Anne.

Subindo os degraus até a impressionante entrada, Jazz admirou os cavalos pastando em um campo ao lado da casa e a magnífica vista além dela para o campo aberto. Era um cenário idílico, mesmo em um dia frio de inverno.

Jazz tocou a campainha ao lado das pesadas portas duplas. Ouviu passos se aproximando, seguidos pelo som de uma chave sendo virada e de ferrolhos deslizando. A porta se abriu e revelou uma mulher da mesma altura de Jazz, magra e imaculadamente vestida com camisa listrada, cardigã de cashmere, calças escuras e sapatos de couro azul. Seus cabelos castanhos e volumosos eram curtos e bem cortados, e o toque de maquiagem nos olhos e nos lábios complementava a aparência perfeitamente arrumada, embora antiquada.

– Perdoe-me – disse a mulher –, quase nunca usamos a porta da frente. Todo mundo costuma dar a volta e entrar pelos fundos. – Ela estendeu a mão. – Adele Cavendish. Você deve ser a inspetora Hunter.

– Sim, obrigada por me receber – respondeu Jazz, apertando a mão estendida.

– Por favor, entre.

Ela conduziu Jazz pelo elegante hall de entrada, com sua espetacular escadaria curva, até uma sala de visitas ornamentada com janelas francesas que davam vista para uma sacada. A sala estava repleta de móveis antigos, as janelas tinham cortinas florais pesadas e havia fotos de família em cima de uma escrivaninha e estatuetas de porcelana sobre a lareira.

– Por favor, sente-se. – Adele indicou um dos sofás com estampa floral. – Posso lhe oferecer alguma coisa? Um chá? Café?

– Não, obrigada. – Jazz tirou de dentro da pasta um bloco de notas e uma caneta. – Sinto muito por chegar aqui neste momento tão terrível para a senhora e sua família.

Adele cruzou os braços e caminhou até as janelas francesas, de costas para Jazz.

– Para ser sincera, ainda não caiu a ficha. Não posso acreditar que Charlie se foi. – Ela se virou, e Jazz viu a dor em seus olhos. – E, agora, saber que sua morte podia ter sido evitada, que não foi a epilepsia, eu... – Adele balançou a cabeça com uma expressão desolada, caminhou até o sofá em frente a Jazz e se sentou na beirada, abraçando o próprio corpo. – Perdoe-me. Como posso ajudar?

– Seu marido está aqui? Seria mais fácil se pudéssemos conversar todos juntos. Vou ter que fazer algumas perguntas que podem ser um tanto angustiantes.

– Ele não está. – Adele deu de ombros. – Está no apartamento de Londres. Eu disse a ele que você estava vindo, mas ele está trabalhando em um caso importante no momento... e que aparentemente tem prioridade em relação à morte de nosso filho. – Ela deu um sorriso dolorido, amargo. – Enfim, ele disse que queria que os melhores investigadores envolvidos no caso tentassem esclarecer o que aconteceu com Charlie. O que torna tudo tão horrível é que não podemos fazer nada até o legista concluir a autópsia. Como posso seguir em frente quando o corpo de meu filho ainda está no necrotério?

– Sra. Cavendish, sei que responder perguntas deve ser a última coisa de que precisa no momento, mas tenho certeza de que deve querer saber como e por que Charlie morreu.

O rosto de Adele se suavizou e ela assentiu.

– Tem razão. É claro que quero. Então, por favor, faça suas perguntas. Vamos acabar logo com isso.

Enquanto Adele respondia, a imagem de um adolescente privilegiado e bastante mimado começou a surgir.

– Eu não pude ter mais filhos, então suponho que, de alguma forma, o excesso de mimos fosse natural.

– Ele e o pai se davam bem?

– William ficava desapontado porque Charlie nunca foi brilhante o suficiente nos estudos. Não ter sido aceito em Eton foi um grande golpe. Ele sempre achou que Charlie era preguiçoso. – Adele suspirou. – Talvez fosse mesmo. Charlie conseguia tudo o que queria com seu charme. Ele amava esportes e canalizou sua energia para a vida social e a diversão. De certa forma, eu agora fico feliz por ele ter feito isso.

– Então havia certa tensão entre Charlie e o pai?

– Charlie queria ir para Marlborough, o destino de muitos de seus amigos da escola, mas William não permitiu. Ele achava que era uma instituição progressista demais. Se quer saber a verdade, acho que William o mandou para a St. Stephen como punição por não ter sido aprovado em Eton. Eu fiquei satisfeita; nasci e cresci em Norfolk. É uma escola decente, mas admito que não está no mesmo nível das outras.

– A senhora acha que Charlie era feliz lá? – perguntou Jazz.

– Não exatamente. – Adele suspirou. – Ele se sentiu um fracassado no momento em que pisou lá. Quando veio para casa no Natal... a última vez que o vi... ele me contou que mal podia esperar para sair de lá.

– Ele ia tentar entrar na universidade?

– Sim, embora... – Adele colocou a mão na testa. – Meu Deus, como isso é difícil. William e Charlie tiveram uma discussão pouco antes de ele voltar das férias. Charlie queria tirar um ano sabático, como todo mundo faz hoje em dia, já que não sabia exatamente o que queria fazer da vida. Assim, poderia adiar as inscrições.

– Até que tivesse alguma ideia de qual carreira escolher?

– Exatamente. William ficou furioso e acusou Charlie de ser um vagabundo. Ele sempre presumiu que Charlie iria seguir seus passos no direito, mas ele não queria saber de nada disso.

– E a discussão foi resolvida antes de Charlie voltar para a escola, há três semanas?

– Não. – Adele balançou a cabeça. – Receio que não. William insistiu que não bancaria o ano sabático de Charlie se ele não conseguisse uma vaga em uma universidade antes disso. Eu levei Charlie de volta para o internato no início de janeiro. – Adele examinou as próprias mãos. – O pai não falou mais com ele desde então.

– Seu marido deve estar muito chateado diante das circunstâncias, não?

– Tenho certeza de que está, mas não demonstra. – Adele encarou Jazz. – Aquela fleuma britânica e tudo o mais. Mas, lá no fundo, sei que ele amava Charlie imensamente. Eles eram muito parecidos, ambos eram determinados e francos. Provavelmente por isso brigavam tanto.

– E quando a senhora levou Charlie de volta, como ele estava?

– Mais calado do que o normal, é claro.

– Sra. Cavendish, essa é uma pergunta horrível de se fazer... – começou Jazz, com cautela. – Mas, como seu filho se sentia um fracassado e tinha brigado com o pai, na sua opinião, há alguma chance de ele ter tirado a própria vida?

Adele olhou para Jazz, horrorizada.

– Está me perguntando se Charlie cometeu suicídio porque discutiu com o pai? Nunca! De jeito nenhum! – Adele balançou a cabeça ferozmente. – Se você o tivesse conhecido, entenderia. O problema com o pai era consequência de seu entusiasmo pela vida, não do *medo*. Meu filho era a pessoa mais vibrante que conheci!

Os últimos fiapos de autocontrole se desfizeram e Adele Cavendish caiu em lágrimas. Tirou um lenço do bolso do cardigã e assoou o nariz.

– Sinto muito, mas a mera ideia de Charlie tirar a própria vida é... insuportável.

– Desculpe, Sra. Cavendish. Eu precisava perguntar – explicou Jazz gentilmente. – Acredito que o legista tenha lhe contado que Charlie morreu de choque anafilático provocado por uma reação alérgica a aspirina.

– Sim. Ele ligou para William ontem à noite.

– Então... – Jazz fez uma pausa. – O suicídio talvez seja uma explicação, a senhora não acha?

– Não! Claro que não! Charlie não faria isso. Ele deve ter tomado os comprimidos por engano.

Houve outra pausa quando Adele assoou o nariz mais uma vez e enfiou o lenço de volta no bolso.

– Charlie definitivamente *sabia* que era alérgico a aspirina, certo?

– É claro que sabia. Dizíamos isso a ele o tempo todo. Descobrimos quando ele tinha 5 anos. Estava com febre e eu lhe dei uma suspensão à base de aspirina. Alguns minutos depois, Charlie começou a engasgar e a ter espasmos; foi aterrorizante. Felizmente, a ambulância chegou a tempo de reanimá-lo, mas foi por pouco. Isso desencadeou a epilepsia... é bastante comum, aparentemente... e, a partir de então, Charlie passou a tomar um medicamento todas as manhãs e noites para controlar os ataques e fugir da aspirina.

– Uma dose correspondente a dois comprimidos de aspirina foi encontrada na corrente sanguínea de Charlie. Não havia sinal de luta, então podemos descartar a teoria de que ele foi forçado a engoli-los.

– Ele tinha bebido? – perguntou Adele.

– O teor alcoólico do sangue dele era o equivalente a uma caneca de cerveja, então Charlie não estava bêbado.

– Eu quase gostaria que ele estivesse bêbado – ponderou Adele. – Deus sabe o que ele deve ter passado em seus últimos momentos. É a maneira mais horrível de morrer. E sozinho...

Jazz esperou até Adele se recompor antes de perguntar:

– Sra. Cavendish, sabe se seu filho tinha inimigos, alguém que não gostasse dele? Algum dia ele já mencionou outro aluno em particular ou um professor, por exemplo?

Adele fez uma pausa antes de responder:

– Tenho certeza de que muitos não gostavam de Charlie. Personalidades fortes tendem a criar inimizades, não é mesmo?

Jazz assentiu.

– Mas se está sugerindo que alguém matou Charlie... bem, é uma ideia absurda!

– Charlie alguma vez mencionou ter uma namorada?

Adele conseguiu esboçar um sorriso débil.

– Ele tinha muitas namoradas. Emendava uma na outra, algo normal para um rapaz de 18 anos tão bonito. Era a única coisa de que gostava na St. Stephen, o fato de ser uma escola mista.

Jazz guardou o bloco de notas e a caneta na pasta.

– Bem, acho que é isso, por enquanto. Obrigada por sua colaboração, Sra. Cavendish. Prometo que farei o possível para descobrir o que aconteceu com Charlie.

– É William quem quer respostas. Eu só quero meu filho de volta. – Adele levantou-se. – Preciso de uma bebida – acrescentou ela, quase para si mesma.

Jazz seguiu-a até a porta da sala de visitas.

– A senhora se importaria se eu desse uma olhada no quarto de Charlie? Poderia me ajudar a ter uma noção de como ele era.

– De forma alguma. Por aqui.

– Bela casa, Sra. Cavendish – elogiou Jazz, enquanto caminhava com Adele até a espetacular escadaria de carvalho.

– Obrigada. Eu queria que Charlie fosse criado no campo, como eu fui. – Ela se deteve no topo das escadas e virou-se para Jazz. – Quando nos mudamos para cá, a ideia era que William pudesse se deslocar até o trabalho. Leva apenas uma hora no trem de Peterborough, mas ele logo achou que a distância era uma inconveniência e alugou um apartamento na cidade. Nunca gostou do campo.

Adele virou-se abruptamente antes que Jazz pudesse responder e caminhou por um corredor.

– Este é o quarto de Charlie. – Ela parou do lado de fora. – Você se importaria se eu a deixasse sozinha? Ainda não suporto olhar para as coisas dele.

– É claro que não. A senhora tem algum dos comprimidos que Charlie tomava para controlar a epilepsia?

– Vou procurar.

Adele abraçou o próprio corpo e voltou pelo corredor.

O quarto de Charlie tinha as características habituais dos adolescentes: pôsteres nas paredes, fotos de times de rúgbi dispostas em uma prateleira ao lado da televisão, um aparelho de som, livros e revistas empilhados descuidadamente em uma estante.

Jazz foi até a cama e pegou um ursinho já sem pelo que jazia sobre o travesseiro.

Ela participara de um curso de aconselhamento de luto havia alguns anos e descobrira que nenhum pai ou mãe superava a perda de um filho. Muitas vezes, os casais se separavam, incapazes de seguir adiante na dor, sentindo-se vazios e isolados. Pelo que vira e ouvira, Adele Cavendish não teria muito apoio do marido.

Jazz se inclinou para olhar a fotografia sobre a mesa de cabeceira. Pai e filho em trajes de esqui no topo de uma montanha. Os dois bem altos, de ombros largos, compleição clara, com os mesmos olhos azuis.

Jazz inspecionou o quarto, procurando por qualquer coisa que pudesse fornecer alguma pista de quem Charlie tinha sido. Abriu as gavetas da escrivaninha, folheou algumas revistas de rúgbi, bisbilhotou cartas de amigos e, não encontrando nada relevante, saiu e desceu as escadas.

A Sra. Cavendish estava sentada no primeiro degrau, com um copo na mão. Jazz agachou-se ao lado dela.

– Encontrou alguma coisa?

– Não, nada – respondeu Jazz com sinceridade.

– Aqui estão os comprimidos. – Adele tirou uma caixa do bolso do cardigã. – Pode levar todos. Ele... não vai mais precisar.

– Tudo bem. – Jazz pegou a caixa e, depois de um momento, fez mais uma pergunta: – Charlie tinha computador?

– Claro, quem não tem hoje em dia? Mas está na escola. – Adele tomou um gole de gim. – Suponho que eu precise recolher as coisas dele.

– Bem, se a senhora preferir, depois que as examinarmos, podemos enviá-las para cá.

– Faria isso por mim? – O rosto de Adele relaxou um pouco. – Pode me chamar de covarde, mas a simples ideia de colocar os pés naquele lugar e ter que suportar o falso olhar de simpatia daquele diretor presunçoso já me enche de pavor.

– A senhora não é covarde. As pessoas vivem o luto de maneiras diferentes.

Instintivamente, Jazz passou o braço pelos ombros de Adele.

– É o fluxo interminável de visitas, os cartões de condolências. Não consigo nem me forçar a abri-los. – Adele indicou uma pilha de envelopes sobre a mesa do corredor. – Eu sei que as pessoas estão tentando ser gentis, mas isso torna a morte dele tão real... – Ela olhou para Jazz com uma expressão de agonia. – Ele era tudo para mim, sabe? Tudo...

– Eu não tenho filhos, então posso apenas imaginar. Mas talvez a terapia possa ajudar...

– Meu Deus, não! – interrompeu Adele, procurando visivelmente recuperar o controle. Ela se levantou. – Eu não preciso de ninguém me tratando com condescendência ou tagarelando sobre como lidar com a tristeza. É claro que vou lidar com isso. Que escolha eu tenho? – refletiu ela, desanimada. – Agora, imagino que você queira continuar seu trabalho.

Jazz ficou de pé e seguiu Adele até a saída.

– Você vai entrar em contato quando tiver alguma notícia? – perguntou Adele, abrindo a porta da frente.

– Claro que sim. Até logo, Sra. Cavendish.

Jazz se virou e desceu os degraus. A porta logo se fechou, abruptamente.

Ela dirigiu com cuidado, afastando-se da bela casa, de seu cenário espetacular e de sua desolada ocupante.

Adele Cavendish caminhou de volta pelo corredor e entrou na cozinha. Serviu-se de gim e tomou um longo gole. Então, tirou o celular da bolsa e discou um número.

– Sou eu. Ela já veio. Sim, foi horrível. Quando você a vir, pelo amor de Deus, não diga nada. Eu só... bem, eu mal posso suportar a situação. – Ela fez uma pausa para ouvir por um momento. – Obrigada. Eu sei que você não vai.

Ela desligou e o vislumbre de um sorriso cruzou seus lábios, desaparecendo quase imediatamente ao pensar na terrível culpa que teria que carregar pelo resto da vida.

5

Na manhã seguinte, Jazz olhou pela janela e viu a deserta Salthouse Road. Miles deveria estar ali para buscá-la às sete e meia, quase trinta minutos antes. Quando ligou para o celular dele, caiu na caixa postal, um fato que a reconfortava, pois provavelmente ele estava por perto, mas sem sinal. Ela deixou uma mensagem. Se ele não aparecesse nos dez minutos seguintes, teria que dirigir até a St. Stephen em seu Mini e ele teria que encontrá-la lá.

A primeira manhã trabalhando com outra força policial não era o melhor momento para se atrasar.

Jazz alisou uma mecha solta do cabelo castanho-avermelhado, colocando-a no lugar. Nos últimos sete meses, deixara o cabelo crescer e cair em uma massa encaracolada na altura dos ombros. A velha presilha de plástico que costumava usar mal suportava o peso e lhe era desconfortável por estar encravada no couro cabeludo.

– Ah, dane-se! – murmurou, enquanto removia a presilha e deixava o cabelo cair em torno do rosto.

Alisou seu tailleur, ainda amassado por ter permanecido enfiado em uma caixa por sete meses, e desejou ter tido tempo para levá-lo a uma lavanderia. Quando foi buscar as chaves do carro, uma BMW prata parou do lado de fora.

– Graças a Deus. – Jazz agarrou sua maleta e, batendo a porta da frente ao sair, correu até o veículo que a esperava. – Por onde diabos você andou? – indagou ela, secamente, ao detetive Alistair Miles quando entrou e se sentou no banco do passageiro.

– Não é isso que eu deveria estar lhe perguntando? – Alistair sorriu. – Eu só fiz um desvio de uma hora através das pitorescas aldeias de Norfolk; a senhora se afastou por mais de sete meses. É bom vê-la, inspetora. – Ele sorriu novamente quando pegou a estrada. – Estamos na direção certa?

– Siga em frente e eu aviso quando for preciso virar.

– Como a senhora está? – Miles olhou para sua chefe com admiração, impactado de novo por sua beleza incomum. Havia algo mais suave nela, a pele de alabastro alguns tons mais escuros, ressaltando seus olhos verdes, os longos cabelos suavizando as maçãs do rosto altas e a curvatura do rosto. – Está com uma aparência fantástica.

– Obrigada – respondeu Jazz, de maneira sucinta.

– Bom, não é a mesma coisa sem a senhora lá no trabalho. Todos mandam lembranças. Ficaram morrendo de inveja por eu estar em campo com a senhora no comando. Eles querem saber de tudo.

– É claro que querem. – Ela assentiu. – Eu tirei uma licença para resolver minha vida e aqui estou. E esta é a parte que lhe cabe, detetive Miles, *capisce*?

– Sim, sim, *Capitano*, eu sei. Então, quanto a senhora já está por dentro do caso?

– Parece que o jovem Cavendish conseguiu engolir dois comprimidos de aspirina, mesmo sabendo que era alérgico. Interroguei a mãe dele ontem e ela confirmou que ele sabia.

– Ele estava bêbado?

– O relatório do patologista diz que não.

– Drogas?

– Não.

– Ingeriu por engano, então?

– É por isso que você está me conduzindo através das matas de Norfolk: para descobrir.

– Imagino que seja um favor para um amigo do comissário. Uma overdose de um estudante normalmente não seria assunto nosso. Não que eu me importe. Eu me senti como se estivesse de férias dirigindo até aqui esta manhã.

– Vou ignorar sua última observação, detetive Miles. Independentemente da relevância do caso, somos treinados para dar tudo de nós.

– Sem dúvida. – Ele sorriu. – E então, como vai a vida em marcha lenta? Este lugar lembra muito os cenários dos livros da Agatha Christie com a Miss Marple – comentou Alistair, indicando uma fileira idílica de chalés enquanto dirigiam até Foltesham.

– Vai bem, obrigada.

Quanto mais se aproximavam da escola, mais rápido o coração de Jazz batia. Ela estava feliz com a presença reconfortante de seu velho parceiro

Alistair Miles; os dois haviam trabalhado em vários casos juntos. Sempre alegre, Miles não parecia invejar a carreira de Jazz, mesmo sendo alguns anos mais velho do que ela.

Ele era o tipo de policial fundamental para a força: capaz e confiável, mas sem a centelha de imaginação e talento que lhe renderia mais promoções. Jazz sabia que podia confiar nele. Confiava em sua integridade e, o mais crucial, ele a fazia rir e conseguia atenuar muitos momentos tensos com seu arsenal de piadas bobas ou obscenas.

Seu rosto de bebê, os cabelos louros e os grandes olhos azuis faziam bater mais forte o coração das funcionárias do escritório, no QG, mas Miles parecia alheio a tudo isso. Raramente aparecia com uma namorada e se dedicava só ao trabalho.

– Eles me reservaram um quarto em algum hotel aqui – comentou Miles, enquanto dirigiam por Foltesham, uma bela cidade georgiana repleta de butiques, galerias de arte e cafeterias. – A senhora acha que eles têm água corrente e luz elétrica por essas bandas?

– Não banque o superior que veio da cidade, Miles. Isso não vai torná-lo muito atraente aos olhos da polícia de North Norfolk.

– De qualquer forma, dois policiais arrogantes do DIC nunca serão bem-vistos pela força local.

– Faremos o possível para sermos tão profissionais e corteses quanto pudermos – disse Jazz. – Certo, vire à esquerda aqui e pare no estacionamento.

Por hábito, ela verificou seu reflexo no espelho retrovisor. Não havia nada que inspirasse menos confiança do que uma investigadora com rímel borrado ou batom nos dentes.

Miles parou o veículo no espaço dedicado aos visitantes, em frente à entrada principal.

O conjunto de edificações austeras, de tijolos vermelhos, que compunha a St. Stephen havia sido construído em torno de um gramado muito bem cuidado. A majestosa capela da escola, supostamente projetada por Christopher Wren como uma versão em miniatura da Catedral da St. Paul, ficava mais adiante, ladeada por quadras esportivas.

– A senhora acha que a idosa ali da recepção está esperando por nós? – indagou Miles quando saiu do veículo. – Ou talvez seja a Miss Marple em pessoa e eles a tenham recrutado.

– Ok, agora chega – retrucou Jazz, de maneira mais ríspida do que planejara. – Vamos trabalhar, está bem?

Quando Jenny levou Hunter e Miles até o escritório do diretor, Robert Jones teve que reavaliar a imagem que fizera do policial corpulento que estava esperando. A mulher alta e elegante à sua frente parecia mais uma modelo do que uma investigadora.

Ela apertou a mão dele com firmeza.

– Sou a detetive-inspetora Hunter, e este é o detetive-sargento Miles. Prazer em conhecê-lo. O detetive Roland já chegou?

– Sim, há cerca de dez minutos, então eu o levei para a sala que reservei para vocês usarem – respondeu o diretor.

– Certo. Vamos para lá? – sugeriu Jazz.

– Eu posso levá-los, claro, mas, como vocês já devem saber, reuni toda a escola para uma assembleia.

– Ótimo. Talvez seja melhor conversar com o detetive Roland primeiro. Prefiro encontrá-lo antes de falarmos com a escola. Ele pode ter alguma contribuição a dar – argumentou Jazz.

– É claro. Sigam-me.

O detetive-sargento Roland era um homem de aparência comum, de 40 e poucos anos. Quando apertou sua mão, Jazz sentiu vibrações negativas emanando dele. Quem poderia culpá-lo? Ela também não iria querer que uns figurões do DIC se intrometessem em seu trabalho. No entanto, Jazz precisava do apoio dele para que as coisas pudessem continuar da forma mais tranquila e eficaz possível.

– Detetive Roland, muito prazer em conhecê-lo. Vamos conversando no caminho? Obviamente, eu sei um pouco sobre o caso, mas o senhor viu o corpo *in locu*. Preciso que me conte o que viu. Poderíamos ir até o quarto onde Charlie Cavendish morreu assim que a assembleia terminar? – sugeriu ela, virando-se para o diretor.

– Vou me dirigir aos funcionários e professores muito brevemente, mas se houver algo que a senhora queira acrescentar, por favor, fique à vontade – disse Robert Jones.

– Obrigada.

Eles adentraram o salão onde toda a escola estava reunida, aguardando. Jazz sentiu mil olhos sobre si enquanto seguia o diretor até a frente e subia os degraus até o palco.

– Bom dia a todos – começou o diretor. – A notícia já deve ter corrido entre a maioria de vocês: três detetives serão nossos convidados durante os próximos dias. Eles estão aqui para investigar a trágica morte de Charlie Cavendish. Vou chamar agora a detetive-inspetora Hunter, do DIC, que vai falar brevemente sobre os próximos passos.

Robert Jones virou-se para Jazz; ela deu um passo à frente e sorriu.

– Bom dia a todos. Sou a inspetora Hunter, e esses são meus colegas, os detetives Roland e Miles. Esperamos concluir nossa investigação o mais rápido possível. Vamos conversar com funcionários e alunos que tiveram contato com a vítima e, depois de falar com o Sr. Jones, vou fixar um cronograma no quadro de avisos.

Jazz fez uma pausa e olhou para o mar de rostos à sua frente.

– Tenho certeza de que todos estão cientes do que aconteceu com o jovem Charlie Cavendish. No momento, estamos presumindo que foi um trágico acidente, mas precisamos verificar todos os fatos. Portanto, peço que me procure qualquer um que acredite que possa esclarecer de alguma forma os eventos daquela noite. Qualquer informação será tratada com a máxima confidencialidade. Então, por favor, não tenham medo de se apresentar. Quanto mais cedo vocês o fizerem, mais rápido iremos embora, e as coisas poderão voltar ao normal. Detetive Roland, gostaria de acrescentar alguma coisa?

Jazz virou-se para ele, que balançou a cabeça.

– Certo, agradeço desde já a todos pela cooperação. Diretor?

– Obrigado, inspetora Hunter. Por favor, retornem imediatamente às salas de aula. Verifiquem o quadro de avisos regularmente, no caso de a detetive desejar vê-los.

Jenny Colman, já se sentindo mal ao ver os detetives, virou-se para sair junto com o diretor. Enquanto se dirigia lentamente para a saída, ela avistou um rosto familiar do outro lado do salão.

Jenny escondeu-se atrás de uma pilastra, certificando-se de conseguir observar sem ser vista. Examinou o rosto. Sim! Estava confirmado. Mesmo depois de 25 anos, não havia dúvidas sobre aquelas características. Ela esperou até que o salão estivesse vazio, então, com as pernas bambas, sentou-se pesadamente em uma cadeira.

Jazz seguiu o diretor para fora do salão.

– É como procurar uma agulha em um palheiro – murmurou Miles. – Se *houver* alguma coisa duvidosa, pode ser qualquer um deles.

– Parece menos complicado do que encontrar um motorista que atropelou alguém e fugiu em Londres, Miles. – Jazz parou do lado de fora do salão e deixou que Jones e Roland andassem na frente deles. – Agora, eu quero que você vá e converse com o diretor; descubra tudo que for possível sobre Charlie. Eu vou ao quarto do rapaz com Roland.

Jazz ficou surpresa ao perceber quanto a Fleat House era simples. Imaginava que, com as mensalidades exorbitantes que os pais pagavam, o internato deveria fornecer um padrão de acomodação bem melhor do que aquele prédio austero e medíocre onde acabara de entrar. Ela já vira prisões mais luxuosas.

Esperando por eles no hall de entrada estava uma mulher. Jazz calculou que ela devia ter 50 e poucos anos. Era excessivamente magra, o rosto enrugado além do esperado, os cabelos grisalhos em um corte despretensioso. Não usava maquiagem, e sua roupa e seus sapatos eram corriqueiros e práticos. Os olhos contrastavam com o restante: bem separados, tinham um tom de âmbar incomum.

– Bom dia. Sou a detetive-inspetora Hunter. Acredito que a senhora já conheça o detetive-sargento Roland – disse Jazz, enquanto apertava a mão da mulher.

– Sim. Madelaine Smith, governanta da Fleat House.

Ela falou com um sotaque que Jazz não conseguiu identificar.

– Gostaríamos de ver o quarto de Charlie, se possível.

– É claro. Por favor, sigam-me.

– Acho que não gostaria de vê-la ao meu lado, cuidando de mim – sussurrou Roland, enquanto subiam as escadas atrás daquela figura altiva.

A governanta os conduziu pelo corredor e parou na frente da porta do quarto de Charlie. Tirou uma chave do bolso do casaco e a destrancou.

– Chamei os faxineiros no dia seguinte ao acontecido. As coisas dele estão prontas para os pais recolherem. Era o mínimo que eu podia fazer, diante das circunstâncias. Eu não sabia que a causa da morte poderia ser considerada suspeita.

A mulher não falou de maneira defensiva; foi apenas a declaração de um fato. Jazz sentiu um desânimo. Não haveria mais nada para ser encontrado.

– Ainda vão precisar de mim? Tenho tarefas a cumprir.

– Não. Vamos procurá-la quando terminarmos – respondeu Jazz. – Onde poderemos encontrá-la?

– Em algum lugar do prédio – respondeu ela inutilmente, virando-se em seguida e caminhando de volta pelo corredor.

Roland abriu a porta do quarto de Charlie e ficou de lado para que Jazz entrasse primeiro.

O quarto estava imaculado. Os lençóis haviam sido trocados, lavando todas as possíveis pistas dos últimos momentos da vida de Charlie. O cheiro de polidor e desinfetante no pequenino cômodo era forte, intensificado pelas janelas trancadas.

Roland fechou a porta ao entrar e ficou parado, como uma sentinela.

Jazz abriu caminho entre as caixas e sentou-se cuidadosamente na extremidade da cama. Ela olhou para Roland.

– Bem, isso não é de muita ajuda, certo?

Roland ficou irritado.

– Quando encontrei a vítima e a governanta me disse que ele era epiléptico, presumi, como ela, que o rapaz havia sofrido algum tipo de convulsão. Ele estava espumando pela boca, o que os paramédicos me garantiram que era um sintoma. Todos nós pensamos o mesmo até que os resultados da necrópsia chegaram.

Jazz deu de ombros em resignação.

– Não há nada que possamos fazer em relação a isso agora. E as provas forenses? Os peritos foram chamados, certo?

– Não, senhora. – Roland parecia muito desconfortável. – Nem a escola nem os paramédicos nem eu tínhamos motivos para acreditar que algum crime fora cometido. Eu só fui chamado porque o diretor queria se eximir de qualquer problema. Se o rapaz estivesse em sua própria casa, não estaríamos envolvidos. Para todos os efeitos, foi uma morte por causas naturais.

– Pode ter sido apenas uma fatalidade – comentou Jazz, tentando quebrar a postura defensiva de Roland.

– Meu supervisor deu a impressão de que a senhora não estaria aqui se o pai do garoto não fosse tão bem relacionado.

– Talvez não, mas ainda temos que investigar se Charlie tomou ou não os comprimidos por engano.

– Bem, ele deve ter tomado – disse Roland. – A alternativa é assassinato. E quem iria querer matar um estudante? Não estamos falando de guerra de gangues aqui, estamos? Foltesham é uma cidade tranquila e esta escola está cheia de jovens decentes, de classe média.

– O senhor fez as verificações habituais sobre Charlie Cavendish?

– É claro que sim. Totalmente limpo. Tudo o que há contra ele são três pontos em sua carteira de motorista por excesso de velocidade. Ele ganhou um carro novo do pai quando fez 17 anos e passou no exame alguns dias depois. – Roland revirou os olhos. – Os jovens de hoje, hein? Eu tive que economizar por quatro anos para comprar meu primeiro carro usado.

– Bem, sabemos que ele não estava sem dinheiro, isso é certo. – Jazz passou os olhos pelo pequeno cômodo. – Então, quando o senhor foi chamado, onde o encontrou?

– Ele estava caído no chão, perto da porta. Como eu disse, estava espumando pela boca e o *rigor mortis* já tinha se estabelecido. Não foi uma visão muito agradável.

– Chame os peritos assim mesmo. Eles podem achar algo que os faxineiros deixaram passar.

– Duvido, mas vou chamá-los.

Jazz percebia claramente o antagonismo na voz de Roland e sabia que aquele não era um bom começo para uma relação de trabalho. Ela se levantou.

– Vou ligar para Miles e pedir que o ajude a fazer uma investigação mais profunda. – Jazz se abaixou, pegou um notebook no topo de uma das caixas e o entregou ao colega. – Veja o que tem aqui. Me ligue se achar alguma coisa interessante. Vou lhe mandar uma mensagem com meu número.

Jazz saiu do quarto em silêncio. Enquanto atravessava o corredor, ela se perguntou se teria sido enviada em uma busca inútil só para agradar a um amigo do comissário. Por mais que quisesse extrair algo daquele caso, pelo que tinha visto até agora, as chances de ser um assassinato eram pequenas.

De repente, os recursos com os quais ela sempre contava quando investigava os casos em Londres pareciam muito distantes. Lá, eles tinham mão de obra, computadores, perícia, todas as ferramentas à disposição. Miles fizera uma brincadeira sobre Miss Marple, mas era exatamente assim que ela se sentia. Como poderia interrogar oitocentos alunos e duzentos funcionários com a ajuda de apenas dois detetives?

Talvez, pensou, com uma raiva repentina, aquele fosse um caso que Norton lhe delegara só para mantê-la ocupada. Ou seria para testá-la? Jazz pegou o celular no bolso do casaco.

Discou para a linha direta de Norton e imediatamente apertou o botão "cancelar". Inclinou-se contra uma parede e esfriou o rosto quente na pedra fria.

Imaginou o rosto de Adele Cavendish, sentiu sua desolação e tentou se concentrar nisso.

Não havia como voltar atrás agora. Seu papel era descobrir a verdade.

Por menores que fossem as probabilidades, seu dever era olhar Adele nos olhos e dizer-lhe, com toda a certeza, se seu filho tinha sido vítima de um acidente ou de algo muito mais sinistro.

6

Hugh Daneman examinou o remédio para dormir que tinha na mão. Sentiu que aquela era a maneira menos dolorosa de morrer e, dadas as circunstâncias, havia uma sincronicidade que sua natureza estética apreciava.

Ele acendeu o fogo na lareira, que ardeu com intensidade e, em seguida, se enfraqueceu. Tudo na pequena casa que ele alugara da escola *quase* funcionava. Mas o local tinha servido às suas necessidades nos últimos vinte anos e fora o cenário de pequenos momentos de felicidade, então ele o via com carinho.

Havia reunido todos os seus documentos e papéis pessoais e os empilhara diante do fogo, prontos para serem destruídos.

A ideia de alguém vasculhando seus pertences era inadmissível. Ele tinha certeza de que tudo estava em ordem, até limpara seu guarda-roupa, deixando apenas seus melhores ternos para doação.

Não queria que ninguém duvidasse de que tinha sido suicídio.

Hugh tomou um bom gole do conhaque que ele mesmo se servira. Não tinha o hábito de beber, mas esperava que suas dúvidas de última hora ficassem entorpecidas.

Pegou os papéis do chão e começou a jogá-los no fogo. Sorria enquanto as chamas aumentavam; era o melhor fogo que ele já tinha visto ali e uma última lembrança agradável para levar consigo.

O frasco com os comprimidos de Temazepam estava na mesa de centro. A dose equivalente a um mês certamente seria suficiente. Hugh sentou-se em sua poltrona favorita, observando-os. Havia entrado em contato com a escola para dizer que estava doente, que pegara uma gripe e teria que se ausentar. Isso lhe daria tempo suficiente para morrer.

Hugh encarou o fogo.

Um erro, depois de uma vida inteira de controle...

Hugh suspirou. Não tinha planejado acabar com a própria vida tão cedo. Mas a velhice em si era uma morte lenta.

Ele abriu a tampa do frasco e colocou as pílulas sobre a mesa.

Pelo menos sua morte não causaria sofrimento a ninguém. Esperava que os desejos registrados em seu testamento fossem seguidos; seria ótimo pensar que realizariam seu funeral na capela da escola e que alguns alunos iriam participar.

Mas ele sabia, diante das circunstâncias, que isso talvez não fosse possível.

Hugh enfiou a mão no bolso das calças de tweed e pegou sua carteira. Cuidadosamente, removeu a fotografia e a examinou. Um dia, ela fora colorida, mas agora estava desbotada, com uma tonalidade sépia.

Sorriu para aquele rosto familiar tão amado e torceu para ter se enganado durante a maior parte de sua vida e para que *pudesse* haver um Deus, afinal; um Deus que os reunisse após a morte, depois de tantos anos separados.

Caso contrário, ele estava prestes a enfrentar o esquecimento; seria menos doloroso do que viver a vida vazia que levara nos quarenta anos anteriores.

Hugh beijou a foto uma última vez. Então, pegou três comprimidos e segurou o copo de conhaque no alto. Colocou-os na língua e brindou no ar.

– *Carpe diem*, meu amor! – gritou, sentindo o gosto amargo na língua, e engoliu.

Quando Jazz entrou no saguão que levava ao escritório de Robert Jones, sentiu que estava retomando o controle.

A secretária do diretor se encontrava sentada diante de sua mesa, mas não estava trabalhando. Como Jazz, ela ouvia a voz masculina gritando dentro do escritório do diretor.

– O que está acontecendo lá dentro? – indagou Jazz, franzindo a testa.

– É o Sr. David Millar. Ele é pai de um de nossos alunos. Teve uns problemas em casa, com a bebida e o fim do casamento. Ele parece pensar que o filho está com algum tipo de problema, mas é mais provável que a bebida o tenha feito imaginar isso.

– Qual é o nome do garoto?

– Rory. Ele só tem 13 anos, que Deus o abençoe, e é bem pequeno para a idade. Talvez uns dos mais velhos venha lhe causando problemas ultimamente, mas o que se poderia esperar? Meninos são assim, não é mesmo? – comentou Jenny, com um breve sorriso.

– Será que o pai acha que ele está sofrendo bullying?

Jenny deu de ombros.

– Não tenho ideia, mas algo o está perturbando.

A porta se abriu e um homem saiu pisando duro do escritório do diretor. Estava cheio de raiva e vestido como se tivesse colocado a primeira roupa que vira pela frente. Jazz podia ler o desespero em seus olhos.

– Meu Deus! O que um pai precisa fazer para poder ver o próprio filho? – Ignorando Jazz, ele se inclinou sobre a mesa de Jenny. – Pelo amor de Deus, algo está errado com Rory. Ele é meu filho, eu o conheço bem, ele não teria me telefonado daquele jeito a menos que precisasse de ajuda! Por que eu não posso vê-lo?

– Sr. Millar, por favor. – Robert Jones estava parado à porta de sua sala, parecendo agitado. – Como acabei de lhe explicar, verifiquei com a governanta e ela disse que Rory parecia bem hoje no café da manhã. Eu realmente não acho que seja benéfico para Rory ser arrastado para fora da sala de aula, especialmente quando o senhor está nesse estado de... agitação.

– Eu só preciso vê-lo, falar com ele! Por favor, deixe-me ver *meu filho*!

– Como eu disse, vou pedir que Rory ligue para o senhor hoje à noite. Faltam poucos dias para o fim de semana, e logo Rory estará em casa.

David Millar levantou-se e virou-se para Robert Jones.

– Sim, ele estará em *casa*, com a mãe. Infelizmente, como o senhor bem sabe, eu não moro mais lá, tampouco sou bem-vindo quando vou lá.

Então a raiva pareceu abandoná-lo e seus ombros se curvaram, demonstrando cansaço.

– Por favor, estou implorando, faça com que Rory me ligue ainda hoje.

Jazz observou enquanto David caminhava lentamente para fora da sala.

– Peço desculpas, inspetora Hunter. – O diretor pegou um lenço e enxugou a testa. – Gostaria de entrar?

– O garoto é Rory Millar? É isso mesmo?

– Sim. – Robert fechou a porta de seu escritório e conduziu Jazz a um assento. – Eu dou meu melhor para atender às exigências dos pais, mas acho que não fará bem a Rory ver o pai tão angustiado... e, sinto muito em dizer, bêbado.

– Rory conhecia Charlie Cavendish?

– Eles moravam na Fleat House, mas Charlie era cinco anos mais velho que Rory, então imagino que não tivessem os mesmos hábitos. Bem... – Estava claro que o diretor queria encerrar o assunto. – Acho que seria melhor a senhora conversar com o administrador do alojamento de Charlie. Sebastian Frederiks acompanhava o dia a dia dele e é a melhor pessoa para sanar suas dúvidas, se quisermos descobrir mais sobre o círculo de amigos do rapaz. E o orientador da Fleat House, Hugh Daneman, que também é nosso professor de latim, seria outra pessoa interessante para interrogar, mas infelizmente ele estará ausente por alguns dias devido a uma gripe. A propósito – o diretor remexeu seus papéis na mesa de maneira exagerada –, eu falei com o detetive Miles mais cedo e contei a ele tudo o que podia sobre Charlie. Há mais alguma coisa que eu possa fazer?

– No momento, não. Obrigada, Sr. Jones. – Jazz se levantou. – Foi muito prestativo de sua parte.

Miles estava na pequena sala de aula que fora designada para uso dos policiais, digitando suas anotações em um notebook.

– Olá, como a senhora está indo? – perguntou ele, erguendo os olhos da tela.

– Venha aqui e dê uma olhada nisso. – Jazz colocou quatro comprimidos pequenos, redondos e brancos sobre a mesa à sua frente. – Não olhe muito de perto. De onde você está, todos eles parecem iguais?

Miles assentiu.

– Sem dúvida.

– Agora olhe mais de perto e verá que dois deles são simples e os outros dois têm números gravados.

– Zero, sete, dois – leu Miles, olhando para os comprimidos.

– Adele Cavendish, a mãe de Charlie, me contou que o filho tomava dois comprimidos de Epilim todas as noites, pouco antes de dormir. Ela tinha medo de que Charlie se esquecesse, então todas as noites a governanta ou o administrador colocavam os comprimidos ao lado da cama, com um copo d'água.

– E...? – questionou Miles.

– Bem, eu acabei de falar com o patologista que fez a necrópsia e ele tem certeza de que Charlie não tomou seus dois comprimidos de Epilim pouco antes de morrer. Não havia o suficiente da substância na corrente sanguínea dele. A questão é: se você tivesse acabado de chegar em casa do bar e estivesse se preparando para dormir, notaria que os dois comprimidos brancos que tomava todas as noites tinham um número gravado? Ou apenas os colocaria na boca e os engoliria?

– Então você está dizendo que há uma possibilidade de que os remédios de epilepsia de Charlie tenham sido trocados?

– Sim. – Jazz apontou para os dois comprimidos numerados. – Essas são de aspirina, e aquelas – ela pegou um dos outros comprimidos e o examinou – são de Epilim.

Os dois olharam para os remédios em silêncio. Finalmente, Miles disse:

– É quase certo que ele não teria notado a diferença.

– Além do mais, isso explicaria por que, mesmo sabendo que seriam letais, Charlie as tomou. O patologista estimou que a hora da morte tenha sido às onze e meia, apenas trinta minutos depois de Charlie retornar à Fleat House. A reação à aspirina teria um efeito quase imediato. E, se eu estiver certa – acrescentou Jazz –, receio que estejamos investigando um assassinato.

Os aposentos de Sebastian Frederiks, administrador da Fleat House, ficavam perto do saguão principal do prédio. Ele usava sua sala de estar para entrevistar e entreter pais e filhos, além de realizar uma variedade de atividades sociais com os garotos que viviam sob seus cuidados.

Por causa disso, o local parecia a sala de espera de um consultório médico: funcional, com dois sofás de acrílico, umas cadeiras bem antigas, cujos assentos precisavam de novo estofamento, e uma mesa voltada para o pátio à frente. Mas, como Jazz pensou ao entrar, não havia nada que revelasse o gosto pessoal de Sebastian Frederiks.

– Como vai, inspetora Hunter? – cumprimentou ele, oferecendo-lhe a mão e dando um aperto firme.

Com 40 e poucos anos, o administrador exibia o corpo de um jogador de rúgbi – Jazz sabia, pela lista de professores que recebera, que ele era o treinador principal do primeiro time de rúgbi –, mas tinha altura suficiente para evitar que sua amplitude o fizesse parecer atarracado. Tinha cabelos louros, começando a ficar grisalhos nas têmporas, olhos castanhos marcantes e uma fileira de dentes brancos ligeiramente saltados.

– Sente-se. Gostaria de um pouco de chá?

– Por que não? – respondeu Jazz, sentando-se, enquanto Sebastian Frederiks pedia o chá pelo telefone na mesa.

– Que coisa horrível o que aconteceu, hein? Nunca perdi um aluno em todos os meus vinte anos de magistério. – Ele se sentou de frente para ela. – Como posso ajudá-la? – perguntou, a voz bem alta, as expressões físicas e faciais exageradas, como se estivesse acostumado a gritar.

– O senhor obviamente teve muito contato com Charlie. Ele morou neste alojamento por cinco anos. Eu gostaria que o descrevesse o melhor que puder.

Sebastian inclinou-se para a frente e esfregou as mãos uma na outra.

– Quando ele chegou, era um garoto raquítico e arrogante, mas acho que conseguimos tirar isso dele, ao menos um pouco. E, claro, ele era um dos meus principais jogadores de rúgbi, na posição de abertura do primeiro time. O que a equipe vai fazer sem ele eu não sei. – O homem soltou um longo suspiro. – De qualquer forma, vamos seguir em frente.

– Saberia me dizer quem eram seus amigos mais próximos?

– Claro que sim. Eu até já fiz uma lista. – Sebastian pegou um envelope da mesa de centro e o passou para ela. – Presumi que gostaria de saber esse tipo de coisa. Listei seus amigos, colegas de classe e os garotos que dormiam no mesmo corredor. Ah, e a garota estranha de quem ele parecia ser amigo nos últimos dois anos.

– Bem, foi muito eficiente de sua parte, Sr. Frederiks, obrigada.

O chá chegou, trazido por um dos meninos.

– Posso servi-la? – sugeriu Sebastian.

Jazz não conseguia identificar por que aquele homem a estava irritando tanto.

– Obrigada. – Ela pegou a xícara oferecida e bebeu seu chá. – Então, na sua opinião, Charlie era um menino popular?

– Ele era um líder, e isso gerava muito respeito, mas também antipatia. Ele tinha seu séquito, que aproveitava um pouco de sua glória, principalmente os rapazes do rúgbi, para ser justo. E havia aqueles que o achavam um pouco agressivo, arrogante, e preferiam ficar longe.

– Ele não era monitor, era? Certamente alguém com qualidades de liderança seria considerado para uma posição como essa.

Sebastian tomou todo o chá de sua xícara.

– Talvez o diretor suspeitasse que ele abusaria do poder do cargo – respondeu ele, com cautela.

– Entendo – disse Jazz, desejando se sentir um pouco mais afeiçoada à vítima do que realmente se sentia. – Agora, conte sobre a noite em que ele morreu. A governanta estava de folga, então presumo que o senhor estivesse aqui.

A pele corada de Frederiks adquiriu um tom mais forte de vermelho.

– Ah, bem, esse é o problema, entende? Na verdade, eu não estava.

– Onde o senhor estava, então?

– Eu estava fora. – Ele meneou a cabeça. – Isso aí, fora.

– Mas se o senhor estava fora e a governanta também, quem estava aqui, no comando do alojamento, naquela noite?

Frederiks se inclinou para mais perto de Jazz, assumindo uma postura de confidência.

– Sabe como é, inspetora Hunter, tudo é muito constrangedor. A questão é que eu *devia* ter estado aqui. É uma regra da escola que dois funcionários estejam sempre presentes no alojamento. Eu deixei nosso orientador, Hugh Daneman, sozinho no comando por algumas horas. – Ele deu de ombros. – Tive um compromisso urgente.

– Posso perguntar onde o senhor estava?

– Bem... Na verdade, não. Temo que seja um assunto particular, mas o Sr. Daneman pode confirmar que eu já estava de volta à meia-noite.

– A que horas o senhor saiu do alojamento?

– Mais ou menos às sete e meia.

– Então quem teria colocado os comprimidos de Epilim de Charlie Cavendish ao lado da cama dele naquela noite? Nem o senhor nem a governanta estavam aqui.

– Fui eu, antes de sair. Deviam ser 19h15 quando fui ao quarto dele com os comprimidos.

– E o senhor os colocou ao lado da cama, como sempre, com um copo d'água?

– Sim, coloquei. Charlie estava no quarto naquele momento. Na verdade, ele me viu fazer isso. Não que isso me ajude agora – reconheceu Frederiks.

– Quantas vezes o senhor ia até o armário de remédios para dar medicamentos prescritos ou não para os meninos? – indagou Jazz.

– Quando era necessário – respondeu Frederiks. – A governanta e eu temos uma chave cada um. Nós dois registramos o que retiramos e a hora, então não há possibilidade de confusão.

– E na noite em que a governanta e o senhor estavam fora?

63

– Eu dei minhas chaves ao Sr. Daneman, entre as quais estavam as do armário de remédios.

– Sr. Frederiks, como estava com pressa para ir ao seu compromisso, há alguma chance de que tenha confundido dois comprimidos de aspirina com o Epilim? – Jazz tirou os quatro comprimidos do bolso e os colocou na mesa, diante dele. – Como pode ver, são quase idênticos.

Frederiks parecia abalado.

– Inspetora Hunter, aceito que cometi um erro naquela noite ao sair do alojamento quando era meu turno, mas posso garantir que fui sempre muito cauteloso quando se tratava de algo relacionado aos meninos e seus remédios, especialmente Charlie Cavendish. Eu sabia que ele era alérgico a aspirina. Além disso, os analgésicos ficam guardados em uma prateleira separada dos medicamentos com prescrição, então não há nenhuma chance de eu ter me confundido.

– Só por curiosidade, o senhor poderia me apontar quais comprimidos são de Epilim e quais são de aspirina?

Ele analisou os quatro e apontou para os dois sem número.

– Esses são os de Epilim. Aqueles dois com números são de aspirina. – Ele encarou Jazz com um ar presunçoso. – Acertei?

O fato de você saber qual é a diferença não o ajuda em nada, pensou Jazz.

– Sim. Então, Sr. Frederiks, não pode mesmo me revelar onde estava na noite em que Charlie morreu?

Ele assentiu.

– Me desculpe.

– Preciso salientar que isso o deixa sem álibi ou testemunhas para corroborar sua história.

O administrador franziu a testa.

– Não acredito que eu vá precisar de um. Além disso, como eu já disse, Hugh Daneman vai atestar que eu estava fora e que cheguei aqui à meia-noite.

– Há alguma entrada nos fundos para a Fleat House? – indagou Jazz.

– O quê? Está sugerindo que eu saí e me esgueirei de volta de alguma outra maneira para matar o pobre Charlie?

O rosto de Frederiks estava ficando mais vermelho de raiva.

– Não, estou só perguntando se há uma entrada nos fundos. Há?

– Sim, há. Eu vou lhe mostrar, se a senhora quiser. E há a saída de incêndio, que vai do topo do prédio até o chão. Veja, inspetora Hunter, deixe-me esclarecer algo de uma vez por todas: eu, mais do que qualquer pessoa, estou angustiado pelo que aconteceu. Diante das circunstâncias, não consigo pensar em ninguém menos propenso a mexer em um fio de cabelo de Charlie Cavendish.

– Que "circunstâncias", Sr. Frederiks?

Ele parecia desconfortável, e um pouco de sua raiva justificada se dissipou.

– As mais óbvias, é claro. Eu sou o administrador do alojamento onde Charlie morava, responsável direto por ele na ausência dos pais. O fato de eu não estar aqui quando Charlie morreu é algo que vai ficar na minha consciência pelo resto da vida. E quanto à minha futura carreira de professor, dificilmente será favorável à minha reputação ter a morte de um dos meus alunos em meu histórico, não é mesmo?

– Eu acho que é isso, por enquanto. Obrigada pela atenção. – Jazz colocou os comprimidos no bolso, junto com o pedaço de papel que Frederiks lhe dera, contendo a lista feita por ele. – Mais uma coisa: Rory Millar está neste alojamento, não está?

– Sim, por que a pergunta?

– Eu vi o pai dele hoje, David Millar. Ele parecia achar que o filho estava preocupado com alguma coisa. Como ele está?

– Todos os garotos do alojamento ficaram inquietos com o que aconteceu, inspetora Hunter. Rory sempre foi sensível, então talvez isso o tenha angustiado mais do que a maioria – respondeu Frederiks, com cautela, então se levantou e conduziu Jazz em direção à porta. – Se eu puder ajudar em mais alguma coisa, por favor, me avise.

O falso charme estava de volta.

– Sim, gostaria que Rory Millar estivesse presente em sua sala amanhã de manhã, às oito e meia. Obrigada, Sr. Frederiks, até lá.

Quando saiu do prédio, Jazz ouviu um sino alto; as crianças começaram a sair dos edifícios ao redor do gramado da capela. Ela andou em volta da Fleat House para encontrar a entrada dos fundos. Girou a maçaneta, mas a porta estava trancada.

Jazz consultou o relógio enquanto voltava para a sala de aula. Eram cinco e meia, ainda havia tempo para mais perguntas, e depois ela iria para casa.

Roland estava guardando objetos em sua pasta, prestes a sair, quando Jazz chegou.

– Poderia me contar o que a governanta disse quando o senhor a interrogou? – pediu Jazz, sentando-se na beirada da escrivaninha.

– Claro, senhora. – Roland tirou seu caderno da pasta, verificou o conteúdo e pigarreou. – Como ela já deve ter lhe dito, não estava no alojamento na noite do incidente. Era sua noite de folga.

– Onde ela estava?

– Ela foi a um concerto de coral na capela, que começou às sete e meia e terminou às nove. Eu encontrei o capelão da escola enquanto estava voltando para cá, e ele corroborou o fato de que a viu entrando na capela e depois saindo. Ele fica à porta para receber as pessoas.

– E o senhor perguntou aonde ela foi depois da apresentação?

– Claro que sim. Ela foi para a cidade e jantou sozinha no Hotel Three Swans. Eu confirmei isso com o pessoal do hotel, obviamente. Então ela contou que voltou para a escola, chegando à Fleat House por volta das dez e meia. Subiu para o apartamento dela, localizado no último andar. Disse que não ouviu nada. Não que ela pudesse ouvir, pois seu apartamento fica na extremidade oposta do corredor em relação ao quarto de Charlie. Mas foi ela quem encontrou o rapaz morto na manhã seguinte e deu o alerta.

– Obrigada. Ah, antes de ir, o senhor poderia me explicar como encontro essa rua? – pediu Jazz, entregando a ele um pedaço de papel com um endereço.

– Claro. É bem perto daqui – afirmou Roland, e rabiscou as instruções.

– Obrigada. Nos veremos aqui amanhã, às oito.

– Boa noite, senhora.

Roland acenou com a cabeça para Miles e saiu da sala.

– Eu também já estou cansada. – Jazz suspirou. – O que você acha de comermos alguma coisa na cidade, no hotel em que você está hospedado, e conversarmos sobre os fatos que levantamos?

– Por mim, tudo bem.

Miles assentiu e fechou o notebook, seguindo Jazz para fora da sala.

Ela a trancou e colocou a chave no bolso do casaco.

– Você sabe qual é o grande problema aqui? Se eu estiver certa e o Epilim tiver sido trocado pela aspirina, várias pessoas poderiam ter entrado na Fleat

House nessas quatro horas e cometido o crime. Há uma trava de segurança, mas o número não é exatamente um segredo, com oitenta garotos indo e vindo o dia inteiro, sem mencionar os funcionários. Eu verifiquei mais cedo e há uma entrada pelos fundos. Qualquer um poderia ter entrado por lá também.

– Como eu disse, uma agulha no palheiro – comentou Miles enquanto se dirigiam para o carro.

– Sebastian Frederiks, o administrador, disse que colocou os comprimidos de Charlie ao lado da cama por volta de 19h15, enquanto o rapaz ainda estava no quarto. Precisamos descobrir exatamente a que horas Charlie saiu para encontrar seus amigos no bar, mas, por enquanto, vamos supor que tenha sido entre sete e meia e oito horas. Sabemos que ele tomou os comprimidos entre onze e onze e meia. Restam quase quatro horas durante as quais a troca poderia ter sido feita.

Miles abriu a porta do passageiro e Jazz entrou.

– A senhora parece muito convencida de que foi assim que Charlie morreu. – Ele ligou o motor. – Outra ideia: e se Charlie tivesse comprado alguma substância ilegal, como ecstasy, no bar naquela noite? E se o vendedor o tivesse enganado e vendido aspirina em vez da droga?

Miles começou a tirar o carro da vaga.

– Acho muito difícil acreditar que exista tráfico de drogas pesadas em uma cidade como esta.

– Quem está sendo urbana e arrogante agora, hein? As drogas estão por toda parte. Especialmente em estabelecimentos onde os jovens têm dinheiro para comprá-las.

– Faz sentido – reconheceu Jazz. – Mas a maneira como a mãe dele insistia que *qualquer* droga desconhecida poderia ser fatal, ainda mais considerando que um epiléptico não deve usar substâncias que alterem o estado de consciência, me faz duvidar de que ele se arriscaria.

– Charlie tinha 18 anos e, pelo que ouvi, gostava de uma festa. Acho que os conselhos da mamãe não teriam muita influência. Como todos os jovens, tenho certeza de que ele curtia um perigo.

– Digamos que você esteja certo... – ponderou Jazz. – Por que ele esperaria voltar para o quarto para ingerir a droga? Se os amigos dele tivessem o hábito de usar drogas, essa seria uma atividade em grupo. Ah – Jazz tirou um pedaço de papel do bolso –, você se importaria de dar uma parada rápida antes da sua cerveja? Quero visitar Hugh Daneman, o orientador da Fleat House, para saber se ele viu alguém entrando ou saindo do alojamento naquela noite. Coitado, parece que ele foi largado lá pelo Sr. Frederiks, que fugiu para um local secreto.

– Geralmente a pessoa mantém segredo porque esteve com alguém com quem não deveria se encontrar. Lembre-se, Frederiks é solteiro, não é? Viro à esquerda ou à direita para a casa desse orientador?

– Ahn... à esquerda, aqui, segundo Roland. – Jazz orientou Miles por uma estrada estreita. – Frederiks certamente está escondendo algo. Tudo depende se esse "algo" é relevante para a investigação. Vire à direita aqui. – Jazz olhou pela janela. – Ali está o número 24; estamos procurando pelo 36.

Eles estacionaram do lado de fora da casa com varanda e saíram do carro. Jazz abriu o portão, observando que o jardim da frente era muito bem cuidado. Ela bateu com força à porta da frente.

– Ele pode não atender se estiver lá em cima doente, na cama – sugeriu Miles, quando Jazz bateu outra vez.

– É verdade, mas eu realmente gostaria de falar com ele esta noite, se puder. – Jazz se inclinou, abriu a caixa de correio embutida e olhou para dentro. Viu uma poltrona de frente para a lareira e um braço pendurado sobre ela. – Ele está lá, mas deve estar dormindo. – Colocando a boca na abertura, ela gritou: – Sr. Daneman, é a polícia! Desculpe incomodá-lo, mas precisamos falar com o senhor.

Não houve resposta. Ela olhou interrogativamente para Miles.

– Será que ele é surdo? – sugeriu.

Jazz espiou de novo através do espaço para cartas. Algo na maneira como aquele braço estava pendurado sobre o apoio da poltrona dizia a ela que não era surdez o que impedia Hugh Daneman de abrir a porta.

Ela se levantou e disse para o sargento:

– Ele não é surdo. Arrombe a porta, Miles. Meu palpite é que temos outro cadáver em nossas mãos.

7

Angelina Millar mexeu sua caçarola de cordeiro, depois adicionou alguns temperos. Levou a panela de volta ao fogão e olhou com satisfação para a mesa, posta para dois, com um punhado de tulipas recém-colhidas no centro, adicionando um toque de primavera.

Antes de sair da cozinha, ela fez uma pausa para se certificar de que tudo estava pronto, então entrou no banheiro do primeiro andar para verificar a maquiagem e o cabelo.

Como sempre, ela parecia imaculada, suas feições perfeitas como as de uma boneca. Ela pensou em como era sortuda por precisar de só um pouquinho de rímel e batom para acentuar seus grandes olhos azuis e lábios carnudos.

Talvez um dia ela tivesse que entrar na onda do botox, como muitas de suas amigas já faziam, mas, por enquanto, sabia que parecia mais jovem do que seus 38 anos.

Ela enfiou a cabeça na entrada da sala de visitas para ter certeza de que o fogo ainda estava queimando alegremente na lareira, depois voltou para a cozinha e decidiu servir-se de uma taça de vinho enquanto esperava. Julian disse que chegaria depois das sete, então, vendo que tudo estava pronto, ela sentiu que merecia uma bebida.

Angelina levou o vinho para a sala de visitas e sentou-se em um canto do sofá macio, tomando cuidado para não vincar a almofada atrás de seu corpo. Endireitou a pilha de revistas sobre decoração e jardinagem em cima da mesa de centro extremamente polida e observou a sala com orgulho.

Todos que visitavam sua casa comentavam quanto ela era gloriosa. Embora fosse bem grande, ela conseguira fazer de seu lar um local aconchegante e convidativo. Na verdade, recebia tantos elogios pela decoração que decidira tentar fazer disso uma profissão. Pretendia fazer um curso de design de interiores de meio período no verão. Não que esperasse aprender qualquer coisa que já não soubesse, mas porque, aos olhos dos clientes, faria diferença ela ter algum tipo de certificação.

Uma de suas amigas já havia oferecido lhe pagar para decorar uma casa de campo que acabara de comprar como investimento, e Angelina estava ansiosa para visitar lojas de antiguidades e escolher possíveis tecidos para cortina.

Especialmente agora que Rory estava estudando em um internato durante a semana e Julian nunca chegava em casa muito cedo e nem sempre ficava lá, seria bom ter uma atividade agradável e financeiramente gratificante para preencher seus dias.

Satisfeita, Angelina tomou um gole do vinho e se permitiu sorrir por aquilo que havia conquistado: uma bela casa, um filho e um homem rico e bem-sucedido com quem compartilhar a vida.

Eles precisavam ser discretos no momento. Não seria favorável para sua reputação nem para a carreira de Julian se as pessoas descobrissem que ela estava tendo um caso com um advogado que, apesar de não a ter representado, lhe dera conselhos sobre as circunstâncias difíceis que cercavam seu divórcio.

Mas até isso tinha dado certo. Angelina estava prestes a dizer a David que iria deixá-lo para ficar com Julian, quando então o marido perdera o emprego e a agredira.

Apavorada, ela ligou para Julian depois que a polícia levou David embora. Ele então assumiu o controle.

Julian sugeriu que Angelina acusasse David de agressão. Ela se sentiu desconfortável com isso, pois entendera por que ele ficara tão furioso naquela noite, mas, como Julian avisara, aquele seria um ótimo motivo para pedir o divórcio e conseguir manter sua reputação intacta.

As conversas nos círculos sociais que ela e Julian frequentavam não seriam sobre "o coitado do David", abandonado pela esposa que amava e que o trocou por outro homem, mas de empatia por Angelina, uma mulher agredida, casada com um alcoólico violento. E ela, para sua própria proteção e a de seu filho, não teria opção a não ser se divorciar dele.

Angelina não tinha certeza de quando exatamente Julian tinha sugerido isso, porém, quando David apareceu na casa na manhã seguinte e quebrou uma janela, ela ficou de fato assustada. Julian mencionou de novo a acusação de agressão, adicionando uma medida protetiva para manter David afastado sob ordem judicial. Naquele momento, ela não hesitou em pedir ao advogado para agir.

Angelina tinha presumido que, quando deixasse David, precisaria sacrificar sua amada casa. Então, Julian sugeriu assumir a hipoteca com ela, vender a própria casa e oferecer o dinheiro da venda para pagar David e manter o imóvel.

A ideia a deixara encantada. Por fim, retirar a acusação de agressão em troca de um divórcio rápido permitiria que Angelina mantivesse a consciência limpa. Por mais que ela quisesse terminar seu casamento com David, sabia que prestar queixa sobre um crime que ele não tinha cometido era golpe baixo.

Ela sentiu empatia pelo ex-marido, mas não o suficiente para ficar sem dormir. Ele era um perdedor, e ela ficou aliviada por não ter que arrastá-lo no casamento por mais tempo.

Agora, tinha ao seu lado um homem tão ambicioso quanto ela. Ele *queria* o melhor de tudo e celebrava suas conquistas gastando o dinheiro que ganhava com seu trabalho árduo.

Eles já tinham conversado sobre fazer uma grande festa para celebrar o relacionamento e o aniversário de 40 anos de Julian. Angelina tinha consultado empresas que alugavam toldos, bufês e bandas de festa. Julian lhe dera carta branca para gastar e fazer um trabalho espetacular. E ela teria que ir a Londres comprar um vestido muito especial.

Sim, as coisas tinham dado certo para Angelina. Só havia um pequeno problema: seu filho, Rory.

Angelina era uma mãe amorosa e dedicada. Odiou testemunhar a dor de Rory quando ele teve que se acostumar ao divórcio dos pais. Ela sabia que pai e filho tinham um vínculo especial; conseguia reconhecer as semelhanças entre eles. Quando ela revelou ao menino que o pai nunca mais voltaria para casa, Rory chorou a noite inteira.

Desde então, ele se isolara. Quando estava em casa nos fins de semana, raramente se comunicava com a mãe sobre qualquer outra coisa além de comida e atividades domésticas.

Ela sabia que era muito cedo para contar a ele sobre o relacionamento com Julian. Tinha sido difícil mas contornável, pois o menino passava a semana fora e ficava com o pai a cada dois fins de semana.

Então, alguns dias antes, Julian comunicou que achava que era hora de contar a Rory. Disse que estava farto de se esconder pelos cantos como um adolescente furtivo. Queria se mudar para a casa que estava lhe custando um rim, contar a verdade a Rory e ao mundo. Ele tinha organizado uma viagem para os três para uma estação de esqui durante o recesso escolar.

– Rory e eu poderemos criar um vínculo nas pistas – anunciou ele.

Angelina estremeceu diante da ideia de Rory, que não gostava de esportes, aprender a esquiar tendo o atlético Julian como professor.

No entanto, ela concordou com Julian. Rory ia completar 14 anos dali a poucos meses e já teria maturidade suficiente para lidar com a situação.

Naquele fim de semana, quando o filho chegasse em casa, ela iria contar que seu "amigo" se juntaria a eles nas férias.

Angelina ouviu a porta dos fundos se fechar e se levantou. Julian havia chegado pontualmente pela primeira vez. Ela terminou sua taça de vinho e levantou-se, verificando sua aparência no espelho.

Ouviu passos no chão de pedra do corredor, vindo em sua direção. A porta se abriu.

– Querido, eu...

A mão de Angelina voou para a boca quando ela viu quem tinha acabado de entrar, deixando um rastro de pegadas enlameadas pelo tapete azul novo.

– Olá, Angie. Eu vim conversar sobre Rory.

Ela recuava enquanto ele se aproximava, mas viu-se encurralada contra a estante.

– Não fique tão assustada. Não estou aqui para machucar você. Só quero ter uma conversa sobre Rory. A maldita escola não me deixa vê-lo, e eu estou ficando doente de preocupação.

Ele estava perto o suficiente para Angelina sentir o cheiro de seu hálito.

– Ah, David, pensei que você tinha largado o álcool. Você andou bebendo.

– Não o suficiente para ficar bêbado, infelizmente. – Ele se afastou. – Por favor, pare de me tratar como se eu fosse um assassino. Não vou tocar num fio de cabelo seu. Embora estejamos divorciados, ainda temos um filho juntos. E ele está com problemas.

Angelina se esgueirou lentamente em direção ao sofá e sentou-se com cuidado na beirada. A aparência de David era terrível. Estava claro que não se barbeava nem tomava banho havia dias, e seu cabelo, que tinha crescido muito nos últimos meses, pendia, ensebado, em volta do rosto.

– David, você não pode simplesmente entrar aqui de repente. Essa não é mais a sua casa – começou ela. – Da próxima vez, por favor, ligue antes, e então poderemos nos encontrar em algum lugar.

– Angie, não me venha com essa. Você raramente retorna minhas ligações, se é que retorna, e com certeza não iria gostar de ser vista comigo em público. O que mais eu poderia fazer? Deixar nosso filho continuar a sofrer porque a mãe se recusa a me dedicar um minuto de seu dia?

Ela ficou em silêncio.

– Você tem uma bebida aí? – perguntou ele.

– David... eu...

David já tinha saído da sala e voltado com a garrafa de vinho que custara a Angelina uma pequena fortuna, a bebida que acompanharia a ceia daquela noite. Ele tirou a rolha e serviu-se de uma taça.

– Eu tive que beber para ter coragem de vir até aqui, em primeiro lugar. – Ele levou a taça aos lábios e tomou um gole demorado. – Muito bom. Você está esperando alguém? A mesa está posta para um jantar a dois. Você está namorando?

– Não... eu, sim... Olha, não é da sua conta. Diga logo o que você quer dizer e vá embora – declarou Angelina, olhando nervosamente para o relógio.

– Rory me ligou da escola há alguns dias. Ele parecia muito nervoso.

– É mesmo? Pois ele estava muito bem quando o vi no concerto do coral na capela, na sexta-feira passada. No sábado de manhã ele foi direto para o Festival de Coros de Escolas Independentes, por isso não o vejo desde então. O que ele falou ao telefone?

– Que não havia ninguém lá para protegê-lo. – David pegou a garrafa de vinho e encheu de novo sua taça. – Eu não sei o que ele quis dizer, você sabe?

– Não. Eu não tenho ideia.

Angelina franziu a testa, preocupada.

– Fui tentar vê-lo na sexta à noite, mas ele não estava lá.

– Porque ele estava cantando na capela, David.

– Então eu deixei mensagens para o diretor e aquele idiota do administrador da Fleat House. Ninguém retornou minhas ligações. Aí fui à escola de novo esta manhã e exigi ver Rory, mas o filho da mãe do Jones se recusou. Meu Deus! Isso é muito frustrante.

David bebeu todo o vinho e encheu a taça mais uma vez.

Angelina pensou em como o diretor teria visto David: bêbado e agressivo, invadindo a escola e exigindo ver o filho.

– Vou ligar para a Fleat House assim que você sair e verificar se ele está bem. E ele vai voltar para casa amanhã. Eu posso conversar com ele quando chegar.

– Por favor, Angie, será que poderia ligar agora?

– Eu vou fazer isso assim que você sair. E prometo dar um retorno para você, de verdade. Agora, David, eu...

– Segundo o diretor, Frederiks vai pedir para Rory me ligar hoje à noite, mas, pelo que já percebi, isso não vai acontecer. – Os passos de David ficaram instáveis. – Eu sei, dentro de mim, que algo está errado. Você promete que vai ligar?

– É claro que vou – respondeu ela, gentilmente. – Prometo.

– Você acha que ele está sofrendo bullying?

– Não sei. Talvez tenha algo a ver com a morte do garoto que sofreu um ataque epiléptico.

– Eu realmente não sei, mas temos que descobrir. – David parou de andar, virou-se para encará-la. – Olha, eu sei que as coisas deram errado, Angie, mas, no mínimo, devemos a Rory tentar nos comunicar direito?

Angelina assentiu.

– É claro. – Ela olhou para o relógio novamente, em seguida levantou-se, a momentânea harmonia substituída pela urgência. – Meu convidado vai chegar a qualquer momento. Acho melhor você ir.

Ele olhou para ela com tristeza.

– É claro que você acha. – David de repente bateu a taça na mesa. – Eu não me encaixo aqui com essa aparência, não é? Chateado, desesperado... Você nunca gostou de nada fora do seu controle, não é, Angie?

– David, por favor, não faça isso.

– Não faça o *quê*? Não diga a verdade? O que exatamente eu fiz de errado, Angie? Eu era gentil, atencioso, nunca fui infiel, comprei a casa dos seus sonhos...

– Eu acho melhor você ir embora. Eu...

– Eu te amei, tentei lhe dar tudo que você queria... – Ele caminhou até a lareira e pegou uma estatueta. – Lembra quando comprei isto para você? Era o nosso... sexto aniversário de casamento, e eu gastei uma fortuna. – Ele colocou a peça de volta na lareira, onde ficou precariamente equilibrada perto da beirada. – Tudo o que eu sempre quis foi fazer você e Rory felizes.

Angelina ouviu um carro parar na entrada. Ela se levantou.

– David, você tem que sair, *agora*!

– Tudo bem, tudo bem. Estou indo, não se preocupe. Ligue para mim. Promete?

– Prometo.

– Obrigado. Só porque eu não a amo mais, não significa que eu também não ame meu filho. – David virou-se para a porta, instável, mas esbarrou na estatueta sobre a lareira e a peça caiu no chão.

– Meu Deus, eu... eu sinto muito... eu... – David se inclinou para recolher os cacos. – Vou comprar outra...

Um par de braços fortes o pegou pelos cotovelos e o trouxe de volta à posição de pé.

– O que *diabos* você está fazendo na minha casa? Ameaçando sua ex-mulher de novo? Usando uma estatueta quebrada como arma? – Ele estava sendo arrastado em direção à porta. – Você sabe o que aconteceu da última vez que tentou invadir esta casa?

– Julian, é sério, está tudo bem. David veio conversar sobre Rory. Ele não me ameaçou e já ia embora quando você...

Mas Julian já tinha saído da sala de visitas, empurrando o pobre David até a porta da frente. Ele a abriu e jogou o homem com força no jardim. David perdeu o equilíbrio e caiu sobre o canteiro de rosas à esquerda.

Ofegante pelo esforço, Julian passou as mãos pelos cabelos e alisou o terno enquanto observava David lutar para se levantar.

– Juro que, se você chegar perto desta casa novamente, vou pedir uma medida protetiva tão depressa que você vai ser levado embora na mesma hora. E quanto ao seu filho, faço questão de que ele saiba que o pai é um bêbado vagabundo.

A porta se fechou. David foi deixado no escuro do lado de fora, com a cabeça girando devido ao álcool e ao choque. Escorria sangue de um de seus dedos, onde um espinho havia penetrado. Ele cambaleou até o portão da frente, incapaz de impedir que as lágrimas rolassem pelo rosto.

– Ah, meu Deus... ah, meu Deus – murmurou, quando abriu a porta do carro.

Ele afundou no banco do motorista e apoiou a cabeça nas mãos.

Julian Holmes, o advogado arrogante e bajulador que David encontrara várias vezes em jantares, estava morando com sua ex-mulher.

Ele estava morando na casa de David, dormindo na cama de David e, o pior de tudo, podia ter acesso ilimitado a Rory. Enquanto o próprio David não tinha.

E... sua mente encharcada de álcool procurou a conexão que estava bem ali, fora de seu alcance...

E se a pessoa que deixara Rory tão assustado fosse Julian?

David descansou a cabeça latejante no volante e se perguntou se era possível que as coisas piorassem.

Jazz estava a caminho de casa; Miles dirigia enquanto ela falava com Norton ao celular.

– O corpo foi recolhido e o patologista prometeu dar prioridade à necrópsia do Sr. Daneman. Só poderemos ter certeza quando sair o resultado, mas, pelo que vi, foi um caso simples de suicídio.

– Está precisando de reforços? – indagou Norton.

– Os peritos de Norwich estão vindo para examinar o quarto de Cavendish amanhã de manhã. Não que haja muito para encontrar. O quarto foi limpo depois do ocorrido. Eles deveriam ter sido chamados imediatamente após o incidente.

– Ninguém sabia naquele momento que não era um simples incidente.

– Isso só torna nosso trabalho um pouco mais difícil. O senhor sabe como são os primeiros dias depois de um assassinato.

– Assassinato?

– Desculpe, senhor, estou me precipitando um pouco. Mas, com a morte de Hugh Daneman, não é preciso ser um gênio para descobrir que há alguma coisa estranha acontecendo.

– Você acha que as duas mortes estão conectadas?

– Será uma grande coincidência se não estiverem, mas não vou especular até saber os fatos. E eles estão escassos no momento. Enfim... Vou mandar os peritos diretamente para a casa de Hugh Daneman assim que terminarem com o quarto de Cavendish.

– A grande questão é: por quanto tempo podemos esconder isso da imprensa? Uma morte que todos até agora supõem que foi acidental já é preocupante, mas duas causarão pânico coletivo na escola e entre os pais.

– Pelo menos Daneman não morreu dentro do internato.

– Não, mas se há algo sinistro acontecendo, não podemos deixar todas essas crianças correrem risco, certo, Hunter?

– Precisamos do relatório da autópsia de Daneman com urgência.

– Você conversou com o diretor sobre Daneman? – perguntou Norton.

– Sim. Liguei para ele há dez minutos. Como pode imaginar, ele está muito preocupado. Para dizer o mínimo. A primeira coisa que vou fazer amanhã de manhã é me encontrar com ele.

– Mantenha contato, Hunter. Desculpe lhe dar outra morte em seu primeiro dia de volta ao trabalho.

Jazz imaginou Norton sorrindo com ironia.

– Ainda não consegui chegar em casa para pintar a *Mona Lisa*.

– Com certeza não. Boa noite, então.

– Boa noite, senhor.

Miles parou na frente da casa de Jazz.

– Obrigada pela carona. Eu o convidaria para tomar um café, mas estou exausta.

– A senhora? Cansada? Jamais.

– Tenho certeza de que voltarei ao ritmo em breve, mas estou louca por um banho e uma noite de sono. Pode me pegar às sete amanhã?

– Deixe comigo. Vou explorar os inferninhos de Foltesham.

Miles piscou para Jazz quando ela abriu a porta do passageiro.

– Bem que você podia explorar o inferninho onde Charlie e seus comparsas da St. Stephen estiveram na noite em que ele morreu. Falar com o proprietário, obter alguma informação.

– É uma tarefa difícil. Talvez eu tenha que beber umas cervejas para me misturar com a multidão. Nos veremos às sete. Boa noite.

Jazz estava na banheira, refletindo sobre os acontecimentos do dia.

E se Hugh Daneman tivesse, por engano ou *intencionalmente*, trocado os comprimidos de Charlie por aspirina, num raro momento em que estava encarregado sozinho da Fleat House?

Se ela pudesse encontrar um motivo, provar que ele *tinha* sido o autor, aquele caso estaria resolvido.

Jazz suspirou quando saiu da banheira e pegou uma toalha, a pele toda arrepiada enquanto andava pelo corredor frio e ia para o quarto.

Ela *jamais* pegara um caso de fácil resolução.

Mas devia existir algum, é claro.

Vestiu um roupão, desceu as escadas e viu que sua secretária eletrônica estava piscando. Havia mensagens do encanador, do decorador e de seu pai, que queria saber como fora seu primeiro dia de volta ao trabalho.

Pegando o telefone, ela discou o número da casa dos pais.

– Papai, sou eu. Sim, tudo bem, mas, nossa, estou muito cansada. Encontrei outro cadáver às cinco e meia da tarde, então as coisas estão esquentando.

– O quê? Na sonolenta Norfolk? Ah, ok, que você encontre muitas pistas, minha querida. Está satisfeita por ter voltado?

– Vou poder responder daqui a alguns dias. Neste momento, estou um bagaço.

– Imagino. De qualquer forma, acho que você tomou a decisão certa. Você pode vir almoçar aqui no domingo e nos contar todas as novidades?

– Eu adoraria, mas primeiro vou precisar avaliar como o caso está se desenvolvendo.

– Claro, mas ouça, veio um sujeito aqui me ver hoje cedo. Ele se chama Jonathan Scott e está fazendo doutorado. Acho que a tese é sobre o crime na Grã-Bretanha moderna. Ele ouviu dizer na universidade que minha filha é detetive e queria saber se poderia entrevistá-la em algum momento nos próximos dias.

– Vou estar muito ocupada, papai.

– Eu sei. Mas que tal você reservar uma hora para falar com ele depois de apreciar a perna de cordeiro feita pela sua mãe no domingo? Ele é um sujeito agradável.

– Você não está tentando armar um encontro para mim, está?

– Meu Deus, não. Ele é alguns anos mais jovem do que você, de qualquer maneira.

– E ele não teria interesse em uma velha enrugada, certo?

– Exatamente.

– Obrigada, papai. Sempre contribuindo para elevar a minha autoestima. A propósito, como está se sentindo?

– Animado, como sempre.

– Que bom. Bem, a não ser que essa investigação me atrapalhe, estarei aí no domingo.

– Estou ansioso por isso, querida. Deus a abençoe.

– Mande beijos para a mamãe. Boa noite, papai.

Jazz desligou o telefone, apagou as luzes e andou, exausta, até as escadas. Ao deitar-se na cama, percebeu que, pela primeira vez em sete meses, não tinha pensado no ex-marido o dia inteiro.

8

Robert Jones estava com uma cor estranha. Jazz podia ver as gotas de suor em suas têmporas.

– Estou muito preocupado, inspetora Hunter. Muito preocupado. Podemos lidar com uma morte que parece ter sido acidental, mas *duas*... duas é perigoso.

– Eu entendo, Sr. Jones. É uma situação lamentável. Se serve de consolo, temos quase certeza de que o Sr. Daneman cometeu suicídio.

– Bem, imagino que isso cause menos problemas – admitiu o diretor.

– Obviamente, só poderemos ter a confirmação quando a necrópsia for concluída – acrescentou Jazz.

– Sim. Então talvez sejam apenas coincidência e falta de sorte?

– Infelizmente não posso responder no momento. Me diga uma coisa: o Sr. Daneman e Charlie Cavendish se davam bem?

– Bem... resumindo, eles não poderiam ser mais diferentes. Charlie não era do tipo acadêmico, gostava de estar com os amigos e era barulhento. Hugh, por outro lado, era uma alma gentil. Foi um estudioso de latim em Oxford quando jovem. Levava uma vida tranquila, cercado por seus livros, e fazia muitos trabalhos de tradução para a Biblioteca Britânica. Para falar a verdade, muitas vezes eu me perguntava o que ele estava fazendo aqui na St. Stephen. Ele era um especialista renomado em manuscritos latinos do século XIV.

– Ele era querido pelos colegas?

– Muito – respondeu o diretor. – Ninguém tinha uma palavra contra Hugh. Ele era um homem muito gentil e até um pouco ingênuo, e foi um excelente orientador para alguns dos meninos mais novos, que estavam longe de casa pela primeira vez. Estava sempre pronto para ouvi-los se tivessem algum problema.

– Ele era casado? – indagou Jazz.

– Não. Acho que nunca se casou, na verdade. Quanto a parentes... –

Robert Jones deu de ombros. – Não faço ideia. Ele era muito discreto. Não costumava socializar com os outros membros da equipe.

– Então vamos consultar nossos sistemas e ver se conseguimos encontrar parentes próximos.

– Me desculpe por não poder ajudá-la quanto a isso. A vida particular de Hugh de fato era um enigma.

– O senhor notou alguma mudança nele recentemente? – sondou Jazz. – Ele parecia deprimido?

– Não, mas Hugh nunca foi do tipo que demonstrava emoções. Qualquer coisa poderia estar acontecendo dentro daquela cabeça inteligente, mas ninguém saberia o quê.

– Então, voltando ao assunto – disse Jazz –, Charlie e Hugh discordavam em muitas coisas?

– Hugh foi orientador de Charlie quando ele chegou, mas mudamos esse acordo em poucas semanas. Eram duas pessoas que não se davam bem. Charlie podia ser... arrogante e às vezes agressivo. Hugh, o eterno pacifista, não era capaz de lidar com uma personalidade assim, então nós o colocamos sob responsabilidade de Sebastian Frederiks, o que provou ser muito mais eficaz.

– Entendo. – Jazz se apoiou na escrivaninha e se aproximou mais um pouco. – Sr. Jones, por favor, responda sinceramente: Charlie Cavendish era conhecido por praticar bullying?

Houve uma pausa, depois um suspiro antes de o diretor responder:

– Suponho que ele tivesse certa reputação nesse sentido. Não sei quão intencional era o comportamento de Charlie, mas ele perturbava alguns dos garotos mais novos, especialmente os recém-chegados. Não gostava de fracotes, sentia que era seu dever torná-los mais fortes. Mas devo reiterar, inspetora Hunter, que não temos nenhum problema de bullying na escola como um todo. Estamos sempre atentos a isso. Charlie era um caso isolado, e foi advertido em várias ocasiões.

– Então, ele era metido a valentão. Tenho a impressão de que era um rapaz difícil – comentou Jazz.

– Ele era um dos nossos alunos mais desafiadores, sim, mas só podemos lidar com a matéria-prima que nos é dada. O fato é que Charlie foi muito mimado pelos pais desde que nasceu. Ele... tinha dificuldade para entender o conceito de limites.

– Mais uma pergunta. – Jazz colocou um porta-documentos de plástico na mesa do diretor. – O senhor reconhece essa pessoa?

Ele pegou a pequena fotografia e a analisou com atenção.

– Está muito desbotada, mas o rosto me parece familiar.

– Nós a achamos debaixo da poltrona em que Hugh Daneman foi encontrado morto. Talvez ele estivesse segurando a fotografia e a tenha deixado cair quando ficou inconsciente. Não sabe me dizer quem é?

– Não. – Jones olhou novamente para o rosto angelical, de cabelos longos e lisos que emolduravam um rosto de traços finos. – Ela é muito bonita, não é?

– Sim, e muito jovem. Me pergunto se poderia ser filha dele, mas o senhor obviamente não saberia responder.

– Não. – Ele devolveu a fotografia para Jazz. – Sinto muito.

– Diga-me, Sr. Jones, conseguiria pensar em alguma razão para Hugh Daneman querer matar Charlie Cavendish?

– O quê?! Hugh? Matar alguém? – O diretor balançou a cabeça em descrença. – Para ser sincero, detetive, a ideia é absurda, completamente absurda! Além disso, eu entendo que seja preciso investigar a morte de Charlie, mas não estamos nos precipitando ao sugerir que ele foi assassinado?

Jazz se levantou. Ela encarou Robert Jones e balançou a cabeça lentamente.

– Receio que não devemos descartar essa hipótese. Pensei em todas as possibilidades que explicariam Charlie ter engolido os comprimidos de forma consciente, quando ele sabia muito bem que poderiam matá-lo. Então, os fatos são estes: ou ele cometeu suicídio ou alguém trocou seus comprimidos de Epilim por aspirina. E, se for o último caso, seria assassinato.

– Poderia ter sido suicídio... – sugeriu o diretor, sem muita convicção.

– O senhor não acredita nisso, não é?

Ele fez uma pausa antes de balançar a cabeça, derrotado.

– Não. Não acredito. Quer dizer, nunca se pode ter certeza, especialmente quando se trata de adolescentes, mas, conhecendo Charlie, eu diria que é improvável.

– O senhor disse que considerava Hugh Daneman um homem incapaz de matar?

– Com toda a certeza ele não mataria ninguém.

– Sabia que ele estava sozinho no alojamento naquela sexta à noite?
– Não, detetive, a governanta estava de folga, mas Sebastian Frederiks estava de plantão.
– Não, ele não estava. De acordo com o próprio Sr. Frederiks, ele teve que ir a um compromisso em outro lugar, mas não nos deu os detalhes.
– Verdade? – O diretor olhou para Jazz com espanto. – Tem certeza?
– Ele me contou que não estava na Fleat House na sexta-feira à noite, entre as sete horas e a meia-noite.
– Francamente, estou surpreso. Sebastian Frederiks é o professor mais dedicado que temos. Ele vive para aqueles garotos e conhece bem as regras: sempre deve haver dois funcionários de plantão no alojamento, a qualquer momento. Não acredito que ele deliberadamente colocaria em perigo os garotos sob seus cuidados. Ou que "daria uma escapada" sem me comunicar.
– Talvez o senhor deva lhe perguntar onde ele estava, Sr. Jones. Ele não me deu respostas.
– É claro que vou perguntar. – Ele bebeu um pouco de água de um copo em sua mesa. – Meu Deus, tudo isso está se transformando em um pesadelo!
– Provavelmente a ausência de Frederiks só foi descoberta devido à morte de Charlie. Mas, pensando bem, isso significa que Hugh Daneman teve muitas oportunidades de ir ao quarto da vítima sem ser visto. E depois tirou a própria vida, para não carregar para sempre a culpa e as consequências de seu crime.

Uma pequena faísca de esperança brilhou nos olhos do diretor.
– Talvez seja uma possibilidade.
– O senhor acabou de reiterar quanto é absurda a ideia de que Daneman pudesse matar alguém.
– Como disse, eu não o conhecia bem... quase nada... eu... bem, por mais que eu queira uma solução rápida para essa bagunça – Jones suspirou –, não consigo imaginar isso. Hugh lidou com muitos garotos difíceis durante sua longa carreira como orientador na St. Stephen. Dificilmente um conflito de personalidades o teria incitado a matar.
– A menos que houvesse outra razão da qual não estamos cientes.

Jones juntou as mãos.
– Eu desconheço. A senhora é a detetive, inspetora Hunter. – Ele suspirou.
– Quando pretende informar a todos sobre a morte de Hugh Daneman?

Tem noção do caos que se instalará quando os pais souberem desse novo incidente? Eles vão se perguntar que diabos está acontecendo aqui, e com razão.

– Não divulgaremos nenhuma informação à imprensa nos próximos dias, até termos os resultados da necrópsia do Sr. Daneman. No entanto, quero que esteja ciente de que pode haver um assassino escondido entre vocês.

– Mas é improvável, não é?

Jazz escolheu as palavras cuidadosamente.

– Sr. Jones, esta escola é sua. O senhor é responsável pelo bem-estar geral de sua equipe e de seus alunos. Eu só posso aconselhá-lo com base nas informações que vou reunindo à medida que minha investigação avança, mas, em última análise, cabe ao senhor decidir se fecha ou não a instituição.

– Bem, certamente preciso de seus conselhos. Estarei arriscando vidas se não o fizer? Se fecharmos, será o fim da escola... o fim.

– Se o senhor prefere manter o internato aberto, o que eu sugiro que faça agora é reunir seus funcionários e os monitores e informá-los de que a morte de Charlie não parece mais um acidente. Adultos são tão capazes de entrar em pânico quanto jovens, então tente não ser alarmista. Mesmo que Charlie *tenha* sido assassinado, provavelmente foi uma vingança pessoal, e não obra de um assassino em série.

– Meu Deus! A senhora está *me* assustando, detetive. Imagino o que minha equipe pensará.

Jones levantou-se e andou de um lado para outro no pequeno espaço atrás de sua mesa.

– Peça aos funcionários que avisem todos os alunos dos últimos anos para trancar seus quartos antes de irem dormir e, no caso dos mais novos que compartilham quartos, que seja designado um membro da equipe ou um monitor para dormir com eles. Eu também estou providenciando para que policiais façam uma patrulha permanente na escola.

– Santo Deus. A St. Stephen está sitiada! Devo contar a eles sobre a morte de Hugh?

– Ainda não. Para todos os efeitos, o Sr. Daneman ainda está em casa, acometido pela gripe. – Jazz lhe deu um sorriso fugaz. – Lembre-se: também é do meu interesse manter a escola aberta. Não quero que meus suspeitos desapareçam antes que eu consiga me aprofundar nos fatos. Obrigada, Sr. Jones. Vou mantê-lo atualizado à medida que as coisas progredirem.

Jazz saiu do escritório do diretor e atravessou o pátio até a sala designada para ser a central de investigações.

Miles estava à sua mesa, bocejando.

– Chegou tarde ontem à noite?

– Sim. Estive no bar que os rapazes da St. Stephen frequentam e acabei conversando com o proprietário até tarde.

– Só conversando?

– Admito que fiz companhia a ele no departamento das cervejas. Só três, mas devem ser mais alcoólicas aqui do que em Londres. Estou me sentindo acabado.

– É muito ar fresco do campo, detetive Miles. Seus pulmões não conseguem lidar com isso. Então, o que o proprietário tinha a dizer?

– Nada relevante de fato. Ele perguntou à garçonete que estava no turno daquela noite e ela se lembrou de Charlie e seu grupo chegando. Aparentemente, ele teve um breve caso com uma amiga dela pouco antes do Natal, por isso ela o reconheceu. O lugar estava lotado de alunos dos últimos anos da St. Stephen, pois é o único pub da cidade que eles têm permissão de frequentar.

Jazz tirou o casaco, sentou-se à mesa e ligou o notebook.

– Você perguntou se houve algum incidente relacionado ao tráfico de substâncias ilegais no local?

– Sim. Não que ele fosse admitir se tivesse ocorrido, obviamente. Ele ficou claramente na defensiva quando perguntei, disse que não tolerava qualquer tipo de droga no estabelecimento. E eu, pessoalmente, acreditei nele. O pub tem um bom relacionamento com a escola; eles têm o negócio, mas ficam de olho nos jovens. Eu não acho que o proprietário iria querer colocar isso em risco.

– O argumento sobre as drogas serem uma atividade em grupo é importante. Se Charlie tivesse comprado algo ilegal naquela noite, acho que teria usado lá mesmo, junto com os colegas. E estaria inconsciente em questão de minutos.

– A menos que ele tivesse encontrado um traficante depois que saiu do pub. Mas o proprietário contou que não conhecia nenhum traficante em Foltesham. Só que nós sabemos que os jovens conseguem essas coisas em qualquer lugar hoje em dia. Há sempre uns rapazes naquele bar. Qualquer um deles poderia ter levado alguma coisa para vender... embora eu duvide que fizessem isso lá dentro.

– Descubra exatamente com quem Charlie estava naquela noite. Ele deve ter deixado a escola com uns amigos. – Jazz entregou a Miles a lista que Sebastian Frederiks tinha lhe dado. – Aqui estão os amigos mais próximos de Charlie, de acordo com o administrador. Talvez alguns estivessem com ele no bar naquela noite. Gostaria que interrogasse os colegas dele. Já ouvimos os professores. Vamos ouvir a opinião dos colegas sobre Charlie Cavendish.

– Ok. – Miles assentiu. – Vou colocar uma mensagem no quadro de avisos. Só um detalhe. – O detetive indicou a pequena sala. – Vai ficar um pouco difícil de respirar aqui com tanta gente. Onde seria melhor interrogá-los?

– Pergunte a Frederiks se ele pode emprestar a sala de estar.

– Certo.

– A propósito, você viu o detetive Roland? Pensei que tínhamos marcado de nos encontrar aqui às oito, e já são oito e meia.

– Ele foi se reunir com os peritos no quarto de Cavendish há meia hora. Não o vi mais desde então. Ele estava reclamando de dor de dente. Não é um cara muito sorridente, pelo que pude perceber.

– Eu tenho que ir até lá, então aproveito para encontrá-lo. Droga!

– O que foi?

– Acabei de me logar automaticamente para entrar no sistema e percebi que não há sequer uma tomada de telefone aqui, muito menos internet! Procure alguém para nos conectar, por favor, o mais rápido possível.

– Vou fazer meu melhor, mas não crie expectativas.

– Preciso ver o que temos sobre Hugh Daneman, se é que temos alguma coisa. Ligue para o QG e peça que enviem por e-mail qualquer coisa que puderem descobrir sobre ele. E procure uma tomada de telefone para eu usar enquanto isso, ok? Preciso ir.

Miles olhou para Jazz enquanto ela fechava o notebook.

– Como será que as pessoas conseguiam trabalhar antes do surgimento das novas tecnologias? – observou ele, os olhos cintilando.

Caminhando em direção à porta, Jazz virou-se para o colega:

– Acho que Miss Marple descobria as coisas lendo folhas de chá. Ela tomava bastante chá. Vejo você mais tarde.

– Vou providenciar uns *scones* gostosos para o almoço, o que acha? – sugeriu Miles, enquanto ela fechava a porta.

Jazz encontrou os peritos no hall de entrada da Fleat House.

Cumprimentou todos com apertos de mão e se apresentou à chefe da unidade de investigação criminal de Norwich.

– Eu sou Shirley Adams. – A mulher apertou firmemente a mão de Jazz.
– Prazer em conhecê-la, senhora.

– Encontraram alguma coisa? – quis saber Jazz.

– Infelizmente, não muito. – Shirley deu de ombros. – O quarto foi varrido e limpo. Consegui encontrar umas impressões digitais, uns fios de cabelo, o de sempre. Vou mandar para o laboratório e pedir que entrem em contato assim que fizerem uma análise.

– Você recebeu minha mensagem sobre a casa de Hugh Daneman? – perguntou Jazz.

– Sim, estamos indo direto para lá.

– Ótimo. – Jazz procurou no bolso a chave da porta de Daneman e entregou-a para Roland, que espreitava desconfortavelmente atrás de Shirley. – Roland vai abrir para você. Eu vou tentar aparecer mais tarde, se puder.

– Talvez eu precise ir ao dentista depois, senhora. Tenho uma dor de dente crônica – disse o investigador.

– Peça a Shirley para arrancá-lo. Garanto que ela é boa nisso. – Jazz sorriu, mas a piada não caiu bem e Roland a fuzilou com o olhar. – Nos encontraremos na sala de interrogatório mais tarde.

– Sim, senhora.

Jazz se virou e notou a governanta atrás dela.

– Bom dia. Vim ver Rory Millar.

– A senhora não vai poder vê-lo agora. Ele passou muito mal durante a noite e acabou de se deitar.

– Entendo. O que aconteceu com ele?

– Está com gastroenterite. Vamos ver como ele vai se sentir quando acordar. Se não estiver melhor, vou transferi-lo para a enfermaria e pedir que o médico dê uma olhada nele. Acho que é por causa de tudo o que está acontecendo. Coitado, ele teve uns meses bem difíceis.

Jazz viu os olhos da governanta se suavizarem e a reavaliou.

– Bem, talvez eu possa vê-lo mais tarde, se ele estiver se sentindo melhor. Já que eu estou aqui, poderíamos conversar?

– Claro. Podemos usar a sala de estar do Sr. Frederiks. Ele está fora esta manhã, treinando com o primeiro time.

Jazz seguiu a governanta até a sala de estar.

– Sente-se, por favor – disse ela, indicando o sofá.

– Obrigada. – Jazz se acomodou e sorriu. – Eu sei que o detetive Miles conversou com a senhora ontem, então não pretendo me estender. Só queria saber sua opinião sobre Charlie, que tipo de rapaz a senhora achava que ele era.

Os lábios da governanta se contraíram.

– Quer saber mesmo?

– Quero.

– Não serão palavras agradáveis, e estou ciente de que não se deve falar mal dos mortos.

– Não, mas se isso me ajudar a resolver o mistério em torno de Charlie, sua sinceridade será bem-vinda.

– Então tudo bem. – As mãos da governanta, descansando sobre os joelhos, estavam bem cerradas. – O diretor devia ter expulsado aquele menino há muito tempo. Charlie recebeu inúmeras advertências no último semestre para conter seu comportamento, mas isso não fez diferença alguma. Garotos como ele... Bem... eu sei o que gostaria de fazer com eles.

Dois pontos de cor haviam surgido no rosto pálido da governanta.

– Poderia me explicar melhor? – pediu Jazz.

– É a mesma coisa em todas as escolas: os funcionários são incapazes de controlar certo grupo que inferniza a vida dos outros meninos. Eles afirmam que controlam, mas não fazem nenhum esforço para descobrir o que acontece atrás de portas fechadas.

– Isso é possível? Controlar o bullying?

– É claro! Eles deveriam ser expulsos na hora! Então nossos garotos mais vulneráveis não ficariam chorando em seus travesseiros todas as noites. Acredite em mim, eu costumo ouvi-los.

– Então, na sua opinião, Frederiks e o diretor não foram tão duros com Charlie quanto a senhora achou que deviam ter sido?

– Eu iria além. – A governanta torceu o nariz. – Frederiks é um bom administrador. Ele se preocupa com os garotos. Mas parecia fazer vista grossa quando se tratava de Charlie Cavendish. Ele permitia que o rapaz fizesse coisas que os outros jamais poderiam fazer.

– Talvez não houvesse nenhuma prova do bullying – sugeriu Jazz.

– Ah, havia provas, sim – respondeu a governanta, com veemência. – Eu entendo que os funcionários hoje em dia têm as mãos atadas. Não estou sugerindo que uma boa surra funcione a longo prazo, mas pelo menos intimida.

– Certo.

– Quero dizer, veja o exemplo do jovem Rory. Ele sofre de enxaqueca, provavelmente causada pelo estresse. Ele era constantemente intimidado por Charlie e seu bando de comparsas só porque está demorando um pouco mais para crescer em comparação a alguns de seus colegas ou porque não vê nenhuma graça em se engalfinhar com os outros no campo de rúgbi. A senhora sabia, detetive, que Cavendish trancou Rory no porão da Fleat House durante a noite, algumas semanas atrás? O pobrezinho estava morrendo de medo. E com toda a razão.

– Não, eu não sabia. Mas se o Sr. Frederiks tinha conhecimento do que havia acontecido e de que Charlie era o autor da brincadeira idiota, devia tê-lo punido de acordo com seus atos.

– Como eu disse, Frederiks é um bom administrador, mas com aquele rapaz em particular... suas brincadeiras de mau gosto passavam despercebidas. Quanto ao diretor... – A governanta mordeu o lábio. – Incompetente não é a melhor palavra para descrevê-lo.

– Então Charlie implicava especificamente com Rory?

– Ah, sim. Ele era um alvo fácil. A maioria desses valentões... no fundo, eles não passam de covardes. Escolhem suas presas cuidadosamente.

Jazz suspirou.

– Coitado do Rory. Mas esse parece ser um problema que acontece na maioria das escolas.

– Não seria, se esses meninos fossem expostos e expulsos antes que pudessem causar mais danos. Mas tudo se resume a dinheiro. O diretor preferia receber as 60 mil libras pela presença de Charlie aqui, sem mencionar o fato de o tio dele ser membro do conselho, a ajudar inúmeros outros alunos a levarem uma vida escolar segura e feliz.

– A senhora não está sugerindo que Charlie colocava vidas em perigo, está?

– Inspetora Hunter, não estou falando apenas dos efeitos *físicos* do bullying. São as cicatrizes psicológicas e emocionais que esse comportamento pode provocar. Acredite em mim, eu sei.

– A senhora sofreu bullying na escola?

– Eu? – A governanta sorriu pela primeira vez. – Não, não. Eu sabia revidar muito bem.

Eu posso imaginar, pensou Jazz.

– Tenho certeza de que tudo o que estou lhe contando vai contra a política da "empresa". Se o diretor e Frederiks não lhe disseram a verdade, eu sinto muito, mas não vou mentir sobre Cavendish e seu comportamento agressivo.

– Bem, muito obrigada por sua sinceridade. Há quanto tempo a senhora trabalha na St. Stephen?

– Trabalhei aqui durante um breve período no início da minha carreira e voltei no início do ano letivo, em setembro. Sou da Austrália, mas estava visitando parentes aqui em Norfolk, após passar um tempo nos Estados Unidos, quando esse trabalho temporário surgiu. – A governanta deu de ombros. – Não havia nada em particular que me obrigasse a voltar para Perth, então resolvi estender minha viagem e ficar na Inglaterra.

Naquele momento, Jazz conseguiu identificar seu sotaque australiano.

– O Sr. Frederiks me disse que vocês dois têm acesso ao armário de medicamentos. Cada um tem uma chave.

– Sim, isso mesmo. – Ela levou uma das mãos ao pescoço e pegou uma corrente com uma pequena chave. – Esta aqui é a minha, e eu nunca a tiro daqui.

– A senhora não emprestou a ninguém na noite em que Charlie morreu?

– É claro que não! Eu sei como os garotos são hoje em dia. Eles usam qualquer coisa para se drogar.

– Recebemos os resultados da necrópsia. Charlie Cavendish morreu de choque anafilático, causado pela ingestão de aspirina, não de um ataque epiléptico.

A governanta arqueou as sobrancelhas.

– Quando examinaram Charlie, os paramédicos disseram que ele tinha morrido de um ataque. Eu concordei com eles. E sou uma enfermeira qualificada e experiente.

– Tenho certeza de que os sintomas eram semelhantes, mas o exame foi bem detalhado. Agora eu preciso descobrir como Charlie acabou engolindo aqueles dois comprimidos de aspirina. Eu gostaria de ver uma cópia da lista de medicamentos administrados naquela noite, por favor.

– Claro. – A governanta assentiu. – A senhora vai ver que tudo está em perfeita ordem. Devo pegá-la agora?

– Se puder, eu agradeço.

A governanta se levantou, em seguida fez uma pausa e se virou.

– Espero que o diagnóstico incorreto não seja visto como uma mancha em minha reputação. Ele já estava morto havia muito tempo quando o encontrei na manhã seguinte.

– Não será. Como a senhora disse, os paramédicos chegaram à mesma conclusão.

– Ótimo.

Jazz observou a governanta sair da sala. Era óbvio que, mesmo sendo um tanto ríspida, ela cuidava bem dos meninos, especialmente dos mais vulneráveis.

Também era óbvio que ela odiava Charlie Cavendish...

A governanta voltou e entregou a Jazz uma folha de papel.

– Este é o relatório de sexta-feira passada. Como eu disse ao outro detetive, eu não estava no alojamento naquela noite. Daneman tinha a chave do Sr. Frederiks. Aliás, foi muito negligente da parte dele deixar o outro sozinho. E, devo acrescentar, incomum. Pelo que vi nos últimos meses, apesar da maneira determinada com a qual ignorava o comportamento de Cavendish, ele é um professor dedicado.

– Ele não lhe contou onde estava?

– Não, e eu nunca iria perguntar. Mas deve ter sido alguma emergência, para ele ter que deixar o alojamento assim.

– Bem, ele se recusou a me revelar. – Jazz dobrou a folha de papel e a enfiou no bolso para estudá-la depois. – A senhora poderia me avisar caso Rory esteja disposto para conversar comigo hoje à tarde?

Jazz entregou à governanta um cartão com seu número de telefone.

– Duvido que esteja. A última coisa que o pobre coitado precisa é ser interrogado pela polícia, sem querer ofender.

– Eu quero vê-lo o mais rápido possível. – Jazz se levantou. – Uma última coisa: a senhora disse ao detetive Roland que tinha voltado para seu quarto por volta das onze da noite de sexta-feira passada, certo?

– Sim, é verdade.

– Não viu ou ouviu nada estranho uma hora depois?

– Não, não. Eu fui direto para a cama.

– A que horas encontrou Charlie na manhã seguinte?

– Eu sempre atravesso o corredor dos estudantes dos últimos anos, batendo às portas, às 6h45. O café da manhã é servido às sete e meia. Quando notei que Charlie não apareceu, fui chamá-lo de novo. Como ele não respondeu, entrei no quarto e o encontrei. – Elas chegaram à entrada da frente. A governanta deu a Jazz um breve sorriso. – Mais alguma coisa?

– Por enquanto, não. Obrigada por sua colaboração.

A governanta deu um aceno rápido, virou-se e subiu as escadas.

Jenny Colman bateu à porta de Robert Jones às três da tarde, levando sua xícara de chá.

– Entre – soou a voz, e Jenny abriu a porta.

O diretor estava recurvado sobre sua mesa, a gravata torta, o sofrimento estampado no rosto.

– Sr. Jones, o que aconteceu?

Ele balançou a cabeça enquanto ela colocava a bandeja na mesa.

– Nada, Jenny, estou um pouco cansado e com dor de cabeça, só isso.

– Posso lhe trazer uma aspirina ou... Opa! – Ela riu quando percebeu o ato falho. – Desculpe, Sr. Jones. Foi meio inapropriado diante das circunstâncias.

– Não se preocupe, Jenny. E não, eu vou ficar bem.

Ela serviu o chá.

– Aconteceu alguma coisa? Não quero me intrometer, mas o senhor está com uma cara péssima.

Ele teve um desejo repentino de se abrir com alguém.

– Olha, Jenny, posso confiar em você?

– Eu trabalho para o senhor há catorze anos e nunca deixei escapar um segredo. É claro que pode. Talvez vá se sentir melhor se me contar. O senhor sabe o que dizem sobre compartilhar os problemas.

– Sim. – Ele respirou fundo. – Hugh Daneman está morto.

Jenny sentou-se em silêncio, chocada. Abriu a boca para falar, mas nada saiu.

– Eu sei, é uma notícia terrível, e logo depois da morte de Charlie... – Robert balançou a cabeça. – Isso pode acabar com a escola.

Ela ficou sentada, mordendo os lábios, tentando não chorar na frente dele.

– Como? – foi tudo o que ela conseguiu pronunciar, mais um ruído abafado que uma palavra.

– Ele foi encontrado morto em sua própria casa ontem à noite. A polícia acha que foi suicídio.

Jenny apoiou a cabeça nas mãos e chorou.

– Por quê? Por que ele faria isso? Logo Hugh, logo Hugh...

Robert parecia desconcertado. Esperava que Jenny demonstrasse pena *dele* e de sua situação.

– Desculpe, Jenny, não imaginei que você ficaria tão triste. Você o conhecia bem?

Jenny assentiu.

– Sim, é claro. Eu o conhecia há quase 35 anos. Fiz faxina para ele antes de vir trabalhar aqui.

– É mesmo?

– Sim, e ele era o cavalheiro mais gentil que já conheci. Ele não faria mal a uma mosca, ele não faria isso!

– Fale baixo, Jenny! Por favor, isso é um segredo entre nós. Você não deve contar a ninguém.

– Eu sei, não vou dizer nada, prometo. Desculpe, Sr. Jones, foi o choque, só isso.

– Claro. – Ele assentiu. – Olha, por que você não vai para casa mais cedo? Eu sei que você costuma ficar até mais tarde, mesmo depois do expediente.

– Obrigada, Sr. Jones. Eu acho que vou, sim.

– A gente se vê amanhã, então.

Jenny seguiu em direção à porta.

– Tem certeza de que vai ficar bem? – perguntou ele.

– Sim. E não vou contar a ninguém. Prometo.

9

Jenny entrou no seu pequeno hall, fechou a porta e, com as pernas finalmente cedendo, deslizou até o chão.

Quando parou de chorar, ela se levantou e cambaleou ao longo do pequeno corredor até a cozinha, onde desabou em uma cadeira. Nem mesmo a visão de seu forno e fogão novos, que ela economizara tanto para comprar, lhe dava forças para se levantar.

– Todos esses anos de escravidão, poupando e guardando cada centavo. E para quê? Qual é o sentido de tudo isso?

Jenny ficou de pé e caminhou lentamente até a chaleira. Encheu-a de água e acendeu o fogo. Ainda de casaco, vagou pelos cômodos da pequenina casa, que, como sempre, estava limpa e organizada. Procurou um lenço no bolso para assoar o nariz. Ela havia trabalhado a vida inteira para finalmente poder pagar por uma casa própria.

Jenny tocou o tecido macio da parte de trás do sofá, ainda tão imaculado quanto no dia em que fora comprado. Perscrutou a sala, notando a grande TV no canto, que adquirira recentemente por 200 libras.

Tudo naquela casa tinha sido pago por *ela*. Sentindo as pernas vacilarem novamente, Jenny empoleirou-se no braço do sofá.

Ela tivera pretendentes ao longo dos anos. Jenny sabia que nunca fora uma mulher bonita, mas certamente conseguira atrair os homens.

Talvez o fato de saberem que seu coração pertencia a outro tivesse tornado a conquista mais desafiadora. Um dos pretendentes, bastante determinado, não entendia por que ela se recusava a aceitar seu pedido de casamento.

Ela pensou em como a vida podia ter sido muito mais fácil se o tivesse aceitado. Teria compartilhado as lutas e os fardos da vida, teria um ombro onde chorar quando as coisas dessem errado, mas a petulante recusa em aceitar alguém que não fosse o único homem que ela queria fez disso uma impossibilidade.

Jenny esqueceu a chaleira fervente e foi até o carrinho de bebidas que ficava sob a janela. Ali estavam quatro garrafas, parecendo sentinelas. Ela tomava uma pequena dose de xerez aos domingos, mas, como raramente recebia convidados, o vinho do Porto, o conhaque e o uísque, todos eles presentes de Natal do Sr. Jones, permaneciam intocados.

Sabendo que conhaque era bom para acalmar, Jenny abriu a garrafa com suas mãos fortes e capazes. Serviu um dedo em um dos copos de vidro que ficavam no carrinho, na frente das garrafas, e tomou um gole.

O conhaque queimou sua garganta e era tão forte que a fez engasgar. Mas ela se sentiu melhor e mais reconfortada quando a bebida desceu até o estômago, e então tomou outra dose.

Foi até o aparador de mogno entalhado, que pertencera à sua mãe e era a única coisa de valor que possuía. Abriu a gaveta da esquerda e enfiou a mão no fundo, procurando um velho envelope pardo. Pela rugosidade, sentiu que o havia encontrado. Sentou-se no sofá e retirou o conteúdo.

Aquela tinha sido a maior farsa que ela já havia criado, a fotografia proporcionando anos de conforto, permitindo-lhe olhar sem pressa para a maior conquista de sua vida.

Jenny guardou a fotografia de volta no envelope.

E ficou olhando tristemente para o nada, enquanto se dava conta de que seu último elo com o passado se fora.

Alistair Miles estudou o infame grupo de catorze jovens de ambos os sexos sentados de frente para ele. Embora estivessem de uniforme, quase todos pareciam ter feito um esforço coletivo para parecerem desleixados e despenteados. Não havia uma gravata bem colocada ou um sapato engraxado entre eles.

Meu Deus, estou pensando igual ao meu pai, percebeu Miles.

– Ok, meninos e meninas, obrigado pela atenção. Tenho certeza de que todos vocês sabem do que se trata. – Miles sentou-se na ponta da mesa de Sebastian Frederiks e fitou o mar de rostos diante dele. – Aparentemente, todos vocês estavam no bar com Charlie na noite em que ele morreu. Certo?

Todos assentiram.

– Bem, em primeiro lugar, quero dizer que qualquer coisa que vocês me disserem será mantida no mais absoluto sigilo. Não estou interessado em suas contravenções pessoais e não reportarei para as autoridades nada do que me contarem aqui. Eu só quero descobrir alguns detalhes sobre Charlie e aquela noite, por isso preciso que todos vocês sejam bem sinceros. A primeira pergunta é: alguém sabe se Charlie já usou drogas recreativas de qualquer tipo?

Houve um pequeno silêncio e alguns olhares nervosos, até que uma garota loura e atraente respondeu:

– Não, nunca usou.

– Seu nome é…?

– Emily Harris. Eu sou… quer dizer, eu era namorada do Charlie.

Miles a viu baixar os olhos e morder o lábio, obviamente tentando se controlar.

– Eu sinto muito, Emily. Deve ter sido um golpe horrível para você.

Ela assentiu silenciosamente.

– Você disse que Charlie não consumia drogas. Tem certeza disso?

– Absoluta. Ele não era nenhum idiota, detetive. Sabia que tinha epilepsia e que estaria colocando a vida em risco se usasse algo assim.

– Mas havia drogas… disponíveis? – perguntou Miles, analisando o rosto dos jovens em busca de alguma reação.

– Olha, detetive – explodiu uma voz masculina no fundo da sala –, acho que nenhum de nós aqui pode colocar a mão no peito e jurar que nunca experimentou drogas ilegais.

Houve um murmúrio envergonhado em concordância.

– E qual é o seu nome?

O jovem tinha uma farta cabeleira escura que chegava quase até os ombros. No lugar da gravata, via-se um cordão de couro com contas de madeira, e ele usava várias pulseiras de algodão trançado.

– Dud Simpson. Eu moro na Fleat House. Era muito amigo do Charlie, andávamos juntos. E eu concordo com Emily. Conheci Charlie quando entramos aqui e nunca o vi chegar perto de nada disso.

– Posso saber onde dá para obter essas "drogas ilegais" por aqui?

– Tem sempre alguém vendendo alguma coisa.

– No bar?

– Claro que não. Na escola.

– Charlie nunca participou?

– Não. – Dud balançou a cabeça. – A mãe enfiou isso na cabeça dele.

Charlie podia ser um tanto babaca, mas não precisava da ajuda de nenhuma substância química. A babaquice era natural.

Uma risada ecoou pela sala.

– Então você estava bebendo com Charlie naquela noite no bar?

Dud fez uma pausa antes de assentir.

– Sim. Eu estava lá.

– Ora, Dud – irrompeu outra voz masculina. – Seja sincero: você e Charlie não estavam se falando nos últimos meses.

– Por que não? Vocês brigaram? – perguntou Miles.

Um rubor profundo subiu pelo pescoço de Dud, chegando ao rosto.

– Sim, pode-se dizer que sim – concordou o segundo aluno.

– Qual é o seu nome? – indagou Miles.

– James Arrowsmith. Também sou da Fleat House. Você vai contar ao policial, Dud, ou quer que eu conte?

– Puta que pariu! Valeu, James – murmurou Dud. – Olha, não foi nada. Só uma discussão boba.

– Ele roubou sua namorada. Você os pegou se beijando na esquina do bar pouco antes do Natal. E deu uma surra nele, disse que Charlie tinha sorte de você não acabar com ele. Eu estava lá para tirar o cara do chão, lembra?

Emily levantou-se, a mão sobre a boca.

– Desculpe – disse, ofegante, e correu para fora da sala.

A tensão no ambiente era palpável.

– Ok. – Miles ergueu as mãos. – Vamos seguir em frente. Quero saber quem saiu das instalações da escola junto com Charlie na última sexta-feira para caminhar até o pub.

– Fui eu – respondeu James. – Eu, Emily e Stocky... Você estava também, não estava?

Um menino ruivo e corpulento assentiu.

– Sim.

– Como ele parecia estar se sentindo durante o trajeto até o pub?

– Bem. Como sempre – respondeu Stocky. – Comentando que mal podia esperar para ir embora, falando de seus planos para quando saísse.

– Então ele não parecia deprimido?

– Charlie? Não. – James balançou a cabeça. – Ele era um cara animado, estava sempre rindo.

– Não era do tipo que queria tirar a própria vida, na sua opinião?

Vários dos rapazes deixaram clara sua descrença.

– O senhor não está sugerindo que Charlie se matou, está? – A voz grave de Dud tomou conta da sala, que logo mergulhou em um enervante silêncio.

– Não – confirmou Miles.

– Ele morreu de ataque epiléptico, certo? – perguntou Stocky.

– Não.

– Santo Deus. – Dud quase perdeu o ar. – O senhor pode nos contar como ele morreu?

– De choque anafilático, causado pela ingestão de aspirina.

– O quê?! Como é possível? Charlie sabia que aspirina poderia matá-lo – observou James.

– É por isso que é importante descobrirmos como Charlie veio a ingerir os comprimidos. Alguém tem alguma ideia?

– Bem, ele não teria engolido se soubesse o que era, não é? – sugeriu Dud, dando de ombros.

– De fato – concordou Miles. – É por isso que eu precisava saber se ele ingeriu alguma substância nociva naquela noite. Qualquer coisa que ele tivesse tomado podia, na verdade, ter sido aspirina empurrada para ele por um traficante mal-intencionado.

– Talvez você tenha colocado a aspirina na cerveja dele, Dud – brincou James.

– Vai se ferrar, Arrowsmith – respondeu Dud, nervoso.

– Então, vocês sabem de alguém que poderia querer se livrar de Charlie?

– Além do Dud? – James sorriu.

Dud se levantou.

– Chega!

– Poxa, cara, eu só estava brincando. Mas tenho certeza de que Dud concordaria comigo: algumas pessoas não eram lá muito fãs de Charlie Cavendish – afirmou James, cruzando os braços.

– Algumas pessoas em particular? – Miles dirigiu a pergunta a Dud.

– Não. Quer dizer, muitos de nós o achávamos insuportável às vezes, mas acho que ninguém o odiava. Alguns dos meninos mais novos, no entanto, eram um pouco cautelosos em relação a ele.

– "Cautelosos"? – Stocky ergueu as sobrancelhas. – Eles morriam de medo dele, isso sim.

– Ouvi dizer que ele fazia bullying – sondou Miles. – Vocês concordam?

– Você concorda, Dud? – perguntou Stocky. – Você era o melhor amigo dele e parceiro no crime antes de ele roubar sua garota.

– Vá à merda, seu otário! – berrou Dud, levantando-se, com o olhar furioso.

– Tudo bem, chega por hoje! – Miles ergueu a mão. – Você disse que os meninos mais novos eram cautelosos em relação a ele?

– Sim, eram mesmo – murmurou Dud. – Aquele garoto de cabelo louro, que Charlie decidiu fazer de alvo...

– Rory Millar? – indagou Stocky.

Dud assentiu.

– Todo mundo sabe que foi Charlie que o trancou no porão durante a noite há algumas semanas. Coitado do garoto. Ele estava apavorado. O Sr. Frederiks o ouviu gritando e o tirou de lá na manhã seguinte.

– Alguém confirmou que tinha sido Charlie? – indagou Miles.

– Não. Para ser sincero, mesmo que tivéssemos falado, o Sr. Frederiks não teria feito nada. Ele achava que Charlie era especial, fora de série, o que é estranho, pois ele vai com tudo para cima de quem pratica qualquer bullying. Mas para ele Charlie nunca fazia nada de errado. Podia até matar que nada aconteceria... Merda! – Dud corou. – Desculpe.

– Quero saber quem voltou à escola com ele naquela noite – disse Miles.

– Os mesmos que saíram – respondeu James.

– Ele estava bem?

– Estava ótimo.

– A que horas vocês chegaram?

– Lá pelas onze. Assinamos nossa entrada, e Stocky e eu fomos ver TV na sala comum. Charlie disse que queria dormir cedo. Ele nunca acordava para ir à capela aos sábados, mas seria punido se faltasse de novo. Nós nos despedimos ao pé da escada, Charlie subiu, e foi só isso.

– Quem dorme no quarto ao lado dele?

– Eu – respondeu Stocky –, Dud fica do outro lado. Você não ouviu nada?

– Nada – disse Dud, balançando a cabeça.

– Nem eu. – Stocky deu de ombros. – Mas a gente só subiu depois da meia-noite. O Sr. Daneman pode confirmar, o Sr. Frederiks também. Ele chegou assim que subimos para o quarto.

– Você tem certeza do horário?

– Sim, mas o senhor pode verificar com o Sr. Daneman. Ele veio nos apressar, disse que também ia dormir porque o Sr. Frederiks tinha voltado.

– Vocês chegaram a ver o Sr. Frederiks antes de subir? – indagou Miles.

Dud olhou para Stocky e deu de ombros.

– Não, mas por que o Sr. Daneman diria que ele estava de volta se não estivesse?

– Ok – respondeu Miles. – Alguém mais tem alguma coisa para acrescentar?

Silêncio.

– Tudo bem. Obrigado pela atenção. Se algum de vocês se lembrar de algo sobre aquela noite que pareça estranho, mesmo que seja um detalhe, por favor, venha me procurar ou fale com a inspetora Hunter assim que possível. Dud, podemos ter uma conversa rápida?

O resto do grupo saiu da sala. Miles fechou a porta e se virou para Dud.

– Você e Charlie eram melhores amigos?

– Isso.

– Até ele roubar Emily.

Dud assentiu, sem dizer nada.

– Então você o pegou de jeito quando descobriu.

Dud o encarou.

– O senhor não faria a mesma coisa?

– Provavelmente. Você sabia que ele era alérgico a aspirina?

– Claro que sim. Toda a turma sabia, e todos na Fleat House. Não era segredo.

– Conhecendo Charlie tão bem, tem certeza de que ele não estava deprimido? Soube que ele teve uma discussão com o pai pouco antes de voltar para as aulas.

– De jeito nenhum. – Dud foi inflexível. – É verdade, ele estava com muita raiva do pai. O cara é um pouco estraga-prazeres, do tipo conservador, e Charlie era um aventureiro. Eles sempre entravam em confronto. Se alguém estava deprimido, esse alguém era eu. Eu gostava de verdade da Em, e Charlie sabia disso. Foi como se ele a tivesse roubado só para me atingir.

– Então, nos dias que antecederam a morte dele, não aconteceu nada que pudesse esclarecer a forma como ele morreu?

– Não, desculpe, detetive. – Dud deu de ombros. – Charlie era o mesmo de sempre.

– Ok, Dud. Obrigado por colaborar.

Dud levantou-se e caminhou até a porta. Virando-se, ele indagou:

– Eu não estou sob suspeita, estou?
– Você acha que deveria estar?
– Eu entendo que o senhor ache que eu tinha um motivo.
– E tinha.
– Sim... mas eu teria superado isso depois de algum tempo. Pelo que eu conhecia do Charlie, sei que ele ia descartar Emily na semana seguinte. Eu não o queria morto. Não mesmo. Ele era meu melhor amigo. Eu sinto falta dele.

Dud deu de ombros, abriu a porta e saiu da sala.

– Como você se saiu? – perguntou Jazz, levantando os olhos de suas anotações assim que Miles entrou.
– Podemos descartar qualquer uso de drogas. Os companheiros de Charlie insistiram em dizer que ele não usava drogas e nunca quis consumir nada disso.
– Está bem. Mais alguma coisa?
– Houve uma briga com Dud, seu melhor amigo, por causa de uma namorada. A garota saiu da sala na metade da conversa. Vou procurá-la. Ela está muito abalada. E os amigos confirmaram que Charlie fazia bullying. Mas Frederiks, por alguma razão, parecia fazer vista grossa.
– Eu sei, a governanta me contou. Mais informações sobre a noite em questão?
– De acordo com os que voltaram para a escola com ele, Charlie estava bem às onze da noite, quando parece ter sido a última vez que alguém o viu vivo. Seus vizinhos de quarto estavam vendo televisão lá embaixo, então não ouviram nada. De acordo com o exame da necrópsia, Charlie provavelmente já estava morto quando eles subiram para dormir.
– Então... – Jazz mordiscou sua caneta. – Parece que estou certa sobre a troca do Epilim.
– Sim. O problema é que todos sabiam da alergia. Portanto, todos sabiam que havia uma maneira muito fácil de se livrar dele.
– Bem, funcionou como um passe de mágica. Então é isso. Tenho que ir até a casa de Daneman, encontrar os peritos antes que eles vão embora. Por que não vai atrás dessa namorada do Charlie? Falei com Norton, e ele vai mandar um carro alugado aqui para você às três. Fique com ele. Com apenas dois na equipe, precisamos da flexibilidade de um transporte separado.
– Dois, não. Três.

– Roland ainda está no dentista. Será que é a política oficial daqui sair mais cedo em plena sexta-feira? – Jazz suspirou enquanto reunia os arquivos em sua pasta. – Eu vou para casa depois, para usar minha própria linha telefônica, baixar essas coisas que me enviaram sobre Daneman. Me passe as chaves do carro, por favor.

Miles obedeceu.

– Falando em sair mais cedo – disse ele –, eu não me importaria de pegar a estrada mais cedo hoje. O trânsito vai estar ruim porque é sexta-feira.

– Você vai voltar para Londres?

– Se a senhora não se importar. Assim que o carro alugado chegar. Eu consigo estar aqui em apenas três horas, se precisar de mim.

– Vou manter contato. Se não acontecer nada de novo, nos veremos aqui na segunda-feira de manhã.

– Certo. Bom fim de semana!

– Para você também. A gente se fala mais tarde.

Jazz meneou a cabeça em despedida e saiu da sala.

Os peritos já estavam saindo quando Jazz chegou à casa de Daneman.

– Encontraram alguma coisa? – perguntou ela a Shirley.

– Nada muito interessante, mas pegamos todas as amostras habituais – explicou Shirley, passando para Jazz a chave da porta da frente.

– Ok, obrigada.

– Até logo – respondeu Shirley, assentindo e entrando na van.

Jazz reabriu a porta da casa de Hugh Daneman. Ela sempre achava estranho ir à casa de um falecido, que havia pouco tempo a habitava, mas que agora era um cadáver na mesa de um necrotério.

Jazz foi até as prateleiras lotadas de livros velhos, encadernados em couro. Pegou um. Era em latim e, quando ela virou as páginas amareladas, o característico cheiro de papel bolorento invadiu suas narinas.

Colocou o livro de volta, depois foi até a mesa de couro de Hugh e abriu as gavetas.

Tudo dentro delas estava imaculadamente organizado. Itens de papelaria: blocos de papel timbrado, canetas, tinta, lápis e borrachas guardados com rigidez militar. Parecia que as gavetas tinham sido limpas recentemente. Ela esperava encontrar uma agenda, mas não havia nenhuma à vista.

Na gaveta central, havia um molho de chaves e um envelope. Jazz leu o endereço.

Sheffield Terrace, número 9, apartamento 4, W8.

Ela se lembrou imediatamente do lugar, uma área residencial de Kensington.

Abrindo o envelope, Jazz encontrou o nome e o endereço de um advogado londrino escritos com a caligrafia imaculada de Hugh.

Era como se o envelope tivesse sido deixado ali para ela o encontrar.

Subindo as escadas estreitas, Jazz entrou no maior dos dois quartos e encontrou tudo limpo e arrumado. Olhou nas gavetas, a maioria das quais estavam vazias, e abriu o guarda-roupa, onde encontrou apenas três ternos pendurados.

Enquanto descia, Jazz teve certeza de que Hugh Daneman não só tinha planejado tirar a própria vida, mas passara um bom tempo organizando sua partida. Não havia naquela casa nenhum sinal de uma existência comum.

Jazz ajoelhou-se perto da lareira. Obviamente, o fogo tinha sido substancial, pois a pilha de cinzas era grande. Peneirando através da grade, ela encontrou uma série de pequenos pedaços de papel carbonizados.

Parecia que Daneman tinha acendido o fogo e queimado tudo que não queria que estranhos encontrassem.

Decidiu que viajaria a Londres no dia seguinte, bem cedo.

Jazz saiu da casa, sentindo um desejo familiar de que as paredes pudessem falar e lhe contar seus segredos.

Quando ela entrou no carro, o celular tocou.

– Aqui é Roland, senhora. Acabei de arrancar um dente.

Sua voz estava abafada.

– Que coisa. – Jazz cerrou os próprios dentes para conter sua irritação. – Onde você está agora?

– Em frente ao consultório, dentro do carro, aguardando instruções.

– Vá para casa, Roland. Tome um analgésico e vá dormir. Antes disso, poderia mandar alguns de seus rapazes até a escola? À paisana, por favor, bem discretos, para não alarmar os garotos. Deixe um oficial parado do lado de fora da Fleat House. Ele deve verificar todos os que entrarem e saírem. Quero gente de vigia 24 horas por dia.

– Sim, senhora. Mais alguma coisa?

– Não, não. Entrarei em contato amanhã. Espero que seu dente melhore.

Jazz sabia que não soara nada sincera, mas não conseguiu evitar.

– Obrigado. Até logo.

Ela desligou o celular e soltou um gemido de frustração. Deu a partida no carro e foi embora.

Voltando os pensamentos para os dois mortos, ela refletiu sobre qualquer possível conexão enquanto dirigia por Holt em direção à estrada costeira. Ao atravessar as ruas estreitas de Cley, Jazz percebeu uma figura familiar saindo de uma Mercedes do outro lado da estrada. Desacelerando para dar uma olhada, viu que a mulher era Adele Cavendish, a mãe de Charlie. Jazz viu Adele descarregar uma bolsa de viagem e duas sacolas de supermercado do porta-malas e desaparecer em uma passagem estreita.

Considerando a situação bastante estranha, Jazz acelerou e foi para casa.

10

Às dez horas da manhã seguinte, Jazz já estava em Londres. Ligou para Miles, que também havia voltado para lá, e combinou de se encontrarem no apartamento de Daneman, em Kensington.

Como não retornara à cidade desde que deixara o trabalho e o marido sete meses antes, ela percebeu que estava inquieta enquanto dirigia ao longo do Embankment, passando, em seguida, pela própria Yard.

Sentia-se totalmente alienada de tudo aquilo, de sua antiga vida, mas ali estava ela na cidade, investigando para o DIC.

Miles havia estacionado diante do apartamento. Viera em um Astra amarelo berrante.

– Bom dia, senhora. Fez boa viagem?

– Sim, obrigada. – Ela pegou sua pasta e saiu do veículo. – Amei o carro – comentou ela, meneando a cabeça. – Muito bonito.

– Está se referindo à minha banana split? Aparentemente, foi a única coisa que sobrou na empresa de aluguel de Foltesham.

– É bem apropriado para fazer uma perseguição discreta, eu diria – brincou ela. – Você checou o Registro de Imóveis para ter certeza de que Daneman era o dono deste apartamento?

– Sim, ele o recebeu de uma pessoa chamada Phyllida Daneman em 1969. Pelo que verifiquei, parece que ela era tia dele, e esse foi o ano em que ela morreu. Ele, obviamente, herdou o lugar. Mas não encontrei nenhum parente vivo nos registros.

– Nosso Hugh está se revelando um enigma. Encontrei o endereço de um advogado em uma de suas gavetas. Presumo que é onde está o testamento dele. – Jazz entregou a ele um pedaço de papel. – Vá lá na segunda-feira bem cedo, está bem? Informe-os sobre a morte de Hugh. Vai ser interessante saber para quem ele deixou isso. Provavelmente vale uma fortuna agora. – Jazz olhou para a mansão eduardiana de tijolos vermelhos. – Vamos entrar.

O apartamento de Daneman ficava localizado no térreo. Quando Jazz abriu a porta e entrou, sentiu de novo o cheiro de livros velhos e de umidade.

As cortinas da sala de estar estavam fechadas, e Jazz atravessou a escuridão para abri-las. A luz do dia inundou o cômodo espaçoso, porém opressivo.

Era pintado em um maçante tom verde-garrafa, e havia uma estante verde que ia do chão ao teto. As outras estavam cobertas de quadros pendurados aleatoriamente, sem nenhuma tentativa de arrumá-los de maneira estética e decorativa.

– Obviamente ele não era um homem interessado em design de interiores – comentou Miles. – Parece que este lugar está intocado desde que ele o herdou.

– Não.

Jazz caminhou até o piano de cauda, situado em frente às longas janelas de caixilhos que davam para a estreita faixa de jardins comunitários, na parte de trás do bloco. Uma mesa fora montada no canto, empilhada de livros. Uma poltrona de couro velha ficava perto da antiquada lareira a gás.

– Isso está mais para um escritório do que para uma sala de estar confortável. – Ela pegou da mesa um porta-documentos de plástico contendo a fotocópia de um manuscrito em latim. – Acho que era aqui que Daneman fazia suas traduções. Talvez ele viesse para cá durante as longas férias escolares. Então, vamos começar pela mesa dele.

– Muito bem, senhora.

Jazz vagou pelo corredor e viu a cozinha compacta, seu estilo tão antiquado que já estava de volta à moda, o banheiro com uma banheira de ferro rachada, dois filetes de calcário verde indelevelmente marcados no esmalte atrás das torneiras. No fim do corredor havia um quarto espartano, contendo uma cama de casal com um cobertor grosso xadrez estendido sobre a parte inferior. Uma austera cômoda de mogno estava encostada à parede, uma penteadeira combinando posicionada sob a janela – uma escova de roupas era o único sinal de vaidade mantido na superfície em frente ao espelho.

Sobre a mesa de cabeceira, Jazz viu um grande retrato.

Ela o pegou. Estudou-o, reconhecendo a mesma jovem da fotografia desbotada que havia encontrado na casa de Hugh.

Mas, desta vez, as características eram muito mais claras. E quem quer que ela fosse, era linda. Cabelos louros encaracolados caindo sobre os ombros, olhos azuis, um elegante nariz aquilino e lábios rosados. Jazz calculou que ela devia estar no fim da adolescência. Sentou-se na cama, virou o porta-retratos e removeu o fundo.

No verso da fotografia, havia uma inscrição:

Junho de 1959
Para meu querido Hugh,
Carpe diem!
E nós aproveitamos!
Com todo o meu amor, como sempre,
Cory

Com cuidado, ela tirou a fotografia da moldura e voltou para a sala de estar.

– Encontrou alguma coisa? – perguntou Miles, ajoelhado no chão e cercado de papéis.

– Só isso – disse ela, entregando-lhe o retrato.

Miles a estudou.

– A mesma garota. Uma namorada, talvez?

– Imagino que sim. – Jazz guardou a foto dentro de sua pasta, junto com outras provas. – Há uma inscrição na parte de trás, datada de 1959. Quem quer que ela seja, tudo aconteceu há muito tempo.

– Ele nunca foi casado. Eu confirmei o fato esta manhã. Talvez a menina o tenha deixado e ele passou o resto da vida tentando curar o coração partido.

– Talvez. Você encontrou alguma coisa? – indagou Jazz.

– Até agora, nada de interessante. Não há cartas pessoais, apenas algumas relacionadas ao trabalho para vários curadores de bibliotecas ao redor do mundo. Daneman era obviamente considerado uma grande autoridade no assunto.

– Se ele era, por que diabos estava trabalhando como orientador em um internato pouco conhecido, em um lugar isolado de Norfolk? – refletiu Jazz. – No momento, não consigo decifrar Daneman de jeito nenhum.

– Talvez ele gostasse da camaradagem da vida escolar. Ele não precisava do dinheiro, isso é certo. Há recibos aqui de milhares de libras, o suficiente para manter um homem sozinho com muito conforto.

– Algum extrato bancário?

– Procurei, mas não encontrei.
– Ok. – Jazz suspirou. – Vou averiguar as gavetas sob a estante.

Uma hora depois, Jazz fechou as cortinas e eles saíram do apartamento. Haviam analisado cada pedaço de papel com que se depararam, sem descobrir nada relacionado ao testamento de Daneman ou à sua vida pessoal.
– Intervalo para o almoço? – indagou Miles.
– Quero voltar imediatamente.
– Tem certeza de que não quer dar uma passadinha na Yard no caminho? Todos adorariam revê-la, e certa pessoa está de folga. Eu verifiquei a lista.
– Eu... Obrigada, mas não. – Jazz sorriu com ironia para Miles quando ligou o carro. – Vejo você na segunda-feira. Tchau.
Jazz se enfiou no trânsito de Londres, sentindo-se desanimada e sem mais informações a mais do que quando chegou.

Angelina Millar desligou o telefone e fez uma careta de descontentamento. A governanta tinha acabado de ligar para dizer que Rory estava com um problema estomacal, por isso fora transferido para a enfermaria. O médico fora vê-lo e, apesar de não estar tão preocupado, achou que Rory não estava bem o suficiente para voltar para casa no momento.
Angelina deveria pegá-lo no internato naquela manhã para sua saída semanal. A governanta disse que ela poderia ir vê-lo quando quisesse no fim de semana.
Muito gentil da parte dela, pensou, com raiva, *considerando que ele é meu filho.*
Ela havia planejado tomar um chá bem agradável, tentar descobrir se os medos de David eram baseados na realidade ou no álcool. E então, mais tarde, abordar as férias na estação de esqui, preparar o terreno e contar para o menino sobre Julian.
Mas nada disso seria possível agora. E, no fim de semana seguinte, ele estaria com o pai...
A lembrança de David em sua última visita fez seu estômago se revirar. Julian supôs que o ex-marido a estava ameaçando, por isso agira com tamanha agressividade e o expulsara da casa. Mas ela se sentia mal.

Julian não se arrependeu, argumentando que o homem não podia simplesmente entrar a seu bel-prazer naquela casa, que agora era *dele*. Ele esperava que, ao ser expulso, David entendesse a mensagem.

Angelina não tivera notícias de David desde então. Ela sabia que deveria ligar para ele para contar sobre Rory, mas não tinha coragem de iniciar uma conversa.

Além disso, se ela *ligasse* para David e dissesse que Rory estava doente, ele provavelmente iria correndo até a escola, perturbaria o filho e provocaria o caos.

Por outro lado, ela havia prometido...

A mão de Angelina pairava sobre o telefone. Não. A melhor coisa para Rory era passar um fim de semana tranquilo em repouso, sem nada que pudesse perturbá-lo. David teria que aceitar isso.

Por outro lado, a vantagem de não receber Rory naquele fim de semana era que ela poderia levar o café da manhã para Julian na cama, se enfiar debaixo dos lençóis com ele e lhe dizer que não havia necessidade de voltar para o apartamento que ele alugara em Norwich.

Enquanto aquecia o croissant e preparava um café, Angelina olhou para a sua lista de "coisas a fazer". Tinha entrado em um site na semana anterior, fingindo que era Julian, para poder ter acesso à turma de 1984 da St. Stephen. Deixara uma mensagem para alguns dos nomes, na esperança de que os antigos colegas de classe entrassem em contato e pudesse convidá-los para a festa de Julian; queria fazer uma surpresa. Usando de sutileza, ela descobriu com Julian quem eram os amigos com quem ele tinha mais afinidade naquela época.

Angelina subiu, levando a bandeja para o quarto. Julian estava deitado de lado, nu e ainda dormindo. Ele era bonito, tinha um corpo musculoso e forte devido aos treinos na academia, seus cabelos pretos e grossos contrastando com o branco brilhante do travesseiro.

Ela colocou a bandeja no chão ao lado da cama, tirou o roupão e deslizou sob as cobertas. As costas dele estavam de frente para ela, que gentilmente beijou os ossos salientes, começando pelo pescoço e se movendo lentamente para baixo, até o cóccix. Ele murmurou, sonolento, quando percebeu uma mão se mover para a frente de seu corpo para acariciar e sentir sua ereção.

Gemendo ligeiramente, ele se virou e ficou de frente para ela.

– Bom dia, querida – murmurou.

– Bom dia.

Angelina cobriu o rosto dele de beijos, finalmente encontrando sua boca e pressionando a língua para dentro. Uma mão se estendeu até seus seios pequenos e aprumados, a outra deslizou para baixo até encontrar suas nádegas e puxá-la para mais perto.

Mais tarde, Angelina aninhou-se em seus braços, saciada e contente, pensando que a paixão que sentia por Julian nunca tinha estado presente quando ela estava com David.

Ela pegou a bandeja do café da manhã e a colocou sobre a cama.

– Rory está doente e foi levado para a enfermaria. A governanta acha melhor ele ficar lá durante o fim de semana em vez de vir para casa. Eu vou vê-lo, mas isso significa que podemos passar o fim de semana juntos.

– Meu Deus! Você não sabe o prazer que um homem sente quando lhe dizem que ele pode ficar em sua própria casa – respondeu Julian, com sarcasmo.

– Ah, me desculpe, senhor. Quer café?

– Quero. – Julian sentou-se e pegou a xícara da mão dela. – De qualquer maneira, como nosso segredo já foi revelado por meio de seu ex-marido, acho que podemos ser vistos na Foltesham High juntos. "Assumir" o relacionamento oficialmente. O que você acha?

– Suponho que tudo bem – respondeu ela, nervosa.

Julian a encarou.

– Olha, todo mundo vai entender. Claro que haverá fofocas, esta é uma comunidade pequena, e muitos aqui não têm nada mais interessante em que pensar. A situação está ficando ridícula: chegamos separadamente em jantares, depois nos encontramos novamente aqui em casa.

Angelina tomou um gole de seu café.

– Só fizemos dessa maneira por causa de Rory. E se um de seus amigos mencionasse você na escola, tendo ouvido a notícia pelos pais?

– Há muito mais chance de seu ex-marido contar a ele, agora que ele sabe – argumentou Julian, com irritação. – E minha paciência acabou. Pelo amor de Deus, seu divórcio já saiu há semanas! Nossa relação não é ilegal, e estou farto de me sentir assim. Vou tomar um banho.

Angelina ouviu a porta do boxe se fechar e percebeu que o que quer que ela sentisse era um fato consumado e Rory, gostando ou não, teria que ser comunicado.

Mais tarde, os dois partiram para Foltesham. Angelina foi à peixaria atrás de um filé de salmão para o jantar, Julian foi comprar uma garrafa de vinho. Eles se encontraram no meio da rua principal, Angelina nervosamente olhando para os lados para ver se algum conhecido os observava.

Julian agarrou a mão dela e ia puxá-la para junto dele quando viu quem estava do outro lado.

– Ei, vocês, os dois pombinhos!

Era David.

– Vamos, Julian, vamos embora.

Angelina tentou puxá-lo para trás, mas Julian insistiu em atravessar. Encontraram David no meio da rua. Seus olhos estavam vermelhos e ele tentava se equilibrar de pé.

– Olá, David, como vai? – cumprimentou Julian educadamente, enquanto tentavam passar, mas David agarrou a lapela do paletó do advogado.

– Estou na merda, como você pode ver. E deixe-me dizer uma coisa: se você tocar num fio de cabelo do meu filho, eu te *mato*! Está me ouvindo?

– Sim. Adeus, David.

Julian puxou o paletó e caminhou em direção à calçada, com Angelina horrorizada ao seu lado.

– Você me ouviu, sujeitinho arrogante e nojento?! EU TE MATO!

– Toda a cidade o ouviu, seu idiota – murmurou Julian. – Vamos, deixe-o para lá. Ele está bêbado como um gambá, não sabe o que está dizendo.

Os automóveis buzinavam para David, que ainda estava parado no meio da rua, olhando para o casal que caminhava.

Angelina chegou ao carro, entrou e prontamente caiu em prantos.

Julian lhe deu um tapinha no ombro, que não surtiu nenhum efeito.

– Esqueça, vai. Ele estava bêbado, só isso.

– Ai, meu Deus, como vamos conseguir viver aqui, Julian? Tenho medo toda vez que saio de casa! Talvez devêssemos nos mudar, talvez seja melhor.

– De jeito nenhum. Nós *não* seremos expulsos da cidade por um bêbado patético. Temos a lei do nosso lado. – Julian suspirou quando tirou a Mercedes da vaga. – Estou me perguntando se posso conseguir outra medida protetiva contra ele. Do jeito que ele estava hoje, parece que *eu* também preciso de proteção. De qualquer forma, temos muitas testemunhas das ameaças dele.

Pena que ele não me agrediu fisicamente, senão eu realmente poderia ter feito alguma coisa.

– Por favor, Julian! – Angelina enterrou o rosto nas mãos. – Pare!

– Desculpe, mas eu não fiz nada de errado e estou farto de me sentir culpado. Não chore, por favor. As coisas vão acabar se resolvendo, você sabe.

Ela assentiu.

– É que está tudo tão difícil, só isso. Você poderia dirigir até a St. Stephen? – Angelina pousou uma mão no braço dele. – Quero ir até lá para ver Rory.

– É claro que sim. Depois vou levá-la para almoçar naquele pub lindo em Itteringham. Acho que nós dois precisamos de um drinque.

Julian ficou no estacionamento dos visitantes, enquanto Angelina entrava no internato para ver Rory. Estava se sentindo humilhado pela agressão pública de David, e muito irritado.

Olhou para o gramado da capela, onde passara tantos dias quentes de verão descansando na grama com seus amigos, quando estudara ali.

Então, ele viu a figura saindo do refeitório.

Os nós dos dedos ficaram brancos quando ele agarrou o volante. Seu rosto empalideceu.

Ele observou a figura passar a menos de 10 metros dele. Seu impulso imediato foi o de baixar a cabeça e se esconder. As palmas das mãos estavam suando, o coração acelerado, enquanto ele via a figura atravessar o gramado e desaparecer ao entrar em um dos edifícios.

Julian permaneceu sentado, fitando o nada, o estômago se retorcendo. Mal percebeu a presença de Angelina no carro, ao lado dele.

– Rory estava dormindo, preferi não acordá-lo. Mas ele parecia bem. Vou voltar mais tarde. – Angelina esperou por uma resposta. – Querido? Você está bem? Julian?

Ele estremeceu, voltando para o presente, então virou-se para ela e assentiu.

– Sim.

– Parece que você acabou de ver um fantasma.

Ela estava certa. Ele tinha visto.

– Estou bem.

Ele se atrapalhou com as chaves do carro e ligou o motor.

– Provavelmente um efeito tardio do choque que tivemos mais cedo –

comentou Angelina ao sair do estacionamento. – Vamos almoçar e tentar nos acalmar.

– Certo. – Ele olhou para ela e sorriu. – E, pensando bem, talvez devêssemos considerar a ideia de sair daqui, afinal, recomeçar em outro lugar onde ninguém nos conheça.

– Talvez – assentiu Angelina. – Vamos ver como serão as férias com Rory. Vai nos fazer bem espairecer. Então poderemos ver como nos sentimos quando voltarmos.

Ele apertou a mão dela.

– Sim, vamos fazer isso.

11

Jazz dirigiu pelas ruas familiares de Cambridge, tentando lidar com o sistema de mão única que não conhecia muito bem.

Estacionou no espaço reservado para o carro de seus pais e passou pelo Edifício Wolfson, uma mistura feia de concreto e vidro dos anos 1970, que servia como alojamento para os alunos do Trinity College. Acenou para o porteiro e atravessou o pátio central.

A mística e a beleza da universidade nunca a comoveram, talvez porque ela fora criada ali. Entretanto, nas poucas vezes em que visitara os pais desde que voltara da Itália, provavelmente influenciada pela bela arquitetura de Florença, Jazz passou a ver Cambridge com outros olhos.

Ao ver uma fina garoa começando a cair sobre a grama molhada no centro do pátio, ela precisava admitir que a cena não era bem o Duomo ao sol suave do outono, mas as graciosas construções de arenito, com suas velhas janelas gradeadas rodeando-a por todos os lados, a fizeram se sentir confortavelmente segura.

Virando em uma das entradas, Jazz caminhou até o quarto de seus pais e bateu à porta. Era incomum que professores casados morassem no térreo, mas essa acomodação tinha proporcionado a solução perfeita para as limitações físicas de seu pai.

A universidade tinha sido muito solidária depois que ele fora baleado, permitindo que seus pais reassumissem seus cargos no Trinity College. No fim das contas, Tom não fora capaz de aceitar a oferta, sendo considerado pelos médicos frágil demais para assumir o fardo.

Era Celestria, a mãe de Jazz, quem sustentava os dois. Ela lecionava língua inglesa e, nos anos que se seguiram desde que Tom se tornara deficiente, trabalhara muito. Havia pouco tempo, publicara um aclamado livro criticando o uso reduzido da gramática normativa e da pontuação. A obra se tornara um best-seller inesperado e lhes oferecia uma boa reserva para a aposentadoria.

Isso não significava que Tom Hunter ficasse ocioso. Ele substituía o capelão de vez em quando, prestando serviços e dando algumas palestras ocasionais de teologia. Ele também era conhecido pelos alunos do Trinity como um homem confiável, um ouvido sempre pronto quando eles tinham algum problema.

A universidade também os ajudara convertendo os quartos para que Tom pudesse ser mais autossuficiente, e ele podia sair do apartamento em sua cadeira de rodas elétrica sem precisar de ajuda. Isso dava a ele e à esposa uma bem-vinda sensação de independência.

Eles eram o exemplo perfeito de duas pessoas que se adaptaram às adversidades e deram a volta por cima. Jazz tinha muito orgulho dos dois.

Ela bateu à porta da frente e a abriu.

– Sou eu!

– Jazz! Que maravilha! Entre.

Ela caminhou pelo hall até a pequena sala de estar, onde o pai estava trabalhando à sua mesa abarrotada de papéis.

O rosto de Tom se iluminou quando viu a filha. Ele abriu os braços para recebê-la.

– Olá, querida. É bom ver você.

Ela se afastou e estudou suas feições delicadas. Com apenas 1,67 metro, ele era 10 centímetros mais baixo que sua esposa e sua filha. No entanto, o que Tom não tinha em estatura compensava em personalidade.

– Como está o coração? Mamãe disse que você fez uns exames...

– Batendo como de costume – respondeu Tom. – Eu me comporto direitinho, Jazz, e tomo meus remédios todos os dias. Sério, eu me sinto tão bem quanto há vinte anos. Gostaria que todos parassem de se preocupar.

– Pai, você teve um ataque cardíaco grave no centro cirúrgico.

– Mas sobrevivi – rebateu ele, piscando para a filha. – Já faz catorze anos. Quer uma taça de vinho? – ofereceu Tom, indicando a garrafa na mesinha de centro.

– Adoraria. Onde está mamãe?

– Saiu para tomar uns drinques no Kings. Deve voltar a qualquer momento. Sirva um para mim também, por favor.

– Aqui está. – Jazz entregou-lhe uma taça e Tom colocou sua cadeira na posição habitual, à esquerda da lareira. – Um brinde a você, querida. Parabéns.

– Obrigada. Parabéns pelo quê?

– Por tomar uma decisão corajosa e voltar à luta.

– Não me parabenize ainda, papai. Não estou totalmente convencida de que fiz a coisa certa. Eu queria pintar.

– Eu sei. E, sim, você pode muito bem vir a ser o próximo Van Gogh. Talento não lhe falta, mas eu sempre me perguntei se você se adaptaria a esse estilo de vida. Você é muito racional e sociável. Precisa de estímulos constantes, e acho difícil imaginá-la sozinha em um sótão, sem dinheiro e morrendo de fome.

– Está querendo dizer que eu teria cortado minha orelha e a *comido* em seguida? – disse ela, sorrindo.

– Você foi criada para ser prática. – Tom sorriu, seus olhos brilhando. – Pelo menos sua carreira como policial fazia sentido; não que a arte seja inútil, entenda. Mas, apesar do que você sempre disse sobre a inaptidão do sistema de justiça criminal, para cada quatro bandidos que você deixou escapar, conseguiu prender um. Na minha cabeça, isso faz tudo valer a pena.

– A questão do copo meio vazio ou meio cheio?

– Exatamente. E, claro, há outro ponto, pois, mesmo que eu brinque sobre Norton ter uma queda por você, a verdade é que ele acredita em você. Ele tem que acreditar. Ele sabe que você é um ativo que não pode se dar ao luxo de perder.

– Bem, eu só queria que ele tivesse deixado isso um pouco mais claro na época.

– Talvez seu período sabático não tenha causado danos a você nem a ele. E lembre-se: é muito mais difícil engolir o orgulho e defender uma opinião controversa do que fugir para salvar as aparências. Agora, que tal um pouco mais de vinho?

– Só um pouquinho, papai. Você sabe o que os médicos dizem.

– Ah, mas *eu* digo que esse vinho tinto é famoso por baixar o colesterol, portanto é medicinal.

Relutante, Jazz encheu de novo a taça de Tom.

– Sabe, querida, sua mãe e eu não tínhamos certeza se você tinha tomado a decisão certa quando decidiu ir para Hendon se tornar policial poucos meses antes de obter seu diploma.

– Sim, pai. – Jazz revirou os olhos. – Eu me lembro.

– Achamos que você tinha agido pelas razões erradas.
– Todos sabemos que foi por causa do que aconteceu com você, papai. Isso faz com que seja certo ou errado?
– Ambos – respondeu Tom. – Você tem a cabeça quente, assim como seu velho pai. Toma decisões no calor do momento...
– O que me serve muito bem na profissão.
– Exatamente. Isso me leva ao meu argumento: o bom Senhor raramente nos orienta da forma errada. Talvez eu tenha sido baleado para você tomar o caminho certo.
– Pai, eu preferiria ter tomado o caminho errado e ver você saudável. Mas, sim, admito que os últimos dias foram... desafiadores. E é bom estar de volta.
– Especialmente sem *ele* por perto?
– Sim.
A expressão de Jazz ficou tensa.
Tom sabia que não deveria seguir com aquela conversa. Ele mudou de assunto.
– Então, como está a vida em Salthouse?
– Estou amando! A casinha está ficando do meu jeito bem devagar e, no verão, talvez eu até consiga ter um jardim para você e mamãe curtirem quando forem me visitar.
– Me parece maravilhoso. Eu sinto falta de um jardim, mas não há espaço aqui, é claro. Quando sua mãe se aposentar, quem sabe? Podemos nos juntar a você e viver em um bangalô à beira-mar com todos os outros aposentados. Eu começaria a jogar uíste, sua mãe entraria para o Instituto Feminino e aprenderia a tricotar. – Ouviu-se o barulho da chave na porta. – Aí vem ela.
Muitas vezes, entre mães e filhas, há uma semelhança que é perceptível, mas indefinida. No caso de Celestria Hunter e sua filha, ninguém poderia deixar de perceber o parentesco. Jazz herdara a altura da mãe, as feições delicadas e os grossos cabelos castanho-avermelhados. Aos 57 anos, Celestria estava envelhecendo bem. Não parecia ter mudado muito em quinze anos.
– Mamãe! Como você está?
Jazz levantou-se e beijou a mãe com ternura.
– Ela está estressada e cansada de lidar com um velho safado como eu – brincou Tom, enquanto Celestria caminhava em sua direção. – Não pergunte

a ela se eu tenho me excedido, meu anjo, nós começaríamos a brigar se eu lhe dissesse.

– Nós nunca brigamos, querido. Você faz o que quer e eu simplesmente deixo – afirmou Celestria, massageando os ombros de Tom e se abaixando para beijar o topo de sua cabeça.

A intimidade fácil e a óbvia adoração mútua sempre comoveram Jazz. A amargura de sua mãe podia ser facilmente perdoada: sua vida nos últimos anos não tinha sido fácil em termos práticos, financeiros ou emocionais.

É isso que eu quero para mim, pensou Jazz. *Que o amor seja suficiente.*

– Você olhou a carne, querido? – perguntou Celestria, enquanto pendurava seu casaco.

– Tudo pronto e esperando por nós – respondeu Tom.

– Perfeito. Então vamos comer.

– Esse novo caso em que você está trabalhando... Foi um acidente? O que você acha?

Celestria e Jazz estavam lavando a louça.

– Não, agora eu tenho certeza de que não foi. E essa outra morte está relacionada, sem dúvida, embora tenha sido suicídio. O legista me ligou hoje pela manhã. O homem tomou uma caixa inteira de remédios para dormir, ao que tudo indica.

– Você pode nos dizer quem ele era? – indagou Tom.

Ocupado em guardar os pratos limpos em um armário, ele encarou a filha com uma expressão de interesse.

– Um orientador da escola. Um sujeito velho, de 70 e poucos anos, e...

– Não diga "velho", querida. Estou na casa dos 60, então não estou tão longe, e me considero um jovem em plena atividade, naturalmente. – Tom sorriu. – Mas, por favor, continue.

– Vou reformular: ele estava em idade de se aposentar. Acho que a escola o mantinha porque era um mentor maravilhoso para os meninos. Um pouco como você, papai. Mas é difícil encontrar uma conexão entre as mortes de Charlie Cavendish e Hugh Daneman.

– Hugh Daneman? O especialista em manuscritos em latim do século XIV?

– Sim, papai. Por quê? Você o conhece?

– Bem, conheço fatos *sobre* ele, sem dúvida. Ele tinha uma excelente reputação na área em que atuava. Estava em Oxford na mesma época em que eu estudava em Cambridge. Um amigo meu o conhecia muito bem. Tenho certeza de que Hugh Daneman era famoso por suas festas loucas.

– Você está falando sério? Nada do que eu descobri até agora combina com um sujeito chegado a festas. – Jazz riu. – Todo mundo que o conheceu comenta quanto ele era sossegado. Só se interessava por seus livros, aparentemente.

– Jazz, quando estávamos na universidade, era início dos anos 1960. E eu posso lhe garantir, você não acreditaria nas coisas que éramos capazes de fazer.

– Certamente – concordou Celestria.

Tom assentiu.

– Sim, não estou enganado. Talvez eu tenha ido a uma das festas dele, mas eu andava tão chapado naqueles dias que não me lembraria.

– Tom! – repreendeu-o Celestria.

– Você sabe que era verdade, minha querida. Enfim... – Tom coçou a cabeça. – Acho que ele fez doutorado como eu, depois ensinou latim em Oxford. Eu não saberia lhe dizer em qual curso.

– Prossiga, papai – insistiu Jazz. – Qualquer coisa que você se lembre pode me ajudar.

– Bem... se não me falha a memória, pois nós estamos voltando quarenta anos no tempo, houve algum tipo de escândalo. Ele deixou Oxford sob suspeita. Não lembro por que exatamente, mas conheço alguém que pode me dizer. Quer que eu descubra para você?

– Se quero?! Sim, por favor, papai. Estou frustrada com o caso de Hugh Daneman há 48 horas. Pode ligar para seu amigo o mais rápido possível?

– Pode deixar – prometeu Tom, com um sorriso.

– É muito diferente caçar assassinos no interior? – perguntou Celestria.

– Muito – respondeu Jazz. – Sequer havia uma tomada de telefone em nossa sala improvisada, então eu nem tinha como acessar os dados da polícia.

– Ah, minha querida... – Tom fingiu uma expressão horrorizada. – E nenhum crime foi resolvido antes da chegada dos computadores, não é mesmo?

– Não tantos, isso é certo. E não tão depressa – retrucou Jazz.

– Só estou brincando – disse Tom. – Achei que seria mais estimulante para você ter que confiar um pouco mais em seus poderes analíticos e na sua excelente intuição. Como você sabe, tenho a teoria de que todo assassinato é cometido por um de quatro motivos: amor, dinheiro, vingança ou medo. Os grandes detetives sempre tiveram uma compreensão superior da natureza humana. Assim como você, querida. Não tenha medo de usar seu talento.

– Já terminou sua palestra, Tom?

Celestria piscou para Jazz enquanto colocava uma bandeja de café na mesa.

– Eu estava sendo paternalista? Peço desculpas. É a velhice, entende? Guardamos tanto conhecimento, mas ninguém quer nos ouvir. Eu sempre disse que o cara lá de cima fez errado: deveríamos nascer velhos e voltar para Ele como bebês indefesos e inocentes.

Tom bocejou.

– Hora do seu cochilo. – Celestria aproximou-se do encosto da cadeira de rodas de Tom.

– Está vendo? Como um bebê. – Tom piscou. – Posso tomar café primeiro?

– Não, você sabe que o médico disse que cafeína faz mal para você.

– Sim, senhora governanta. Até mais tarde, querida – despediu-se Tom, dando um ligeiro aceno para a filha enquanto Celestria o empurrava para o quarto.

Jazz serviu café para a mãe e para si mesma e sentou-se com a xícara na mão, olhando para a lareira. Celestria voltou e se juntou a ela. Jazz notou que ela estava claramente cansada.

As duas ficaram em silêncio por alguns minutos, tomando café e apreciando a companhia uma da outra.

– Como ele está? – perguntou Jazz em voz baixa.

Celestria suspirou.

– Rebelde como sempre. Tivemos um dia difícil na quinta-feira. Ele teve um forte ataque de angina enquanto eu estava fora. O bobo não fez a coisa sensata, que era chamar o médico. Esperou que eu voltasse para casa e o encontrasse pálido e, obviamente, cheio de dor. Eles o levaram para o hospital durante a noite. Saiu na manhã seguinte, reclamando que as enfermeiras eram muito feias.

Celestria se permitiu um pequeno sorriso.

– Mãe, por que você não me avisou?

– Porque você estava começando a trabalhar no caso e, tão logo me convenci de que ele não estava em perigo, não havia nada que você pudesse fazer.

– Ah, mamãe, essa situação é tão difícil para você...

– Eu não me importo nem um pouco de cuidar dele, você sabe disso. Tenho medo é de voltar para casa uma noite e encontrá-lo... – Celestria não conseguiu terminar a frase. – Eu acho que ele deveria ter alguém aqui durante o dia, só que não posso largar meu trabalho... Se eu fizesse isso, ficaríamos sem um teto no mesmo instante.

– Talvez seja hora de pensar naquele bangalô na costa que papai sugeriu. Você tem o dinheiro do seu livro guardado.

– Sim, tenho. – Celestria tomou um gole do café. – E com certeza um dia é isso que faremos. Eu preciso trabalhar aqui por mais três anos para ter direito à minha aposentadoria integral. Como você sabe, a pensão que seu pai recebe da igreja é uma ninharia. Além disso – Celestria suspirou –, este lugar é o que o mantém vivo. Sem mencionar a mim. Eu amo meu trabalho. Isso me estimula e me mantém sã. Acho que nós dois enlouqueceríamos aposentados em um bangalô.

– Sim, provavelmente. Mas, mamãe, você parece exausta. Trabalhar e cuidar do papai é demais para você. É melhor convencê-lo de que precisa de alguém para ajudar *você*. Ameaçá-lo com o bangalô da aposentadoria deve funcionar – disse Jazz, com um sorriso.

– De qualquer forma, chega de falar sobre mim. Você está com uma cara boa, Jazz. Voltar ao trabalho obviamente lhe fez bem.

– Acho que fez. – Jazz assentiu e olhou para o relógio. – Eu tenho que ir. Vou encontrar aquele cara que o papai arrumou para mim...

– Jonathan? Ele é um amor, de verdade. Você vai gostar dele.

– Ultimamente eu ando fugindo dos homens em geral – comentou Jazz, fazendo uma careta.

– Jazmine – Celestria tomou as mãos da filha –, não se torne uma mulher amarga. Eu sei que você foi magoada, mas existem bons rapazes por aí, de verdade, querida.

"Hum" foi tudo o que Jazz conseguiu responder.

– Você ainda é jovem, jovem o suficiente para recomeçar, construir uma família se quiser. Você não vai desistir dos homens para sempre, vai?

– Vou tentar não fazer isso, prometo. Eu sei que você está desesperada para ser avó – comentou Jazz.

Ela abraçou a mãe, que revirou os olhos.

– Dificilmente, ainda mais com aquele bebezão que está dormindo no outro quarto. Estou pensando em *você*.

Jazz assentiu.

– De qualquer forma, mamãe, vou passar aqui no caminho de volta para me despedir de vocês.

12

David acordou no domingo de manhã ainda no sofá, onde acabara pegando no sono. Ele gemeu quando se lembrou do incidente no centro comercial de Foltesham no dia anterior.

Ficou deitado, examinando as rachaduras no teto amarelado, repreendendo-se por ter perdido o controle mais uma vez.

Deslizou para fora do sofá e correu para o banheiro, onde vomitou no vaso sanitário.

Foi até o armário da cozinha e ligou o aquecedor. Precisava de um banho quente, fazer a barba e engolir alguma comida decente.

Se aquele idiota do Julian ia ser um elemento fixo na vida de Angie, então ele não tinha escolha a não ser agir com mais inteligência. De certa forma, achou que a polícia fosse aparecer à noite para prendê-lo por alguma acusação forjada de agressão verbal. Se Julian acabasse virando padrasto de Rory, caramba, David precisaria se esforçar para ser civilizado, senão já podia até imaginar seus direitos de visitação lhe sendo negados.

Ele *tinha* que se controlar. Pelo bem do filho, se não pelo dele.

A partir de agora.

Depois de um longo banho, durante o qual ficou repetindo o mantra de pensamento positivo que aprendera no AA, David se sentiu um pouco melhor. Não havia dúvida de que ele devia sair daquela casa deprimente assim que pudesse. Qualquer pessoa equilibrada sofreria de depressão vivendo ali. E ele tinha dinheiro suficiente para alugar algo muito melhor. Só não encontrara tempo para pesquisar.

Procurou alguma coisa para comer no armário da cozinha e, não encontrando nada, foi até o mercado local comprar alguns mantimentos.

Uma hora depois, estava prestes a comer um prato generoso de fritura, quando ouviu uma batida suave à porta. Aterrorizado, pensando que poderia ser a polícia, ele olhou através da janela.

Outra batida tímida. Com o coração acelerado, David foi até a entrada. Com cuidado, olhou pelo visor. Um par de olhos o encarava, o que o fez dar um salto para trás, assustado.

– Rory! Meu Deus, você quase me mata de susto! – David abriu a porta e seu filho jogou-se em seus braços, vestindo calça de pijama, casaco de moletom da escola e tênis.

– Ah, pai! – Rory soluçou nos braços de David.

David acariciou os cabelos despenteados do menino enquanto ele chorava.

– Calma, meu amigo, não pode ser tão ruim assim.

– Mas é! É, sim!

David conseguiu levar Rory para o sofá, então sentou-se ao lado dele com os braços em volta de seus ombros magros.

– É Julian?

Rory o encarou, questionador.

– Quem?

– Você sabe, o namorado da sua mãe. Ele anda chateando você?

Rory balançou a cabeça.

– Eu nem sabia que ela tinha namorado e nunca conheci ninguém chamado Julian.

– Mas… você não foi para casa neste fim de semana? Eu sei que ele estava lá com a sua mãe. Eu os vi na cidade juntos ontem.

– Não, pai. Estou na enfermaria desde sexta-feira. Eu tive uma gastroenterite muito forte e o médico disse que eu não podia ir para casa.

A raiva de David aumentou.

– Bem, isso é formidável! Sua mãe nem se preocupou em contar que você não estava em casa, muito menos que estava doente. E ela prometeu me ligar. – David fez um esforço gigantesco para engolir a própria raiva, pelo bem do menino. – O que você está fazendo aqui então?

Rory limpou o nariz na manga do casaco.

– Eu fugi e não vou voltar para lá. Por favor, papai, não me obrigue a voltar! Por favor!

– Ok, ok, fique calmo. Você não vai a lugar nenhum agora. Como foi que você conseguiu chegar aqui?

– Eu vim andando. Foi um longo caminho e… não estou me sentindo muito bem.

– Tenho certeza disso. São uns bons 6 quilômetros até aqui. – David colocou a mão na testa do filho. – Você está meio quente. Vou pegar um analgésico na caixa de primeiros socorros para baixar sua temperatura.

– NÃO! – gritou Rory. – Nada de remédios! Foi isso que matou Charlie Cavendish.

– Eu sei, Rory, mas ele era alérgico a um medicamento específico. Esse é perfeitamente seguro para outras pessoas, juro.

– Mas eu não quero tomar – retrucou Rory, com teimosia.

– Está bem. Vou lhe trazer um copo d'água então.

David entrou na cozinha, encontrou um copo e encheu-o de água gelada. Entregou-o ao filho, que agora estava jogado no sofá, com os olhos vidrados de exaustão.

– Venha, tome um pouco d'água.

Ele segurou a cabeça do menino e Rory bebeu com muita sede.

– Que bom – disse o garoto, descansando a cabeça no braço do sofá. – A governanta não me deixava beber muita água na escola para eu não vomitar. Estou com tanto sono, papai, tanto sono...

– Ok, descanse um pouco e vamos conversar mais tarde.

David sentou-se na poltrona e observou o filho, ponderando o que deveria fazer. Não havia dúvida de que, se Rory tinha fugido, as autoridades bateriam à sua porta a qualquer momento. Ele deveria ligar para a escola imediatamente, dizer a eles que Rory estava seguro, mas depois de seu espetáculo completamente bêbado em Foltesham, duvidava que Angie e seu namorado permitissem que Rory ficasse com ele.

Viu o peito do filho subir e descer e percebeu que ele estava dormindo em paz.

Era preciso tomar uma decisão rápida.

Pulando da poltrona, David correu para o andar de cima e jogou algumas roupas em uma sacola. Tirou o edredom da cama e o levou junto para o carro.

Voltando para a sala, pegou Rory no colo e o carregou para o carro. Os olhos do menino se abriram por um segundo quando David o colocou no banco de trás, com o edredom em volta dele.

– Aonde estamos indo, papai? – perguntou ele, sonolento.

– Tirar uns diazinhos de férias, Rory, só você e eu.

Quando Angelina foi informada de que Rory havia desaparecido da escola, Julian se recusou a acompanhá-la até lá.

– É melhor você ir sozinha, meu bem. Como você diz, será melhor se eu não encontrar Rory ainda.

Então Angelina dirigiu às pressas, e sozinha, para a St. Stephen, com o coração na boca. A governanta da Fleat House estava esperando por ela, com uma expressão sombria.

– Encontraram meu filho? – perguntou Angelina, sem fôlego.

– Não. Os funcionários e os alunos estão vasculhando o terreno, mas, sendo uma tarde de domingo, não temos muita gente.

Angelina desabou na poltrona mais próxima e colocou as mãos no rosto.

– Meu Deus, por que ele teria fugido? E se alguém o sequestrou? E se...

– Por favor, acalme-se, Sra. Millar. Provavelmente Rory está escondido em algum lugar da escola. Por alguma razão, talvez ele queira ficar sozinho. Eu sei que toda essa história com Charlie Cavendish o abalou, e ele teve febre alta por causa da gastroenterite, provavelmente ficou um pouco atordoado. A senhora já entrou em contato com o pai dele?

– Eu tentei, mas ele não está atendendo ao celular e não tem telefone fixo em casa.

– Bem, continue tentando. A senhora deve lembrar que o Sr. Millar estava ansioso para ver o menino recentemente. Ele andou falando comigo nesses últimos dias.

– Não, não pode ser isso. – Angelina balançou a cabeça. – David nem sabia que Rory estava na enfermaria. Ele pensou que o menino estava em casa comigo.

A governanta a encarou.

– Então não tem o hábito de avisar ao seu ex-marido quando o filho está doente?

– Ele não estava morrendo, não é? Pelo menos foi o que a senhora me contou – rebateu Angelina, sentindo-se culpada. – Além disso, em vez de me criticar, gostaria que me explicasse a perda de uma criança sob seus cuidados.

– Eu sou a governanta da Fleat House, não da enfermaria, Sra. Millar. A governanta de lá virá aqui para vê-la em alguns minutos. Ela me disse que passou para ver Rory pouco antes das dez da manhã, e ele estava dormindo. Ela o deixou e foi ao escritório preencher alguns papéis. Vinte minutos depois, quando voltou, ele não estava mais lá.

– Mas onde? Como? A senhora deve saber de alguma coisa.

– Lembre-se: aqui não é uma prisão. Teria sido apenas uma questão de descer dois lances de escada e sair pela porta da frente para Rory ganhar sua liberdade.

– A menos que alguém o tenha levado.

– Bem, agora que já sabemos que não foi seu ex-marido, eu duvido muito disso.

– Ouvi dizer que estão fazendo uma investigação policial sobre a morte de uma criança do alojamento de Rory. E se houver um maluco andando por aí? E se ele estiver com meu filho? Meu Deus! Onde ele está?

Angelina caiu em prantos.

– Calma, calma, Sra. Millar, vamos tentar manter a calma – disse a governanta, dando-lhe um tapinha no ombro. – Vamos ao escritório do Sr. Frederiks para uma xícara de chá. Já entrei em contato com o diretor, e ele está vindo aqui para vê-la. Por favor, tente não se preocupar. Tenho certeza de que Rory está bem.

Duas horas depois, apesar da extensa busca, não havia sinal de Rory. Angelina estava desvairada. Robert Jones sugeriu que ela esperasse no escritório de Frederiks ou que fosse para casa até que houvesse notícias, mas ela insistiu em se juntar à busca.

Robert Jones estava na entrada da Fleat House junto com a governanta e viu Angelina correr pelo gramado até a capela, gritando o nome de Rory.

– A mulher está histérica. Há alguém que possamos chamar para ficar com ela?

– Ela tentou contatar o ex-marido, e acredito que o namorado dela, o Sr. Forbes, mas nenhum dos dois atendeu – falou a governanta.

Robert suspirou.

– Eu falei para ela que temos policiais no local ajudando na busca. – Ele se virou e olhou para a governanta. – Você não acha que alguma coisa aconteceu com ele, acha?

A mulher o encarou.

– Ele não estava muito feliz aqui, não é? Eu não ficaria surpresa se ele tivesse fugido, pobre criança.

Após um tempo em silêncio, o diretor perguntou:

127

– Havia algum problema com Rory?

Os olhos da governanta brilharam de raiva.

– Acho que o senhor sabe que havia, diretor. É melhor eu voltar para os outros garotos. O Sr. Frederiks interrompeu sua saída com os meninos e está voltando no micro-ônibus.

– Vou pedir que um dos oficiais leve a Sra. Millar para casa e fique com ela até que haja notícias.

– Vou buscá-la na capela e acompanhá-la até o senhor fazer isso.

Robert Jones mal levantou os olhos enquanto a governanta atravessava o gramado. A escola, assim como sua vida, parecia estar lentamente se desintegrando.

Angelina sentou-se no banco do carona de seu carro e ficou olhando silenciosamente pela janela enquanto a policial dirigia até sua casa. Apesar do torpor, ela conseguiu indicar onde virar e, em seguida, saiu completamente exausta do veículo.

– Gostaria que eu entrasse também, Sra. Millar?

– Não, meu... companheiro está lá dentro. Vou ficar bem. Mas obrigada de qualquer maneira.

– Entraremos em contato assim que houver alguma notícia. Tente não se preocupar.

Angelina não respondeu. Foi até a porta, que se abriu antes de ela tocar na maçaneta. Julian a aguardava.

– Alguma notícia do Rory?

Cansada, Angelina balançou a cabeça, lutando contra as lágrimas.

– Tentei ligar para você ir até a escola me ajudar a procurá-lo.

– Eu estava ocupado. Desculpe.

Ela se voltou para ele.

– O que diabos você quer dizer com "estava ocupado"? Meu filho desapareceu! Ele pode ter morrido e você me diz que estava *ocupado*! Meu Deus!

– Angelina, eu...

Ela passou por ele e foi em direção às escadas.

– Me deixe em paz, Julian!

David chegou no início da noite, cansado, mas triunfante, à pousada às margens do lago Windermere. Ele havia ligado para a proprietária a caminho de Lake District usando um telefone público, para caso a polícia já estivesse atrás deles e pudesse identificar os números discados em seu celular. Perguntou se ele e o filho poderiam adiantar sua reserva para aquela mesma tarde.

Enquanto ele e Rory levavam suas malas para o quarto, David ficou satisfeito quando a Sra. Birtwhistle, a proprietária, comentou que eles eram os únicos hóspedes.

– Bem, o que você acha dessa vista, amigão? – David colocou as mãos nos ombros de Rory e o guiou em direção à janela. Estava escuro e tudo o que podiam ver eram as luzes dos barcos balançando na água a algumas centenas de metros. – Amanhã, se você estiver se sentindo melhor, vou levá-lo para escalar o Scafell Pike.

David virou o filho para encará-lo e o abraçou, acariciando seus cabelos louros emaranhados.

Rory olhou para ele, os enormes olhos azuis em um rosto pálido. Ele sorriu tristemente.

– Sim, papai, me leve ao topo do mundo e nunca me deixe descer.

Mais tarde, eles jantaram uma refeição generosa de bife e torta de rim no restaurante deserto da pousada. David ficou feliz ao ver Rory raspar o prato. A cor estava voltando ao seu rosto e ele parecia melhor.

A Sra. Birtwhistle ofereceu vinho a David, que conseguiu recusá-lo. Foi ele quem falou mais, contando a Rory sobre as vezes em que seu próprio pai o levara ali e como eles escalaram a montanha mais alta da Inglaterra.

Depois do jantar, eles subiram as escadas estreitas para o quarto. David cobriu Rory, instalado em uma das camas de solteiro.

– Boa noite, amigão – disse, beijando o menino e lhe dando um abraço.

Rory se agarrou a ele.

– Não me deixe sozinho, está bem, papai?

– É claro que não. Eu também vou me deitar. Vamos precisar de toda a energia possível se quisermos escalar o Pike amanhã.

Rory estendeu a mão e agarrou a do pai.

– Estou feliz por estar aqui, pai. É como uma aventura, não é?

– Sim, só você e eu.

– Eu te amo, pai.

– Eu também te amo, amigão.

David sentou-se na desconfortável poltrona de espaldar alto e ficou observando Rory pegar no sono. Lágrimas incontroláveis começaram a rolar pelo seu rosto enquanto o amor apertava seu coração como uma luva de ferro.

David sabia que Angie já estaria histérica. E, por mais que quisesse passar um tempo sozinho com o filho, precisava avisar a ela que Rory estava em segurança.

Tirou o celular do bolso e começou a digitar uma mensagem de texto para a ex-mulher.

Angelina soltou um soluço sufocado de alívio e voou para o escritório de Julian.

– Ele está bem! Rory está bem! – gritou.

Julian tirou os olhos da tela do computador e deu um sorriso rígido.

– Que ótima notícia, querida. Ele estava escondido em algum arbusto no terreno da escola?

– Não, ele está com o pai. Aparentemente, Rory apareceu na casa de David de manhã. David disse que ele está bem e que só quer passar um tempo sozinho com o filho.

– Entendi. Então, eles estão naquela casa horrorosa?

– Não, David o levou para outro lugar por alguns dias. – Angelina apoiou-se na porta. – Ai, meu Deus, eu não posso nem dizer o que estava passando pela minha cabeça até David me mandar essa mensagem. Vou ligar para a escola.

– Bem... – Julian cruzou os braços e olhou para ela. – Eu posso lhe dizer o que está passando pela minha. Ontem, seu ex-marido bêbado e instável tentou me agredir no meio da rua. Ele ameaçou me matar.

– Ora, pelo amor de Deus, Julian! Ele não teve a intenção!

– Quem sabe se ele teve ou não? E esse é o ponto: eu entendo seu alívio, mas, pense bem, Angelina, você acha que David, em seu estado de espírito atual, é a pessoa certa para cuidar de Rory?

Ela olhou para Julian de forma questionadora.

– David pode ser alcoólico, mas nunca machucaria Rory. Ele adora o filho.

– Tudo bem. Talvez ele não o machuque, mas posso citar alguns cenários desagradáveis que você deve considerar. Em primeiro lugar, David pode acabar dirigindo bêbado. Em segundo lugar, ele pode já ter fugido com Rory para o exterior. Em terceiro lugar, você sabe quando David vai entregar Rory de volta, se é que vai?

Angelina massageou as têmporas e balançou a cabeça.

– Pare com isso, Julian, por favor! Não aguento mais, realmente não aguento. Preciso acreditar que Rory está seguro com o pai, de verdade.

Julian levantou-se e andou até ela. Abriu os braços e puxou-a para perto.

– Ok, tudo bem. Me desculpe, querida. É claro que não quero aborrecê-la. É só meu lado advogado me fazendo imaginar o pior cenário. Já vi muitas crianças sequestradas por pais desesperados. Essa situação com Rory me soa muito familiar.

– Bem, eu vou mandar uma mensagem para David e pedir para ele me dizer exatamente onde estão e quando vão voltar para casa. Tenho certeza de que ele vai voltar.

– E se ele não voltar?

– Ele vai voltar.

– Ok, mas se David não responder até amanhã de manhã informando exatamente onde está, você não terá opção a não ser chamar a polícia. Agora, vá telefonar para a escola e avise que você teve notícias de David. Estarei com você em um segundo. Estou terminando uma coisa aqui.

Ele lhe deu um tapinha no traseiro e a guiou para fora do escritório. Em seguida, voltou para o computador e continuou escrevendo um e-mail. Com a habitual compostura abalada, ele percebeu que as palmas de suas mãos transpiravam enquanto pressionava a tecla "enviar".

Suspirando fortemente, ele desligou o computador. Esperava receber uma resposta até o dia seguinte.

O garoto que se virasse sozinho... Julian Forbes tinha seus próprios problemas para resolver.

13

Jazz atravessou o pátio principal do Trinity em direção à cabine do porteiro.

Vagando sob o arco, de costas para ela, estava um homem extraordinariamente alto. Jazz caminhou até ele e tocou em seu ombro.

– Olá, você é Jonathan?

Ele se virou, sobressaltado.

– Sim. Me desculpe, achei que você viria pela outra entrada.

– Meus pais moram ali, no pátio. Fui almoçar com eles.

– Sim, eu sei. Quer dizer, eu sei onde seus pais moram. Eu devia ter imaginado. – Jonathan sorriu e em seguida estendeu a mão desajeitadamente. – Bem, é um prazer conhecê-la, inspetora Hunter.

– Jazz, por favor.

Ela sorriu, pensando em como era agradável olhar para cima, para variar. A estatura daquele homem fazia com que *ela* se sentisse pequena.

Jazz calculou que Jonathan devia ter pouco menos de 30 anos. Ele não poderia ser considerado tradicionalmente bonito: seus olhos azuis eram muito próximos, posicionados acima de um nariz longo e parecido com o de um falcão. O rosto era magro, as maçãs do rosto como lâminas, dando-lhe uma aparência faminta e boêmia. Entretanto, ela o achava um homem bonito.

– Vamos? – Jonathan indicou o caminho.

– Sim.

Jonathan começou a andar bem depressa. Jazz lutou para acompanhar o ritmo daquelas pernas longas.

– Foi muita gentileza sua tirar um tempo para me ver.

– Bem, eu não tenho certeza se posso de fato ajudá-lo, mas vou fazer meu melhor – afirmou Jazz, sorrindo, enquanto o seguia por um beco.

Ele parou em frente a um pub, que Jazz sabia ser popular entre os estudantes.

– Algum problema se entrarmos aqui? – perguntou ele, os olhos fixos nela.

– Nenhum.

Ela o seguiu. O bar estava vazio, e Jazz se acomodou a uma mesa no canto, enquanto Jonathan foi até o balcão pedir as bebidas.

– Vinho branco para você, mas não sei se o daqui é bom. – Jonathan colocou uma taça sobre a mesa e sentou-se em frente a ela, aninhando uma cerveja em suas mãos enormes. – Saúde – brindou, batendo sua bebida na dela.

– Saúde. – Jazz sorriu e tomou um gole. O vinho mais parecia vinagre. – Então, me diga o que você quer saber.

– Certo.

Jonathan tirou um pequeno gravador e um caderno de um dos bolsos de seu casaco.

– Você vai gravar isso?

– Sim, se não se importar. Eu posso apenas fazer anotações, se preferir.

– Depende do que você vai me perguntar.

– Nada particularmente ultrajante. Minha tese é sobre o estado do sistema de justiça criminal no novo milênio. Eu já preparei as perguntas.

– Eu estou me sentindo como um dos suspeitos que levo para interrogar. – Jazz indicou o gravador. – Vá em frente, então. Quero ver como a pessoa se sente do outro lado.

– Ok. – Jonathan ligou o gravador.

– Você agora deve me alertar sobre o que vou dizer e perguntar se eu quero solicitar a presença de um advogado – brincou ela.

– Acho que deveria. – Ele assentiu. – Certo, a primeira pergunta que eu quero fazer é: em sua posição na linha de frente da apreensão de criminosos, você está satisfeita com o atual sistema de justiça criminal?

Jazz mordeu o lábio.

– Meu pai lhe contou que esse é meu assunto predileto?

– Não, mas deve ser a maldição da vida de um policial passar meses em uma investigação, prender o suposto criminoso para, em seguida, vê-lo sair inocentado do julgamento com base em algum tecnicismo...

Houve uma pausa antes de Jazz responder:

– Jonathan, há duas maneiras de fazer isso. Se você for divulgar meu nome em sua tese, então vou responder de acordo com o que meus superiores esperariam de mim. Se não for divulgar e nós desligarmos esse gravador, eu posso lhe dar uma visão geral muito mais sincera. Agora, qual você prefere?

Jonathan se inclinou sobre a mesa e desligou o gravador. Ele sorriu.

– Ok, vamos lá.

Jazz começou, cautelosamente no início, a explicar onde ela achava que os problemas estavam. Para sua surpresa, ele demonstrou conhecimento e defendeu o sistema.

– O grande problema, no entanto, não é a corrupção, embora eu aceite o que você diz sobre o abuso de poder e a ambição pessoal, mas, pelo que eu consegui extrair de outras pessoas que entrevistei, alguns escapam da rede por causa do excesso de burocracia, de advogados ineptos para a acusação... Digo, você já viu o novo documento informativo que o governo acabou de emitir, sugerindo que a Procuradoria-Geral diminua os honorários dos promotores? Então, é claro que os melhores advogados vão querer jogar para a defesa e a falibilidade humana.

– Há outro problema: o sistema está entupido de recursos – acrescentou Jazz. – Mesmo quando você condena o suspeito, nunca sabe quando algum advogado espertinho vai aparecer com uma evidência forjada, às vezes material, mas, em geral, psicológica.

– A escola do "não é minha culpa se eu sou um assassino, minha mãe não me amamentou quando eu era bebê", você quer dizer? – perguntou Jonathan, fazendo uma careta.

– Exatamente. Desculpe, posso parecer dura, mas a vida é difícil para todo mundo. Ninguém tem a infância ou a adolescência perfeitas. Todos temos motivos para matar alguém a sangue-frio. Graças a Deus a maioria de nós não faz isso. Mas aqueles que o *fazem* têm que assumir a responsabilidade por seus atos, quaisquer que sejam as circunstâncias. Eles têm que ser punidos pelo que fizeram.

– Concordo. Entendo que você tenha uma experiência pessoal, Jazz – disse Jonathan calmamente. – Eu sei o que aconteceu com seu pai.

Jazz detestava falar sobre isso. O assunto ainda evocava lembranças intensas do evento.

– Sim. Ele era um bom homem, um vigário, tentando ajudar uma comunidade desfavorecida. O que ele conseguiu com todo esse esforço? Uma bala nas costas. O atirador pegou dois anos e saiu após seis meses de pena. Com base na redução da imputabilidade. E voltou para o crime, três semanas depois.

– Eu sinto muito. Não sei o que dizer. – Jonathan suspirou. – Você se importa que eu pergunte o que ele estava fazendo em Hackney naquele dia? Ele não lecionava teologia aqui?

– Eu fui criada em Cambridge até os 12 anos. Foi quando papai anunciou para a esposa e a filha que estava farto de ensinar teologia para um monte de estudantes de classe média. Ele queria sair e praticar o que pregava. Então, foi ordenado e nos mudamos para Hackney. Sair da minha aconchegante escola aqui em Cambridge para outra no leste de Londres foi um choque cultural. Por outro lado, me fez mais forte.

– Aposto que sim. Meu Deus, eu não gostaria de estar na sua pele.

– Foi difícil, mas eu admirava muito meu pai pelo que ele estava fazendo. E aprendi todos os tipos de truques ao longo do caminho, coisas que desde então me mantiveram firme em minha carreira.

– Por exemplo...?

– Bem, que isso fique realmente só entre nós. – Jazz sorriu com ironia. – Eu posso conseguir qualquer coisa que você queira dando um simples telefonema: anfetaminas, tranquilizantes, benzodiazepina, haxixe, cocaína, heroína...

– Quando vamos lá buscar?

– Muito engraçado.

– Estou brincando. Eu não curto essas coisas, nunca gostei.

– Você não revelaria que curte a uma investigadora, não é? – contra-atacou Jazz.

– Não, mas acredito em dizer a verdade. E felizmente eu consegui me manter longe de tudo isso. É sério – reiterou ele.

– Pois eu, não. Pelo menos por algum tempo. Experimentei de tudo. Era algo... obrigatório em meu ambiente educacional. Como tomar leite de manhã.

– Um rito de passagem?

– Sim. Algo do tipo. Garota branca de classe média... – Jazz suspirou. – Eu queria ser aceita. E estar do "outro lado" me deu uma perspectiva mais ampla. Eu entendo o que esses jovens têm que enfrentar apenas para crescer relativamente ilesos.

– Então, o que aconteceu com seu pai?

– Como sempre, ele se envolveu demais emocionalmente. Com sua congregação, que cresceu de alguns poucos velhinhos para trezentas pessoas enquanto ele estava lá. Meu pai é uma figura muito carismática. E uma mulher em particular, cujo filho estava morrendo de leucemia, foi até papai para pedir apoio espiritual, passou muito tempo em nossa casa. O pai dela, que era um conhecido traficante de drogas, não gostou, chegou um dia em nossa casa e atirou nele à queima-roupa, dentro da nossa cozinha.

– Que horror – murmurou Jonathan.

– Ele teve sorte de sobreviver – acrescentou Jazz. – Sofreu um ataque cardíaco no meio da cirurgia. Ainda está muito frágil, e piora a cada dia.

– Mas é um patrimônio de Cambridge. Ele é reconhecido na universidade por sua sabedoria, sua bondade e suas piadas sujas.

Jonathan sorriu, com os olhos cintilando.

– Ele é um homem muito especial – murmurou Jazz –, e eu o amo demais, com todos os seus defeitos.

– Tentar espalhar a bondade não é um defeito, Jazz.

– Não, eu sei disso. Mas viver com um santo pode ser difícil. Minha mãe, especialmente, passou por poucas e boas com ele.

– Posso imaginar. E você também, Jazz – disse ele suavemente, os olhos azuis fixos nos dela.

– De qualquer forma, chega disso. – Ela corou. – Mais alguma coisa que você queira saber? Eu preciso ir embora.

As palavras soaram mais bruscas do que ela pretendia, pois Jazz estava se sentindo desconfortável.

– Não, eu acho que não. Por enquanto, pelo menos. Preciso ir para casa e digitar minhas anotações. Se eu precisar de outro encontro, você concordaria?

– Estou muito ocupada no momento – respondeu ela, se levantando.

Jonathan fez o mesmo.

– Com um caso?

– Sim.

– Interessante?

– Sim. – Ela andou em direção à porta. – Até logo, Jonathan, espero ter sido útil.

Ela estendeu a mão para ele, que a ignorou.

– Você estacionou o carro no Trinity?

– Sim.

– Vou caminhar com você. A casa onde estou fica nessa direção.

Os dois saíram do bar. Jazz caminhava em silêncio, inquieta, imaginando como ele tinha conseguido fazê-la revelar muito mais do que pretendia.

Chegaram de novo à guarita do porteiro. Jonathan virou-se para ela.

– Obrigado pela atenção, Jazz. Estou muito grato. – Ele a fitou por um segundo com aqueles olhos azuis, depois se inclinou e a beijou no rosto. – Então, até logo.

– Até logo.

Jazz afastou-se dele rapidamente, em direção à segurança da casa dos pais. Não teve nem tempo para refletir, pois foi recebida na porta por Celestria.

– Ainda bem que você chegou, Jazz. Seu pai se recusou a ir para a cama até você voltar. Ele falou com um dos antigos colegas sobre Hugh Daneman. Entre.

– Jazz, minha querida. – O pai parecia pálido, mas seus olhos estavam acesos. – Descobri os detalhes do seu cadáver. Celestria, o menor dos conhaques para mim e nossa filha, para facilitar minha narrativa.

– Para mim não, papai. Tenho que dirigir de volta para casa.

Jazz sentou-se em uma cadeira.

– Nem para você, Tom. Já teve sua cota hoje – repreendeu Celestria.

– Esqueça as cotas e me dê uma pequena dose de conhaque.

Celestria olhou para Jazz, impotente, em seguida pegou a garrafa do armário, serviu uma pequena dose e entregou o copo a Tom.

– Obrigado, querida. – Ele tomou um gole. – Muito bem, esse meu velho amigo, Crispin Wentworth, me deu informações sobre Hugh Daneman. Eles estiveram juntos em Oxford e, depois que concluíram o doutorado, receberam convites para trabalhar como professor. Presumo que você sabia que Hugh era gay.

– Não tinha certeza, mas essa ideia passou pela minha cabeça. Um homem solteiro a vida inteira...

– Bem, Crispin confirmou. – Tom sorriu. – Na época, aconteciam umas coisas bem picantes em Oxford, mas, como eu disse, era o início dos anos 1960, então aconteciam em todos os lugares.

– É terrível ter inveja dos bons tempos que os próprios pais viveram quando eram jovens, mas às vezes eu tenho. – Jazz suspirou. – Enfim, continue, papai.

– Bem, parece que Hugh Daneman fez o impensável e se apaixonou por um de seus alunos. Um rapaz, é claro. Tolamente, ele não escondeu o fato bem o suficiente de seus superiores. Acabaram descobrindo e ele foi demitido de imediato.

– Entendo. Sabe quem era o aluno?

Tom ergueu as mãos.

– Eu vou chegar lá em um minuto. Hugh então foi para o exterior e Crispin perdeu contato com ele por um ano ou mais. De repente, ele ficou sabendo que Hugh estava trabalhando na St. Stephen como professor de latim.

– Fico surpresa por o terem aceitado, considerando que ele foi demitido de Oxford por um relacionamento com um estudante.

– O motivo da demissão pode muito bem não ter sido revelado. As coisas eram assim naquela época. Talvez tivessem obrigado Hugh a se manter em silêncio e, em troca, nada mais seria dito. Levantar os antecedentes e pedir referências não era obrigatório como é agora. De qualquer forma, ele apareceu na St. Stephen.

– Então, esse jovem por quem Hugh se apaixonou... Quem era ele? – indagou Jazz.

– É uma história bastante interessante. O aluno em questão era um tal de Corin Conaught. Ele era famoso pelo vício em bebida e drogas, mas, segundo Crispin, era um jovem carismático, bonito e aristocrático. Deixava um rastro de corações masculinos e femininos partidos por onde passava.

– Ele era bissexual?

– Sim, mas, espere, antes que eu perca o fio da meada: Hugh Daneman apaixonou-se por ele. Pelo que Crispin contou, Corin também gostava muito de Hugh e eles formaram um casal por algum tempo, até Hugh ser convidado a se retirar.

– Estou surpresa que isso tenha sido um escândalo. Como você mesmo disse, valia tudo nos anos 1960.

– Mais ou menos. Qualquer relação entre funcionários e alunos é proibida até hoje. Algumas coisas nunca mudam, e essa é uma delas. E Corin vinha de uma importante família católica. O pai dele, Ralph, que era lorde Conaught, morreu enquanto o filho estava na farra em Oxford. Aparentemente, Corin ficou sabendo que seu pai estava à beira da morte durante um fim de semana depravado e nem se preocupou em ir para casa despedir-se do homem. E tenho certeza de que eles deviam saber da notória relação do filho com Hugh Daneman. Posteriormente, mesmo Corin sendo o primogênito e herdeiro da Propriedade Conaught e do título, seu pai o deserdou e deixou tudo para o segundo filho, um tal de Edward Conaught.

– História dramática. – Jazz suspirou.

– Sim, e, como todos os dramas, tem um fim comovente. Tudo indica que Corin retornou à casa de Oxford, tendo sido enviado para lá algumas semanas depois da morte do pai. Seu irmão mais novo, Edward, concedeu-lhe uma casa menor, dentro da propriedade. Ele passou os cinco anos seguintes bebendo e se drogando. Morreu aos 26 anos, coitado.

– Onde fica essa propriedade?

– Na verdade, fica perto de você, em algum lugar em Norfolk.

– Sério?

– Sim. – Tom tinha uma expressão de satisfação. – Então, tudo isso a ajuda?

– Bastante, papai. Fantástico. Agora eu tenho um rumo. Isso talvez também explique por que Hugh Daneman apareceu de repente na St. Stephen: se o amor de sua vida estava vivendo em Norfolk, ele poderia tê-lo seguido.

– Muito possivelmente. De qualquer forma, espero que essas informações tenham lhe dado algo com que trabalhar.

– Deram, sim. E, por favor, agradeça ao seu amigo Crispin pela colaboração. Muito obrigada, papai. – Jazz se levantou. – É melhor eu ir andando. Tchau, mamãe.

– Tchau, minha querida. – Celestria a beijou. – Vá nos mantendo informados.

– Pode deixar.

Quando chegou ao carro, Jazz abriu o porta-malas e pegou sua pasta. Tirou o porta-documentos contendo a foto que tinha encontrado ao lado da cama de Hugh Daneman no apartamento, em Londres. Olhou para a fotografia, analisando o rosto angelicalmente bonito e os cabelos longos e louros. Virou-a e leu a anotação mais uma vez.

E percebeu que o rosto não era, como ela tinha pensado inicialmente, feminino...

Era masculino.

14

– Bom dia, senhora. Como foi o fim de semana?

Miles já estava na sala quando Jazz chegou à escola.

– Tudo bem. E o seu? – Jazz colocou a pasta sobre a mesa, pegou seu notebook e o plugou na tomada.

– Festas loucas e uma cama cheia de supermodelos. – Miles sorriu. – Na verdade, eu assisti ao treino do West Indies na TV, tentando me aquecer com uns raios de sol. O diretor quer uma reunião imediata. Aparentemente, esta escola, que está parecendo um verdadeiro matadouro, agora ostenta não apenas um aluno e um orientador mortos, mas também uma criança desaparecida.

Jazz ergueu os olhos da tela.

– É mesmo? Quando? E por que eu não fui informada?

– Ontem à tarde. E presumo que ninguém tenha nos contatado porque a tal criança parece estar com o pai, e a escola concluiu que não tinha nada a ver com o caso. Eles pediram à polícia local que os ajudasse na busca.

– Quem é o garoto?

– Ele não disse o nome, mas a mãe está no escritório do diretor. Eu disse que você iria até lá assim que chegasse.

Jazz entregou a Miles um pedaço de papel.

– Você pode conseguir o telefone desse endereço? Ligue para lá e diga que queremos fazer uma visita ainda hoje pela manhã.

– Certo, senhora. Mais alguma coisa?

– Sim. Descubra onde diabos o detetive Roland está e por que *ele* não me informou imediatamente sobre o tal garoto desaparecido. E faça com que Sebastian Frederiks venha me ver aqui em meia hora.

Jazz levantou-se e caminhou até a porta, batendo-a com força ao sair.

A secretária do diretor estava sentada, pálida e de olhos arregalados, atrás do computador.

– Eles a estão esperando lá dentro – avisou ela, indicando o escritório.

– Obrigada.

Jazz entrou na sala e encontrou uma mulher bonita e baixa diante da mesa de Robert Jones.

– Inspetora Hunter, bom dia. Obrigado por vir. Essa é a Sra. Millar, mãe do menino desaparecido.

– Que se chama...?

– Rory Millar. Imagino que o detetive já a tenha deixado a par da situação.

– Brevemente. Olá, Sra. Millar. – Jazz apertou a mão da mulher. – Poderia me contar o que aconteceu?

– Sim, eu vou fazer o meu melhor.

Hesitante, Angelina começou a descrever os acontecimentos das últimas 24 horas.

Jazz ouviu até que ela terminasse, em seguida assentiu.

– Certo. Então, na verdade, seu filho não está desaparecido. Ele está com o pai, mas a senhora não sabe onde.

– David ainda não respondeu onde eles estão. Como meu ex-marido tem problemas com bebida e já teve períodos de depressão, meu... advogado está preocupado, achando que pode ser um caso de polícia. A senhora acha que é?

Jazz se lembrou de David Millar, desesperado e de olhos arregalados, do lado de fora daquele escritório. E pensou no próprio Rory, que ela ainda não conhecia, mas cujo nome parecia ter o péssimo hábito de surgir inesperadamente.

– Se ele não informou para onde levou seu filho, então, sim, há algum motivo para preocupação. Por outro lado, certamente não há razão para acreditar que Rory esteja em perigo, Sra. Millar. Afinal, ele está com o pai.

Os olhos azuis de Angelina indicaram concordância.

– Foi o que eu disse ao meu advogado, mas ele insistiu que eu viesse vê-los esta manhã.

– A senhora tem alguma ideia do local para onde seu ex-marido possa ter levado Rory?

– Não. Meu advogado pensou que ele pudesse tê-lo levado para o exterior, mas isso é impossível, pois o passaporte de Rory está comigo.

– Isso não significa que ele não tenha conseguido emitir uma cópia.

– Sério? – Angelina mordeu o lábio. – Meu Deus.

– Vou enviar um alerta geral. Por acaso a senhora tem uma foto do seu filho e do seu marido? Vamos precisar de uma para digitalizar.

– Sim, o Juli... meu advogado avisou que você iria querer uma. – Angelina retirou um envelope da bolsa e o entregou a Jazz. – Ele vai ficar bem, não vai?

– Tenho certeza disso, mas será melhor tentarmos descobrir onde ele está. Agora, se não houver mais nada, vou voltar para minha mesa. Mais tarde, retornarei aqui para informá-lo, Sr. Jones.

Jazz sorriu brevemente para ambos e saiu da sala.

Já à sua mesa, Jazz retirou as fotos do envelope. A primeira era de David Millar, obviamente de antes de ele começar a beber e de sua vida descer ladeira abaixo. Ela a deixou de lado e olhou para a fotografia de Rory Millar. Então perdeu o fôlego.

– Santo Deus! – sussurrou e, em seguida, procurou em sua pasta o porta-documentos de plástico contendo a foto do jovem que ela agora sabia ser Corin Conaught.

Colocou a foto de Rory ao lado e chamou Miles para dar uma olhada.

– Então? – perguntou, enquanto ele estudava as duas fotografias.

– Uau! Eles devem ser parentes, não? – sugeriu Miles.

– Esse é Corin Conaught, o falecido amante de Hugh Daneman, e esse é Rory Millar, o garoto desaparecido.

– Espere, você está dizendo que Corin é homem, e não mulher?

– Exatamente. Meu querido e velho pai investigou e me corrigiu. Eles são parecidos, não são?

– Idênticos – concordou Miles. – Você sabe se eles são parentes?

– Não, ainda não. A mãe de Rory acabou de me entregar essa foto. Pode muito bem ser coincidência. Muitas vezes as fotos podem ser enganosas. Mas eu gostaria de encontrar Rory bem depressa. – Jazz entregou a Miles as fotos de Rory e do pai. – Escaneie-as e faça um relatório de pessoas desaparecidas.

– Claro – concordou ele, e acrescentou: – Somos esperados em Conaught Hall às onze. Falei com a governanta de lorde Conaught. Ela não foi muito útil, comentou que o homem não está bem de saúde e que não gosta de visitas.

Alguém bateu à porta.

– Entre.

Sebastian Frederiks surgiu com seu sorriso falso.

– Vocês me chamaram?

– Puxe uma cadeira e sente-se, Sr. Frederiks.

– Alguma notícia sobre o pobre Rory?

– Ainda não – respondeu ela. – Me conte, Sr. Frederiks, por que não fez nada para impedir as repetidas atitudes de bullying de Charlie Cavendish? Especialmente as praticadas contra Rory Millar?

Sebastian levantou uma sobrancelha.

– Quem lhe contou isso?

– Não importa. Eu só gostaria que respondesse à minha pergunta.

Ele cruzou os braços.

– Vocês devem ter ouvido que o velho Charlie pegava um pouco no pé dos garotos mais novos...

– Sim, repetidamente, Sr. Frederiks. Está me dizendo que não é verdade?

– Não, não estou. Mas ele não fazia por mal, e eu certamente não sinto que Charlie implicava especificamente com o jovem Rory Millar.

– É mesmo? Então por que fiquei sabendo que Cavendish trancou Rory no porão durante a noite? Isso soa bastante específico para mim.

– Veja bem, não houve nenhuma prova de que foi Charlie – respondeu Frederiks, sem muita convicção.

– Mas pode ter sido ele?

– Pode, sim. Mas, inspetora, sem provas, o que eu poderia fazer?

Jazz suspirou de frustração.

– O senhor é professor há vinte anos e administra o alojamento há mais de oito. Deve ter experiência em lidar com muitas situações semelhantes a essa. Até seus colegas sabiam que foi ele. – Jazz virou-se para Miles. – Não é verdade?

– Sim, senhora – confirmou Miles, assentindo.

Frederiks transpirava muito.

– Deixe-me dizer, inspetora, que repreendo os meninos com toda a severidade quando há um caso de bullying. Mas é o mesmo problema todas as vezes. A vítima fica tão aterrorizada com as repercussões que não admite quem fez a brincadeira de mau gosto.

– Então Rory Millar não lhe contou que foi Charlie Cavendish quem o trancou no porão?

– E como ele poderia saber? Estava do outro lado da porta. Entretanto, percebi que o jovem Rory estava apavorado. Fui eu que o encontrei. Achei que tinha mais a ver com a história que corria no alojamento sobre o fantasma de um garoto que supostamente morreu lá. Rory teria ouvido, é claro. Ele parecia um fantasma quando abri a porta.

– Estou surpreso que ninguém o tivesse ouvido antes. Ele devia estar gritando a plenos pulmões. Pobre garoto – acrescentou Miles.

– Os meninos dormem no segundo e no terceiro andares e, como sabem, eu fico na ala lateral do alojamento. O fato é que *não* ouvimos.

– O senhor disse que ele estava muito nervoso quando saiu? Entrou em contato com os pais dele?

– Obviamente. Aquilo foi a gota d'água. Rory vinha se isolando havia um tempo e estava se tornando cada vez mais retraído. Eu diria que, em grande parte, esse comportamento se devia ao trauma do divórcio dos pais, mas, quando isso aconteceu, eu senti que tinha que falar com eles. Em vez de preocupar a Sra. Millar, a mãe, que é superprotetora e um pouco neurótica no que diz respeito ao filho, decidi ligar para o Sr. Millar. Falei com ele sobre Rory na semana passada.

– Dadas as circunstâncias, parece que a Sra. Millar tem todo o direito de ser neurótica sobre o bem-estar de seu filho. – Jazz cerrou os dentes com irritação. – Então, David Millar atendeu?

– Tivemos uma conversa rápida ao telefone. Não fui tão detalhista no relato, pois não adiantava deixar todos em estado de alerta. Sugeri ao Sr. Millar que tivesse uma conversa com o filho para ver se conseguia fazê--lo revelar o que estava sentindo. Posteriormente, pedi a Rory que ligasse para o pai.

– E ele ligou?

– Lembro que vi Rory no telefone público do alojamento... Era quinta--feira... sim, um dia antes de Cavendish ser encontrado morto.

– Mas o senhor não sabe se era David Millar do outro lado da linha?

Frederiks deu de ombros.

– Não, não sei, mas o negócio era que... na verdade... – Ele coçou a cabeça.

– Sim, Sr. Frederiks?

– Acabei de me lembrar de algo. Um dia depois que vi Rory no telefone público, ou seja, na sexta-feira em que Charlie morreu, eu saí para meu encontro por volta das sete e meia da noite. Eu estava no estacionamento da escola, quando, por coincidência, vi David Millar saltando de seu carro.

– Entendi.

– Muitos pais estavam chegando para o concerto na capela naquele momento. Rory fazia parte do coro, então achei que Millar tinha vindo para ouvir o filho cantar. Mas... – Frederiks deu de ombros outra vez. – Eu nunca o tinha visto na capela.

– O carro do Sr. Millar já não estava mais lá quando o senhor voltou à escola naquela noite, certo? – sondou Jazz.

– É claro, eu já lhe contei. Era por volta de meia-noite quando voltei. Olha, inspetora, eu não estou sugerindo nada, mas e se Rory *tivesse* confidenciado ao pai sobre sua suspeita de que foi Cavendish que o trancou no porão?

– Então você agora admite que Charlie *estava* perseguindo Rory? – pressionou Jazz.

– Os meninos se provocam o tempo todo. Alguns conseguem lidar com isso, outros não. A questão é que Rory não conseguia. E sim – Frederiks suspirou –, eu aceito que devia ter interferido antes. E agora ele fugiu. Mas... – Frederiks parecia intrigado.

– O quê?

– Não faz sentido, não é? Quer dizer, se o jovem Rory tivesse sido alvo de Charlie, certamente ele estaria em êxtase agora que o rapaz não está mais aqui. Por que diabos ele fugiria?

– Não temos ideia. – Jazz decidiu mudar de assunto, não querendo especular sobre aspectos do caso com um possível suspeito. – Sr. Frederiks, eu preciso saber aonde foi naquela sexta-feira à noite.

– Eu não posso dizer.

– O senhor sabe que é crime obstruir informações relevantes para uma investigação policial?

– Inspetora, reitero que o lugar onde eu estava naquela noite de sexta-feira *não* é relevante para o caso.

– Cabe a mim julgar isso, Sr. Frederiks. E eu diria que é relevante, sim. O senhor admitiu que colocou o Epilim de Charlie Cavendish ao lado da cama dele antes de sair. Em primeiro lugar, não temos nenhuma prova de que não foi o senhor que trocou os comprimidos.

– Se eu tivesse feito isso, por que eu teria revelado que tinha colocado os comprimidos lá?

145

– Porque era um fato, e estava registrado na lista de medicamentos. E o senhor podia ter pensado que a morte de Charlie seria incontestável; um simples caso de ataque epiléptico...

– Isso *foi* o que todos nós pensamos, inspetora...

– E que suas ações não seriam questionadas...

– A senhora está me acusando? – perguntou Frederiks, levantando-se abruptamente.

– Não. É claro que não. Mas estou lhe dando um conselho. Acho que seria sensato revelar onde estava naquela noite. Sua postura só aumenta as suspeitas, em vez de anulá-las.

Frederiks desabou na cadeira.

– Não posso. Simplesmente não posso.

– Então talvez eu seja obrigada a adverti-lo e prendê-lo por obstrução de justiça. Devo presumir que está protegendo outra pessoa, mas deixe-me alertá-lo para o fato de que o senhor está, ao mesmo tempo, arriscando a própria integridade como administrador do alojamento e como responsável pela segurança de Charlie Cavendish. Caso se recuse a apresentar um álibi para corroborar sua presença em outro lugar, então não tenho nenhuma prova de que o senhor *não* estava aqui. – Jazz olhou para o relógio. – Obrigada por comparecer.

Frederiks assentiu, levantou-se e saiu da sala sem dizer mais nada.

Jazz vestiu seu casaco e procurou as chaves do carro.

– O que está achando? – indagou Miles, olhando para ela por cima do notebook.

– Ele não terá o luxo de ficar em silêncio por muito tempo. – Jazz estava procurando algo em sua pasta. – Por Deus, não entendo por que ele não puniu o comportamento de Cavendish de aterrorizar os mais novos, mas... que droga! Não sei onde enfiei minhas chaves. Você pode me levar até lá? Vamos discutindo algumas coisas no caminho.

O sol mal aparecia por trás das nuvens quando Miles pegou a estrada principal para oeste de Foltesham, em direção a King's Lynn.

– O que *você* acha de Frederiks? – perguntou Jazz.

– Vamos colocar da seguinte maneira: eu não gostaria de estar sob os cuidados dele. – Miles fez uma careta. – Então David Millar estava na escola na noite em que Charlie morreu. Se Rory telefonou para o pai e acusou Charlie, a senhora acha que Millar o mataria como um ato de vingança? E será que David Millar sabia da alergia de Charlie a aspirina?

– Todos os meninos na Fleat House eram avisados de qualquer alergia que afetasse seus colegas de alojamento, desde amendoins a perfume – observou Jazz. – Rory pode muito bem ter mencionado isso para o pai, quem sabe? Seja como for, precisamos encontrá-lo. Meu instinto me diz que Millar Jr. está envolvido em tudo isso. E ele está se provando muito difícil de ser encontrado.

Miles sorriu para ela.

– Como nos velhos tempos, não é?

– Como assim?

– Seu instinto em geral está certo. A equipe confiava cegamente em você.

Jazz olhou para o colega.

– Sério? – Ela riu. – Bem, se quer saber a verdade, eu nunca me senti tão perdida quanto agora.

– A senhora vai chegar a uma resolução, como sempre. – Ele virou à esquerda. – Eu acho que essa é a entrada. A governanta disse que era logo depois da garagem.

Miles atravessou grandes portões de ferro forjado antigo, com uma guarita na lateral. O caminho atravessava um parque aberto, pontilhado com velhos carvalhos. Eles passaram por um lago, que brilhava ao sol fraco, e finalmente chegaram à casa.

– Caramba, parece cenário de filme de época – disse Miles, enquanto circundava uma fonte coberta de musgo que tinha a escultura de um menino soprando uma trombeta no centro.

– Mas sem a beleza, não é? Final da era vitoriana, eu diria – afirmou Jazz, olhando para a construção quadrada de tijolos vermelhos. As muitas janelas tinham um brilho mortiço, o telhado repleto de gárgulas, seus rostos ameaçadores agora lascados e disformes. – O cenário perfeito para um filme de terror gótico.

– Digamos que a conta de luz deve ser aterrorizante por causa do sistema de aquecimento – brincou Miles, enquanto os dois subiam os degraus até a porta e Jazz tocava a campainha.

Acima dela, havia uma placa enferrujada com a inscrição "Vendedores pela porta dos fundos".

A porta se abriu e uma mulher de meia-idade, usando um vestido preto, apareceu.

– Bom dia. Eu sou a detetive-inspetora Hunter e este é o detetive-sargento Miles. Viemos ver lorde Conaught – disse Jazz.

– Por aqui, por favor.

A mulher indicou a direção com a cabeça, enquanto eles entravam em um austero e elevado hall, com um antigo piso de mármore xadrez que se estendia ao longe. Jazz estremeceu quando seguiu a mulher para fora do saguão e ao longo de um labirinto de corredores escuros. Estava mais frio lá dentro do que do lado de fora.

Eles pararam diante de uma pesada porta de carvalho, e a mulher virou-se para encará-los.

– Expliquei a lorde Conaught que os senhores desejavam falar com ele, mas ele não está muito bem. Sofreu uma queda de cavalo há alguns anos e está em uma cadeira de rodas. Além disso, padece de artrite e sente muitas dores. Ele também perdeu um membro da família muito recentemente – acrescentou a mulher.

– Não vamos demorar, prometo – garantiu Jazz.

A mulher assentiu e bateu à porta.

– Entre.

A governanta abriu a porta para deixá-los entrar.

Quando entrou, Jazz percebeu que a rigidez do resto da casa contrastava profundamente com o aconchegante quarto com painéis de carvalho em que eles agora se encontravam. Havia ilustrações coloridas de caça forrando as paredes, um tapete de tartan desgastado no chão e o fogo estalando com vivacidade na lareira. Em ambos os lados, havia livros guardados sem muito cuidado nas estantes, que iam do chão ao teto. A sala cheirava a cachorro molhado, com um espécime do animal deitado na frente da lareira, aquecendo-se.

Edward Conaught estava na cadeira de rodas ao lado da lareira, um exemplar do jornal *The Telegraph* sobre os joelhos. Havia uma mesa lateral com revistas *Country Life* antigas empilhadas e frascos de remédio.

Ele sorriu para os recém-chegados com uma expressão cansada e estendeu a mão.

– Edward Conaught. Prazer em conhecê-los. Por favor, sentem-se.

Ele indicou o sofá velho, coberto de pelos de cachorro, e virou sua cadeira de rodas para ficar de frente para Jazz e seu colega.

– Não tenho ideia dos motivos que os trouxeram até aqui. Não fiz nenhuma besteira, fiz? Seria até bom hoje em dia – acrescentou ele, com uma risada.

– Não, lorde Conaught, não há nada com que se preocupar.

– Por favor, me chamem de Edward. Então, como posso ajudá-los?

– É sobre seu irmão, Corin – explicou Jazz.

O rosto de Edward se fechou.

– Ele está morto. Há quase quarenta anos, coitado.

– Sim, nós sabemos – disse Miles. – Estamos aqui por causa de um velho amigo de Corin, que morreu recentemente. O legista confirmou que foi suicídio, mas, como acreditamos que a morte dele possa estar ligada a uma investigação de assassinato, precisávamos falar com o senhor sobre seu irmão.

– Entendo. – Edward suspirou. – Quem era esse amigo?

– Hugh Daneman – disse Jazz.

– Certo. – O homem assentiu. – Sim, eles eram... bastante próximos.

– Então gostaríamos de saber se o senhor estava ciente de que havia uma relação íntima entre eles.

– Meu Deus, sim. É claro que eu estava, assim como toda a família. – Edward os encarou. – Pode-se dizer que Hugh Daneman foi parte da razão pela qual eu acabei tendo que viver neste verdadeiro mausoléu, tentando a vida inteira manter o maldito lugar de pé. Corin era meu irmão mais velho. Por direito, ele devia ter herdado a propriedade. Vocês sabiam disso?

– Sim, nós sabíamos – respondeu Jazz, educadamente.

– Não que se possa culpar os outros pelos próprios erros, mas os delitos de Corin certamente repercutiram em mim. – Edward Conaught suspirou. – Corin começou a viver experiências regadas a drogas e sexo em Oxford. Posteriormente, meu pai o deserdou, pouco antes de morrer.

– Então o senhor se lembra de Hugh Daneman daquela época?

– Ah, sim. Hugh o seguia como uma criança atrás de doce. Corin também tinha se afeiçoado, mas eu acho que, para Hugh, a relação significava muito mais.

– As informações que coletei sugerem que Hugh foi convidado a deixar uma posição de professor em Oxford devido ao relacionamento inadequado com seu irmão – acrescentou Jazz.

– Eu não me surpreenderia. Mas o que eu sei é que, qualquer que seja a natureza do relacionamento deles, quando Corin estava com problemas com drogas e bebida, Hugh o ajudou a superar. Ele se mudou com Corin para a casa que lhe cedi na propriedade, depois que foi mandado embora. Hugh fez o possível para cuidar de Corin, mas temo que já era tarde demais. Morreu depois de tomar um coquetel letal de heroína e álcool. Coitado, um desperdício. Tinha apenas 26 anos. – Edward fez uma pausa. – De um jeito ou de outro, às vezes me pergunto se esta família é amaldiçoada.

– Por que diz isso, senhor? – questionou Miles.

– Bem, outra tragédia familiar ocorreu na semana passada. Você diz que Daneman tirou a própria vida... Ele estava deprimido?

– Ainda não sabemos no momento, mas, se eu puder lhe pedir, senhor, que mantenha essa informação em segredo até que tenhamos certeza das circunstâncias, eu ficaria grata – disse Jazz, com um sorriso.

– Hugh ainda estava trabalhando na St. Stephen.

Não era uma pergunta, mas uma afirmação.

– Sim, estava.

Edward encarou Jazz com seus olhos cinzentos e inteligentes.

– Vocês estão segurando essa informação porque acreditam que pode ter algo a ver com a morte de Charlie?

– O senhor leu sobre a morte dele no jornal? – indagou Miles.

Edward Conaught deu uma risada sombria.

– Sim, mas não foi assim que descobri que ele estava morto. Charlie Cavendish é meu sobrinho.

– Seu sobrinho?! – Jazz ficou espantada.

– Claro. Desculpe, inspetora, eu presumi que a senhora soubesse e que foi por isso que veio me ver hoje.

– Peço desculpas pela minha ignorância, e também lhe ofereço minhas condolências tardias – gaguejou Jazz, corando.

– Por que diabos você deveria saber? Adele e Charlie são Cavendish devido ao homem medonho com quem ela escolheu se casar. É compreensível que a senhora ainda não tenha tido tempo de investigar a árvore genealógica de Charlie. Na verdade, Adele virá me ver esta semana. Temos que discutir o que vamos fazer com este maldito lugar, agora que Charlie se foi. Ele era nosso único herdeiro. Não há outros parentes vivos do sexo masculino. Muitos deles foram dizimados na Segunda Guerra Mundial e os que sobreviveram só tiveram meninas.

– Então Adele é...

– Minha irmã, sim. Treze anos mais jovem que eu, devo acrescentar, e quinze anos mais nova que Corin. Ela só tinha 11 quando ele morreu.

– Por que ela não pode herdar a propriedade? – perguntou Miles.

– Tenho certeza de que a Comissão para a Igualdade de Oportunidades um dia decidirá que as mulheres podem herdar títulos e propriedades, mas, no momento, a primogenitura é a lei. O herdeiro tem que ser homem. Portanto, a linhagem dos Conaughts parece ter chegado a um fim bastante abrupto alguns dias atrás.

– Entendo – comentou Miles, assentindo.

– Sua irmã tem uma casa em Cley? – indagou Jazz.

– Não. Quando visita Norfolk, ela fica aqui, é claro. Há muito espaço. – Edward sorriu, curioso. – Por que a pergunta?

– Eu a vi em Cley descarregando umas sacolas de compras há alguns dias.

– Sério? Provavelmente estava em uma de suas missões de caridade, entregando pacotes de comida para idosos ou visitando um amigo, embora eu esteja surpreso que ela não tenha me contado que já estava aqui, em Norfolk. Porém, eu não sou o guardião da minha irmã.

– Não – respondeu Jazz, enquanto Edward parecia pronto para continuar.

– Suponho que agora vocês estejam pensando por que Charlie Cavendish e Hugh Daneman, que, gostando ou não, tinham uma conexão com esta família, foram encontrados mortos com poucos dias de diferença.

– Sim, mas o fato de haver uma conexão me traz uma nova linha de investigação.

– Minha irmã contou que Charlie morreu de choque anafilático. Isso é verdade? – perguntou Edward.

– É. Estamos fazendo o possível para descobrir como ele ingeriu a aspirina que o matou. O senhor poderia me dizer, do ponto de vista de um tio, qual era sua opinião sobre ele?

Edward fez uma pausa para refletir. Finalmente, resumiu:

– Ele era bastante parecido com o pai, uma pessoa de quem eu não gostava muito. Aí está. Isso responde à sua pergunta?

– Sim. Mas ainda assim o senhor estava preparado para lhe ceder esta propriedade depois de sua morte?

– Minha querida, a senhora pode imaginar as gerações de pais que olharam em desespero para seus herdeiros? Meu pai era relativamente progressista; ele decidiu entregar a propriedade a mim, em vez de ao meu irmão mais velho, mas ele teve escolha. O nome da família e a linhagem são mais importantes do que qualquer outra coisa nessas situações. Mesmo que eu não fosse um grande fã de Charlie, quem pode afirmar que ele não se tornaria um bom administrador da propriedade e teria um número considerável de belos filhos? Talvez o lugar pudesse se beneficiar de uma injeção de capitalismo agressivo. Afinal, estamos no novo milênio. A responsabilidade fez de mim um homem. Poderia ter feito o mesmo com Charlie.

– E sua mãe? Ela ainda está viva? – perguntou Jazz.

– Sim, embora sua saúde esteja bastante frágil nos últimos tempos. – Edward sorriu. – Ela mora na Ala Leste, para que eu sempre possa ficar de olho nela.

– O senhor se importaria se a visitássemos?

Edward suspirou.

– Adele e eu não contamos a ela sobre a morte de Charlie. Achamos que isso a abalaria muito. E até que tenhamos decidido o que fazer com a propriedade, não queremos que ela se preocupe.

– Eu compreendo. – Jazz assentiu. – Mas eu gostaria de vê-la, e sem demora.

– Então deixe-me prepará-la, dar-lhe a notícia eu mesmo. Também vou dizer que vocês querem falar sobre um velho amigo de Corin que faleceu recentemente. Ela vai gostar disso. Corin sempre foi seu filho preferido – acrescentou Edward, com certa dureza na voz.

– Não quero pressioná-lo, mas será que o senhor poderia nos avisar quando contar a ela?

Edward concordou.

– Me dê alguns dias.

– Claro – respondeu Jazz, levantando-se e apertando a mão de Edward, seguida por Miles, que fez o mesmo.

– Sinto que não fui de muita ajuda. E talvez, se descobrirem alguma coisa, vocês possam gentilmente me avisar. História é minha área de interesse. Passei a maior parte do tempo desde meu acidente de equitação estudando os ancestrais da família Conaught. Seria interessante incluir os atuais, bem como os antigos membros da família no meu livro.

– Vou mantê-lo informado. Apenas mais uma pergunta: Corin nunca teve filhos, não é?

Edward levantou uma sobrancelha, surpreso.

– Não, que eu saiba, não. Por quê?

– Nenhuma razão, senhor. Apenas me certificando.

– Se ele *tivesse*, eu estaria dormindo com muito mais facilidade em minha cama, pensando no futuro da propriedade – disse ele, suspirando.
– Sim, eu entendo – reconheceu Jazz.
– Bem – Edward meneou a cabeça –, tenham um bom dia.

A governanta levou-os até a porta e eles desceram os degraus em direção ao carro. Jazz virou-se e inspecionou a casa. O sol tinha se escondido, havia um vento frio e uma garoa caindo. Naquele momento Jazz poderia jurar que viu uma silhueta se afastando de uma janela do alto, do lado esquerdo da casa.

Jazz tremeu involuntariamente e entrou no calor acolhedor do automóvel.

15

Vinte minutos depois, quando Jazz chegou à casa de Angelina Millar, a porta foi aberta por um homem alto e impecavelmente vestido. Com cerca de 30 anos, ele tinha uma beleza clássica, com um maxilar definido e uma bela cabeleira preta bem penteada.

– Posso ajudá-la? – perguntou ele, abruptamente.

– Sim. Sou a detetive-inspetora Hunter. Vim ver a Sra. Millar. Esta é a casa dela, não é?

– *Nossa* casa. – O homem finalmente estendeu a mão. – Julian Forbes. Sou o companheiro de Angelina. Eu também moro aqui. Por favor, entre. Mandei Angelina para a cama, para descansar, mas duvido que ela esteja dormindo. – Ele conduziu Jazz pelo corredor até a sala de visitas. – Espere aqui. Vou ver se ela está disponível.

Ele meneou a cabeça para Jazz e saiu da sala.

Jazz vagou por ali, observando como tudo era impecável.

Parecia um cenário; ela ainda podia sentir o cheiro de tinta nova. Havia fotografias cuidadosamente arrumadas de um Rory angelical com a mãe, mas nenhuma, ela observou, do pai do garoto.

Claro, se havia um novo namorado em cena, isso só tornaria a vida mais difícil.

Ela se perguntou como os filhos de casais divorciados reagiam quando as fotografias de um de seus pais eram retiradas e substituídas por outro rosto, não amado e desconhecido.

Jazz sentou-se na beira de um dos sofás, enquanto Julian levava Angelina para a sala.

– Olá, Sra. Millar.

Mesmo exausta, Angelina parecia impecável. Jazz pensou que os dois formavam um casal perfeito.

– Alguma novidade?

A expressão de Angelina se dividia entre o medo de más notícias e a esperança de boas-novas. Jazz já a tinha visto muitas vezes.
– No momento, não.
– Ah.
Os ombros de Angelina se curvaram e ela se sentou ao lado de Julian. Ele segurou a mão dela com bastante rigidez.
– Presumo que você não tenha sido contatada por Rory nem por seu ex-marido.
– Não, por nenhum deles. Eu... – Angelina mordeu o lábio para conter o choro. – Deixei várias mensagens no celular de David, mas ele não respondeu.
– Vamos colocar um dispositivo no seu celular e na sua linha fixa, Sra. Millar. Se tocar e for seu ex-marido, precisaremos que a senhora tente fazê-lo falar. Aí então poderemos obter uma localização através do telefone dele.
Angelina balançou a cabeça.
– Ele não vai ligar, eu sei que não vai. Ele está com Rory e não vai querer devolvê-lo.
– Inspetora Hunter, que providências sua equipe está tomando no momento em relação à situação? – perguntou Julian bruscamente.
– Os dois foram registrados em nosso banco de pessoas desaparecidas, e as fotos que a Sra. Millar nos deu foram enviadas para todas as forças policiais do país.
– Ah, isso vai ajudar muito. – Julian torceu o nariz. – Pelo amor de Deus, centenas de pessoas desaparecem todos os dias e o sistema de vocês está lotado de fotos de pessoas desaparecidas. Mas estamos falando de sequestro aqui, por um pai que é mentalmente instável e fisicamente agressivo. Não temos ideia do que ele poderia fazer com esse menino. – Julian apertou a mão de Angelina. – Desculpe, querida, mas a verdade deve ser dita.
Jazz ignorou Julian e se virou para Angelina.
– A senhora acha que seu ex-marido é um homem agressivo, capaz de fazer algum mal a Rory?
Angelina olhou para Jazz em agonia.
– Não – respondeu ela, finalmente. – David pode ter problema com bebida, mas ele adora o filho, é quase obcecado por ele.
– A senhora acha que ele é obcecado por Rory? – pressionou Jazz.
– Não, desculpe, quer dizer... ele ama Rory demais, como qualquer pai, e,

quando nos separamos, deve ter sido muito difícil para ele. A culpa é minha. Eu deveria ter percebido como ele estava desesperado.

– A senhora ouviu falar que Rory sofria bullying na escola?

Angelina a encarou com seus olhos azuis de porcelana.

– Não. Pelo menos Rory não me contou nada.

– E o bullying acontece em todas as escolas, Angelina – comentou Julian.

– Certamente acontecia quando eu estava na St. Stephen. A criança tem que aprender a conviver com isso, não ir chorar para os pais. Isso nos fortalece para o futuro.

– Fico feliz em dizer que a maioria das escolas hoje em dia não concordaria com o senhor – respondeu Jazz friamente, irritada com tamanha insensibilidade. – A prioridade delas é combater o bullying e tenho certeza de que os funcionários da St. Stephen são tão conscientes quanto os de qualquer outra instituição.

– Eu sei. Tudo o que estou dizendo é que é impossível acabar com o bullying de vez. Meninos são assim mesmo. – Julian deu um tapinha na mão de Angelina. – Rory provavelmente não falaria nada para você, querida, então não se sinta culpada por não saber.

– Mas David poderia saber. Foi por isso que ele veio aqui na semana passada, porque recebeu um telefonema estranho de Rory. Ele queria falar comigo porque estava preocupado com o menino e...

– Eu o expulsei – interveio Julian. – Ele estava muito bêbado, e eu me recusei a recebê-lo em minha casa. Quando o vi outra vez, ele ficou parado no meio da rua gritando que me mataria.

– Querido, não foi bem assim. Ele disse que o mataria se você tocasse num fio de cabelo de Rory. Ele tinha acabado de descobrir sobre nós. Você mal pode culpá-lo.

– Pelo amor de Deus, Angelina, você e David estão divorciados. Não é mais da conta dele o que você faz ou com quem escolhe se relacionar – respondeu Julian, visivelmente irritado.

– Sra. Millar, Sebastian Frederiks admitiu hoje que seu filho estava sendo intimidado por Charlie Cavendish, o garoto que morreu. Alguma vez ouviu Rory mencionar esse nome? – indagou Jazz.

– Não, nunca. Por que o Sr. Frederiks não me contou? Eu sou a mãe de Rory!

– Não sei – respondeu Jazz, não desejando ter que comentar sobre o argumento de Frederiks. – Então, a senhora não tinha ideia de que seu filho estava com problemas na escola?

– Ai, meu Deus. – Angelina torceu as mãos. – Ele estava tão retraído ultimamente. Achei que fosse por causa do divórcio. Pobre Rory. Por que ele não me disse nada?

– Infelizmente as crianças muitas vezes não contam essas coisas. Além disso, a senhora entregou seu filho aos cuidados de pessoas que espera que sejam adultos responsáveis, que agirão como se fossem os pais e tomarão as medidas apropriadas, se necessário.

– De fato – concordou Julian. – Se alguém tem culpa nisso é a escola.

– Mas eu sou a mãe dele. Eu devia ter percebido. David sabia que algo estava errado. Foi por isso que ele veio aqui.

Angelina olhou para Julian, cujo rosto se mantinha impassível.

Jazz decidiu ir direto ao assunto:

– Seu ex-marido foi visto pelo Sr. Frederiks na noite em que Charlie Cavendish morreu. Ele estava estacionando o carro na escola. Houve um concerto do coral na capela, do qual acredito que seu filho participou. A senhora foi assistir?

– Sim, fui.

– E viu seu ex-marido lá?

– Não, não vi. Mas, na noite em que David veio aqui, ele falou que tinha ido lá procurar Rory. – Ela suspirou pesadamente. – Isso tudo parece surreal. Inspetora, David estava sóbrio até alguns dias atrás. Já não bebia havia meses, e eu sei que ele estava participando das reuniões do AA, porque sou amiga da esposa do médico dele. Ela tem um filho da mesma idade de Rory.

– Querida, você não faz a menor ideia do que David andava fazendo. Você mal o viu nos últimos meses, e eu não acho que esteja em posição de comentar sobre seus hábitos mais recentes com a bebida. Ele estava definitivamente bêbado quando veio aqui.

Angelina não respondeu.

Julian se dirigiu a Jazz:

– Então, inspetora, está sugerindo que David Millar de alguma forma descobriu que Rory estava sendo intimidado por Charlie Cavendish e decidiu fazer justiça com as próprias mãos?

Jazz o encarou com os frios olhos cor de âmbar.

– As circunstâncias sugerem que não podemos descartar essa possibilidade.

– David? Matar alguém? – Angelina finalmente conseguiu falar. Ela balançou a cabeça como se para clarear a mente. – Isso é ridículo! Ele pode ter tido problemas com bebida e ficou muito chateado porque perdeu o emprego, depois o casamento e o contato diário com o filho, mas isso não quer dizer que ele seja um assassino! Inspetora Hunter, por favor, David é um homem tranquilo, não um assassino!

– Querida. – Julian pegou as mãos de Angelina e a encarou. – Por favor, seja sincera consigo mesma. Eu posso aceitar que, quando está sóbrio, David é um homem tranquilo, mas, ora, o que aconteceu na noite em que ele perdeu o emprego? Sem contar a manhã seguinte, quando ele estava esbravejando e delirando do lado de fora da casa, quebrando janelas para conseguir entrar. – Julian virou-se para Jazz. – Angelina teve que pedir uma medida protetiva contra o ex-marido há alguns meses. Ele agiu de forma violenta com ela, e ela ficou muito assustada, não é verdade?

Angelina massageou as têmporas.

– Mas *havia* circunstâncias atenuantes.

– Sim, eu concordo – observou Julian. – O problema é que a situação que a inspetora Hunter está descrevendo também indica circunstâncias atenuantes. Você já mencionou como David era quase obsessivamente protetor em relação a Rory. E, sendo realista, é possível que, bêbado como um gambá, David possa muito bem ter sido capaz de eliminar esse tal de Charlie.

Angelina olhou para Julian com incredulidade.

– Eu não posso acreditar... *Não!* – gritou ela, balançando a cabeça.

– Sra. Millar. – Jazz decidiu interromper o que estava se tornando uma conversa bidirecional, com Julian no controle. – Eu sei que este é um momento muito difícil e me perdoe por exacerbá-lo. Mas acho que teremos que intensificar nossa busca por Rory e seu ex-marido. A senhora tem ideia de algum local para onde o Sr. Millar possa ter levado seu filho? Qualquer lugar especial que ele tivesse visitado ou que estava planejando visitar?

– Eu sei que ele esperava ficar com Rory no recesso de fim de ano e que ficou zangado quando eu disse que queria levá-lo para esquiar, mas não perguntei para onde pretendia viajar.

– Ele gostava de algum lugar do país em especial? Algum local que lhe trouxesse memórias da infância?

– Ele gostava muito de escalar, disso eu sei. Costumava ir com o pai por toda a parte: Gales, Escócia, os Lagos… Ele sempre dizia que levaria Rory quando ele tivesse idade suficiente.

Angelina deu de ombros.

– E quanto aos pais dele?

– O pai morreu há alguns anos, e a mãe, recentemente – revelou Angelina.

– Algum amigo próximo? Irmãos ou irmãs que quisesse visitar?

– David era filho único. E não, ele não tinha amigos íntimos. Sempre foi um pouco solitário.

– Além disso – interrompeu Julian –, ele saberia que a polícia iria procurá-lo primeiro nas casas de amigos e familiares.

– Sr. Forbes, está presumindo que o Sr. Millar fugiu com Rory. Mas, na verdade, pode ser que ele tenha sentido, compreensivelmente, que ambos precisavam de algum tempo juntos e que ele tenha toda a intenção de voltar em breve. – Jazz virou-se para Angelina. – Certo, acho que isso é tudo o que preciso saber por agora. – Ela fechou o caderno e o guardou na pasta. – Eu aviso se tiver alguma notícia.

Angelina assentiu lentamente.

– Eu só quero meu filho de volta. Ele não está em perigo, está, inspetora?

– Ele está com o pai, que, pelo que a senhora disse, obviamente o adora. – Jazz se levantou. – Pedirei a um dos meus oficiais que ligue quando eles tiverem providenciado as escutas para seus telefones. Não se levante. Eu conheço o caminho.

Jazz assentiu e saiu.

Miles estava esperando por ela no carro.

– Alguma coisa interessante? – perguntou ele quando ligou o motor.

Jazz olhou pela janela.

– Temos um possível suspeito. Um alcoólico emocionalmente instável que pode muito bem saber que o filho estava sofrendo bullying por parte de Charlie. E ainda assim…

– O quê?

– Não me parece possível. Conheci David Millar, ainda que brevemente. Ele estava bem angustiado. E, como ele estava muito, muito bêbado naquele dia, acho difícil acreditar que poderia conceber e executar um assassinato premeditado.

– Ele sabia que Charlie Cavendish era alérgico a aspirina? – indagou Miles.

– Rory pode ter dito a ele. Não era um segredo para ninguém.

Enquanto Miles dirigia até Foltesham, Jazz abriu o celular para verificar as mensagens.

– Norton quer saber quando vamos anunciar a morte de Hugh Daneman para a imprensa. Se demorar mais, realmente vai começar a parecer suspeito.

– Não é tão incomum um professor veterano se matar quando tem que enfrentar a aposentadoria – argumentou Miles.

– *Adeus, Mr. Chips* e coisas do gênero – ponderou Jazz. – Derramei um rio de lágrimas assistindo a esse filme.

– É mesmo? – Ele a encarou. – Acho difícil imaginar.

– Porque sou uma mulher amarga e sem coração, você quer dizer? – Jazz levantou uma sobrancelha e digitou o número de Norton no celular. – Obrigada.

– Desculpe, senhora. – Miles corou. – Acho que eu só a vejo como... um dos caras, na verdade. E os caras não choram por esse tipo de coisa. – Ele mudou de assunto, sabendo que estava se enfiando em um buraco cada vez maior. – A propósito, falei com o advogado de Daneman e, sim, o escritório dele tem o testamento de Hugh. Ele vai entrar em contato com os beneficiários imediatamente, de acordo com os procedimentos legais, e, uma vez que fizer isso, vai liberar os detalhes para nós.

– Ótimo. A prioridade agora é encontrar Millar e o filho. Alô, é a inspetora Hunter falando. O senhor tem um minuto para discutirmos algumas coisas?

O tempo estava bom quando David e Rory chegaram à base do Pike, tendo feito uma parada rápida em uma loja local para comprar botas e casacos impermeáveis. David pagou em dinheiro, sabendo que, se eles estivessem sendo procurados, seus gastos com cartões de crédito estariam sendo rastreados.

Ele ainda não tinha pensado em quando voltaria. Estava usufruindo do momento, aproveitando o fato de que Rory tinha acordado mais cedo e mais corado, tomara um café da manhã generoso e agora estava ao seu lado, os olhos brilhando de expectativa enquanto admirava a enorme montanha, o cume envolto em um véu de nuvens.

– Vamos mesmo chegar ao topo, papai?

– Espero que sim, desde que o tempo continue bom. Vamos lá, vamos começar. – David colocou a mochila pequena nos ombros de Rory e a maior nos dele. – Já são dez e meia.

Eles seguiram as outras almas resistentes pelos degraus, os pés esmagando pedaços de pedra e tentando evitar o esterco de ovelhas que se espalhava pela grama áspera.

– A inclinação é bastante suave para começar; depois, em direção ao topo, fica muito mais íngreme. Ah, mas vai valer a pena quando você chegar lá – disse David, começando a se afastar. – Vamos subir com calma, Rory. Você esteve doente, não quero que exagere.

– Estou muito melhor hoje, papai. Eu juro. Estou me sentindo bem.

– Esse é o meu garoto.

David sorriu e acariciou, com amor, os cachos de Rory.

Eles caminharam em silêncio na maior parte do tempo. Talvez fosse o ar fresco e a visão do filho ao seu lado, mas a mente de David parecia clara pela primeira vez em meses. Ele sentiu uma energia positiva correndo de novo em suas veias. Não tocava em álcool havia mais de 24 horas, seu filho ainda o amava e, mesmo que seu casamento tivesse acabado e sua carreira estivesse em suspenso, certamente ele ainda era jovem para recomeçar.

– Vamos parar aqui, tomar uma água e respirar – disse David, indicando um pequeno platô com uma vista maravilhosa do vale abaixo.

Ele ajudou o menino com a mochila e eles se sentaram lado a lado, bebendo água da garrafa.

– Viu como já estamos longe?

– Sim. – Rory assentiu. – Eu me sinto seguro aqui em cima, longe de tudo.

David observou o filho e viu medo em seus olhos.

– Rory, quando você me ligou da escola naquele dia, disse que estava com medo de alguma coisa. O que era?

Rory balançou a cabeça.

– Nada, papai, de verdade.

– Rory, é óbvio que alguma coisa o abalou. Eu sou seu pai e você sabe que pode me contar tudo, por mais terrível que seja. É porque eu e sua mãe nos divorciamos?

Rory não respondeu. Apenas olhou para a frente.

– Eu sei como tem sido difícil para você, e sei que tenho sido um péssimo pai recentemente. Mas pode acreditar, estou muito melhor agora e, mesmo que eu não possa estar em casa como antes, sempre vou estar presente para o que você precisar.

– Não é isso, pai. – A voz de Rory demonstrava cansaço. – É muito ruim não ter você em casa, mas... – Ele suspirou. – É uma coisa mil vezes pior.

– O quê? Pior do que não poder ver seu velho pai todos os dias? – disse David, brincando para quebrar o gelo.

Em silêncio, Rory arrancava a grama em torno de seus pés.

David ficou observando antes de finalmente dizer:

– Vamos lá, amigão, bote para fora. Você começou, então é melhor terminar.

Rory olhou para o nada por um bom tempo. Suspirou profundamente, em seguida, virou-se para o pai.

– É o seguinte, pai... Droga! Posso falar bem baixinho?

– Acho que ninguém pode nos ouvir aqui em cima, mas, tudo bem, pode falar baixo se isso faz você se sentir melhor.

– Ok.

Rory respirou fundo, inclinou-se para o pai e sussurrou em seu ouvido.

16

Jenny Colman não conseguira mais dormir desde o telefonema, mas sabia que tinha que enfrentá-la. Vinte e cinco anos eram muito tempo, muita água já havia rolado. Sempre lhe diziam que não se pode escapar do passado, e aquilo provava que era verdade.

Primeiro, Charlie Cavendish fora encontrado morto, depois o choque de saber da morte de Hugh e agora um rosto do passado reaparecia. Jenny estava se sentindo muito vulnerável. Para piorar, o Sr. Jones, que ela adorava havia anos, também parecia estar prestes a ter um colapso nervoso.

Pelo menos aquela bela detetive – que, com seu lindo e longo cabelo ruivo, lembrava a Jenny uma jovem Rita Hayworth – parecia pensar, pelo que o Sr. Jones tinha dito, que não houvera crime. Não que Jenny esperasse outra coisa. Quem iria querer machucar Hugh? Ele nunca faria mal a uma mosca, e tudo o que ele tinha feito por ela quando Jenny estava em apuros, bem... Jenny jamais esqueceria sua bondade e apoio naquele momento de necessidade.

Jenny saiu do trabalho na hora de sempre, parou no supermercado para comprar uma garrafa de vinho e correu para casa para colocar a torta de cordeiro no forno. Havia decidido que seria melhor elas se encontrarem em sua casa. Sabia que se sentiria mais segura em seu território.

Enquanto se movimentava, agitada, pela cozinha, puxando a mesa para acomodar as duas e cobrindo-a com uma toalha de vinil estampada, pensou que era triste ela estar assustada com a ideia de jantar com a pessoa que tinha sido sua melhor amiga de infância.

Ela não sabia o que esperar. Quem será que Maddy era *agora*?

Tanta coisa tinha acontecido naquela época. E desenterrar o passado nunca fora uma boa ideia. Jenny tinha lidado com o assunto ignorando-o... pelo menos na maior parte do tempo.

Ela entrou no quarto para se arrumar e passar um pouco de batom. A campainha tocou e Jenny teve um sobressalto. Respirou fundo e caminhou sem pressa até a porta da frente.

A visitante estava lá, com uma garrafa de vinho na mão.

– Olá, Jen. – Ela sorriu e lhe entregou a garrafa.

– Olá, Maddy. Entre.

– Que lugarzinho agradável você tem aqui – comentou ela, enquanto Jenny a levava para a pequena sala de estar.

– Precisei poupar muito para conseguir comprá-lo. Posso pegar seu casaco?

– Obrigada. – Madelaine tirou o casaco e Jenny o pendurou em um gancho no corredor. – Aposto que você ficou surpresa quando me viu ressurgir como governanta da escola – comentou ela, sorrindo para Jenny.

– Fiquei passada, como dizem os jovens. E, claro, eu estive fora durante todo o último semestre, cuidando do meu problema no quadril. Só voltei ao trabalho no início deste semestre, então não a vi. Não acredito que foi há apenas duas semanas. Parece muito mais tempo, com tudo o que aconteceu na escola. – Jenny sabia que estava tagarelando nervosamente. – Vamos beber alguma coisa?

– Acho que precisamos. Este vinho está gelado. Posso abri-lo para você?

– Pode deixar que eu mesma abro.

Jenny se dirigiu até seu carrinho de bebidas e pegou o saca-rolhas e duas taças, esperando sentir-se menos estranha depois de beber. Abriu a garrafa, serviu um pouco da bebida e a entregou para Maddy.

– Saúde! – Madelaine estendeu sua taça para bater na de Jenny. – Um brinde aos velhos amigos.

– Que envelhecem a cada dia – observou Jenny, com um sorriso, tomando um gole bem grande.

– Aposto que você se perguntou o que tinha acontecido comigo – afirmou Madelaine.

– De fato. Para ser sincera, os anos se passaram e eu não ouvi mais nada sobre você, então cheguei a pensar que tinha morrido.

– Obrigada pela parte que me toca. – Madelaine levantou as sobrancelhas. – Mas você entende por que eu precisava de uma pausa, certo? Depois do que aconteceu... Bem, vamos apenas dizer que eu levei muito tempo para superar.

– Isso não me surpreende. O que aconteceu foi terrível, Maddy, terrível. – Jenny estremeceu involuntariamente. – E você? Conseguiu se recuperar?

– Não, mas agora entendo que nunca vou conseguir. – Ela deu de ombros. – E, de alguma forma, isso melhora a situação. O segredo é aceitar. Quando eu deixei Norfolk, estava péssima.

– Eu me lembro – comentou Jenny, sombriamente. – Quando você foi embora sem se despedir, eu não sabia o que pensar.

– Eu me culpei, entende? Eu deveria ter percebido quanto estava ruim. Eu estava *lá* e não evitei...

Madelaine olhou para longe.

– Ninguém sabia quanto as coisas estavam ruins. Como você poderia saber? Foi uma daquelas situações que simplesmente saem do controle. Então, para onde você foi quando partiu?

– Para a Austrália. Eu tinha um primo em Perth, que me ofereceu um lugar para ficar por algum tempo. Não foi um período muito feliz. Tive um colapso nervoso e fui parar na ala psiquiátrica do hospital local. Fiquei lá por nove meses. Fui submetida a tratamentos de eletrochoque e tudo mais.

– Ah, Maddy, que coisa horrível. Eu queria ter sido avisada. Eu poderia ter escrito para você ou algo assim.

– Eu não queria que você soubesse naquela época. Não podia enfrentar o passado ou qualquer coisa relacionada. Tentei cometer suicídio duas vezes e, na segunda, quase consegui – afirmou ela, arregaçando a manga da camisa e fazendo com que Jenny quase se engasgasse ao ver as cicatrizes vermelhas no pulso.

– Enfim, isso ficou no passado. – Madelaine puxou a manga para baixo. – Quando saí do hospital, decidi fazer um curso na área de saúde e obter uma formação em enfermagem. Mudei-me para Sydney e trabalhei em um hospital por lá, depois fui para os Estados Unidos.

– Que emocionante. Nunca fui além de Yarmouth, muito menos fora do país. Você soa diferente também. Não ouço mais o sotaque de Norfolk – observou Jenny, com uma careta.

– Não. – Madelaine esvaziou sua taça. – O que aconteceu certamente me levou a ampliar meus horizontes. De qualquer forma, chega de falar de mim. O que você tem feito todos esses anos?

– Nada de mais, comparada a você. Estive trabalhando na St. Stephen e fui promovida quando o novo chefe chegou, há catorze anos. Eu amo meu trabalho, de verdade. E essa escola tem sido muito boa para mim. Vamos para a cozinha? Preciso cozinhar as ervilhas se quisermos comer antes da meia-noite.

Madelaine seguiu Jenny para a organizada cozinha. Ela assistiu enquanto Jenny, agitada, preparava o jantar e, meio distraída, a ouvia falar.

– Então faltam apenas alguns anos para eu me aposentar e preciso decidir o que fazer. Acho que gostaria de viajar, algo que nunca fiz, e o fato de ter ficado na escola durante tanto tempo significa que vou receber uma boa aposentadoria.

– Talvez devêssemos viajar juntas, uma versão mais idosa de Thelma e Louise, deixando um rastro de destruição. – Madelaine riu.

– Bem, nós formávamos uma dupla e tanto na escola, não é? – Jenny riu. – Sempre criando confusão, uma dupla do barulho.

Ela colocou dois pratos na mesa e as duas se sentaram para comer.

– Nossas mães costumavam ficar desesperadas, lembra? Quero dizer, não tínhamos a vida agitada que os jovens têm hoje em Norfolk, mas até que nos virávamos, não é?

– Sem dúvida! Você se lembra de Tommy Springfield? Nós duas gostávamos dele, e ele não tinha a menor chance, pobre rapaz! Lembra que fizemos um pacto para ver quem seria a primeira a beijá-lo? – Os olhos de Jenny brilharam ao se lembrar.

– Eu lembro, sim. E... você ganhou!

– Ganhei! Mas então você o beijou na noite seguinte e ele ficou se achando o máximo!

– Coitado, ele era um menino gentil.

Madelaine serviu-se de mais vinho e reabasteceu a taça de Jenny também.

– Demos trabalho aos nossos pais, não é? Mas era só diversão, boa e inocente. Quantos anos nós tínhamos... 15, 16?

– Por aí. Eu conheci Jed com quase 17, quando fomos àquele baile de celeiro em Gately – comentou Madelaine, sorrindo.

– Sim, e você deixou de ser tão divertida depois que se apaixonou – repreendeu-a Jenny. – Santo Deus, ele tinha uns amigos horrorosos e você ficava tentando me apresentar a eles.

Jenny foi até a geladeira para tirar a garrafa de vinho que tinha comprado mais cedo.

– Bem, sempre dissemos que queríamos casar juntas e criar nossos filhos morando uma do lado da outra – explicou Madelaine, suspirando.

– Mas isso nunca aconteceu...

– Bem, aconteceu, mas na ordem errada.

Jenny olhou para a amiga por sobre a taça de vinho.

– Você teria se casado com Jed se não tivesse engravidado?

Madelaine tomou outro gole de seu próprio vinho e deu de ombros.

– Quem pode saber? Mas eu me casei, certo? De qualquer forma, não precisei aturá-lo por muito tempo. Casamento por obrigação e um tiro de espingarda no meio da virilha um mês depois que o bebê nasceu – relembrou ela, balançando a cabeça.

– E você nunca recebeu uma boa indenização pela propriedade.

– Poucas centenas de libras. O suficiente para garantir uma boa educação. – Madelaine olhou diretamente para Jenny e soltou uma risada rouca. – Irônico, não é?

– Suponho que sim. Meu Deus, tudo isso aconteceu há tanto tempo...

– Eu tinha apenas 18 anos – refletiu Madelaine. – Mal consigo me lembrar da cara de Jed ou de como eu me sentia em relação a ele. Eu é que não vou colocá-lo em um pedestal depois que ele morreu, como algumas pessoas que conheço.

Jenny assentiu com tristeza ao entender a indireta.

– Eu sei.

Madelaine inclinou-se para a frente e deu um tapinha na mão da amiga.

– Você nunca superou a perda dele, não é?

Lágrimas surgiram espontaneamente nos olhos de Jenny. Ela não estava acostumada a beber ou a receber solidariedade.

– Não.

– Depois de todos esses anos. Foi por causa dele que você nunca se casou?

Jenny limpou o nariz com as costas da mão.

– Talvez, e... bem, o cara certo nunca apareceu. Aceita uma torta de maçã?

Depois da sobremesa, elas levaram o café para a sala de estar. Jenny acendeu a lareira a gás, uma vez que o aquecimento não estava funcionando. Relaxadas, elas se sentaram juntas, pensativas, ambas desfrutando da familiaridade de velhas amigas.

– Você já voltou para ver a propriedade? – perguntou Madelaine, depois de algum tempo.

– Nunca. Minha mãe morreu há dez anos e nenhum dos meus irmãos ficou por lá. Estão espalhados pelo país. Eu vejo minha irmã mais velha no

Natal, mas todos os filhos dela já saíram de casa e têm suas próprias famílias. – Jenny suspirou. – Estamos ficando velhas, Maddy.

– Eu sei, eu sei. Já aconteceu tanta coisa...

– Enfim – Jenny interrompeu o momento de reflexão –, você já decidiu quanto tempo vai ficar na St. Stephen?

– Até a governanta que estou substituindo retornar da licença-maternidade, se retornar.

– Você não acha difícil trabalhar lá? – perguntou Jenny, suavemente. – Deve evocar algumas lembranças, não?

– É claro que sim, mas, de uma forma estranha, eu acho reconfortante. – Madelaine sorriu. – Fui visitá-lo algumas vezes.

– Ah.

Jenny assentiu, sem saber o que dizer.

– Bem – Madelaine olhou para seu relógio –, são quase onze horas. É melhor eu ir embora. Começo a trabalhar às seis da manhã, organizando os meninos.

– Eles são bons meninos, não são? – Jenny sorriu. – Eu sempre digo que a St. Stephen forma crianças bem-educadas.

– Sim, mas há sempre umas maçãs podres em qualquer escola – respondeu Maddy tristemente.

– Está se referindo a Charlie Cavendish? Ele estava no seu alojamento, não estava? Você foi interrogada pela inspetora Hunter? Contou a ela quanto ele era difícil?

– Com certeza, eu disse a ela *exatamente* o que pensava dele. – Madelaine levantou-se e caminhou até o corredor para pegar seu casaco. – E agora, é claro, Rory Millar está desaparecido. Não me surpreende nem um pouco que ele tenha fugido, com todos os problemas na escola e em casa. O pai dele pode até ser um bêbado, mas pelo menos não pratica bullying. Pobre criança.

– Mas é difícil para mães divorciadas, Maddy. Você sabe disso. E a Sra. Millar é dedicada a Rory.

– Se ela fosse tão dedicada, deveria colocar o filho em primeiro lugar e ter mais cuidado com quem escolhe como namorado. – Madelaine fungou. – Bem, obrigada pela noite adorável. Vamos fazer isso de novo na semana que vem? Talvez sair para almoçar ou jantar na cidade? Ou talvez ir ao Royal, em Cromer?

– Meu Deus, não vou lá há anos. Desde que Harry Gurney me levou. Lembra-se dele? Ele beijava muito mal – comentou Jenny, achando graça.

– Estarei de folga na próxima terça à noite – disse Madelaine. – Vamos, então?

– Eu adoraria. Quer que eu confira o que tem para fazer por lá?

– Sim. Nesse meio-tempo, a gente se vê na cantina. – Madelaine abraçou sua velha amiga. – Valeu a pena voltar só para vê-la.

– Estou tão feliz por você ter voltado… Eu me preocupei com você todos esses anos, quando não tive notícias suas. Vê-la no corredor naquele dia foi como ver um fantasma.

Madelaine tomou as mãos de Jenny nas dela.

– Eu sou real, juro. Até logo, Jen, provavelmente a verei amanhã na escola.

Jenny fechou a porta e foi para a cozinha lavar a louça do jantar. Seu coração estava leve de felicidade pelo retorno de sua velha amiga. Terminou de arrumar e guardar tudo ordenadamente. Preparou seu chocolate quente habitual, foi ao banheiro, depois foi para a cama. Pensativa, tomou sua bebida.

Duas garotas simples do campo que passaram por tantas coisas…

Ela queria tanto contar a Maddy sobre a morte de Hugh, mas sabia que o Sr. Jones lhe tinha confiado um segredo e que deveria guardá-lo até que fosse de conhecimento público.

Pobre, pobre Hugh… Lágrimas alfinetaram seus olhos. Sabia que sentiria muitas saudades dele.

Mas então… o que Deus tirou, ele também deu…

E talvez Maddy tivesse sido enviada de volta para ela no momento certo.

Thora Birtwhistle estava preocupada. Eram nove e meia da noite, e o menino e seu pai ainda não tinham retornado à pousada. Ela normalmente não se preocuparia com o fato de seus hóspedes chegarem tarde; muitos deles iam comer alguma coisa na cidade. Mas o Sr. Millar fizera questão de dizer, antes de partir, que eles voltariam para jantar. Ela prometeu que estaria tudo pronto às oito.

Agora, o bife e a torta começavam a se solidificar em sua própria gordura na bancada na cozinha, e os legumes haviam perdido a cor, encharcados na panela.

Thora olhou pela janela e viu a chuva batendo contra a vidraça. Se estava ruim ali embaixo, ela sabia muito bem como estaria nas montanhas. Os dois poderiam ter sido pegos no meio de uma tempestade, e a chuva poderia muito bem ter virado neve perto do topo.

Aquele pessoal da cidade parecia não ter noção do perigo real que havia lá fora, centenas de quilômetros acima do nível do mar, especialmente no inverno intenso, quando o tempo podia mudar num instante.

Thora perdera o marido, um homem nascido e criado nos Alpes, em uma noite como aquela, muitos anos antes.

Ela suspirou, pensando no que fazer. Sabia que eles tinham ido ao Pike – ouvira o menino mencionar isso no café da manhã. Ele era tão fraquinho e saíra com um suéter fino.

Thora decidiu que, se não voltassem até as onze, ligaria para o resgate da montanha a fim de alertá-los.

No meio da tarde, Jazz levou para casa seu computador e toda a papelada. A sala da escola era claustrofóbica com os três lá dentro. Roland ainda estava reclamando de dor no dente perdido e, apesar de seus melhores esforços, ele a irritava profundamente.

Quando chegou em casa, percebeu que o cenário não seria muito melhor, já que o encanador estava lá em cima instalando o aquecimento central. Jazz fechou todas as portas, ligou o computador na tomada antiquada e tentou ignorar as batidas, os ruídos e os assovios desafinados que vinham de cima.

Finalmente, vestiu um casaco e botas impermeáveis e foi caminhar pelos pântanos, para clarear a mente. O céu estava escurecendo e, no crepúsculo, o mar formava um edredom cinza pouco convidativo diante dela, invadindo ameaçadoramente a terra. Jazz tremeu e começou a voltar para casa.

Quando chegou, o encanador tinha ido embora e, apesar do frio, ela se sentia mais calma. Após preparar uma xícara de chá e acender a lareira, ela tirou as anotações da pasta.

Estudou a lista de medicamentos do dia da morte de Charlie. Olhando mais de perto, percebeu que uma palavra tinha sido apagada com corretor líquido e algo fora escrito por cima.

10h45 – Dois paracetamol para Rory Millar.

Havia uma assinatura rabiscada, que era ilegível seja de que posição Jazz olhasse.

Mais uma vez, Rory Millar.

E o que teria sido originalmente escrito sob a palavra "paracetamol"?

Jazz olhou bem, tentou raspar o papel, virou a folha, mas não conseguiu decifrar o que estava oculto. Colocou o papel em um envelope para enviar à perícia. Eles tirariam o corretor em poucos segundos.

Um pensamento lhe veio à mente: e se "aspirina" fosse a palavra original?

E se *tivessem* retirado em nome de Rory Millar os comprimidos que mataram Charlie Cavendish, seria possível que o garoto estivesse envolvido? Ou que alguém quisesse fazer parecer que estava...? Ou protegê-lo...?

Seu celular tocou e interrompeu seus pensamentos.

– Inspetora Hunter – atendeu ela, abruptamente.

– Jazz? Sou eu, Jonathan. Estou atrapalhando?

– Ahn, não, está tudo bem. Tudo bem – repetiu ela, irritada por sua linha de pensamento ter sido interrompida.

– Prefere que eu ligue em outro horário?

– Não, tranquilo. – Agora, ela se sentia culpada. – Desculpe, estive muito ocupada o dia todo.

– Sem problemas. Vou ser breve. Só queria saber se podemos nos encontrar amanhã ou na quarta-feira. Preciso lhe fazer mais algumas perguntas. O prazo para completar essa maldita tese está quase terminando, então pensei em dirigir até Norfolk. Eu sei que você está muito ocupada para vir aqui no momento.

– Certo.

A mente dela ainda estava focada na lista de medicamentos.

– E então?

– Então o quê?

– Você vai poder? Me encontrar? Para trocar mais algumas ideias?

– Ahn... sim. Sem problemas, Jonathan. Mas acho que você não vai poder vir aqui, porque o encanador ainda está instalando o aquecimento central e o lugar fica em uma colina. Na verdade, estou meio que pensando em me mudar.

– Ok, pode sugerir algum lugar. Um pub, talvez?

– Há um bom na costa em Cley chamado Coach and Horses, que não é muito longe de você. Poderíamos nos encontrar lá.

– Está bem. Pode ser amanhã?

– A princípio, sim. Mas devo avisá-lo de que estou no meio de um caso de assassinato e as coisas estão esquentando, então, se alguma novidade aparecer...

– Eu entendo, mas vamos torcer para que nada apareça e eu consiga vê-la amanhã. Às oito?

– Sim, às oito.

– Obrigado, Jazz, muito obrigado mesmo.

– Ok. Vejo você, então. Tchau.

Ela desligou o telefone, afundou de volta no sofá e soltou um longo suspiro.

Já fazia quase dez anos desde que ela se vira na posição de desfrutar de qualquer atenção por parte de um homem. Quando estava na Itália, ela notava alguns olhares de admiração, mas sentia-se fechada para essas coisas.

Entrou na cozinha para se servir de uma taça de vinho, em seguida sentou-se de pernas cruzadas na frente da lareira, tentando conter o frio que ainda percorria seus ossos por causa da caminhada.

Enquanto Jazz olhava para as chamas, lembrou-se do conselho de sua mãe sobre não se tornar uma mulher amarga. Não era muito fácil, depois do que acontecera. Como poderia aprender a confiar em alguém de novo?

A verdade é que ela confiara completamente em Patrick. E o pior, ela o amara.

O que a assustava agora era perceber que *ainda* o amava. Mesmo depois do que ele fizera, humilhando-a da pior maneira possível, mesmo depois de ter passado semanas e meses dizendo ao seu lado eminentemente lógico que ele não prestava, ainda se via acordando à noite procurando por ele...

Talvez uma distração fosse a resposta.

Ela achou Jonathan atraente, e tinha certeza de que o sentimento foi recíproco.

Iria para a cama com ele?

Pensativa, ela bebeu o vinho.

Jazz tinha muitas amigas solteiras e liberais que não pensavam duas vezes antes de ir para a cama com um homem por quem se sentiam atraídas. Não havia complexidade, nenhum pensamento sobre o futuro, apenas algumas horas de prazer mútuo.

Mas... mesmo antes de Patrick, nunca tinha funcionado assim para ela. Por mais que tentasse, ela achava impossível separar sexo de algum compromisso emocional. Ou seja, não foram poucos os relacionamentos, mas o número de *namorados* tinha sido bem pequeno.

Talvez agora ela precisasse crescer, assumir o controle, deixar de lado o que ela sabia que eram seus sentimentos mais profundos. Se quisesse dormir com Jonathan ou com qualquer outro homem que achasse atraente, por que diabos não satisfazer seus desejos?

Jazz balançou a cabeça. Ela era assim. E era improvável que mudasse.

Sorriu quando entrou na cozinha para preparar um macarrão. Talvez Miles tivesse acertado em sua analogia com Miss Marple. Talvez ela estivesse destinada a ser uma solteirona, resolvendo crimes, mas fugindo do envolvimento emocional.

Colocou um CD de Chopin para tocar e reviu suas anotações e sua agenda para o dia seguinte.

Era quase meia-noite quando o celular tocou.

– Aqui é Norton, Hunter. David Millar acabou de aparecer com o filho em uma delegacia em Windermere. E ele confessou o assassinato de Charlie Cavendish.

17

Quando Jazz chegou à delegacia de Foltesham, às oito horas da manhã seguinte, David Millar esperava por ela na sala de interrogatório.

– Olá, Sr. Millar, nós já nos encontramos uma vez na St. Stephen – disse ela, acenando com a cabeça enquanto se sentava e tirava o notebook da maleta.

– É mesmo? – David Millar balançou a cabeça. – Peço desculpas, mas não me lembro. Eu provavelmente estava bêbado. – Ele deu de ombros, com tristeza.

– O senhor tem direito à presença de um advogado durante esta conversa. Acho recomendável.

Ele deu de ombros de novo.

– Para quê? Eu já confessei o crime.

– Tudo bem. – Jazz ligou o gravador. – São 8h19. Inspetora Hunter interrogando David Millar. Ele declinou da presença de um advogado. O Sr. Millar confessou o assassinato de Charlie Cavendish na sexta-feira, dia 15 de janeiro, e estou conduzindo seu primeiro interrogatório. Tudo certo, Sr. Millar? Quer dizer alguma coisa antes de começarmos?

David balançou a cabeça, exausto.

– Ontem à noite o senhor informou a um oficial na delegacia de Windermere que na sexta-feira, dia 15 de janeiro, assassinou Charlie Cavendish. Confirma essa confissão?

David Millar assentiu.

– Sim.

– Agora eu gostaria que o senhor descrevesse exatamente o que aconteceu na ocasião.

– Vou fazer meu melhor, mas obviamente eu estava bêbado, então alguns detalhes podem ser confusos.

– Não tenha pressa.

Jazz estava acostumada a interrogar um suspeito com o objetivo de obter uma confissão, e não de ouvir os detalhes de um crime.

– Bem, eu sabia que meu filho Rory estava sendo intimidado por um garoto na escola, Charlie Cavendish.

– E quem lhe contou isso?

– Bem, Rory, é claro.

– Alguém mais mencionou a situação para o senhor? Por exemplo, Sebastian Frederiks, o administrador do alojamento de Rory?

– Ele aludiu ao fato de que Rory estava infeliz. Aparentemente, Rory foi trancado no porão por esse Charlie.

– É mesmo? O Sr. Frederiks *afirmou* que foi Charlie?

– Não. Rory me disse.

– Entendo. Como Rory poderia ter tanta certeza, Sr. Millar? Ele estava do outro lado da porta no momento.

– Olha, Rory me falou que esse garoto Cavendish estava infernizando a vida dele. Era tudo o que eu precisava saber. Ok, inspetora?

– Então, quando foi que Rory contou que Charlie estava fazendo bullying com ele?

– Eu não consigo lembrar exatamente, para ser sincero. Talvez um dia antes de eu... matar Charlie.

– Quinta-feira, dia 14 de janeiro – disse Jazz para o gravador. – Ele falou com o senhor pelo telefone público da escola?

– Sim. E depois da ligação dele, eu bebi muito. No dia seguinte, tentei falar com o Sr. Frederiks e com o diretor, mas ninguém me atendia. Então, entrei no carro e dirigi até a escola. Eu tinha que falar com alguém. Não queria passar outra noite pensando que Rory estava em perigo.

– Que horas foi isso?

– Não sei direito. – David balançou a cabeça. – Mas era noite.

– Então, quando o senhor foi até a escola, tinha a intenção de assassinar Charlie Cavendish?

– Eu estava louco o suficiente para matá-lo, inspetora, mas, para ser sincero, não planejei nada. Quando cheguei à Fleat House, o Sr. Daneman me informou que Sebastian Frederiks não estava. E que eu não podia ver Rory porque ele estava em uma apresentação do coral na capela.

– O senhor pode tentar se lembrar a que horas chegou à escola, Sr. Millar? Aproximadamente?

– Sete e meia? – David deu de ombros. – Lembro que o estacionamento estava lotado e que havia muita gente indo em direção à capela.

– Certo. Então, o que o senhor fez?

– O Sr. Daneman sugeriu que eu voltasse outra hora, mas então ele ficou preso em um telefonema e aí... – David coçou a cabeça. – Eu decidi tentar encontrar aquele tal de Cavendish por conta própria e lhe dar uma boa surra.

– E o senhor o viu?

– Não, não vi. Subi para o corredor dos estudantes dos últimos anos e encontrei o dormitório, mas ele não estava lá.

– O que fez a seguir?

– Esperei um pouco para ver se Charlie ia voltar, mas ele não voltou.

– Sr. Millar, alguém mais o viu enquanto estava na Fleat House? Ou chegando ou procurando pelo quarto de Charlie? – indagou Jazz.

– Sim. Eu já falei, o Sr. Daneman. Pergunte a ele, ele confirmará.

– Mais alguém?

– Não. Acho que passei por dois meninos na escada, mas não sei quem eram.

– Por volta de sete e meia de uma sexta-feira, o saguão devia estar um burburinho só, com tantos garotos entrando e saindo, não? Alguém deve tê-lo visto.

– Talvez. Você poderia perguntar a eles.

Jazz suspirou, pensando quanto era incomum ouvir um suspeito procurando desesperadamente por uma testemunha para confirmar sua presença na cena de um crime.

– Então, Sr. Millar, o que fez a seguir?

– Eu fiquei sentado no quarto de Cavendish por um tempo, mas, como ele não apareceu, percebi que provavelmente ia passar a noite fora. Eu sabia que era inútil esperar. Foi quando vi os comprimidos ao lado da cama e tive uma ideia. Lembrei que Rory havia comentado sobre a alergia de Cavendish a aspirina. Bebo muito, então sempre tenho comigo analgésicos para curar as dores de cabeça. É um mito comum que alcoólicos não ficam de ressaca. Vou lhe dizer, inspetora Hunter, nós ficamos, sim. Peguei a caixa no meu casaco para ver o que eram. Eu costumo comprar o analgésico mais barato, seja paracetamol, aspirina ou ibuprofeno. Não sou exigente. – David sorriu com tristeza. – Enfim, por sorte, pelo menos para mim, meu analgésico daquele momento era aspirina.

Jazz ficou calada, esperando que ele prosseguisse.

– Tirei dois comprimidos da caixa, coloquei ao lado dos de Charlie e vi que eram bem parecidos. Então, decidi trocá-los.

– O senhor estava ciente de que isso iria matá-lo?

– Não, claro que não! Eu não sabia que a alergia dele era tão forte. A simples ideia de fazê-lo sofrer por algumas horas, do jeito que ele fizera com Rory, era suficiente para mim. Além disso, inspetora, acho que eu não estava sóbrio o suficiente para pensar nisso com lógica. Foi no calor do momento. Então, troquei os comprimidos e fui embora.

Jazz bateu com a caneta na mesa.

– Para onde?

– Para casa, oras. Bebi um pouco mais e dormi onde caí. Acordei na manhã seguinte e me lembrei do que tinha feito.

– Como o senhor se sentiu?

– Péssimo, obviamente. Percebi que o que quer que Charlie Cavendish tivesse feito com Rory não era desculpa para colocar sua vida em risco. Bebi um pouco mais para aliviar a dor, esperando que nada grave tivesse acontecido e que, na pior das hipóteses, Charlie tivesse passado uma noite desagradável no hospital após uma lavagem estomacal.

– Quando ficou sabendo o que tinha acontecido com ele?

– Rory deve ter me ligado naquela tarde para me dizer que Cavendish estava morto. – David olhou para as próprias mãos. – Eu não me lembro de mais nada daquele dia, para falar a verdade.

– E como se sentiu quando percebeu que o tinha matado?

– Arrasado. Eu não podia acreditar que tinha feito uma coisa tão terrível. Eu posso ser um bêbado, mas não sou um assassino.

– Ninguém é até cometer um crime, Sr. Millar – disse Jazz, friamente. – Então, o que o senhor estava fazendo no escritório do diretor alguns dias depois, quando eu o vi?

David mostrou-se surpreso por ela perguntar.

– Eu queria ver Rory, é claro. Eu ainda não tinha conseguido vê-lo.

– Estou surpresa... O senhor foi até a escola mesmo sabendo que tinha assassinado um dos alunos?

– Eu não pensei nisso dessa maneira. Eu só queria ver meu filho.

– Então, quando decidiu que deveria confessar?

– Bem, eu só fiquei sóbrio nos últimos dias, enquanto estava nos Lagos com Rory. E isso me fez ver o que eu precisava fazer. Eu não poderia conviver com a culpa. Precisava me entregar, quaisquer que fossem as consequências.

– Por que o senhor tirou Rory da escola e desapareceu com ele?

– Espere! – Pela primeira vez desde que a conversa começara, David parecia estar na defensiva. – Para começo de conversa, eu não "tirei" Rory da escola. Ele apareceu na minha porta no domingo. Não estava se sentindo muito bem, eu já tinha algo a dizer a ele, então decidi que devíamos nos afastar por alguns dias para que eu pudesse lhe explicar algumas coisas. Além disso – David deu de ombros –, eu sabia que, se decidisse confessar, era improvável que pudesse vê-lo muito nos próximos anos. Além disso, mandei uma mensagem para Angie quando cheguei, para que ela soubesse que nós dois estávamos bem.

– Terminando o interrogatório com o Sr. David Millar às 8h45 da manhã.

Ela apoiou a cabeça nas palmas das mãos e ficou encarando David por um tempo.

– Sr. Millar, gostaria que voltasse lá para baixo e tentasse pensar bem nos acontecimentos daquela noite. Eu também gostaria que o senhor pensasse com muito cuidado sobre por que decidiu confessar o assassinato de Charlie Cavendish.

– Eu já falei: não consigo conviver com essa culpa. Isso não é o suficiente?

– Um júri ainda precisa determinar se o senhor é culpado em um tribunal – lembrou Jazz.

– Bem, se eu já confessei, não vai demorar muito, não é?

– Os fatos ainda terão que ser apresentados a eles, e o senhor terá um advogado de defesa. Um bom advogado pode, no mínimo, levar à redução de sua pena. – Jazz apertou uma campainha e um policial apareceu à porta. – Poderia levar o Sr. Millar de volta lá para baixo, por favor? – Ela se levantou. – Eu o verei de novo mais tarde.

Jazz viu a porta se fechar, então rebobinou a fita e ouviu a conversa novamente. Em seguida, pegou o telefone e ligou para Angelina Millar.

Angelina não conseguiu dormir na noite anterior, observando o relógio enquanto as horas passavam lentamente até as quatro da manhã, quando lhe disseram que ela poderia ir pegar Rory na delegacia de Foltesham. Ela deixou Julian dormindo, tomou banho, depois ficou andando de um lado para outro até que fosse a hora de fazer a curta viagem para pegar o filho.

O encontro entre os dois foi repleto de emoção. Ela levou Rory para casa, colocou-o na cama e ficou ao lado do filho até que ele adormecesse, acariciando seus cachos louros e macios.

Rory estava em segurança agora, mas era a outra notícia que Hunter lhe dera que fazia seu coração continuar acelerado.

Às sete horas, ela foi até a cozinha preparar uma xícara de café para Julian.

Colocou-a na mesa de cabeceira e gentilmente o acordou. Seus olhos se abriram sonolentos e ela se inclinou para beijá-lo.

– Bom dia, querida.

Angelina colocou um dedo sobre os lábios dele.

– Shh. Rory está aqui.

Julian sentou-se.

– Eles o encontraram?

– Sim. Ele estava nos Lagos e foi trazido de volta pela polícia durante a noite. Eu o busquei às quatro da manhã.

– Por que você não me acordou? Eu a teria levado. Ele está bem?

– Ele parece bem fisicamente. Muito cansado, é claro, e... Você se importaria em sair antes que ele acorde e o encontre aqui? Eu não quero aborrecê-lo, especialmente até descobrir o que aconteceu enquanto ele estava fora.

Julian suspirou.

– E eu pensando que você tinha me trazido um café por amor. Em vez disso, é apenas o anúncio de que estou sendo expulso da minha própria casa.

– Nada disso, Julian. Pelo amor de Deus, são circunstâncias extraordinárias. Por favor, não me faça sentir culpada.

– Desculpe, mas todo esse segredo está ficando um pouco desgastante.

– Eu sei, e sinto muito. Quando tudo voltar ao normal, eu contarei a ele, mas até você pode ver que este não é o melhor momento para anunciar sua presença na minha vida. E na dele – disse ela, com a voz firme.

– Sim, até eu, o malvado insensível, posso ver isso.

Julian pegou o café e o bebeu com irritação.

– Olha, tem outra coisa que preciso lhe contar. – Angelina respirou fundo. – A inspetora Hunter me disse que David confessou o assassinato de Charlie Cavendish.

– O quê? – indagou Julian, quase se engasgando com o café.

– Eu sei. – Angelina pressionou as têmporas. – Eu não consigo acreditar.

– Odeio ter que dizer que eu avisei...

– Então não diga! – Angelina levantou-se da cama. – Meu Deus! Assim não dá, não dá mesmo! Levante-se e saia, está bem?

Quarenta minutos depois, Julian apareceu na cozinha, a aparência impecável em um terno, a pasta na mão. Ele se aproximou e beijou Angelina no rosto.

– Sinto muito, querida. De verdade. Eu sei que você tem passado maus bocados.

Angelina se afastou do abraço iminente.

– Não, você não sabe – murmurou.

– Ok, eu não sei. Eu nunca tive filhos.

– Não, nunca teve.

Julian preferiu não continuar a conversa.

– Você tem certeza de que vai ficar bem?

– Tenho.

– Tem certeza? Você está muito pálida.

– Sim, eu disse que vou ficar bem, não disse? – respondeu ela, com irritação. – A inspetora Hunter acabou de ligar. Ela virá aqui no meio da manhã. Quer falar com Rory.

– Então é melhor eu ficar.

– Não, não seja bobo. Eu posso resolver isso, agora que Rory está seguro. – Angelina deu-lhe um sorriso fraco e ajustou sua gravata. – Além do mais, assim vou ter a chance de explicar a Rory sobre você.

– E hoje à noite? Vou ficar preso no meu apartamento ou posso voltar para casa e dormir na minha própria cama?

– Eu aviso.

– Está bem, querida. – Ele a beijou no topo da cabeça. – Qualquer problema, me ligue. Meu celular estará disponível o dia todo.

– Eu estou bem. David está detido na delegacia, então você não precisa se preocupar com ele também.

Julian caminhou em direção à porta, parou e se virou.

– Eu quase me esqueci... acabei de receber um e-mail da minha secretária.

Tenho um cliente que só poderá me encontrar às sete da noite, então, se eu voltar para cá, vou me atrasar. Tchau, querida, cuide-se.

Ele lhe lançou um beijo e saiu pela porta da cozinha.

Às onze horas, Angelina abriu a porta para a inspetora Hunter.

– Entre – disse ela, a voz cansada.

– Obrigada.

Angelina levou Jazz à sala de estar, onde se sentou em um sofá.

– Como está Rory esta manhã? – perguntou Jazz.

– Ele acordou há uns vinte minutos. Levei o café da manhã na cama para ele, que está agora tomando banho. Ele está calado, mas me pareceu ileso.

– Então ele não falou nada sobre o pai confessar o assassinato de Charlie Cavendish?

– Não, nada. E eu não o forcei. Fiquei aliviada em trazê-lo para casa. Ele vai ter que lidar com tudo isso em breve. – Angelina balançou a cabeça. – Isso é um pesadelo. E eu me sinto responsável. Se eu não tivesse deixado David, se tivesse ficado ao lado dele, talvez nada disso tivesse acontecido.

– A gente faz o que acha melhor no momento, Sra. Millar. A senhora não tinha como saber o que iria acontecer.

– A demissão de David não foi culpa minha, nem seu problema com a bebida, mas meu comportamento... De qualquer forma, o que passou, passou. Tudo o que posso fazer agora é tentar ajudar Rory da melhor forma possível.

– Eu preciso vê-lo, Sra. Millar. Antes de continuar a investigação sobre o seu ex-marido, precisamos que Rory responda a algumas perguntas.

– Tem que ser agora? Pobrezinho, ele passou por tanta coisa.

– Infelizmente, sim. Eu vou ser gentil, não se preocupe.

Os ombros de Angelina se curvaram.

– Vou ver se ele já saiu do banho.

Ela se levantou e saiu da sala.

Quando Rory Millar entrou, com as mãos protetoras da mãe em seus ombros, Jazz ficou mais uma vez impressionada com a semelhança dele com o jovem na fotografia de Hugh Daneman. Ambos eram muito parecidos, tinham traços femininos; Rory ainda chegaria à puberdade que iria roubar--lhe a beleza angelical. Sua pele pálida não era marcada pela acne, os olhos azuis sobressaíam no rosto e os lábios finos e bem desenhados estavam intocados pelo beijo de uma mulher. Seus cachos dourados ainda úmidos iam quase até os ombros.

Ele era mais alto do que ela imaginara, de estrutura magra e quadril estreito. Era possível enxergar um pouco de David nele, mas nada da mãe.

– Rory, essa é a inspetora Hunter. Ela veio fazer apenas algumas perguntas. Ela sabe que você está muito cansado, mas tenho certeza de que vai ser bem rápido.

Jazz levantou-se, sorriu e estendeu a mão para Rory. Ele a apertou e a detetive sentiu quanto a palma estava gelada.

– Olá, Rory. É um prazer conhecê-lo, finalmente.

– Obrigado.

Rory sentou-se no sofá diante dela.

– Sra. Millar, poderia por gentileza me trazer uma xícara de café? A manhã foi longa e estou precisando muito de um estimulante.

Jazz queria ficar sozinha com Rory, nem que fosse por alguns minutos.

– Que falta de educação a minha. É claro. Você vai ficar bem, Rory? – perguntou Angelina ansiosamente.

– Sim, mãe, eu vou ficar bem.

A voz do garoto ainda não havia amadurecido. Era estranhamente aguda.

– Então, Rory, tudo isso deve ter sido uma aventura. Você pensou que sua mãe ficaria desesperada quando você desapareceu?

– Não. Na hora, eu só estava pensando em mim mesmo. Sinto muito por todos os problemas que causei.

Ele falava devagar, com precisão, de uma maneira estranhamente antiquada.

– Você foi voluntariamente à casa do seu pai no domingo? Ou seu pai foi à escola e o levou à força?

– Não. Eu fugi. Coitado do papai. Agora ele está encrencado por minha culpa. Tudo o que queríamos era passar uns dias juntos. Ele estava tentando me agradar.

– Então por que você fugiu da escola, Rory?

– Porque eu queria ver meu pai.

– Algum outro motivo?

– Não.

– Você estava presente quando seu pai se entregou à polícia em Windermere e disse que tinha matado Charlie Cavendish. Você acha que ele matou mesmo?

Rory deu de ombros.

– Por que ele diria que matou se fosse mentira? Ele deve ter matado, imagino.

– E você consegue pensar em qualquer motivo para seu pai querer matar Charlie?

Rory deu de ombros de novo.

– Talvez.

– Charlie fazia bullying?

– Sim.

– E ele fazia bullying com você?

– Sim, mas Charlie faz bullying... quer dizer, *fazia* com todo mundo.

– Você contou ao seu pai ao telefone que Charlie o trancou no porão à noite?

Os olhos de Rory vagaram pelo cômodo.

– Pode ser que sim.

– Você deve se lembrar se contou ou não.

– Sim, eu contei ao meu pai que fiquei trancado no porão, mas eu não sabia que tinha sido Charlie. Como eu poderia saber? Só ouvi a chave girar.

Jazz sabia que seu tempo estava acabando e que devia ir direto ao assunto.

– Rory, onde você estava na noite em que Charlie Cavendish morreu?

– Eu tinha uma apresentação de coral na capela e depois voltei para o dormitório e tomei chocolate quente.

– Foi o Sr. Daneman que preparou para você? Eu sei que o Sr. Frederiks estava fora naquela noite.

Pela primeira vez, uma expressão de medo cruzou o rosto impassível de Rory. Suas mãos se fecharam.

– Sim.

– E então você foi direto para a cama?

– Sim.

– E você não viu Charlie naquela noite nem passou perto do quarto dele?

– Não. Por que eu passaria?

– Rory? Está tudo bem, querido? – Angelina estava parada à porta, com o café. – Você está muito pálido. A detetive não está perturbando você, está?

– Não, mamãe, mas estou meio cansado. Posso subir e me deitar?

Angelina colocou a bandeja de café na mesa e abraçou o filho.

– Claro que pode. – Ela olhou para Jazz. – Ele está exausto. Você pode voltar mais tarde, quando ele estiver se sentindo melhor?

– É claro. – Jazz sorriu. – Ah, só mais uma coisa, Rory: na sexta-feira em que Charlie morreu, você tomou um remédio para dor de cabeça?

Rory parou e se virou.

– Não me lembro. Talvez. Eu costumo ter dor de cabeça, sabe.

– Bem, na lista de medicamentos está anotado que você recebeu uns comprimidos naquele dia. Qual era o remédio e quem lhe dava?

– Eu não sei o nome. Era só um remédio para dor. – Rory deu de ombros.

– Foi o Sr. Daneman que deu para você?

Rory assentiu.

– Sim. Posso ir agora, mamãe?

Ele descansou a cabeça no ombro dela.

– Claro que pode, querido. – Angelina virou-se para Jazz. – Por hoje, chega. Ele está exausto. Rory, vá para o quarto; mamãe vai subir depois de levar a inspetora até a porta.

Rory assentiu e, silenciosamente, saiu da sala.

– Vou embora. Desculpe cansar Rory, mas quanto mais cedo pudermos reunir os fatos, melhor. – Jazz se levantou. – Obrigada, Sra. Millar.

Ela seguiu Angelina até a porta da frente. Angelina fez uma pausa por um segundo antes de perguntar, com esforço:

– Não sei se eu quero saber, mas... como David disse que matou esse menino?

– Ele trocou os remédios para epilepsia de Charlie por dois comprimidos de aspirina, que aparentemente levava no bolso para quando tivesse uma ressaca. A senhora deve saber que Charlie era alérgico a aspirina. Obviamente, David sabia.

– O quê? – Angelina parecia confusa. – David tinha aspirina no bolso?

– Foi o que ele me falou.

Ela balançou a cabeça.

– Isso é impossível.

– Por quê?

– David jamais tocaria em aspirina, inspetora, muito menos teria no bolso! Não. – Angelina balançou a cabeça com veemência. – Isso não faz sentido nenhum.

– Por que não, Sra. Millar? – perguntou Jazz, com calma.

– Porque David também tem alergia fatal a aspirina.

18

Jazz voltou para a delegacia de Foltesham. Miles estava na sala de interrogatório, ouvindo a gravação com o depoimento de David Millar.

– Alguma novidade com o menino? – perguntou ele.

Jazz sentou-se pesadamente, balançando a cabeça.

– Não, na verdade, não. Angelina está protegendo a cria como uma leoa, o que é compreensível, mas... – Jazz olhou para Miles. – Adivinhe.

– O quê?

– A Sra. Millar acabou de me contar que o ex-marido tem alergia fatal a aspirina.

– Sério? – Miles levantou uma sobrancelha. – Acabei de ouvir a fita, e nunca vi uma confissão tão convincente quanto a de Millar. É quase como se ele estivesse tentando de tudo para que a história seja conclusiva.

– Bem, todo o relato dele sobre aquela noite acaba de ir para o brejo. – Jazz suspirou. – Ou o crime foi cem por cento premeditado, pois a Sra. Millar afirmou categoricamente que seu ex-marido não tocaria em aspirina, ou Millar está mentindo, culpando a si mesmo para proteger alguém.

– Na fita, Millar diz que não foi premeditado, que a ideia de trocar os comprimidos surgiu no calor do momento – observou Miles. – Além disso, se ele estivesse com tanta raiva como disse que estava, certamente estaria muito mais propenso a encontrar Charlie e lhe dar uma surra.

– Não importa. – Jazz suspirou. – Toda a confissão dele caiu por terra.

– Estive na escola mais cedo e nenhum dos garotos se lembra de tê-lo visto lá em cima, no corredor dos estudantes dos últimos anos. Quer um sanduíche? – Miles colocou um saco plástico sobre a mesa. – Ovo e agrião ou bacon, alface e tomate?

– Nenhum dos dois, obrigada. Não estou com fome – respondeu Jazz. – Aparentemente, Millar disse que falou com Hugh Daneman naquela noite.

– Informação muito útil, então.

Miles mordeu seu sanduíche.

Jazz ainda estava refletindo.

– Então, a questão é: por que ele está mentindo? Sabemos quanto David Millar adora o filho… e sabemos que foi Rory quem procurou o pai no domingo. E se ele confessou ao pai algum envolvimento na morte de Charlie?

Miles examinou seu sanduíche.

– E o pai decidiu que levaria a culpa. Já vimos esse filme – comentou ele.

– E Rory recebeu dois analgésicos às nove horas daquela noite. A lista de medicamentos registra que foram dois comprimidos de paracetamol, mas algo foi escrito embaixo e apagado. Estou esperando notícias da perícia para descobrir o que era.

Miles mirou a embalagem de sanduíche amassada na lixeira, jogou-a e errou.

– Então, se por acaso soubermos que a palavra "aspirina" foi apagada e substituída pela palavra "paracetamol", Rory não teria apenas o motivo, mas também o meio para matar.

Jazz fez uma pausa.

– É uma coisa muito séria acusar um garoto de 13 anos de assassinato.

– Sim, e se ele estiver envolvido, também significa que alguém na escola sabia disso e usou um corretor para apagar a palavra e protegê-lo.

– A menos que ele mesmo tenha feito isso – disse Jazz, calmamente.

– A lista de medicamentos é guardada dentro do armário de remédios, que está sempre trancado. As únicas pessoas que têm a chave são Frederiks, a governanta e, claro, Hugh Daneman naquela noite em particular.

– Por que diabos ele tinha que se suicidar? – Jazz suspirou.

– Talvez ele estivesse envolvido de alguma forma no que aconteceu. – Miles deu de ombros. – Sabemos o motivo de Rory, mas por que um adulto, Hugh Daneman, por exemplo, tentaria protegê-lo?

– Infelizmente, isso tudo é mera suposição até termos o resultado da perícia. Meu Deus! Esse caso está andando muito devagar – disse Jazz, irritada, batendo com a caneta na mesa.

– É assim que as coisas funcionam aqui. – Miles fez uma careta. – Faça um favor para nós dois: vamos voltar para Londres e aproveitar o que temos lá.

– Você pode ir, Miles, eu não vou – respondeu Jazz bruscamente.

Ele logo mudou de assunto.

– Então, qual foi seu instinto em relação a Rory quando se encontrou com ele?

– Eu não tive nem chance de captar alguma coisa com o pouco tempo que estivemos a sós. Ele estava escondendo algo, mas poderia ser por muitas razões diferentes. Eu o classificaria como "estranho", suponho, mas os adolescentes são estranhos mesmo. Isso não significa que são assassinos.

– Não – concordou Miles –, mas seu instinto geralmente entra em ação e lhe diz se há algo além disso.

– Acho que meu "instinto" comeu tanto macarrão na Itália que precisa de um treino sério antes de começar a funcionar novamente.

– A senhora não engordou 1 grama. De verdade.

– Eu não estava falando do meu peso, Miles. – Jazz suspirou. – Há algo que não estou captando aqui. De alguma forma, eu sei que o suicídio de Hugh Daneman não foi coincidência. Enfim, eu liguei para Isabella esta manhã. Ela está a caminho para avaliar Millar e o filho. Se alguém pode se comunicar com eles é ela.

Isabella Sherriff era uma das principais psicólogas criminais do DIC.

– Uau, Issy topou largar a poluição de Londres e vir para a floresta de Norfolk? – Miles assobiou. – É muito prestígio.

– Nós nos conhecemos há muitos anos. Além disso, Millar está sob custódia por assassinato em primeiro grau. É algo que ela conhece bem. Reservei um quarto para ela no seu hotel, então você pode levá-la para jantar hoje à noite. Ela vai interrogar Millar hoje, e Rory amanhã de manhã.

– Como a senhora vai conseguir passar pela leoa? – perguntou Miles.

– Não podemos mentir sobre quem é Issy, mas podemos apresentá-la de uma forma mais apropriada. Issy também tem experiência em atender crianças que sofreram traumas. É o caso de Rory, com certeza. Ele precisa de uma avaliação, e é por isso que ela vai conversar com ele. Se Rory revelar algo pertinente ao caso, vou deixar claro para Angelina que Issy terá que nos informar. Mas também vou expor que Issy é uma das melhores psicólogas de Londres... Acho que Angelina Millar é o tipo de pessoa que gosta de ostentar, se exibir.

– É melhor deixar essa última parte de fora, chefe – brincou Miles.

– Vou voltar para a escola e falar com nosso detestável diretor. Eu gostaria que você tivesse uma conversa rápida com David Millar; por enquanto, não mencione que sabemos sobre sua alergia a aspirina. Depois espere aqui até Issy chegar e conte a ela antes que o interrogue. Ela disse que chegaria lá pelas três.

– Pode deixar. Imagino que a senhora vá jantar conosco hoje à noite. Jazz pegou sua pasta.

– Não. É com você, Miles. Sei que consegue lidar com isso. Estarei de volta às cinco para ouvir o resumo de Issy. Vejo você mais tarde.

Robert Jones ficou visivelmente mais calmo quando Jazz o informou sobre a confissão de David Millar.

– Ora, que boa notícia. Rory voltou ileso e um homem foi detido pelo assassinato de Cavendish. Talvez possamos voltar a algum grau de normalidade agora.

– É uma boa notícia que Rory esteja são e salvo em casa, mas duvido muito que esse seja o fim da história no que diz respeito à morte de Charlie Cavendish.

– Mas ele confessou! O caso está solucionado.

– Temo que haja alguns furos escancarados em sua confissão. Um bom advogado de defesa conseguiria derrubá-la e voltaríamos à estaca zero.

– Entendo. – Jones suspirou. – Então, o que vai acontecer agora?

– Vamos continuar com a nossa investigação. Sr. Jones, quero lhe perguntar uma coisa: quando a governanta deixou absolutamente claro para o senhor, em várias ocasiões, que Charlie Cavendish praticava bullying e era um perigo para os alunos mais novos, por que o senhor se absteve de expulsá-lo?

O diretor suspirou.

– Charlie cobria seus rastros com todo o cuidado.

Ele se ajeitou desconfortavelmente na cadeira.

– Sr. Jones, não tenho experiência em dirigir uma escola, mas lidero uma equipe, e sempre consegui perceber quando um dos meus subordinados se comportava mal com outro. O nome de Cavendish deve ter surgido várias vezes. Então, poderia, por favor, me dizer por que ignorou o comportamento dele?

– O pai dele é um advogado conhecido e importante, o tio participa do conselho... – A voz de Robert Jones foi desaparecendo. – O que eu poderia fazer?

– Colocar o bem-estar dos alunos sob seus cuidados em primeiro lugar, talvez – respondeu Jazz, com frieza. – Não cabe a mim julgar sua habilidade como diretor, mas se a Sra. Millar decidir levar as coisas adiante em nome do filho, o que ela tem todo o direito de fazer, seja tornando o assunto público ou movendo um processo judicial, tanto sua reputação quanto a da escola serão severamente manchadas.

– Sim. – Robert fez uma pausa. – Foi um grave erro de julgamento da minha parte, eu concordo.

Jazz olhou para o relógio.

– Eu também queria que o senhor soubesse que vamos divulgar detalhes da morte de Hugh Daneman para a imprensa hoje. Sugiro que contem para os alunos antes que eles leiam sobre isso em outro lugar. O senhor vai gostar de saber que o legista concluiu que foi mesmo suicídio. E, no momento, não há nada que ligue a morte dele à de Charlie Cavendish. Pode deixar isso claro para a sua equipe e os alunos. Tenho que voltar para a delegacia de Foltesham e, na verdade, é lá que vamos conduzir nossa investigação a partir de agora. Mas o detetive Roland e alguns de seus homens estarão por aqui se houver algum problema.

Jazz acenou com a cabeça enquanto ele se sentava, intimidado, em sua cadeira, e então saiu da sala.

Sebastian Frederiks sentou-se a uma cadeira e destrancou a gaveta de seu armário. Pegou o envelope que tinha chegado naquela manhã e releu a carta:

Caro Sr. Frederiks,
    Em referência à propriedade do falecido Hugh Ronald Daneman, Esq.
    Representamos o falecido Sr. Daneman e atualmente estamos agindo como curadores quanto à dispersão de sua propriedade. Peço que o senhor me contate para marcar um horário aqui neste escritório para que eu possa discutir o conteúdo do testamento dele, algo que lhe diz respeito. Se o senhor fizer a gentileza de telefonar o mais rápido possível, poderemos resolver o assunto tanto para a sua satisfação quanto para a do Sr. Daneman.
    Aproveito esta oportunidade para transmitir minhas sinceras condolências.
    Aguardo seu contato.
    Cordialmente,
    Thomas Sanders

A carta chegara naquela manhã. Sebastian ficara perplexo com seu conteúdo. Mesmo tendo sido aluno de Hugh na St. Stephen e, posteriormente, trabalhado com ele como professor por vários anos, eles nunca foram próximos. Ele até reprovava um pouco a delicadeza de Daneman. Não havia dúvida de que ele era gay e Sebastian nunca tivera muita empatia com as predileções homossexuais.

E, para dizer a verdade, Sebastian presumia que a antipatia era mútua.

Parecia sem sentido ficar especulando antes de encontrar o advogado dali a dois dias. Se Daneman tivesse deixado alguma coisa para ele em seu testamento, Sebastian ficaria surpreso. Ele dobrou a carta, recolocou-a no envelope, em seguida analisou o anel em seu dedo mindinho. Ajeitou-se na cadeira, passou as mãos pelos cabelos, sentindo-se ligeiramente sem fôlego.

Agora, não havia razão para removê-lo. Nunca mais.

Isabella Sherriff era uma senhora de proporções extravagantes. Gostava de usar volumosos cafetãs de seda, com lenços e contas adornando o pescoço e uma magnífica juba de cabelos castanho-alaranjados até a cintura.

Na Yard, ela era conhecida por sua paixão por tudo o que era brilhante. Cada dedo vivia coberto de anéis, e seus pulsos, com várias camadas de pulseiras, faziam barulho toda vez que ela mexia os braços.

Jazz admirava Isabella por seu estilo e sua habilidade incomparável como psicóloga. Issy raramente errava. Norton também confiava nela, e sua presença no tribunal ajudara a polícia a provar vários casos complexos, que poderiam ter tido resultados bem diferentes.

Ao entrar na sala de interrogatório, ela reparou que Issy só precisava de uma bola de cristal para completar o visual.

– Querida! – Issy estendeu os braços para Jazz. – Deixe-me olhar para você. Uau, o ar de Norfolk parece estar lhe fazendo bem. Você está maravilhosa!

– Obrigada, Issy. Estou tão grata por você vir... No momento, estamos nos sentindo como as tropas no último posto avançado do deserto. O que começou como um caso simples parece ter se tornado muito mais complexo.

– E não é o que acontece sempre? – Issy sorriu. – Os crimes também são praticados longe das cidades, embora aquele pessoal lá no QG ache que não.

Muito exótico tudo isso, não é? – Issy abriu os braços para indicar a sala. – Sinto como se estivesse no set de filmagens de uma série policial.

– Os policiais locais argumentam que é porque todo o financiamento vai para as grandes cidades – explicou Miles. – Dá para entender o ponto deles. Eu sei que esta é apenas uma subestação, mas a falta de equipamentos e de profissionais é impressionante.

Issy estendeu a mão e apertou as bochechas dele.

– Ah, meu coraçãozinho ferido... Você é tão fofo quando está com raiva. Eu poderia devorá-lo. Você não acha, Jazz?

Miles corou e Jazz, ignorando o comentário, puxou uma cadeira e se sentou.

– Certo, imagino que você tenha interrogado nosso suspeito.

– Ah, sim. – Issy equilibrou sua ampla figura na pequena cadeira de madeira. – Conversei com o Sr. Millar por 45 minutos.

– E...?

– Como sabemos, nunca podemos ter cem por cento de certeza, mas juro que mudo de nome se ele for o assassino. Fiz com ele os testes psicométricos orais habituais, além de lançar minhas perguntinhas capciosas e, na minha opinião, David Millar é um indivíduo não agressivo e reativo, cujo modus operandi não se encaixa em nenhum tipo de assassinato premeditado.

– E a explicação de que ele estava bêbado?

– Por isso mesmo mais propenso a atacar de repente, menos propenso a executar algum plano. Não. – Issy balançou a cabeça. – Ele está mentindo, está mentindo em tudo.

– Não mataria nem para defender o próprio filho? – pressionou Jazz.

– Não há dúvida de que o filho é a luz da vida dele, e eu gostaria muito de conhecê-lo amanhã para ter uma visão geral. Você sabe que eu não estou aqui para aferir o lado técnico do caso nem as evidências. Estou aqui para dizer que, na minha opinião profissional, mesmo sem levar em conta que ele está mentindo sobre ter comprimidos de aspirina convenientemente guardados no bolso, o cenário apresentado por Millar não se encaixa. Coitado. Ele parece ter passado por maus bocados.

– Mas a questão permanece: por que ele confessaria se não cometeu o crime? – perguntou Jazz.

– Eu acho que temos duas alternativas: primeira, ele está protegendo alguém, e se esse alguém é seu filho, vou verificar amanhã. A segunda, e igualmente válida, é que sua atitude é um grito por socorro e atenção. Só Deus sabe quantas vezes eu já vi isso. Uma pessoa que não suporta mais uma situação, que está desesperada, confessa algo que não fez para trazer os holofotes para si mesmo. David Millar pode não ser um assassino, mas isso não quer dizer que ele não tenha perdido o controle sobre a realidade. Ele sofreu perdas e traumas, que podem muito bem ter afetado seu estado mental. Eu precisaria conversar com ele um pouco mais para descobrir qual a profundidade, mas, a princípio, recomendaria algum tipo de terapia. Também sugeriria ter outro encontro com ele, revelando que sabemos de sua alergia a aspirina e perguntando a ele por que mentiu.

– Eu vou vê-lo agora. Obrigada, Issy. A propósito, por falar em terapia, esta é a abordagem profissional que eu gostaria que você adotasse quando for conversar com Rory Millar. Existe a possibilidade de que ele seja cúmplice de um assassinato e precisamos descobrir o que ele sabe, mas também temos que pegar leve com o garoto, porque ele já passou por poucas e boas. Use o seu lado fofinho com a mãe também, para não assustá-la.

– Querida, eu posso ser quem você quiser e desempenhar meu papel com perfeição. Eu já lhe contei que um de meus antepassados contracenou com Sarah Bernhardt? Atuar está em nosso sangue. Onde fica o hotel mais próximo? Estou morrendo de fome.

– Reservamos um quarto para você no hotel do Miles na cidade e vocês vão jantar juntos.

– Que maravilha. – Issy levantou-se e segurou Jazz pelos ombros. – E quanto a você? Vai se juntar a nós?

Jazz sentiu o calor em seu rosto.

– Não, desculpe, infelizmente não posso.

Issy sorriu.

– Acho que nossa Jazmine tem um encontro amoroso hoje… Acertei?

– É só um jantar. Eu o estou ajudando na pesquisa da tese de doutorado. Eu mal o conheço.

– Mas vai conhecer, querida, você vai. Agora, preciso falar com Norton. Depois eu conto como foi a conversa.

Quando saiu da sala, Jazz se perguntou por um segundo se Issy na verdade era médium.

David estava cochilando quando ouviu a tranca da porta da cela ser aberta. Ele se sentia exausto. Mal conseguia se lembrar da última vez que tivera uma noite de sono decente.

Abriu os olhos e viu a bela inspetora olhando para ele.

– Olá, Sr. Millar, como está se sentindo?

David esfregou os olhos enquanto ela se sentava na ponta de seu estreito beliche.

– Meio tonto. Isso sempre acontece quando eu paro de beber.

– Sr. Millar – começou Jazz gentilmente –, temos um pequeno problema com a sua confissão.

– É mesmo? O quê?

– O senhor confirma que não foi um crime premeditado? Que você encontrou a aspirina no bolso do seu casaco e agiu por impulso?

– Sim, com certeza. – David assentiu.

– Veja bem, sua ex-mulher me contou esta manhã que o senhor também é alérgico a aspirina. Então é muito improvável que as estivesse tomando, não é?

Os ombros de David se curvaram.

– Droga – murmurou ele.

– O senhor matou Charlie Cavendish?

– Eu...

– Isso é um sim ou um não?

– A questão, inspetora, é que eu posso ter matado. Sinceramente, não consigo me lembrar muito sobre aquela noite.

– O senhor se lembra de parar no caminho para a escola e comprar uns comprimidos de aspirina com a intenção de matar Charlie?

– Não... eu...

– Sr. Millar – disse Jazz, calmamente –, quem está tentando proteger?

– Ninguém! Eu... – Ele balançou a cabeça com veemência. – Ninguém.

– Rory não lhe confessou nada enquanto vocês estavam nos Lagos? Por exemplo, que ele erroneamente deu a Charlie os comprimidos de aspirina que na verdade eram para ele?

– Meu Deus, não! Claro que não! Acredite em mim, inspetora, Rory é a vítima nessa história.

– O problema é que Charlie também é. E, ao fazer uma confissão tão cheia de furos, o senhor nos leva a pensar que está protegendo Rory.

– Não, inspetora! – David parecia genuinamente assustado agora. – Esse não é o caso, de verdade. Meu filho é inocente, ele não fez nada. Eu…

David apoiou a cabeça nas mãos e começou a chorar.

– O senhor não foi à escola com uma cartela de aspirina com a intenção de assassinar Charlie Cavendish, foi?

Ele balançou a cabeça.

– Não, não fui. Mas, de verdade, o fato de eu ser um incompetente que acha que pode ter matado alguém não tem nada a ver com Rory. Nada mesmo. Por favor, deixe-o fora disso. Ele já sofreu o suficiente!

Jazz deu um aperto reconfortante no ombro dele.

– Eu sei, eu sei. O senhor poderá ir para casa agora. Precisa de uma boa noite de sono. E então, amanhã, quando estiver mais calmo, eu vou até lá. Combinado?

– Você está me liberando?

– Não exatamente. O senhor se entregou por vontade própria, e nós não o prendemos ainda. Um dos policiais vai levá-lo para casa. Sei que seu carro ainda está nos Lagos. Vou visitá-lo amanhã, lá pelas onze horas.

Ela se levantou e se virou para sair da cela.

– Eu juro, isso não tem nada a ver com Rory, inspetora.

– Como eu disse, conversaremos amanhã. Até logo, Sr. Millar.

Jazz deu de cara com Issy, à espreita no corredor do lado de fora da cela. Issy fez um leve aceno e um sinal positivo com o polegar, em seguida acompanhou Jazz até as escadas.

– É isso aí. Como pensávamos, ele está protegendo o filho – sussurrou ela. – Mal posso esperar para conhecer o jovem Rory. Algo me diz que ele poderá esclarecer todo esse caso. Especialmente quando eu contar que o pai foi liberado sem acusação. Jazz?

– Desculpe, Issy, minha cabeça estava em outro lugar. Diga a Miles que estarei no Coach and Horses, em Cley, se ele precisar de mim. O sinal de celular na costa às vezes é ruim.

– Pode deixar. – Os olhos de Issy brilharam. – E divirta-se.

19

– Tudo bem se eu for embora, Sr. Forbes? Já passou das seis e Steve está me esperando em frente ao fórum. O senhor vai precisar atender ao interfone para autorizar a entrada de seu último cliente.

Julian olhou para Stacey.

– Claro, sem problemas. Vejo você amanhã.

– Até amanhã, Sr. Forbes. Tenha uma boa noite.

– Obrigado, você também.

Stacey saiu do escritório, mas a atenção de Julian já estava de volta ao arquivo que lia.

Vinte minutos depois, ele consultou o relógio e ligou para Angelina.

– Oi, querida.

– Oi.

– Como está Rory?

– Encolhido no sofá vendo *Os Simpsons*. Ele parece bem. Um pouco calado, mas é compreensível. Uma psicóloga de Londres vem vê-lo amanhã de manhã. Você acha que é uma boa ideia?

– Como advogado, eu sou bastante cético quanto a essas pessoas. Mas tenho certeza de que mal não irá fazer.

– Verdade.

– Posso voltar hoje à noite? Eu poderia chegar bem mais tarde, quando Rory já estivesse na cama – sugeriu ele, com hesitação. – Queria muito tentar me redimir de meu comportamento insensível desta manhã.

Houve uma pausa, e Julian teve sua resposta.

– Ok, eu vou para o apartamento.

– Sinto muito, meu bem, eu só quero que Rory se recupere do choque antes de descobrir por acaso que há um homem estranho na cama da mãe dele.

Houve uma pausa antes de Julian perguntar:

– Quando você vai mandá-lo de volta para a escola?

– Depois de tudo o que eu ouvi sobre aquele tal de Charlie Cavendish e o que ele fez com Rory, não tenho coragem de mandá-lo de volta. No momento, não quero deixá-lo fora da minha vista.

– Charlie dificilmente vai ser um problema para Rory agora...

– Eu sei, Julian, mas... pense. – Angelina suspirou. – Falaremos sobre isso depois, mas Rory não vai a lugar nenhum esta semana.

– Presumo então que vou ter que ficar trancado em meu apartamento.

– Sinto muito. Pensei que você tivesse entendido que preciso priorizar Rory.

– Eu entendo, mas isso não significa que goste da situação, Angelina. Então eu não vou vê-la nos próximos dias? Estou com saudades.

– Bem... – A voz de Angelina se suavizou: – Que tal eu esperar para ver se Rory se sente bem amanhã e chamo Lily, a babá que ele adora, para vir por algumas horas à noite? Posso dirigir até Norwich, encontrá-lo no apartamento, então poderíamos ficar em casa e pedir alguma coisa para comer. O que acha?

– Talvez. Preciso verificar minha agenda. Eu ligo para você mais tarde.

– Ah. Ok.

A voz de Angelina deixou claro que ela estava chateada. Mas ele também estava.

– É melhor eu desligar. Vou receber um cliente daqui a pouco. Tchau.

Julian desligou sem esperar pela resposta. Ele sabia que estava se comportando mal – era óbvio que Angelina tinha que priorizar Rory. O problema era se ela faria isso para sempre.

De certa forma, era uma pena que David Millar fosse ficar preso pelo resto da vida. Antes, pelo menos Angelina conseguia deixar o garoto com o pai a cada dois fins de semana. Agora, especialmente se ela fosse bancar a mãe coruja e o mandasse para uma escola sem internato, eles seriam obrigados a conviver com o garoto o tempo todo.

Vendo que ainda tinha quinze minutos antes de o cliente chegar, Julian resolveu ler seus e-mails.

Viu que um deles era uma resposta à mensagem que ele tinha enviado no dia anterior.

E seu sangue congelou quando a leu.

Julian ouviu a campainha tocar.

– Quem é?

A voz em resposta soou abafada.

– É só empurrar a porta e subir até o segundo andar. Vou esperá-lo na porta.

Julian fechou o e-mail e foi esperar pelo cliente na recepção.

Depois de se assegurar, por precaução, de que um dos rapazes de Roland vigiaria a casa de David Millar durante a noite, Jazz voltou para casa.

Ela tremia incontrolavelmente enquanto enfiava a cabeça sob a torneira da pia da cozinha, apenas de roupa íntima, e deixava a água gelada percorrer seus cabelos cheios de xampu.

Enrolando-os em uma toalha, ela correu para a sala de estar para se acomodar perto da lareira acesa, os dentes batendo.

O encanador havia prometido que ela teria água quente e calefação até o dia seguinte, mas, se não tivesse, Jazz sabia que teria que ir para um hotel. A temperatura havia caído drasticamente nos últimos dois dias, e o céu pesado indicava iminência de neve. O andar de cima inteiro estava sem eletricidade, e o quarto dela mais parecia uma geladeira. Aconchegar-se sob camadas de cobertores e ler à luz de velas soava romântico, mas a realidade era bem diferente quando a pessoa acordava no meio da noite precisando ir ao banheiro, tateava para encontrar uma lanterna, em seguida tropeçava na caixa de ferramentas, para depois voltar para uma cama tão fria que era impossível dormir novamente.

Jazz fez seu melhor para secar os cachos ao calor do fogo, incapaz de suportar a ideia de pegar um secador lá em cima no escuro, e decidiu que, naquela noite, dormiria no sofá, onde pelo menos estaria aquecida.

Vestindo uma calça jeans, um pulôver bem grosso e passando um pouco de batom e rímel, Jazz saiu de casa e entrou no automóvel.

Enquanto dirigia pelas estradas geladas, percebeu que estava nervosa. Ela gostava de ordem e rotina – seu pai dizia que era porque ela era uma verdadeira virginiana –, e qualquer tipo de caos emocional a deixava ansiosa, como naquele momento.

Estacionou o carro na beira da grama, em frente ao pub.

– Controle-se, mulher! Não é grande coisa, apenas um jantar no pub – disse ela em voz alta e, respirando fundo, atravessou o caminho estreito até a entrada.

Jonathan estava sentado perto do fogo, tomando cerveja. Ele sorriu quando a viu, levantou-se e beijou-a em ambas as bochechas.

– Como vai, Jazz? Você está linda – comentou ele, os olhos percorrendo suas longas pernas cobertas pela calça jeans. – Posso lhe oferecer uma bebida?

– Uma taça de vinho seria perfeito.

– Claro. Sente-se e aqueça-se perto dessa lareira fantástica. Vou trazer os menus, embora os especiais no cardápio da parede pareçam excelentes.

Ela o observou enquanto ele caminhava até o balcão, elevando-se sobre os outros homens que já estavam lá. De alguma maneira, ele parecia diferente naquela noite, mais maduro. Talvez o ambiente acadêmico tivesse influenciado a lembrança que guardara dele, enxergando-o apenas como um estudante, quando na verdade ele era apenas sete anos mais jovem.

– Aqui está. – Jonathan colocou a taça de vinho na mesa, junto com um menu, sentando-se no banco ao lado dela, as longas pernas esticadas à sua frente. – É melhor você não demorar. A cozinha fecha daqui a vinte minutos.

Jazz riu.

– Em Londres, a maioria das pessoas ainda nem teria chegado ao restaurante, e eles jamais fechariam tão cedo. – Ela bebeu um pouco do vinho e olhou para o cardápio da parede. – Já me decidi, de qualquer maneira. Vou querer bacalhau com batatas fritas e purê de ervilhas.

– Eu também. – Ele sorriu. – Quando em Roma, aja como os romanos... Se bem que o bacalhau daqui provavelmente foi embalado a vácuo na Escócia depois de ter sido pescado na Noruega.

– É verdade, mas o que vale é a intenção.

– Sem dúvida. E é bom ver uma mulher que não conta calorias... não que você precise, é claro. Quer dizer, você está em ótima forma, mas... – Ele estava ficando corado. – O que quero dizer é que eu detesto levar uma mulher para jantar quando ela passa a noite toda brincando com uma alface no prato.

– Bem, você não vai ter esse problema hoje. Eu como bem e estou morrendo de fome, então por que você não faz o pedido antes que seja tarde demais?

Nos quinze minutos seguintes, Jazz relaxou. Jonathan tinha um senso de humor irônico, que ela compartilhava e entendia. O bacalhau com batatas fritas estava delicioso e Jazz arriscou mais um pouco de vinho.

– Muito bem, estou pronta para responder às suas perguntas. A propósito, desculpe se pareci prepotente no outro dia.

– Imagina. Você é apaixonada pelo que faz. Isso não é nenhum defeito.

– É paixão ou desilusão, um dos dois. – Jazz sorriu. – Duas semanas atrás, eu estava convencida de que tinha deixado a polícia para sempre.

Jonathan levantou uma sobrancelha.

– Jura? Por quê?

– Eu me decepcionei tanto no trabalho quanto na minha vida particular. Enfim, é uma história muito longa e chata, e não quero remexer no passado.

– Entendo. Seu pai disse que você se divorciou recentemente.

– Ele disse? – Jazz franziu a testa. – E o que mais ele lhe contou?

– Falando sem rodeios, ele falou que foi a melhor decisão que você já tomou.

– Ele nunca foi muito fã de Patrick.

– Foi o que percebi. Você está feliz de ter feito isso?

– Ninguém se sente feliz por fracassar, não é? E é isso que o divórcio revela. Mas, sim, estou feliz porque tudo ficou no passado.

– E você voltou para o trabalho?

– Parece que sim. Pensei que estava fazendo um favor ao meu antigo chefe, mas... – Jazz deu de ombros. – Vamos ver como vai ser.

– Você teria jogado fora muitas coisas importantes, não é? Aposto que ascendeu na carreira, o que deve ser difícil para uma mulher.

– Não particularmente. De qualquer forma, sou apenas uma policial qualquer – disse ela, com um sorriso.

– Você não é uma qualquer – comentou ele. – E é certamente mais bonita do que a média.

– Vou encarar isso como um elogio, eu acho!

– Eu sempre pensei que gostaria de ter uma profissão que realmente fizesse diferença na sociedade, como cirurgião ou cientista. Eu admiro você à beça, Jazz. Tudo o que eu faço é teorizar sobre como as coisas devem ser feitas.

– Na verdade, meu primeiro amor não foi por um distintivo e um cassetete. Eu queria ser artista. Ainda quero.

– Seu pai me disse que você estudou história da arte.

– Meu querido e velho pai parece ter lhe falado muito sobre mim – observou Jazz, franzindo a testa outra vez.

– Não o culpe. Admito que eu o sondei. – Jonathan sorriu. – Embora não tenha sido difícil, já que você é o assunto predileto dele. De qualquer maneira, a grande vantagem de se ter um talento é que você nunca o perde. Eu não tenho nenhum dom artístico. Não sei pintar nem a moldura da porta, quanto mais um quadro.

– Mas você tem a capacidade de pensar de maneira lógica e de traduzir esse raciocínio para o papel. Esse é seu instrumento de criação.

– Eu sabia que não tinha gostado de você à toa, Srta. Hunter. Que maneira elegante de dar significado à minha irrelevante vida. Aceita um café?

– Sim, eu adoraria. – Jazz olhou para seu relógio enquanto Jonathan se levantou e foi até o balcão. – Depois disso eu preciso mesmo ir embora.

– E como está indo seu caso? – perguntou Jonathan quando colocou dois cafés sobre a mesa e acrescentou duas colheres de açúcar ao dele.

Jazz tinha se relacionado por dez anos com um homem que trabalhava no mesmo lugar que ela e entendia as nuances e os detalhes do mundo que compartilhavam. Eles podiam discutir os casos abertamente, sem medo de um vazamento acidental de informações. Ela conhecia muitos colegas no escritório cujos parceiros não eram policiais e que achavam difícil não poder compartilhar as minúcias de seu dia para evitar falhas de segurança.

Aquele era um novo território para ela, e Jazz sabia que deveria aprender a se movimentar com cuidado.

– Mais complicado do que parecia inicialmente, mas isso é normal – respondeu ela, sem se comprometer.

– Você está em Norfolk de passagem? – indagou ele.

– Não, é uma mudança permanente. Eu amo esse lugar.

– É um local incrivelmente rústico, sem nenhuma beleza especial. – Jonathan tomou a mão dela. – Jazz, talvez eu pareça um pouco precipitado, mas eu gostei muito de ver você hoje. Podemos repetir? Quer dizer, eu ainda não consegui lhe fazer todas as perguntas que queria.

– Eu...

Jazz se sentiu desconcertada, sem saber o que dizer, depois de passar tanto tempo fora do circuito da paquera.

Antes que pudesse começar a formular uma resposta, ela percebeu que uma figura terrivelmente familiar entrava no pequeno pub. O homem abriu um largo sorriso para ela e foi em direção à sua mesa.

– Jazz. – Aquele conhecido sotaque irlandês atacou seus ouvidos. Patrick. Seu ex. Ele se inclinou e a beijou no rosto. – Você está maravilhosa!

Enquanto o braço dele passava pelos ombros dela, Jazz percebeu aquele cheiro que, depois de dez anos de intimidade, reconheceria instantaneamente, mesmo se fosse cega.

Ela continuou sentada, imóvel, esperando que ele tirasse o braço de seus ombros e se levantasse.

– E quem é este bom camarada que a acompanha?

Ele encarou Jonathan, seus olhos traindo a mentira que seus lábios tinham dito.

– O que diabos você está fazendo aqui?

– Ora, Jazz, qual é? Aconteceu de eu estar vindo para Norwich a trabalho, aliás, eu dei uma carona a Issy.

– Issy?!

Jazz sentiu um nó na garganta.

– Foi uma coincidência. Eu encontrei Miles e nossa boa psicóloga no jantar.

– O que você está fazendo aqui, então? Neste pub? – perguntou ela, com frieza.

– Ah, me desculpe por atrapalhar sua noite, mas estou fazendo um favor para Norton. Ele quer falar com você urgentemente. Você não estava atendendo o celular, mas Miles sabia onde você estava, então decidi vir pessoalmente lhe dar a mensagem.

Jazz não tinha energia para responder. Ela reparou que Jonathan parecia muito desconfortável.

– É melhor eu ir embora – disse ele, levantando-se. – Parece que as estradas estão bem congeladas.

– Estão mesmo, tome cuidado – comentou Patrick, com um sorriso malicioso.

– Sem dúvida. Até logo, Jazz, obrigado por uma noite tão agradável.

– Sim, eu que agradeço. Foi ótima.

Ela beijou Jonathan no rosto.

– Jazz, você não vai nos apresentar? – indagou Patrick, colocando a mão no ombro de Jonathan.

Seu filho da mãe...

Jazz cerrou os dentes.

– Jonathan, este é Patrick Coughlin, meu ex-marido.

– Certo. Até logo, Jazz. Dê notícias.

Jonathan então saiu do pub, apressado e envergonhado.

– Eu também preciso ir.

Jazz tentou passar por Patrick, mas ele a segurou firmemente pelo braço.

– Ora, Jazz, o que foi? Não há necessidade disso, não é? Não podemos ser civilizados? Sentar juntos e tomar uma bebida, como os velhos amigos que somos?

– Nós não somos amigos, Patrick, e nunca seremos!

Ele a encarou e sorriu com malícia.

– Ora, ora, do jeito que você está reagindo, as pessoas poderiam pensar que ainda tem sentimentos por mim. Senão, você se sentaria comigo e tomaria uma bebida.

Jazz sentou-se abruptamente, tomada pelo ódio.

– Uma só, depois eu vou.

– A de sempre?

Jazz assentiu, e seu coração acelerou, lembrando o quão intimamente Patrick a conhecia.

Ele trouxe um conhaque para Jazz e colocou um uísque na mesa.

– Então, quem era aquele cara?

– Um amigo, só isso. Uma pessoa que estou ajudando com uma tese.

– Tive a impressão de que ele queria um pouco mais do que isso. Ponto para ele. Vocês já foram para a cama?

– Patrick, pelo amor de Deus! Isso não é da sua conta! Eu acabei de conhecê-lo.

– Ele é meio novinho, não é?

– Isso nunca foi problema para você.

A resposta saiu da boca de Jazz antes que ela pudesse se controlar.

– Ui! – Patrick tomou um gole do uísque. – Ah, falando sério, não significou nada, nada mesmo.

– Não me venha com esse papo furado! Eu sei que você está mentindo.

Você manteve um caso por pelo menos um ano. O pior era que todos no escritório sabiam. Exceto sua esposa.

– Admito que me comportei mal, mas...

Ela podia sentir o sangue subindo ao seu rosto.

– Mal?! Por Deus, Patrick, seu comportamento foi nojento! Transar com ela no seu escritório, com as cortinas fechadas. Meu Deus! Se era para ser infiel, pelo menos poderia ter feito isso longe do trabalho.

Ela percebeu que a mesa ao lado estava atenta ao espetáculo, mas já nem se importava mais.

– Jazz, eu sinto muito, muito mesmo. – Ele suspirou. – Talvez devêssemos ter tido essa conversa há muito tempo. Eu estava lá, esperando para me desculpar e me explicar, mas você fugiu. Enfim, agora estou aqui na sua frente admitindo que agi como um completo idiota e que me sinto culpado por colocá-la nessa situação. E ainda mais triste se meu comportamento contribuiu para sua saída da Yard.

Ela o encarou, impotente.

– E como é que eu poderia ficar?! Como a princesa Diana disse uma vez, três é uma multidão em um casamento, e olha que ela não tinha que ir trabalhar todos os dias com a amante do marido, a tal Camilla Parker-Bowles... e muito menos com o marido.

Jazz balançou a cabeça e terminou seu conhaque.

Pela primeira vez, Patrick não tinha uma resposta rápida. Olhou para ela em silêncio.

– De qualquer forma, já é tarde – prosseguiu ela. – Ficou tudo no passado e, francamente, meu único desejo é seguir em frente. Não consigo acreditar que você teve coragem de vir aqui.

– Jazz, eu estava desesperado. Estou há meses tentando encontrá-la. Seu advogado se recusou a me dar qualquer pista sobre onde você estava se escondendo.

– Eu não queria vê-lo antes e não quero vê-lo agora.

– Você não pode me acusar de não jogar limpo, já que concordei com o divórcio rápido. Eu poderia ter me recusado a assinar.

– Você quer uma medalha, é? – Jazz riu amargamente. – Patrick, você é tão ridículo, tão idiota. Corrija-me se eu estiver errada, mas será que não assinou para benefício próprio também? Assim ficaria livre para começar uma nova vida com a Chrissie?

– Quer outro? – Ele indicou o copo, mudando de assunto.

– É claro que não. Eu estou dirigindo.

– Eu lhe dou uma carona.

– Não. Eu preciso do meu carro de manhã. Aliás, o que Norton queria? Você disse que ele precisava falar comigo urgentemente.

– Nada. Eu menti para ter uma desculpa para vir vê-la.

– Eu mato aquele Miles por contar onde eu estava – resmungou ela.

– Não. Eu menti para ele também. – Patrick estendeu a mão sobre a mesa para tocar a dela. – Senti tanto a sua falta.

Jazz puxou a mão bruscamente.

– O quê? Quer dizer que a sua namoradinha adolescente lhe deu o fora e você está sozinho? Coitado. – Jazz se recompôs. – Não quero baixar o nível, me sinto mal por agir assim. Na verdade, tirando o fato de ela ter transado com meu marido, eu até que gostava da Chrissie. Ela era uma policial brilhante.

– Se isso faz você se sentir melhor, ela me trocou há dois meses por um sujeito quinze anos mais novo e cem vezes mais rico. Estou sozinho agora.

Jazz forçou uma risada.

– Se você quer que eu sinta pena, me desculpe. Obviamente, estou muito satisfeita e espero que você tenha sofrido muito.

– Estou sofrendo. Mas não por ela, e sim porque fui um idiota por perder você.

– Pois eu não estou nem aí. Você sempre foi bom em usar seu charme, Patrick. Seu sangue irlandês e tudo o mais. Infelizmente, não funciona mais comigo. Olha, eu tenho que ir.

Jazz se levantou.

– Só que precisamos conversar. Seu salário ainda está sendo depositado em nossa conta conjunta. E seu nome está na escritura do nosso apartamento.

– O apartamento é *seu* agora, Patrick. Você comprou a minha parte, lembra? Envie um cheque e quaisquer papéis que eu precise assinar para o meu advogado.

Ele a seguiu para fora do pub, onde flocos de neve começavam a cair pesadamente.

– É difícil imaginar você como uma camponesa – brincou Patrick, enquanto caminhavam até o carro de Jazz. – Você sempre gostou da cidade.

– É incrível como a gente se acostuma com qualquer coisa quando precisa. Adeus, Patrick. Boa viagem de volta para a poluição.

Jazz se inclinou para entrar no carro, mas Patrick a segurou e a puxou para seus braços.

– Meu Deus, senti muito a sua falta. – Sua mão deslizou pelos cabelos dela. – Se você ao menos repensasse...

Jazz se afastou abruptamente.

– Não, Patrick, acabou. Para sempre. Acredite.

Ela se sentou ao volante e bateu a porta. Ligou o carro e partiu o mais rápido que pôde, sem olhar para trás.

Naquela noite, incapaz de dormir, Jazz sentou-se no parapeito da janela da sala de estar e ficou observando os flocos de neve baterem na vidraça e caírem no chão. A humilhação que ela havia sentido quando finalmente descobrira a verdade sobre Patrick, percebendo que todo o departamento já sabia, tomou conta dela novamente.

No entanto, naquela noite, ela estava menos zangada com o ex-marido do que consigo mesma; não queria acreditar em como seu coração acelerou quando ele a tomou nos braços.

20

Jenny Colman cumpriu sua rotina matinal habitual. Enquanto enchia a banheira, ela preparou uma xícara de chá bem forte e despejou cereal em uma tigela. Depois do banho, sentou-se vestida com seu roupão e o comeu. Olhou pela pequena janela da cozinha, para a neve espessa que tinha caído na noite anterior, cobrindo tudo.

Abriu o guarda-roupa e tirou um dos três vestidos que usava alternadamente para trabalhar. Ela os chamava de "uniformes" e, em janeiro, ia de ônibus a Norwich para comprar outros. Aplicou a maquiagem e, em seguida, um pouco de perfume Blue Grass no pescoço e nos pulsos. Do lado de fora, Jenny ouviu os passos do carteiro percorrendo o pequeno caminho até a porta da frente.

– Mais contas – gemeu, lembrando-se de quando era criança e ficava empolgada ao ouvir a aproximação do carteiro, especialmente em aniversários ou no Natal.

Agora, porém, a chegada dele só significava alguém querendo arrancar-lhe mais dinheiro.

Os dois envelopes foram jogados no capacho através do nicho de correspondência da porta, e Jenny foi buscá-los. Um era um informe de uma empresa de encanamento local e o outro...

Jenny estudou o envelope grosso de papel-pergaminho creme, com seu nome digitado cuidadosamente. Percebeu que tinha um carimbo de Londres. Pegou os óculos, entrou na sala e sentou-se para abri-lo, imaginando quem poderia ter escrito para ela da capital.

Em seguida, ela leu com calma o endereço no cabeçalho. Era de um escritório de advocacia. Leu a carta duas vezes, só para ter certeza de que não estava mesmo enganada.

Quando terminou, tirou os óculos e, perplexa, ficou com o olhar perdido. Uma pequena herança...

Não. Era melhor não criar muita expectativa. Ela leu a carta de novo. O advogado queria que ela fosse vê-lo em Londres.

Ela nunca estivera na cidade. Como chegaria à estação? E então, quando chegasse lá, como saberia para onde ir?

Talvez pudesse pedir a Maddy que fosse com ela, ou pelo menos que a levasse até Norwich e a ajudasse a embarcar no trem.

Jenny guardou o envelope cuidadosamente na bolsa. Perguntaria ao Sr. Jones qual seria o melhor dia para liberá-la e pediria a uma das garotas do escritório do tesoureiro para substituí-la.

Então, faria uma ligação.

Enquanto calçava as botas forradas de lã e saía de casa, com passos cuidadosos sobre a neve derretida e suja nas calçadas, Jenny sorriu com tristeza.

Querido Hugh… Mesmo que fosse apenas uma pequena lembrança, fora adorável de sua parte pensar nela.

Quando Jenny chegou à pequena área de recepção, a porta do Sr. Jones estava aberta. Ele estava lendo o jornal local e tinha exemplares do *Times* e do *Telegraph* sobre a mesa.

Ela bateu com determinação.

– Bom dia, Sr. Jones. Como está hoje?

– Entre, entre.

Robert fez um sinal para que ela se aproximasse e indicou a capa do jornal: *Professor local encontrado morto em casa.*

Jenny suspirou.

– Céus! O que eles dizem?

– A maior parte é sobre Hugh e sua relevância como acadêmico, mas mencionam a morte de Charlie também. E há um pequeno artigo em ambos… – disse ele, indicando os dois jornais nacionais.

– Ele deve ter sido bastante conhecido para dois jornais tão importantes escreverem artigos.

– Sim. – Robert estava claramente perturbado. – Poderia providenciar um café para mim e para a inspetora Hunter? Ela quer me ver e deve chegar a qualquer momento.

– Claro, Sr. Jones.

Jenny ficou parada, mordendo o lábio, tentando criar coragem de dizer que precisava de um dia de folga.

– Mais alguma coisa?

Jenny balançou a cabeça, entendendo que não era o momento.

– Não, Sr. Jones. Vou pegar o café agora mesmo.

Tendo finalmente desistido de dormir às cinco horas da manhã, Jazz havia deixado a casa mais cedo e dirigido até o calor relativo da sala de interrogatório da delegacia de Foltesham.

Às oito, Miles e Issy chegaram, ambos parecendo ligeiramente acabados.

– Café, eu preciso de um café – gemeu Issy.

Jazz a ignorou. Issy sentou-se despreocupadamente em uma cadeira, mas Jazz percebeu que Miles estava um pouco envergonhado.

Depois de alguns segundos, Issy abriu a boca:

– Ele encontrou você?

Jazz assentiu.

– Você disse a ele onde deveria procurar. É claro que ele me encontrou – respondeu ela bruscamente.

– Alistair, você seria um querido e arrumaria um pouco de café fresco moído na hora para a tia Issy, como castigo por fazê-la entornar todo aquele vinho goela abaixo ontem à noite?

– Vou me esforçar, mas não tenho certeza se o café em grãos já chegou aos postos avançados mais distantes da segurança britânica.

– Obrigada, amorzinho. – Issy sentou-se calmamente, observando enquanto Jazz fingia se concentrar. – Você sabe que ele ainda te ama.

Jazz fechou seu notebook com força e encarou Issy do outro lado da mesa.

– Que bom para ele.

– Ora, sem essa, Jazz, é comigo que você está falando. Eu sei o que você sentia por ele. E provavelmente ainda sente.

– Não! Não mais. Levei todo esse tempo para chegar aonde estou agora e não tenho interesse em reviver o passado. Ontem à noite, graças a você, fui obrigada a fazer isso.

– Desculpe, Jazz, mas achei que no mínimo vocês dois deveriam conversar. Não é nem um pouco saudável fugir e não encarar seus próprios fantasmas.

– Issy, eu não sou sua paciente! Como você se atreve a interferir na minha vida?

– Não, você é minha amiga, Jazz. E eu a entendo. E me preocupo com você – disse Issy, calmamente. – Também sei que sua maior fraqueza é o orgulho. Patrick humilhou você. E você fugiu sem sequer lhe dar uma chance de se explicar.

Jazz já havia conversado com Issy sobre esse assunto. E não estava interessada em repetir a dose.

– Olha, vamos esquecer isso, está bem? Patrick e eu nos divorciamos. Acabou.

– Há sempre o precedente de Liz Taylor e Richard Burton...

– Ora, por favor, Issy! Ele dormiu com uma colega nossa, não uma vez, mas várias. Aparentemente era "amor"... ou pelo menos foi isso que ela contou para a maior parte do pessoal. Eles estavam fazendo planos para ficar juntos muito antes de eu descobrir o caso. E agora que ela o largou, ele descobriu como é duro ficar sozinho, só isso.

– Sim, eu aceito tudo isso, mas é claro que ele não a amava. Chrissie é uma boa menina, mas não chega a seus pés em termos de inteligência. Não, aquele foi um comportamento típico masculino, e tudo se resume à luxúria: a excitação de um corpo novo, a massagem no ego por ter uma mulher mais jovem atrás dele e, convenhamos, Patrick tem um baita... – Issy riu – ... ego.

– Com certeza. E você acabou de tirar a sua própria conclusão. Patrick nunca devia ter se casado. Talvez ele seja o tipo de homem que precisa da empolgação permanente, algo que uma esposa nunca poderia lhe dar. Você sabe que ele gosta de flertar. Tenho certeza de que Chrissie não foi a primeira, e ser casada com um mulherengo incorrigível não é uma coisa que quero para minha vida.

– Não. – Issy suspirou. – Talvez você tenha razão. De qualquer forma, pelo menos vocês conversaram. Sabe-se lá como ele descobriu que eu estava vindo para Norfolk, mas insistiu em me oferecer uma carona.

– Você não devia ter aceitado, em consideração a mim.

– Querida, você sabe como eu odeio transporte público – afirmou Issy, torcendo o nariz.

– Sinto muito, mas isso não é desculpa. Como você se diz minha amiga? Ora! Quase morri de susto quando ele apareceu no pub ontem à noite. Você podia ter me avisado.

– Ele me fez jurar que eu não contaria para você. Ele sabia que você fugiria. E eu também. – Issy sorriu. – Ora, Jazz, tenho certeza de que uma pequena parte de você ficou feliz quando Patrick apareceu bem na hora em que você estava jantando com um namorado em potencial.

Jazz ficou sem palavras. Mal podia acreditar no que Issy tinha feito. Finalmente, ela disse:

– Quer dizer que armou para ele me encontrar? Meu Deus, você nem sabia quem era a pessoa com quem eu estava me encontrando!

Issy inclinou-se para a frente.

– Então você jura, com toda a sinceridade, que ontem à noite, quando viu Patrick, seu coração não bateu mais forte?

Jazz sentiu-se corar.

– Chega! Chega de se intrometer na minha vida. E estou falando sério, Issy!

Issy deu de ombros.

– Está bem. Desculpe.

Felizmente, Miles chegou com três canecas de café.

– É café instantâneo. Foi o melhor que consegui.

Se sentiu que o clima estava pesado, Miles não comentou.

– É melhor eu beber meu café e ir para a casa dos Millars. Você vai comigo, Jazz? – indagou Issy, com doçura.

Ela ainda estava furiosa.

– Não, eu tenho que encontrar o Sr. Jones, aquele diretor incompetente, e atualizá-lo quanto aos acontecimentos. Toda a história sobre Hugh Daneman saiu nos jornais hoje, então ele provavelmente está com os nervos à flor da pele. – Ela se virou para Miles. – Depois de deixar Issy na casa dos Millars, você poderia entrar em contato com o advogado de Hugh Daneman? Veja se ele consegue liberar detalhes do testamento. – Jazz guardou o notebook na capa protetora e se levantou. – Quero me encontrar com vocês aqui ao meio-dia para saber sobre Rory Millar.

– Na verdade, estou bastante ansiosa para conhecê-lo. Adolescentes esquisitos são meu assunto predileto atualmente – afirmou Issy, com um sorriso.

O celular de Jazz tocou.

– Hunter.

– Aqui é Roland, senhora. Infelizmente tenho más notícias. – Ele parecia nervoso.

– O que houve?

– Um dos meus homens me disse que Millar desapareceu.

– Droga! – resmungou Jazz baixinho. – Como? Onde?

– Eles não têm certeza. Estavam estacionados do outro lado da rua, em frente à casa dele, não viram ninguém entrar ou sair a noite toda. Às 8h40 dessa manhã, o carteiro chegou com um pacote, mas ninguém atendeu. Obviamente, um dos policiais ficou desconfiado, foi verificar e encontrou a porta dos fundos destrancada e a casa vazia. Desculpe, mas a senhora pediu que mantivéssemos uma distância discreta.

– Certo. É melhor irmos atrás dele, então.

– Estou a caminho da casa dele agora. E vou emitir um alerta para o condado. Tenho certeza de que vamos pegá-lo.

– Espero que sim, Roland. Me ligue assim que houver novidades. E ponha alguém para vigiar a casa da Sra. Millar até que ele seja encontrado. Obrigada.

Jazz virou-se para Issy.

– Acho que deu para entender o que aconteceu, né?

– Sim. Não entre em pânico, Jazz. Eu diria que foi o chamado do álcool. O pobre coitado provavelmente só queria uma bebida, e o armário estava vazio. Não pense que ele foi muito longe.

– Espero que você esteja certa – retrucou Jazz sombriamente, enquanto se dirigia para a porta. – Mas eu não esperava por isso. E nem uma palavra para a Sra. Millar sobre essa fuga e o paradeiro desconhecido do ex-marido. Ela vai ter um ataque, assim como aquele advogado arrogante, namorado dela.

– Claro. Posso contar a ela que o ex-marido foi solto? Eu gostaria de ver a reação dela.

– Se for preciso. Vejo você mais tarde.

Jazz entrou em seu carro para ir à escola. Ainda estava furiosa com Issy. E preocupada com o desaparecimento de Millar. O encontro da noite anterior e a ligação de Roland tinham abalado sua frágil confiança. Perder um suspeito era uma coisa, mas perder um suspeito que já tinha confessado um assassinato e fora solto sem acusação era outra totalmente diferente.

E se ela tivesse se enganado em relação a ele?

– Que droga!

Jazz bateu com a mão no volante enquanto esperava para virar à direita na rotatória. Seus pensamentos se voltaram para seu tempo na Itália, quando o máximo em que precisava pensar era qual restaurante escolher para comer um delicioso prato de penne.

O que diabos ela estava fazendo ali?

Logicamente, Jazz sabia que não poderia ter fugido para sempre. Issy estava certa quando afirmou que ela precisava voltar para casa e confrontar o passado.

Jazz contornou a rotatória, reconfortando-se com a ideia de que ela já tinha largado tudo uma vez; poderia fazê-lo de novo.

O dia brilhante ficara nublado e mais neve ameaçava cair. O Departamento de Meteorologia emitira um alerta em toda a região leste. Jazz decidiu ir para o hotel de Miles, na cidade. Ficar presa pela neve naquela casa sem aquecimento ou eletricidade não era uma ideia sensata.

Enquanto dirigia pela rua principal de Foltesham, seu celular tocou. Encostando em frente a uma banca de jornal, Jazz atendeu.

– Jazz?

– Oi, mãe, como você está?

– Eu...

Jazz percebeu algo na voz da mãe e soube que alguma coisa tinha acontecido. Com o coração na boca, ela perguntou:

– É o papai?

– Sim. – Celestria sufocou um soluço. – Ele desmaiou há uma hora e foi levado para o hospital. Estou aqui agora. Os médicos estão com ele, então pensei que seria melhor avisá-la.

– Ah, mamãe... Ele está muito mal?

– Você sabe como esses médicos são, eles não dizem nada. Falaram que só vão saber direito depois dos exames, mas que têm certeza de que foi um ataque cardíaco.

– Meu Deus. – Jazz engoliu em seco. – Muito sério?

– Muito sério, eu acho. Ah, Jazz, ele está com uma aparência péssima. Eu...

– Mãe, estou indo agora. Em que hospital ele está?

– Papworth, mas, Jazz, o tempo está horrível aqui. Está nevando muito. Recomendaram que as pessoas não saiam de carro, a menos que seja absolutamente necessário.

– Bem, não está tão ruim aqui e eu estou a caminho agora. Força, mamãe, e diga ao papai para ser forte também.

– Minha querida, eu... Obrigada. Ele está no CTI. Por favor, dirija com cuidado.

– Pode deixar. Vejo você daqui a uma hora, mais ou menos.

Jazz deixou o celular no colo e, sentindo-se tonta, descansou a cabeça no volante. Aquela era a ligação que ela temera receber durante toda a vida adulta.

Vamos, Jazz, pediu a si mesma. *Ele ainda está vivo, ele vai sobreviver. Ele precisa sobreviver.*

Houve uma batida à janela do carona.

Jazz olhou para cima e viu Patrick com um exemplar do jornal *The Times* enfiado debaixo do braço, olhando para ela com preocupação. Antes que pudesse detê-lo, ele abriu a porta e enfiou a cabeça no carro.

– O que foi, Jazz? O que aconteceu?

– Mamãe ligou. Papai teve um ataque cardíaco e está no CTI.

– Jazz, eu sinto muito. Posso entrar? Está congelando aqui fora.

Ela não o impediu, não tinha forças. Quando ele se sentou no banco do passageiro, seu cheiro e o ar frio a reconfortaram e a angustiaram na mesma medida.

Ele estendeu a mão enluvada e apertou o braço dela.

– Presumo que você esteja indo para o hospital. Você tem condições de dirigir? O tempo vai piorar.

Jazz assentiu.

– Tenho, sim, é claro. É que acabei de ficar sabendo.

Ela se esforçou para conseguir se recompor.

– É muito... grave?

– Minha mãe não falou muito, mas o fato de ela ter me ligado indica que sim. Eu vou ficar bem agora, de verdade. – Ela deu um sorriso débil. – É melhor eu ir.

– Jazz, você está com uma cara péssima, está em choque. Não vou permitir que você saia dirigindo por essa nevasca. – Patrick começou a abrir a porta. – Vamos, troque comigo. Eu vou dirigindo. Vamos deixar seu carro na delegacia, já que fica no caminho, e pegar o meu. Prefiro atravessar uma nevasca tão forte com meu próprio carro. Chegaremos lá rapidinho. – Ele deu a volta no veículo e abriu a porta do motorista. Jazz olhou para ele, imóvel. – Meu anjo, uma vez na vida, faça o que mandam sem discutir. Porque eu não vou sair daqui.

Patrick cruzou os braços enquanto Jazz travava uma batalha interna que tinha certeza de que perderia. Então, ela assentiu debilmente.

– Está bem. Obrigada – disse ela, com rispidez, começando a saltar do veículo.

Seus joelhos cederam e ela se apoiou em Patrick enquanto ele a ajudava a contornar o carro e se sentar no banco do passageiro.

– Então, me diga, para onde estamos indo? Cambridge, imagino.

– Sim. – Jazz o viu jogar o jornal no banco de trás e ligar o motor. – Você não precisava fazer isso. Eu teria ido direitinho.

– Tenho certeza de que sim. – Ele sorriu quando se afastou do meio-fio. – E eu sei que não precisava. Agora, você não tem umas ligações para fazer?

Jazz assentiu novamente.

– Você pode avisar Norton que vou chegar a Londres mais tarde do que o esperado?

Ela franziu a testa para ele. Em seguida, assentiu com relutância.

– Se você explicar, ele vai entender. Fomos casados por dez anos. Estou indo com você para ver seu pai doente, não para uma reconciliação romântica.

– Eu sei. Desculpe.

Jazz pegou o celular e começou a ligar.

O tempo resistiu, e eles avançaram um bom pedaço até chegarem a Ely, onde a neve começou a cair com força. Jazz ficou sentada em silêncio, olhando pela janela, o coração acelerado, pensando no que teria que enfrentar. Ela tentara falar com a mãe, mas, como sempre, o celular estava desligado. Na verdade, Jazz duvidava que Celestria tivesse se lembrado de levar o telefone para o hospital. Ela havia comprado celulares para os pais no Natal, havia alguns anos, pensando em como seriam úteis. O pai logo começou a usá-lo e, recentemente, passara a lhe enviar mensagens, mas Celestria lutava para encontrar o botão de ligar e se tornou motivo de piada entre os dois.

Eles pararam na A14, a poucos quilômetros de Cambridge.

– Meu Deus, a situação parece bem ruim. – Patrick suspirou, inclinando-se para fora da janela e olhando para o engarrafamento que serpenteava à sua frente, até onde a vista alcançava, o que não era muito longe, devido à péssima visibilidade. – Deve ter acontecido um acidente ou um desabamento adiante. – Ele teve uma ideia. – Hora de ligar a sirene!

– Não acho uma boa ideia, Patri...

– Vamos lá. – Patrick parou no acostamento, baixou a janela e prendeu a sirene no topo do carro. – O pior que pode acontecer é perdermos nossos empregos, mas, como você já desistiu, é irrelevante. – Ele começou a ganhar velocidade. – Além disso, é uma questão de vida ou morte.

Suas palavras a deixaram apavorada outra vez.

O acostamento estava obstruído por carros enguiçados e Patrick teve que voltar à pista, passar por um carro parado e continuar até dar de cara com o próximo. Foi um processo tenso e, no momento em que eles chegaram à junção seguinte, onde Patrick teve que desviar mais uma vez, os nervos de Jazz estavam em frangalhos.

– Meu Deus do céu! Que pesadelo. Onde diabos estão as autoridades?!

– Neste carro? – brincou Jazz baixinho, o vislumbre de um sorriso cruzando seus lábios.

Patrick estendeu a mão e apertou a dela, reconhecendo o esforço da piada.

– E por que este país cai de joelhos ao primeiro sinal de mau tempo? – Ele encarou Jazz e viu como ela estava pálida. Apertou a mão dela mais uma vez. – Falta pouco agora.

Jazz sorriu, sem forças, imaginando se, agora que estavam se aproximando do hospital, ela teria preferido ficar parada na estrada em vez de enfrentar o que estava por vir.

21

Angelina andava de um lado para outro pela cozinha, com a terceira xícara de café entre as mãos geladas. Olhou para o mundo coberto de neve lá fora, pegou o telefone sobre a mesa e ligou para o celular de Julian pela décima vez naquela manhã.

Mais uma vez, a chamada caiu direto na caixa postal. Angelina desligou. Já havia deixado três mensagens, uma na noite anterior e duas pela manhã.

E não tivera nenhuma notícia desde quando se falaram na noite anterior, e ele lhe dissera que ligaria de volta.

A ideia que passava pela cabeça dela era simples: Julian estava farto de ficar em segundo plano e decidira tornar seus sentimentos bem claros, ignorando suas ligações.

Angelina mordeu o lábio e sentou-se à mesa. O que deveria fazer? Deus, como os homens podem ser egoístas! Era culpa dela que Rory precisasse de sua mãe, de paz e segurança por alguns dias, até se recuperar? O problema era que Julian não tinha filhos, então não entendia o puro instinto de ser pai e precisar proteger seus pequenos.

E... Angelina se permitiu ser autoindulgente por um segundo. E quanto a ela? Ter o filho sequestrado e descobrir que o ex-marido poderia ser um assassino também era uma situação bem difícil.

De repente, ela se levantou com raiva. Se Julian iria puni-la com aquela atitude infantil, ótimo.

Ela ouviu o toque da campainha. Devia ser a psicóloga de Londres para conversar com Rory.

Saiu da cozinha, atravessou o corredor e chegou à entrada.

Uma senhora corpulenta, com um chapéu de feltro de abas largas coberto de neve estava à porta.

– Isabella Sherriff, prazer em conhecê-la. Imagino que seja a Sra. Millar, a mãe de Rory.

– Sim. – Angelina teve uma vontade repentina de rir. Com seu longo casaco de veludo e chapéu, Isabella Sherriff parecia um boneco de neve. – Entre.

– Obrigada. – Isabella sacudiu-se primeiro, espanando a neve dos ombros e tirando o chapéu. – Pensei em vir caminhando. Uma ideia idiota.

Os olhos dela brilharam quando desabotoou o casaco, e Angelina gostou dela de imediato.

– Que tal me entregar seu casaco e eu o coloco para secar?

– Boa ideia. Acho que é melhor tirar essas botas também, antes que eu deixe uma trilha de neve por toda a sua bela casa. – Isabella apoiou-se na maçaneta e tirou as botas encharcadas, revelando uma meia vermelha e outra preta. Ela sorriu para Angelina. – Desculpe pela meia. Essa viagem foi muito em cima da hora e não tive tempo para fazer a mala.

– Não se preocupe.

Angelina conduziu Issy pelo corredor até a cozinha. Issy foi direto para o aquecedor, aproximando as mãos da placa de aquecimento.

– Acho que não adianta nem pensar em voltar para Londres hoje à noite.

– É verdade. A neve está caindo com toda a força agora.

Angelina olhou distraidamente pela janela enquanto colocava o casaco de Issy sobre o trilho do aquecedor. Um sentimento repentino de medo tomou conta dela. E se Julian tivesse tido um acidente? Batido com o carro a caminho do apartamento na noite anterior?

– Posso?

Angelina forçou sua mente a voltar para aquele momento e olhou para Issy, que estava indicando a cafeteira.

– Desculpe-me. Claro, vou preparar um novo para a senhora. Esse aí deve estar frio.

Angelina encheu a chaleira e colocou-a para ferver.

– Como está Rory? Posso chamá-la de Angelina?

– Sim, claro.

– E me chame de Issy, todos me chamam assim.

– Rory não teve uma boa noite. Eu o ouvi gritando, mas, quando entrei para vê-lo, ele ainda estava dormindo. Estava tendo um pesadelo. Sentei-me na cama dele e acariciei sua testa. Acho que ele nem percebeu que eu estava lá.

– Você perguntou a ele sobre o sonho?

– Não. Achei melhor não tocar no assunto.

– Pesadelos são eventos saudáveis em qualquer situação, embora não particularmente agradáveis. É a mente trabalhando os problemas ou medos e tentando racionalizá-los, ajudando a pessoa a lidar com eles.

– Entendi.

Angelina na verdade não entendera. Ainda estava pensando em Julian quando despejou o café dentro do bule de vidro.

– Pode ser bem forte – comentou Issy, sentando-se em uma cadeira à mesa. – Rory comentou alguma coisa sobre o tempo que passou com o pai? Sobre o que conversaram, por exemplo?

– Eu não quis abordar David na conversa. Achei que só ia deixar Rory mais ansioso. Como um menino lida com o fato de seu pai ser um assassino, eu simplesmente não sei. – Angelina colocou o bule de café, uma caneca, leite e açúcar na frente de Issy. – Por favor, sirva-se.

Issy a encarou.

– Não é porque alguém confessa um crime que significa que o cometeu. Você era mais próxima do Sr. Millar do que qualquer outra pessoa. Qual é a sua opinião? – perguntou Issy, servindo-se do café quente na caneca.

– Eu fiquei surpresa. E horrorizada. Eu disse à inspetora Hunter que não podia acreditar que David pudesse matar alguém conscientemente.

– Mesmo se ele soubesse que a pessoa em questão tinha sido responsável por perturbar o filho?

– Consigo imaginá-lo reagindo, sim, mas... – Angelina olhou desconfiada para Issy. – Como sabe de tudo isso? Pensei que você fosse uma psicóloga infantil.

– Eu sou, mas, como a polícia deve ter explicado, também sou psicóloga criminal, função que exerci ao interrogar o pai de Rory ontem à noite. – Issy tomou um gole do café. – Está uma delícia. O café que eu tenho bebido na delegacia é horroroso.

– Eu já não sei mais em que acreditar. – Angelina esfregou a testa, confusa. – Será que a inspetora acha que David realmente fez aquilo? Eu contei a ela que David é alérgico a aspirina. Ele nunca teria comprado esses comprimidos para si mesmo. Eles o teriam matado também.

– Ela me contou. Na verdade, o Sr. Millar foi solto ontem à noite.

– Sério?

– É uma boa notícia. Certamente você não deseja que o pai de seu filho seja acusado de assassinato.

– Não, mas... E quanto à confissão?

219

– A confissão não fazia sentido. Eu sei que você disse à inspetora que não achava que David era capaz de cometer um assassinato.

– É verdade, mas as pessoas mudam, não é? E... bem, o que mais me preocupa, para ser sincera, é que David tenha perdido o controle e matado Charlie, ainda que acidentalmente. Talvez você não saiba, mas ele me agrediu uma vez e depois tentou invadir a casa para me atacar e...

Issy estendeu a mão e tocou o ombro de Angelina.

– Fique calma. Eu entendo que toda essa situação esteja sendo estressante para você.

– Sim, é claro. Desculpe por falar demais. Foi tudo muito angustiante.

– Eu compreendo. Agora, que tal chamar Rory para que ele e eu possamos conversar um pouco? Assim posso deixá-la em paz.

Angelina foi procurar Rory. Apesar de confiar em seus instintos e experiência, Issy sabia que ficaria muito mais tranquila quando David Millar fosse localizado. Ela bebeu seu delicioso café e esperou.

Rory estava sentado no parapeito da janela em seu quarto, observando a neve.

– A psicóloga está aqui para vê-lo, meu amor. Ela é muito boazinha e eu acho que você vai gostar dela.

– Está bem, mãe.

– Quando ela for embora, pensei que talvez você e eu pudéssemos sair e fazer um boneco de neve no jardim.

Ela beijou o topo da cabeleira loura do filho.

– Não, obrigado. Prefiro ficar aqui dentro no quentinho.

– Então venha, vamos acabar com isso de uma vez.

Angelina o pegou pela mão e o levou até a porta.

– Eu não tenho que falar por muito tempo, tenho? Estou muito cansado agora – disse Rory, seguindo a mãe e descendo as escadas relutantemente.

– Não. E lembre-se: essa senhora está aqui para ajudá-lo. – Angelina forçou um largo sorriso quando o levou para a cozinha. – Rory, esta é Isabella Sherriff.

Issy levantou-se e foi apertar a mão de Rory.

– Olá, Rory, pode me chamar de Issy. O que você acha dessa neve? Eu devia ter trazido meu trenó e minhas renas, não é mesmo?

Rory abriu um sorriso débil.

– Quer ficar aqui, onde está quente, ou prefere que a gente se sente em outro lugar? – perguntou ela, olhando interrogativamente para Angelina.

– Aqui está bom.

Angelina puxou uma cadeira para Rory e fez menção de puxar uma para si mesma, mas Issy a impediu.

– Você se importaria se Rory e eu conversávamos a sós? Prometo que vou gritar bem alto se ele tentar me bater.

Rory sorriu de verdade, achando graça.

– Está bem. Vou deixá-los. Você não vai cansá-lo, vai?

– Contanto que ele não me canse – respondeu Issy, piscando para Rory.

Tendo certeza de que Rory estava bem, Angelina saiu da cozinha. Foi até a lavanderia tirar a roupa da máquina e então ouviu o toque do telefone de trabalho de Julian. Ela foi até o escritório atender a ligação.

– Alô?

– Alô, Angelina, é Stacey, a secretária do Julian. Eu poderia dar uma palavrinha rápida com ele?

– Ele não está aqui, Stacey. Ficou no apartamento ontem à noite, então não o vejo desde ontem de manhã.

– Bem, eu tentei ligar para o telefone fixo e o celular dele, mas ele não atende. Achei que tivesse ficado em casa com você ontem à noite, viu que o tempo estava muito ruim e achou melhor nem tentar vir para Norwich.

– Não. Ele não poderia estar fora, em algum compromisso? Ou no tribunal?

Angelina percebeu imediatamente que estava fazendo uma pergunta tola. A secretária de Julian devia saber de todos os compromissos dele.

– Esse é o problema. Ele tinha uma reunião às dez e meia aqui com uma cliente. A senhora está esperando há vinte minutos na recepção. É muito incomum ele não me avisar que vai se atrasar ou que precisa cancelar o compromisso.

Imagens terríveis de todo tipo surgiram na cabeça de Angelina.

– Stacey, você acha que ele sofreu algum acidente? Devo ligar para os hospitais?

– Se isso tivesse acontecido, você já estaria sabendo. Talvez ele tenha dormido demais ou algo assim – comentou Stacey, sem convicção, pois ambas sabiam que isso não era possível.

– Agora estou preocupada que ele tenha desmaiado no apartamento – disse Angelina. – Eu iria até lá agora, mas, com esse tempo, tenho medo de não conseguir chegar. Além disso, uma psicóloga da polícia está aqui em casa conversando com Rory.

– Bem, o apartamento não é tão longe daqui, e eu sei que ele deixa um jogo de chaves na gaveta da mesa. Se Julian não aparecer até a hora do almoço, você quer que eu vá ver se ele está lá?

– Não sei. – Angelina mordeu o lábio. – Talvez estejamos nos preocupando à toa. Certamente há alguma explicação.

Houve uma pausa do outro lado da linha.

– Eu vou na hora do almoço, tudo bem?

– Bem, se você não se importar. E me avise assim que puder.

– Pode deixar. Bom, tenho que voltar para a cliente. Vou dizer que Julian se atrasou por causa da neve e reagendar.

– Me ligue assim que chegar lá. Obrigada, Stacey.

Angelina desligou o telefone. Levou a mão à boca, angustiada, o estômago embrulhado.

Apenas alguns dias antes, tudo estava tão perfeito, por que de repente as coisas ficaram terrivelmente ruins?

22

Jazz encontrou Celestria sentada sozinha na sala de espera dos familiares, situada do lado de fora da ala de cuidados intensivos.

– Querida, não acredito que você conseguiu chegar! E tão depressa – exclamou ela, estendendo os braços para envolver a filha.

– Pareceu uma eternidade para mim, mamãe. – Jazz sentiu o corpo de sua mãe tremendo junto ao dela, então se sentou na cadeira e segurou as mãos de Celestria. – Alguma notícia?

– O médico vai vir falar comigo para me dizer o que está acontecendo. – Celestria olhou para o relógio. – A enfermeira me disse isso há 45 minutos. – Ela deu de ombros. – Não quero criar nenhum problema, sei muito bem quanto todos aqui estão se esforçando.

– Como você acha que o papai está?

– Não tive permissão para vê-lo desde que liguei para você. Eles estão fazendo uma bateria de exames, ligaram o pobre Tom a todos os tipos de máquina… Disseram que alguém viria me avisar quando eu pudesse entrar, mas isso também não aconteceu. – Ela apertou a mão da filha. – Muito obrigada por vir. Eu sei que você está ocupada.

– Mamãe, por favor, não me agradeça. Eu preciso estar aqui.

– Quer um café? Há uma máquina no corredor.

– Não, obrigada. Estou bem.

– E então, como foi a viagem?

Jazz sabia que, diante das circunstâncias, uma conversa trivial era a única opção.

– Horrível, mas felizmente o Pa…

Antes que ela pudesse terminar, a porta se abriu e um homem bonito de meia-idade passou por ela.

– Sra. Hunter?

– Sim.

– Sou o Dr. Robert Carlisle, o médico que está cuidando de seu marido. – Ele olhou para Jazz. – E ela é...?

– Nossa filha, Jazmine.

– Ok.

O Dr. Carlisle puxou uma cadeira para se sentar de frente para elas.

– Ele teve um infarto? – perguntou Jazz, incapaz de se conter por mais tempo.

– Sim, infelizmente sim.

Jazz apertou a mão da mãe.

– Muito grave?

– Ainda estamos fazendo alguns exames para descobrir. Ele também tem uma infecção pulmonar. A senhora reparou se ele vinha tossindo recentemente?

– Sim, mas ele disse que não era nada, que estava bem.

– Não se culpe. Não foi a infecção pulmonar que causou o infarto, embora não tenha ajudado muito. O problema é o tratamento. Ele sofreu duas grandes falências de órgãos, o coração e os pulmões, que se encheram de fluido. Isso se deve à infecção, mas também ao fato de o coração não estar bombeando o suficiente. Seu corpo não está drenando o fluido da maneira como deveria.

– Será que ele... vai...? – Celestria não conseguiu terminar a frase.

– Sra. Hunter, seu marido está muito doente. Estamos fazendo tudo o que podemos para ajudá-lo. Ele está tomando antibióticos intravenosos para tentar conter a infecção, estamos lhe dando medicamentos para ajudar a estabilizar o coração e... isso é o que a senhora pode achar mais angustiante... ele está tendo que usar uma máscara facial apertada, que leva oxigênio puro até seus pulmões para tentar remover o fluido. É desagradável para ele, e não é bom para a senhora ver. Ele não vai conseguir falar com vocês neste exato momento.

Houve um silêncio enquanto as duas processavam a notícia. Depois de algum tempo, Jazz perguntou:

– Quais são as chances de ele sobreviver?

– As próximas 24 horas serão críticas. Estamos obviamente preocupados que ele tenha outro ataque cardíaco de grandes proporções. Da mesma forma, seus pulmões podem não se recuperar totalmente. Em termos de porcentagem – Carlisle deu de ombros –, eu diria que ele tem cerca de trinta por cento de chance de sobreviver.

Jazz assentiu, tentando não chorar.

– Faremos tudo o que pudermos. E ele me parece ser um guerreiro. – Carlisle sorriu. – Nunca subestime o poder do ser humano. Vocês podem ir vê-lo, se quiserem, mas por pouco tempo. Ele está acordado, o que é um bom sinal. Ele sabe que não pode falar, então tentem não o encorajar a fazê-lo.

As duas se levantaram. Celestria estendeu a mão.

– Obrigada, Dr. Carlisle, eu sei que Tom está nas melhores mãos.

– Nós fazemos o nosso melhor. – Carlisle fez um aceno com a cabeça. – Toquem a campainha para a enfermeira abrir a porta para vocês. Se me dão licença, preciso examinar outro paciente.

– É claro.

Elas o seguiram para fora da sala de espera e o observaram enquanto ele andava com pressa pelo corredor. Jazz tocou a campainha na entrada do CTI. Enquanto esperavam, Celestria agarrou a mão de Jazz mais uma vez.

– Querida, não devemos dizer a ele quanto a situação é ruim.

– Mamãe, tenho certeza de que ele já sabe.

A porta se abriu e uma enfermeira apareceu.

– Estamos aqui para ver Tom Hunter – disse Jazz.

A enfermeira assentiu, e elas a seguiram pela porta até uma ala estranhamente silenciosa.

Quando se aproximaram, Tom levantou a mão para mostrar que as reconhecera. Jazz esperou Celestria abraçar o marido. Ela a viu sussurrar algo em seu ouvido e percebeu como os olhos do pai se iluminaram de prazer. Celestria sentou-se de um lado da cama, segurando a mão de Tom, e Jazz se aproximou do pai pelo outro.

Beijou-o no topo da cabeça, em seguida inclinou-se para sussurrar em seu ouvido.

– Olá, papai. Não ria ou eu vou ser expulsa, mas você está parecendo um bebê elefante – disse ela, indicando a máscara, com o tubo de plástico que saía do meio do nariz dele, lembrando uma tromba.

Ela viu o pai sorrir e sentou-se do outro lado da cama, de frente para a mãe.

– Só você para ficar doente no dia em que está caindo a pior nevasca de todos os anos – disse Celestria, acariciando a mão de Tom. – Sua filha teve que vir esquiando de Norfolk até aqui.

– Está ruim até no litoral, no momento, o que é muito incomum.

Jazz refletiu sobre a banalidade do próprio comentário, quando tudo o que ela queria dizer era *não me deixe, eu preciso de você, eu te amo, está partindo meu coração ver você sofrer...*

Quinze minutos depois, Tom adormeceu.

– Mamãe, eu preciso ir ao banheiro. Você vai ficar bem aqui por alguns minutos?

– Claro que sim, querida. – Celestria estava acariciando a testa do marido, com um sorriso, enquanto o via dormir. – Eu sei como ele é. Não vai fechar os olhos e descansar a menos que eu esteja aqui me certificando de que os médicos não façam nada que ele não queira. Por que você não vai tomar um café? Tomar um ar? Eu estou bem aqui.

Jazz percebeu que Celestria queria ficar sozinha com Tom, talvez pensando que deveria aproveitar cada momento que ainda tivessem.

– Ok, eu volto logo.

Jazz saiu da ala e foi ao banheiro, depois atravessou o labirinto de corredores que talvez a levassem até a cantina. Ela estremeceu com o cheiro do lugar. Como policial, já passara várias horas em hospitais interrogando suspeitos, vítimas ou testemunhas, e nunca tinha sido afetada. Mas ser filha de um paciente em estado grave era uma experiência totalmente diferente.

A cantina estava deserta; talvez alguns pacientes ambulatoriais e os visitantes tivessem sido dissuadidos pelo tempo horroroso. Ela viu Patrick lendo seu jornal sentado a uma mesa perto da janela.

Jazz desabou na cadeira diante dele, sentindo-se completamente exausta.

– Como ele está?

O rosto de Jazz já dava a resposta.

Ele apertou a mão dela com força, depois levantou-se.

– Me conte tudo depois que eu lhe trouxer um café.

– Prefiro chá, por favor, e um pouco de água.

– Alguma coisa para comer?

– Não, obrigada.

Jazz olhou pela janela, enquanto os flocos de neve ameaçavam apagar a luz do dia. Se o pior acontecesse, ela sentiu que odiaria a neve para sempre.

– Tome, beba isso. Um chá forte e reconfortante.

Patrick estava de volta com uma pequena chaleira de aço inoxidável e uma xícara e um pires de plástico feitos para garantir o máximo de uso e o mínimo de quebra.

Jazz se serviu de chá e tomou um gole. Patrick sentou-se pacientemente, observando-a. Depois de algum tempo, ela disse:

– O médico falou que ele tem trinta por cento de chance de sobreviver. Ele está muito, muito doente, e as próximas 24 horas serão decisivas.

– Você pôde vê-lo?

– Sim, mas ele está usando uma máscara horrível, então não pode falar. Patrick, foi muito gentil de sua parte me trazer até aqui, mas eu obviamente não vou a lugar nenhum hoje e não quero que você fique por aí.

Patrick indicou a neve.

– E você acha que eu vou a algum lugar? Liguei e já sei que não tem nada acontecendo. Os crimes violentos diminuem com o mau tempo, como você sabe.

– Você não está trabalhando em nenhum caso no momento?

– Encerrei um há dois dias. Foi muito satisfatório. Ganhei um tapinha nas costas do comissário por causa dele.

– Que bom. – Jazz não estava interessada. – Bem, você não pode ficar aqui o dia todo.

– Eu posso fazer o que eu quiser, então, no momento, estou muito contente em me sentar aqui e ler meu jornal. Se eu ficar entediado, vou lá fora e faço um boneco de neve.

Os olhos de Patrick brilharam.

– Eu tenho que telefonar para Miles. Não é permitido usar o celular aqui dentro.

– Deixe seu celular comigo e eu vou administrando para você. Eu aviso que você vai ficar aqui por um tempo e repasso qualquer mensagem que eles enviarem. – Patrick se inclinou sobre a mesa e segurou as mãos dela. – Jazz, por favor, esqueça o caso hoje e concentre-se no seu pai. Eu juro que aviso se acontecer alguma coisa urgente.

Jazz achou a ideia sensata e assentiu. Pegou o celular na bolsa e o entregou a ele.

– Pelo amor de Deus, não desapareça. Minha vida está nisso aqui.

– Pode deixar, Jazz. Confie em mim.

Jazz quase rebateu com um comentário ácido, mas decidiu que aquele não era o momento.

– Vou ficar aqui esperando, está bem?
– Obrigada, Patrick. É melhor eu voltar.

Rory tinha acabado havia algum tempo a conversa com Isabella, parecendo alegre e relaxado. Ele foi ler em seu quarto.

– Você acha que ele está bem? – perguntou Angelina a Issy quando lhe devolveu o casaco dela.

Issy balançou a cabeça de forma evasiva.

– Sim, acho que no geral ele está bem, mas parece que algo o preocupa. Entretanto, ainda não consegui chegar ao cerne disso. Curiosamente, acho que não tem nada a ver com o pai dele. Eu diria que é algo relacionado à escola.

– É mesmo? Ele não mencionou bullying, não é?

– Essa foi uma linha de investigação que eu segui, mas Rory não foi receptivo. Ele é um jovem introvertido, joga tentando não revelar suas cartas emocionais.

– Sim, é verdade, um pouco como David costumava ser até surtar no ano passado.

Issy estava abotoando o casaco.

– Bem, esse é o problema com as pessoas que têm dificuldades em expressar as emoções. E os homens são sempre os piores. É como um vulcão borbulhante: está fora de vista, ficando cada vez mais quente, até que um dia não pode mais se conter, então explode de forma avassaladora.

– Verdade.

A mulher parecia preocupada.

– Você está bem, Angelina?

– Sim, estou bem. Cansada, só isso. Deve ser todo o estresse dos últimos dias.

– Você precisa se cuidar.

– E... Julian, meu parceiro, aparentemente desapareceu. Tenho certeza de que está bem, mas não tenho notícias dele desde ontem à noite, e ele ainda não chegou ao escritório, um comportamento que não combina com ele.

Issy levantou as sobrancelhas.

– Homens, né? Nem um pouco confiáveis. Tente não se preocupar.

– Sim – disse Angelina, assentindo sem muita convicção.

– Bem, se o tempo piorar, acho que vou ficar presa aqui até amanhã. Você se importaria se eu viesse ver Rory de novo? Acho que ganhei a confiança dele hoje, e pode ser que ele se sinta seguro para se abrir para mim um pouco mais.

– Claro – concordou Angelina automaticamente.

A mente dela estava em Julian.

– Eu posso sair sozinha – disse Issy, indo para a porta da cozinha. – Tente não se preocupar com seu parceiro. Tenho certeza de que ele vai dar notícias em breve com uma desculpa perfeitamente razoável por tê-la deixado louca de preocupação. Adeus, e obrigada pelo café.

Depois que Issy se foi, Angelina esquentou um pouco de sopa e colocou alguns pãezinhos para aquecer. Preparou a mesa para ela e Rory, então decidiu tomar uma taça de vinho para se acalmar. O filho apareceu na cozinha e se sentou, enquanto a mãe colocava uma tigela de sopa à sua frente.

– Coma tudo, Rory. Você está muito magrinho.

– Eu sou como o meu pai. É o meu jeito. – Rory pegou a colher.

– Issy lhe contou a boa notícia?

– Não, qual?

– Que seu pai foi solto sem acusação.

Rory congelou, a colher de sopa suspensa no ar.

– Mas… se ele confessou o crime, por que não acreditaram nele?

– Eu não sei os detalhes, querido, mas não o teriam libertado se pensassem que ele tinha feito uma coisa dessas. De qualquer forma, não é uma boa notícia?

Rory forçou um movimento com a cabeça.

– Sim, é claro que é – disse ele, a voz baixa.

Angelina olhou para o filho.

– Rory, você não parece ter ficado feliz. Qual é o proble…

O som estridente do telefone a interrompeu. Ela pulou e agarrou o aparelho.

– Alô?

– Alô, Angelina, aqui é Stacey. Estou ligando do apartamento de Julian.

– E…?

– Ele não está aqui.

– Ah. – Parte dela ficou aliviada por Stacey não o ter encontrado no chão, em uma poça de sangue. – Algum sinal de que ele esteve aí recentemente?

– Não, eu verifiquei a cama, e estava intocada, embora ele pudesse tê-la arrumado antes de sair esta manhã. Não havia sinal de um prato ou de uma caneca de café da manhã, e a escova de dentes dele está seca.

– Stacey, acho que você tem assistido a muitas séries policiais. Está parecendo uma profissional! – comentou Angelina, tentando quebrar o gelo.

– Bem, é apenas bom senso – respondeu ela bruscamente. – O que você prefere que eu faça agora?

– Talvez você possa verificar se as roupas dele estão penduradas no guarda-roupa, caso ele tenha decidido viajar sem nos avisar.

– Eu já fiz isso também, na verdade, embora seja difícil afirmar, pois não tenho ideia de quantas roupas ele tem. Mas o guarda-roupa está bem cheio e não parece que foi esvaziado.

Houve um silêncio enquanto as duas mulheres tentavam pensar no que fazer a seguir.

– Bem, eu não consigo entender – disse Angelina, depois de algum tempo. – É tão fora do padrão de comportamento de Julian fazer algo assim… Você sabe como ele gosta de uma rotina rígida, Stacey. Ele não é uma pessoa flexível.

– Pois é.

– Acho que é melhor eu tentar ligar para os hospitais, apenas no caso de ele ter sofrido um acidente e ter tido algum tipo de perda de memória. Essas coisas podem acontecer.

– Sim, é verdade – respondeu Stacey, sem muita certeza. – Ok, Angelina, vou voltar para o escritório. Está caindo uma nevasca aqui e acho que o Sr. Peters vai fechar durante a tarde. Os tribunais fecharam, já que muitos dos jurados não conseguiram chegar. Me avise se você souber de Julian e eu, obviamente, vou fazer o mesmo. Tente não se preocupar. Ele deve aparecer logo, perguntando o porquê de tamanha confusão.

– Obrigada, Stacey. Ligo para você mais tarde.

Angelina desligou o telefone. Não conseguia entender. Mas sabia que alguma coisa estava errada.

Ela se virou para falar com Rory, mas viu apenas sua tigela de sopa pela metade e a cadeira vazia.

Jazz e Celestria sentaram-se ao lado de Tom, como dois anjos da guarda. Celestria até o momento se recusara a quebrar sua vigília, segurando firmemente a mão de Tom, como se, pela mera força de seu amor, ela pudesse manter o frágil coração do marido bombeando a preciosa força vital por seu corpo.

Jazz sentou-se ouvindo os bipes e zumbidos das máquinas que mantinham seu pai vivo. Os ruídos se tornaram um mantra em sua mente, e se ela se concentrasse neles, isso lhe tiraria um pouco do sofrimento.

Tom dormia e acordava – como Celestria havia dito, aparentemente confortado por sua presença. Jazz observou a mãe do outro lado da cama. Seus olhos estavam úmidos enquanto ela permanecia sentada ali, branca como uma folha de papel.

– Mamãe – sussurrou Jazz.

Celestria teve um sobressalto e seus olhos se arregalaram de medo. Jazz percebeu que ela estivera cochilando.

– Mamãe, por favor, descanse um pouco e vá comer e beber alguma coisa. A enfermeira acabou de dizer que o quadro do papai é estável, e eu vou estar aqui se ele acordar.

Celestria olhou para o relógio e viu que eram dez para as cinco. Ela concordou.

– Tudo bem. Estarei na cantina se...

– Sim, eu sei onde você vai estar, mas nós vamos ficar bem, não vamos, papai?

Quando Celestria tirou sua mão da de Tom, Jazz agarrou a outra mão dele e a segurou com firmeza.

– Eu não vou demorar – disse Celestria, em voz baixa.

Ela lançou um último olhar afetuoso para o marido, em seguida caminhou em direção à saída.

Jazz observou o pai enquanto ele dormia, depois deixou sua mente se distrair com o caso que estava investigando. Imaginou como Issy teria se saído com Rory e se eles já teriam encontrado David Millar.

Ela precisava confiar tanto nos próprios instintos quanto nos de Issy e acreditar que ele era inocente. Tentou se concentrar na conexão entre Charlie e Hugh Daneman.

Charlie: sobrinho de Corin Conaught.

Hugh: suposto antigo amante de Corin/Cory muitos anos antes.

Será que Charlie sabia que Hugh era próximo do tio que tinha morrido muito antes de ele nascer?

Adele Cavendish, a mãe de Charlie, reunindo-se com seu irmão Edward para discutir o que fariam com a propriedade agora que Charlie se fora e não havia herdeiros diretos.

Estaria deixando algum detalhe escapar?

Talvez a mãe de Corin pudesse ajudar a esclarecer o assunto. No entanto, pela maneira como Edward a descrevera, Emily Conaught parecia muito frágil. Sendo assim, talvez não fosse uma fonte confiável de informações.

Sentiu um leve toque na mão, virou-se e viu o pai, de olhos bem abertos, sorrindo para ela por baixo da máscara.

Ela se inclinou para a frente e o beijou na testa.

– Olá, papai. Dormiu bem? – sussurrou ela em seu ouvido.

Ele assentiu levemente e virou a cabeça para a esquerda, à procura de Celestria.

– Eu a mandei ir comer alguma coisa. Ela não se alimentou o dia todo. Você está se sentindo bem?

Tom assentiu ligeiramente mais uma vez, em seguida pareceu querer dizer alguma coisa e balançou a cabeça em frustração.

– Mantenha a calma, papai, você não vai precisar ficar com essa máscara por muito tempo. Aliás, você está ridículo nesse troço. Tudo que você precisa agora é de um grande par de orelhas cinza.

Tom revirou os olhos concordando. Ele tirou a mão da de Jazz e gesticulou como se escrevesse no ar.

– Você quer uma caneta e uma folha de papel?

Tom fez um sinal de positivo com o polegar.

Jazz procurou em sua bolsa uma caneta e pegou seu caderno. Colocou a caneta em uma das mãos dele e o caderno aberto na outra. Com esforço, Tom conseguiu mover a caneta sobre o papel e começou a escrever.

Como está a sua mãe?

Jazz leu as palavras trêmulas e assentiu.

– Ela está bem. Preocupada com você, é claro.

Tom escreveu novamente.

Você vai cuidar dela por mim?

Jazz sufocou um soluço.

– Ah, papai, você sabe que vou, mas você logo vai estar em casa para cuidar dela por si mesmo.

Não tenho medo.

Jazz estava lutando contra as lágrimas. Ela não conseguiu responder.
Como vai o caso?

– Não muito bem, para ser sincera. Ainda estou lutando para ligar os muitos fios soltos, mas tenho certeza de que haverá um avanço. Geralmente acontece quando já estou desesperada.

Tom estava rabiscando.

Olhe para o passado para ter sabedoria e para o futuro para ter esperança.

Jazz assentiu. Era um dos ditados favoritos de seu pai.

Eu te amo, querida, e estou muito orgulhoso.

As mãos de Tom afundaram na cama, exaustas pelo esforço. Ele meneou a cabeça levemente e fechou os olhos.

Jazz removeu o caderno e a caneta de suas mãos. Estudou seus rabiscos fracos, a imagem de fragilidade rasgando-a em pedaços. Agarrou a mão do pai e acariciou sua testa suavemente enquanto ele dormia. *Por favor, Deus, eu sei que ele Te ama, mas nós o amamos e precisamos dele também. Não o leve agora, ainda não...*

23

Adele Cavendish fechou o zíper da sacola e arrastou as duas grandes malas para o topo das escadas. Voltou para o quarto que dividira com o marido durante vinte anos e fechou as portas do guarda-roupa para esconder os cabideiros vazios atrás delas.

Foi até a mesa de cabeceira e pegou a pequena foto emoldurada de Charlie, de quando ele era um bebezinho, e enfiou-a em um dos bolsos laterais da sacola. Olhou ao redor do quarto uma última vez, então fechou a porta atrás de si.

Empurrando a primeira mala escada abaixo, ela a deixou no hall de entrada, voltando em seguida para pegar a outra.

Assim que a sacola e as malas estavam guardadas em segurança no porta-malas do Volvo, Adele voltou para casa e vagou pelos cômodos silenciosos do andar de baixo.

Não havia dúvida de que era uma bela casa, mas não era um lar fazia muitos anos. Quando Charlie voltava durante as férias escolares, era possível reacender a atmosfera sem vida. Os amigos que ele às vezes levava faziam com que o riso ecoasse pela casa, e Adele se sentia útil novamente, preparando grandes refeições para alimentar seus corpos em crescimento.

Mas agora Charlie se fora. E nunca mais voltaria.

William havia chegado em casa em uma sexta-feira, voltando no domingo à noite para seu apartamento em Londres. Adele quase podia ver, pela maneira e pela velocidade com que ele comia o almoço de domingo, que o homem estava desesperado para voltar para a cidade, deixando a esposa para limpar os pratos e enfrentar mais uma semana sozinha.

Ela conhecia muitas outras esposas nas pequenas cidades vizinhas que eram "viúvas dos dias úteis", cujos maridos também trabalhavam em Londres. Elas pareciam imperturbáveis por suas circunstâncias, sabendo que ter um marido ausente era o preço que pagavam por seu caríssimo estilo de vida. Forjavam amizades entre si e preenchiam seus dias levando e buscando seus filhos na escola, indo a aulas de ioga e promovendo intermináveis almoços.

William sempre desejara que ela fosse bem mais sociável do que sua natureza retraída permitia. Sendo ele próprio extrovertido e vivaz, gostava de festas animadas, uma mesa repleta de pessoas bem-sucedidas e, Adele pensava, completamente superficiais.

Às vezes, Adele se perguntava por que diabos ele tinha se casado com ela, que sempre fora tímida, preferindo ouvir a ser ouvida, mas talvez a verdade nua e crua fosse que o impiedosamente ambicioso William precisasse de certo nível na escala social para complementar sua mente inteligente e rápida e sua florescente carreira. E Adele, irmã de um lorde, e ela mesma de origem nobre – com uma propriedade rural na qual sediar um grande casamento para impressionar os que interessavam a ele – se encaixava perfeitamente no perfil.

Claro, ela se sentira lisonjeada por ele desejá-la; William era, e continuava sendo, um homem bonito e carismático. Porém, à medida que subia na carreira, a esposa foi se tornando cada vez menos relevante em sua vida.

Quando entrou na cozinha para ler a carta só mais uma vez, Adele entendeu que ele nunca a amara de verdade.

Olhou ao redor, observando o local onde passara tantas horas tentando ser uma boa esposa e mãe.

Sempre sentiu que a emancipação feminina não era algo para ela. Sua vida provavelmente não tinha sido diferente da história de qualquer personagem de um romance de Jane Austen. Como tantas mulheres, Adele fora enganada para aceitar um casamento com um homem charmoso, mas desonesto e sem coração.

Ela permanecera por uma única razão: Charlie.

Adele releu as palavras que tinha escrito às seis horas daquela manhã.

Querido William,

Sinto que não temos mais um casamento, e já não o temos há bastante tempo. Agora que Charlie se foi, não vejo razão para ficar e prolongar essa agonia para nenhum de nós dois. Imagino que você também pense que é o melhor a se fazer. Chega de fingir.

Meu advogado entrará em contato para tratar do processo de divórcio, mas não pretendo dificultar nada. Vou voltar para Norfolk. Sugiro que vendamos a casa em Rutland, a menos que você queira ficar com ela e, nesse caso, pode comprar a minha parte.

Gostaria que nosso divórcio fosse o mais civilizado e acontecesse o mais rápido possível para que possamos seguir em frente.

Obrigada pelos últimos 25 anos. Guardarei com carinho os momentos felizes.

Acima de tudo, obrigada por Charlie. Ele fez tudo valer a pena.

Adele

Ela dobrou a carta em três e a enfiou no envelope, sabendo que já agonizara o suficiente sobre o que dizer. Pegou uma caneta na bolsa e escreveu o nome de William na frente. Enquanto levava a carta para o hall de entrada e a colocava em cima do restante da correspondência, ela se perguntava como o marido reagiria quando a lesse.

A única coisa que ela não imaginava era que ele fosse atrás dela.

Caminhou até a porta, percebendo que o fato de estar deixando para trás 25 anos de casamento não lhe causava a dor que deveria.

Então, lembrando-se de repente, subiu as escadas depressa e foi até o quarto de Charlie. Reuniu suas forças para entrar, correu até a cama e pegou o ursinho comido pelas traças que estava sobre o travesseiro. Desceu as escadas e abriu a porta. Na varanda coberta de neve, ela a fechou sem olhar para trás.

Jazz olhou para o relógio. Eram nove e meia da noite. Seu pai estava dormindo em paz. Celestria apareceu à porta da ala e gesticulou para a filha ir se juntar a ela. Uma vez no corredor, Jazz seguiu a mãe até a sala de espera.

– Querida, acabei de falar com o médico intensivista e ele me disse que Tom não corre nenhum risco imediato. Não faz sentido nós duas ficarmos sem dormir esta noite. Se seu pai estiver melhor amanhã, você pode muito bem voltar ao trabalho, e você precisa descansar um pouco. Acabei de conversar com Patrick, e ele já encontrou um hotel a cerca de 1 quilômetro de distância, dá para ir a pé. Se houver algum problema, eu ligo para o seu celular.

– Por que você não vem com a gente?

– Vou pegar um cobertor emprestado e dormir aqui. Não acho que as enfermeiras queiram que eu fique na enfermaria a noite toda, mas, se eu ficar aqui, pelo menos vou estar perto dele e poderei ir até lá se ele precisar de mim.

– Mamãe, por favor, venha. Você também precisa dormir.

– Bem, ainda que estivesse hospedada no Ritz, duvido que eu conseguiria pegar no sono esta noite. Além disso, se tudo correr bem, você pode vir aqui e ficar no meu lugar por algumas horas amanhã de manhã. – Celestria pegou a mão da filha. – De verdade, é aqui onde eu quero estar.

– Tudo bem, mas você promete que vai ligar se...

– É claro que sim. Agora desça. Patrick está esperando por você na entrada.

– Sabe, foi pura coincidência ele vir até aqui. Eu...

– Shh, eu entendo. E, como seu pai diria, às vezes Deus age de maneiras misteriosas. Estou feliz que ele esteja aqui para ajudá-la. Pelo menos ele entende como você se sente. Agora – Celestria deu um tapinha na mão da filha –, vá e tente dormir um pouco.

Patrick andava de um lado para outro em frente à entrada do hospital, fumando um cigarro. Ele sorriu para Jazz.

– Tudo bem?

Ela assentiu.

– O hotel não parece ser grande coisa, infelizmente, mas é limpo e pelo menos dá para ir a pé. Meu carro deve estar soterrado. Ainda bem que parou de nevar agora. Estão dizendo que vai ter degelo pela manhã. – Ele deu o braço para ela. – Vamos?

A lua redonda brilhava forte, iluminando a neve que cobria tudo com sua beleza cintilante.

– Venha por aqui, e cuidado. O chão é traiçoeiro, especialmente nesses sapatos – observou Patrick, indicando os calçados que Jazz havia escolhido para trabalhar naquela manhã, achando que seria um dia normal.

O único som que se ouvia eram os passos dos dois esmagando a neve.

– Isso é o que eu chamo de verdadeiro silêncio – disse Patrick, enquanto atravessavam cuidadosamente o estacionamento e se afastavam da entrada do hospital. – É incrível a forma como a neve abafa qualquer barulho.

– Patrick?

Jazz precisava dizer aquilo agora. Ela respirou fundo.
– Obrigada por estar aqui. Eu realmente agradeço.
– Sem problema, de verdade.

Jazz batia os dentes de frio, apesar do casaco de lã que usava. Ela tropeçou ligeiramente e Patrick a segurou pela cintura.
– Venha, não é longe.

O hotel era do tipo no qual Jazz nem pensaria em entrar em circunstâncias normais. Ela se sentou na pequena e feia recepção, enquanto Patrick fazia o check-in e pegava as chaves.

Subiram então as escadas, cobertas por um desgastado tapete estampado.
– E aqui estamos nós.

Patrick abriu a porta. Jazz entrou no pequeno mas surpreendentemente bonito quarto. Patrick a seguiu e fechou a porta.
– Então, agora quer que eu lhe prepare um bom banho quente? – sugeriu ele.
– Não se preocupe, eu faço isso. Vá dormir um pouco. Você deve estar exausto também.
– Eu? Não! Tive um dia de folga lendo o jornal e tomando chá. Estou ótimo.
– Bem, de qualquer maneira, muito obrigada. – Ela lhe deu um beijo no rosto. – Boa noite.

Ela se virou, entrou no banheiro e acendeu a luz. Patrick ficou na porta, observando-a enquanto ela preparava o banho.
– Jazz, preciso lhe dizer que este era o único quarto disponível. O lugar está cheio de viajantes que não puderam seguir caminho, então receio que eu tenha que ficar aqui com você. Posso dormir na poltrona, se você quiser.

Ela se virou abruptamente para encará-lo.
– Você está brincando?
– Não, eu juro. Ligue para a recepção e pergunte a eles.
– Meu Deus! – exclamou Jazz, abrindo a torneira no máximo.
– Sinto muito, de verdade. Eu juro que não é um golpe para dormir com você, mas apenas o imprevisível clima britânico.

Como Jazz não respondeu, ele deu de ombros.

238

– Eu entendo. Vou sair e dormir no carro.

Ele saiu do banheiro. Jazz soltou um gemido de frustração e, em seguida, foi atrás dele.

– Não seja ridículo, Patrick! Você vai morrer congelado, e isso vai pesar na minha consciência. – Ela olhou para a cama, que pelo menos parecia ter um tamanho decente. – Eu vou dar um jeito – murmurou ela, entrando de novo no banheiro e batendo a porta com força.

Deitada na banheira, deixando a água morna relaxar os músculos doloridos de seus ombros e acalmar seus nervos desgastados, ela fechou os olhos e tentou ser racional. Independentemente do que tivesse acontecido no passado, Patrick tinha sido maravilhoso naquele dia, e não era culpa dele o fato de se encontrarem naquele cenário.

Ambos eram adultos. É claro que seriam capazes de lidar com a situação.

Ela pegou a toalha fina, enrolou-a em volta do corpo e saiu da banheira, percebendo que, para completar, não tinha nenhuma roupa de dormir. Vestindo a mesma calcinha e se enrolando na toalha, ela voltou para o quarto.

Patrick já estava na cama, as roupas dele sobre a cadeira. Ele tinha colocado as mãos atrás da cabeça, observando-a.

Ela deu a volta até o lado oposto, deixou cair a toalha e mergulhou depressa sob as cobertas.

Patrick riu.

– Jazz, moramos juntos durante dez anos. Eu já vi tudo isso antes.

– Mas não moramos mais. Estamos divorciados, lembra? – respondeu ela com raiva, dando as costas para ele e se ajeitando da maneira mais confortável que podia naquele colchão irregular.

– Você percebeu que estamos no que este maravilhoso estabelecimento chama de suíte de núpcias? Tenho pena de qualquer noiva que comece sua vida de casada nesta cama – comentou Patrick.

– Está tudo bem. Obrigada por arrumar este hotel. Você está com meu celular?

– Sim, está bem ali em cima da cômoda. E, antes que você pergunte, sim, ele está ligado.

– Obrigada. Eu deveria ligar, mas...

– Eu liguei para Miles mais cedo. Não havia nada urgente para relatar, mas ele disse que falaria com você amanhã de manhã para atualizá-la.

– Isso significa que ainda não encontraram David Millar.

– Quem?

– Apenas um suspeito que desapareceu.

– Ah.

Eles ficaram deitados por algum tempo.

– Você está bem? – perguntou Patrick, quebrando o silêncio.

– Em relação a quê?

– Seu pai.

Jazz suspirou.

– Ainda não consegui processar o fato de que ele está lá deitado, à beira da morte, a apenas alguns passos daqui. Preciso acreditar que ele vai sobreviver. Qualquer outra coisa… bem… eu simplesmente não consigo nem imaginar.

– Ah, minha querida, eu sei muito bem quanto vocês dois são próximos.

Jazz assentiu, e o nó que estava alojado em sua garganta desde aquela manhã ameaçou explodir em um choro. Ela sentiu a mão dele sobre seu braço.

– Jazz, você tem que acreditar que ele vai sobreviver. Se alguém é capaz de lutar, esse alguém é ele. Ele lutou até hoje, não é? Sabemos que as primeiras 24 horas são sempre as mais críticas.

Jazz assentiu, incapaz de falar.

– Você sabe que o que quer que aconteça, estarei ao seu lado, se você precisar de mim.

Jazz balançou a cabeça quando o nó na garganta finalmente explodiu e as lágrimas começaram a rolar.

– Ele não pode morrer, não pode. Eu preciso dele, a mamãe também. Ele está sendo tão corajoso, mas sei que deve estar sofrendo terrivelmente, o que piora a situação.

Ele a beijou no topo da cabeça.

– Eu sei, Jazz, eu sei.

– Ele só tem 65 anos, pelo amor de Deus! Ele não é velho! E aqueles idosos de 90 anos que vivem um tempão nas casas de repouso? Por que isso não pode acontecer com ele? Desde que esteja vivo, desde que papai esteja vivo… – Ela olhou para Patrick. – Ele vai viver, não vai? – perguntou ela, em desespero.

– É claro que vai – respondeu Patrick, tentando animá-la.

Então, ele se abaixou e a beijou na testa, em seguida no nariz, em seguida nos lábios.

Seus braços a envolveram, e ele a beijou com premência. Suas mãos se deslocaram até os seios dela, e ela não as impediu, de repente tão faminta por ele quanto ele estava por ela.

Jazz podia se ouvir respirando fortemente quando ele rolou para cima de seu corpo e, no momento seguinte, a penetrou.

Ele disse palavras carinhosas, mas ela não o ouviu, não queria ouvi-lo, pois sentiu os sete meses de abstinência a lançarem em uma espiral cada vez maior, até que explodiram juntos, e ele caiu por cima dela, ofegando pelo esforço.

Jazz sentiu o hálito quente de Patrick em seu rosto. Fechou os olhos, deixando-se preencher pela sensação de calma que se seguiu à tempestade, impedindo que seu cérebro processasse as ramificações do que ela acabara de fazer.

– Meu Deus... isso foi... incrível, simplesmente incrível – murmurou Patrick. – Eu senti tanto sua falta.

Jazz permaneceu em silêncio na escuridão, sem querer que aquele momento passasse.

– Eu te amo, Jazz. Eu te amo de verdade. Imploro para você me perdoar.

Jazz olhou para a escuridão.

– Patrick, eu já o perdoei há muito tempo.

Angelina tinha tomado outro Valium havia uma hora, mas o medicamento não parecia ter qualquer efeito sobre a agitação em seu estômago nem sobre as batidas aceleradas de seu coração.

De pé na cozinha, vestida em um roupão, ela se inclinou sobre a pia, olhando para o jardim dos fundos, os holofotes iluminando o cenário de conto de fadas do lado de fora.

Então, andou pela cozinha, abriu um armário e pegou uma garrafa de conhaque. Serviu-se de uma dose dupla, levou a bebida para a mesa da cozinha e se sentou. Tomou um longo gole, cuja força inesperada a fez engasgar.

Consultou o relógio. Eram quase dez e meia. Seria tarde demais para ligar para a polícia?

Então, um pensamento a atingiu. Seria possível que o desaparecimento de Julian estivesse ligado a Rory? E à liberação de David?

Teria David de alguma forma culpado Julian pelo que acontecera?
Teria David procurado Julian na noite anterior, depois de ser solto?
Seria David instável o suficiente para matá-lo?
Angelina soltou um pequeno grito de angústia.
Estaria ela sendo ridícula?
Ela se levantou e andou de um lado para outro na cozinha.
Não. Havia menos de 24 horas, David estava detido por suspeita de assassinato. Um assassinato que ele admitira abertamente.
Ela balançou a cabeça. Ali estava ela, considerando seriamente a possibilidade de que seu ex-marido tivesse assassinado seu namorado.
Angelina lavou o copo e o colocou no escorredor. Trancou todas as portas e subiu as escadas.
Foi para a cama e estendeu a mão para o seu livro, tentando recuperar alguma normalidade, a vida que levava antes de aquele pesadelo acontecer.
Mas não conseguiu se concentrar.
Deixou o livro de lado e ficou em silêncio, pensando em todas as possibilidades.
Será que haveria uma explicação simples, como Julian ter se cansado da situação com Rory e David e ter decidido abandoná-la? Talvez, mas isso não explicaria por que ele abandonara também os clientes e o trabalho.
Não.
Teria ele sofrido algum acidente grave naquela nevasca horrorosa? Estaria caído em algum lugar, precisando de ajuda, mas incapaz de pedir?
Possivelmente.
Angelina pegou o celular, que deixara sobre o travesseiro vazio ao seu lado, e ligou para Julian mais uma vez.
Não houve resposta.
Estendeu a mão para apagar a luz. Na manhã seguinte, se não tivesse notícias dele, ela ligaria para o número que a inspetora Hunter lhe dera.

– Entre, Sr. Frederiks. Espero que a viagem não tenha sido muito cansativa. Sou Robert Sanders – apresentou-se o advogado, apertando a mão de Sebastian.

– De jeito nenhum. É até agradável vir à cidade de vez em quando. Fiz minha formação de professor em Wimbledon, na verdade, e às vezes me pergunto por que voltei para Norfolk – disse Sebastian –, mas acho que foi o destino.

– Sente-se. – Sanders indicou uma cadeira em frente à mesa de seu colega. – Chá ou café?

– Café seria ótimo, obrigado.

Sebastian sentou-se calmamente, observando o belo escritório com painéis de carvalho e enormes janelas georgianas, que davam para a Grosvenor Square. Ele ficou espantado que um professor como Hugh pudesse bancar os profissionais de um escritório de advocacia tão luxuoso quanto aquele.

– Então, Sr. Frederiks, estava ciente de que o Sr. Daneman lhe deixara algum legado em seu testamento?

– De jeito nenhum. Conheço Hugh há mais de trinta anos. Ele foi meu professor na St. Stephen, então, quando entrei para a equipe, nos tornamos colegas.

– Muito bem. – Sanders pegou uma folha pesada de papel-pergaminho e colocou seus óculos de leitura. – Além de seus manuscritos, que são muito valiosos e foram deixados para a Biblioteca Britânica, e de um outro legado, ele deixou o restante de seus bens para o senhor.

Sebastian se engasgou.

– Para mim? Por quê? Imagino que ele tenha familiares que estejam esperando receber a herança.

– Não. Parece que ele não tinha nenhum parente vivo. Os bens não são muitos, mas incluem um apartamento em Kensington e algumas apólices de dinheiro e seguro, que somam pouco mais de 200 mil libras. Ah, Sophie, coloque a bandeja na mesa e vamos nos servir sozinhos.

Sebastian se esforçou para controlar a inevitável onda de empolgação. Ele viu a jovem e bela secretária colocar a bandeja sobre a mesa e sair.

– Posso servi-lo? Leite e açúcar? – perguntou Sanders.

– Obrigado. Por acaso... Hugh algum dia lhe explicou por que estava deixando seus bens para mim?

O Sr. Sanders entregou a xícara de café para Sebastian.

– Não. Não cabe a mim questionar. Apesar de conhecer Hugh por mais de trinta anos, confio que seus desejos finais tenham sido tão cuidadosamente pensados quanto as decisões que ele tomou na vida.

– Então está bem.

Sebastian levou a xícara aos lábios e sorveu o café quente.

– Como executor do testamento, vou lidar com o inventário. Se o senhor quiser, para facilitar as coisas, eu ficaria feliz em atuar em seu nome também.

– É muito gentil de sua parte. O senhor mencionou um apartamento em Kensington?

– Sim. Ele pode muito bem estar alugado, faltando apenas alguns anos para o contrato terminar. Muitos imóveis foram alugados nos anos 1960, e os proprietários não se preocuparam em renovar quando deveriam, mas, se o senhor quiser, posso ver isso também.

– Eu agradeço, Sr. Sanders. Não sou especialista em assuntos jurídicos. Sou um simples professor que vive em uma casa alugada.

O Sr. Sanders tirou os óculos.

– Bem, isso deve ser um presente dos céus para o senhor.

– Ah, sim, de fato – respondeu Sebastian.

– O senhor é casado, tem filhos?

– Meus pais já morreram, e eu ainda não consegui conquistar uma mulher para dar início à minha própria dinastia.

Sebastian sorriu.

– Você não foi adotado, até onde sabe?

Sebastian franziu a testa.

– Não. A não ser que meus pais não tenham me contado.

– Hum… – murmurou Sanders, tomando seu café lentamente.

– Está sugerindo que…?

– Sr. Frederiks, eu não estou sugerindo nada, não cabe a mim. Entretanto, tendo trabalhado quarenta anos nesse ramo, percebi que geralmente há um método por trás da aparente loucura de uma situação como essa. De qualquer forma, isso, meu caro amigo, cabe ao senhor descobrir. Eu só posso ajudar em relação aos assuntos legais, não os humanos. Muito bem, é claro que vou colocar tudo por escrito, mas, como tive que encaixá-lo entre dois clientes hoje, peço desculpas, mas preciso me despedir.

Sebastian deixou o prédio atordoado. Foi direto para o bar mais próximo e pediu um uísque para clarear a mente.

Teria Sanders insinuado que Hugh Daneman era… seu pai?

Não! Claro que não!

Todos sabiam que Hugh era homossexual. Não podia ser.

Talvez a motivação fosse tão simples quanto o fato de o pobre Hugh não ter mais ninguém no mundo. Sebastian percebia que Hugh sempre tivera um interesse paternal por ele, até mesmo quando ele ainda era um rapazinho e estudava naquela escola.

Ele pegou um táxi até a Liverpool Street. Agora que ia ser um homem de posses, ele podia se dar a esse luxo.

No trem de volta para casa, ficou imaginando se, agora que possuía algum dinheiro, ele continuaria como administrador na St. Stephen ou se sairia de lá e viajaria pelo mundo… críquete nas Índias Ocidentais, rúgbi na Nova Zelândia… todo um leque de possibilidades se abrira diante dele.

E quanto a ela? O que ela diria quando ele lhe contasse? A herança significaria que ele finalmente estava em posição de oferecer o que ela merecia?

24

Jazz acordou abruptamente, às seis horas. O esquecimento causado pelo sono a abandonou no mesmo instante, e ela pulou da cama para verificar seu celular, caso tivesse perdido alguma ligação.

Não havia nenhuma, mas o coração dela estava batendo com força, e queria ir ao hospital ver o pai. Patrick se remexeu enquanto ela se vestia às pressas e colocava o casaco.

– Que horas são? – perguntou ele, ainda com sono.

– Só seis. Estou indo para o hospital agora.

– Está bem. Devo encontrar você lá?

Ela espiou pela janela.

– A neve está derretendo depressa. Você não terá nenhum problema para voltar a Londres agora.

– Jazz – disse Patrick, estendendo a mão para ela.

Ela o ignorou.

– Preciso ir. Ligo para você quando tiver notícias do meu pai.

Celestria sorriu, cansada, quando a filha entrou no CTI.

– Olá, mamãe. – Jazz se abaixou e deu um beijo no pai, que estava dormindo. – Como ele está?

– Ele está bem, Jazz. Seus sinais vitais aparentemente melhoraram, e ele dormiu bem.

– Que bom, mamãe, graças a Deus! – exclamou ela, contendo o choro.

– Sim, graças a Deus – repetiu Celestria. – Ele ainda não está fora de perigo, mas cada hora conta. A enfermeira disse que eles talvez tirem a máscara mais tarde, para ver se ele consegue respirar sozinho.

– Por que você não vai tomar café da manhã enquanto eu fico com ele?

– Vou, sim. Agora eu me sinto confiante o suficiente para deixá-lo um pouquinho. – Celestria indicou o tempo lá fora. – E a neve está descongelando, então você vai conseguir voltar para Norfolk sem muitos problemas.

– Mamãe, eu vou ficar até saber que papai está fora de perigo. E ponto final, está bem?

– Sim, é claro, querida, é claro. Eu não vou demorar.

Jazz observou o pai e achou que sua cor estava de fato melhor do que no dia anterior. Então, corou com a ideia de ele saber o que ela estivera fazendo enquanto ele lutava bravamente pela vida.

Tom jamais gostara de Patrick, sempre achara que ele era o homem errado para a filha e nunca fizera nenhum esforço para esconder sua opinião.

Ela acariciou a mão dele suavemente, odiando-se por ter precisado *e* desfrutado da noite anterior. Suspirou, sabendo que não havia futuro para ela e Patrick. O que ele queria era se aproveitar dela em um momento de vulnerabilidade.

Mas a questão é que *ela* havia permitido.

Jazz sentiu uma leve pressão na mão e viu que os olhos de Tom estavam abertos. Uma enfermeira apareceu atrás dela, estudando os monitores.

– Bom dia, Tom. Quem é meu paciente número um? Você está de parabéns.

Jazz viu o pai sorrir.

– Está tão bem que o médico disse que vai poder tirar a máscara por dez minutos, contanto que prometa não conversar muito com sua filha.

Tom assentiu e a enfermeira gentilmente removeu a máscara. Ela entregou a Jazz uma xícara contendo gelo.

– A boca do seu pai vai ficar muito seca. Dê a ele essas lascas de gelo para chupar.

Jazz pegou um cubo de gelo e umedeceu os lábios rachados do pai. Tom gemeu de prazer.

– Papai, você está indo tão bem – disse Jazz, tentando conter a emoção.

– Não acredito que ainda estou aqui – comentou ele, a voz áspera. – Achei que o cara lá de cima já estava me chamando.

– Não, papai, precisamos de você aqui embaixo. Mamãe foi tomar café da manhã. Isso mostra quanto você deve estar melhor. Ela não saiu de perto de você nas últimas dezoito horas.

Os olhos de Tom se encheram de lágrimas.

– Diga a ela que eu a amo – sussurrou Tom.

– Você mesmo vai dizer isso quando ela voltar. Mas tente não falar muito, por enquanto.

Tom assentiu e seus olhos começaram a se fechar de novo. A enfermeira apareceu para recolocar a máscara, e Jazz sentou-se calmamente, observando-o.

Quando Celestria voltou, Jazz disse a ela o que Tom havia falado.

– É maravilhoso que tenham tirado essa máscara grotesca, mesmo que por alguns minutos. Patrick está lá embaixo, na cantina. Esperando instruções, como ele disse.

Jazz sentiu-se corar.

– Certo. É melhor eu ir liberá-lo.

– Acho que ele não se incomoda nem um pouco em esperar por você. Falou que estava com vontade de passear por Cambridge esta manhã.

– Não há necessidade. – Ela se levantou de repente. – Volto já.

Patrick estava sentado à mesma mesa da noite anterior, o olhar cansado, tomando café.

– Quer comer alguma coisa, Jazz?

– Não, eu vou voltar agora mesmo para perto do meu pai. Só vim dizer que não preciso que você fique aqui por hoje. Não vou embora enquanto o médico não me garantir que ele está bem. Eu posso pedir que Miles venha me buscar. Sem a neve, não vai demorar muito. Mas muito obrigada por ficar ao meu lado ontem. Eu agradeço de verdade.

Patrick olhou para ela com tristeza.

– Jazz, não podemos nem combinar um encontro para conversarmos sobre o que aconteceu ontem à noite? Posso parecer um romântico, mas significou muito para mim, mesmo que não tenha significado nada para você.

– Vou ligar para você mais tarde e avisar como meu pai está. Poderemos conversar sobre isso então.

Ela sabia que estava soando fria e formal, mas era a única maneira de lidar com aquela situação. Inclinou-se para a frente e lhe deu um beijo no rosto.

– Obrigada, Patrick, de coração.

Ela se virou e se afastou dele rapidamente, indo em direção à entrada do hospital. Mesmo quando saiu para a explosão fresca de ar frio lá fora, podia sentir as palmas das mãos e a testa suadas.

Encontrando um banco, ela se sentou, pegou o celular e ligou para Miles.

– Como estão as coisas? – perguntou ele imediatamente, num tom de voz que Jazz reconheceu como o de alguém que esperava ouvir más notícias.

– Meu pai passou bem a noite e está um pouco melhor esta manhã.

– Isso é ótimo! Fico muito feliz por você.

– Bem, ainda há um longo caminho pela frente, e eu não tenho certeza de quando vou estar de volta, mas quero que você me atualize brevemente sobre o progresso do caso. Já encontraram Millar?

– Não tivemos sorte. Estamos vasculhando a cidade inteira. Para ser sincero, talvez ele tenha enchido a cara, acabado em uma vala qualquer e congelado até a morte.

– Se for esse o caso, você vai encontrá-lo hoje, agora que a neve está descongelando. Você conseguiu uma cópia do testamento de Hugh Daneman?

– Sim. Falei com o advogado em Londres, e ele me enviou por fax. Foi uma grande surpresa. Ele deixou tudo, menos um pequeno legado, para Sebastian Frederiks, o administrador da St. Stephen.

– Sério?

Jazz sabia que teria que processar a informação para que ela fizesse sentido.

– E não é só isso. Daneman mudou seu testamento há menos de um mês. Antes disso, praticamente todos os seus bens haviam sido deixados para a Biblioteca Britânica. Há algum dinheiro sobrando para Jenny Colman, secretária do diretor. Quer que eu vá ver o Sr. Frederiks? Tentar descobrir mais?

– Sem dúvida. Pode ser apenas uma coincidência Daneman ter mudado o testamento tão recentemente. Algumas pessoas são obsessivas com seus legados e alteram várias vezes o modo como desejam que sejam distribuídos. Será que o advogado é capaz de esclarecer o assunto de alguma forma?

– Eu perguntei, é claro, por que ele achava que o testamento tinha sido mudado. Ele disse que não fazia ideia e que não era seu papel questionar. No entanto, arriscou dizer que, em sua opinião profissional, geralmente há algum método por trás da aparente loucura. Ele pressupõe que o Sr. Frederiks ou era um amigo próximo ou um parente em algum grau.

– A perícia mandou o resultado dos exames?

– Sim. E a palavra que estava apagada com líquido corretor era mesmo "aspirina". Você estava certa.

– E como foi a conversa de Issy com Rory ontem?

– Foi bem, aparentemente. Ela vai voltar a vê-lo novamente esta manhã, e sei que está ansiosa para falar com você sobre isso. A neve acabou sendo providencial.

– Sério? Por quê?

Houve uma pequena pausa antes de Miles responder:

– É que tem sido bom ter uma companhia.

– Vou voltar para ver meu pai agora, mas, assim que eu conversar com o médico, vou ter uma noção sobre quando poderei estar de volta e então eu ligo para você. Quero que venha me buscar, de um jeito ou de outro. E gostaria que Issy ficasse um pouco mais, para que possamos debater o assunto, mas diga a ela que vou ligar na hora do almoço.

– De qualquer maneira, ela pretende passar a noite aqui.

– É mesmo? Que surpresa. Pensei que ela odiasse qualquer coisa relacionada ao campo. Deve ser o seu charme irresistível, Miles. A gente se fala mais tarde.

Jazz estava prestes a desligar o celular e voltar para perto do pai quando o aparelho tocou. Era um número desconhecido.

– Hunter.

– Sim, alô, inspetora, aqui é Angelina Millar. Sinto muito incomodá-la, e pode não ser nada, mas meu... companheiro, Julian, parece ter desaparecido.

Tudo o que Jazz precisava agora era de uma mulher neurótica, cujo namorado aprontara alguma coisa escondido dela.

– Desaparecido? Tem certeza?

– Sim. Não tenho notícias dele há dois dias, desde terça à noite. Ele não foi ao escritório ontem. Ele é advogado, e a secretária também não tem nenhuma notícia dele. Não atende o celular e não está em seu apartamento.

– Entendo. – Jazz estava ansiosa para voltar ao hospital. – Infelizmente, estou ocupada, Sra. Millar, mas vou lhe dar o número do meu parceiro; talvez ele possa ajudá-la. A senhora tem caneta e papel à mão?

– Sim.

Jazz ditou para ela o contato de Miles.

– Obrigada, inspetora Hunter. Pode achar que estou sendo tola, e talvez esteja sendo mesmo, mas esse não é o comportamento habitual de Julian. Ele é tão preocupado com seus compromissos, por isso, como sua secretária disse, é incomum que Julian não apareça no escritório quando ele sabia que tinha clientes esperando.

– A neve de ontem foi terrível. Entrou em contato com os hospitais?

– Sim, e não há ninguém que se encaixe na descrição que tenha sido internado em qualquer lugar na área.

– Então ligue para o detetive Miles e tenho certeza de que ele poderá ajudá-la. Eu tenho que ir agora, Sra. Millar. Boa sorte.

Jazz desligou o celular antes que ele pudesse tocar novamente e voltou para o hospital, os pensamentos focados apenas no pai.

Sebastian Frederiks estava dormindo quando ouviu seu celular tocar. O alarme ainda não havia disparado, mas o quarto estava banhado pela suave luz branca que só a neve refletida conseguia criar.

Procurou o interruptor e acendeu a luz, mas não a tempo de atender a chamada. Verificou as horas. Eram seis e meia. Pulando da cama, ele tremeu no frio do quarto, surpreso. Em geral, a Fleat House era incomumente quente, superaquecida, como um hospital.

Andou pelo quarto, tentando localizar o celular. Encontrou-o no bolso do casaco e, quando o pegou, ele tocou novamente para avisar que havia uma mensagem de voz. Discando o número, Sebastian saltou para debaixo do calor do edredom e ouviu.

– Olá, querido, sou eu. Queria falar com você antes de você começar o trabalho. Gostaria de vê-lo hoje à noite, se puder. Ficarei aqui a noite toda, então não importa o horário. Me ligue. Eu te amo.

Sebastian recostou-se em seus travesseiros, ponderando como poderia sair naquela noite. O trabalho de administrador era muito desgastante. Não havia tempo para uma vida própria. Ele ficava de plantão 24 horas por dia durante o período escolar e, agora que Hugh partira, só contaria com a ajuda de outro orientador da casa quando outra pessoa fosse contratada. James Cox, aluno e monitor, estava no papel de substituto no momento, mas Sebastian não podia deixar um garoto de 17 anos sozinho no comando.

Desejou muito que o processo da herança acelerasse e que eles pudessem começar a fazer planos para o futuro.

251

Ainda não tinha contado a ela sobre a herança, querendo guardar a notícia para um momento em que pudessem passar um tempo juntos e desfrutar da novidade. Ele não seria mais o lado pobre da relação e se perguntou se isso mudaria a dinâmica do casal.

O mais importante era que ele teria autonomia para tomar as decisões necessárias para ambos, uma posição que, alguns dias antes, nunca teria imaginado ser possível.

Sebastian se permitiu sorrir. De uma situação aparentemente impossível, ambos estavam agora em posição de seguir em frente.

O despertador disparou, assustando-o. Ele se inclinou e o desligou, saiu das cobertas e foi para o chuveiro.

Quando um jato frio e congelante de água caiu sobre seu corpo, fazendo-o arrepiar-se, ele deu um grito. Mexendo no controle, observou que a temperatura já estava na mais alta possível. Saindo e pegando uma toalha, esperou do lado de fora do boxe por alguns segundos, testando a água com as pontas dos dedos para ver se ficava mais quente.

Não ficou.

– Droga – gemeu ele.

Obviamente, havia um problema com o sistema de aquecimento.

Vestindo-se o mais rápido que podia, Sebastian pegou o telefone e ligou para Bob, da manutenção. Não se surpreendeu por ele ainda não ter chegado, então ligou para o número da casa de Bob e a esposa atendeu.

Bob, é claro, ainda estava na cama. Sua voz soou grogue, mas ele prometeu que estaria lá quanto antes.

– Provavelmente um cano estourado – resmungou ele. – Está começando a descongelar esta manhã.

Sebastian gemeu. Setenta meninos sem poder tomar o banho matinal, fedorentos, com frio e reclamando.

Ele discou o número dela. Ela atendeu no mesmo instante.

– Alô, querida, sou eu. Como você está?

– Eu estou... – Houve uma pausa enquanto ela pensava. – Estou bem. Muito bem.

– O que você está fazendo aqui? Achei que você só viria no fim de semana.

– Digamos que houve uma mudança repentina de planos.

– Por quanto tempo você vai ficar aqui?

– É sobre isso que precisamos conversar hoje à noite.

– Está bem. Ouça, preciso resolver uma pequena crise aqui. Vou ter que ligar mais tarde, mas espero poder dar uma fugida lá pelas oito, apenas por uma hora, mas é melhor do que nada. – Sebastian fez uma pausa. – Tenho novidades para você.

– Boas notícias?

– Sim, muito boas, para dizer a verdade.

– Bem, eu certamente tenho novidades para você.

Sebastian pôde perceber que ela estava sorrindo.

– Vamos combinar por volta das oito horas então, a menos que eu ligue antes. Tenho que ir agora. Tchau, querida. Vejo você mais tarde.

Sebastian desligou o celular, enfiou-o no bolso da calça e saiu para alertar os três andares do alojamento sobre a falta de água quente na Fleat House.

– Estou saindo para ver o jovem Rory – anunciou Issy, quando Miles apareceu na recepção do hotel.

– Eu lhe dou uma carona até lá. Acabei de falar com Angelina Millar. Parece que o namorado dela sumiu do mapa.

– Ainda não apareceu, então? Ela estava muito preocupada quando a vi ontem. – Issy seguiu Miles pelo saguão até a rua, escorregadia com a neve derretida e cheia de pequenos riachos. – Ela não deu muita sorte com os homens de sua vida, não é? O ex dela *e* o namorado estão desaparecidos. Você não acha que...?

– Duvido que tenha algo a ver com o caso, não entendo como poderia ter, mas é melhor eu ir falar com ela.

Miles abriu a porta do passageiro para permitir que Issy atravessasse as poças e entrasse.

– Mas é muito estranho ele desaparecer quando tudo isso está acontecendo, não é? – questionou Issy quando ele deu partida no carro.

– *Se* ele de fato desapareceu. Não seria meu tipo, a Sra. Millar. Aposto que ela reclama o tempo todo, obriga o cara a recolher as toalhas molhadas do chão e passa as cuecas e as meias dele.

– Então, qual *é* o seu tipo, querido?

Issy passou a mão pela coxa de Miles. Ele a afastou gentilmente com uns tapinhas.

– Comporte-se! Eu estou dirigindo! – Miles virou à direita e entrou na propriedade de Angelina Millar. – Quanto tempo você calcula que vá ficar com Rory?

– O tempo que for preciso – respondeu Issy, dando de ombros.

Miles saiu do carro e foi abrir a porta do carona.

– Vou dar uma palavra rápida com a Sra. Millar, depois dou uma escapada até a St. Stephen. Pode voltar sozinha para a delegacia?

– Suponho que sim. – Issy fungou. – Mas eu odeio caminhar.

Miles bateu de leve no traseiro de Issy.

– Um pouco de exercício vai lhe fazer bem – brincou, enquanto caminhavam em direção à porta da frente.

Issy tocou a campainha e foi recebida no mesmo instante por uma Angelina pálida.

– Entre – disse ela, monotonamente. – Rory está no quarto dele.

– Certo. Posso subir para vê-lo?

Angelina assentiu.

– Se você preferir. É a segunda porta à esquerda.

– Até mais tarde, Miles! – gritou Issy, enquanto subia as escadas.

Angelina conduziu o detetive até a cozinha. Foi até o fogão e, agindo de forma automática, colocou a chaleira em cima da placa de aquecimento.

– Café?

– Se a senhora não se incomodar... – respondeu Miles, puxando uma cadeira e se sentando. – Alguma notícia?

Angelina balançou a cabeça.

– Nada. Já tentei todos os números possíveis, e Stacey acabou de ligar para dizer que ele não apareceu de novo no escritório e... – Sua voz fraquejou e ela começou a chorar. – Desculpe, não dormi muito bem nos últimos dias, com tantos problemas.

– Não, tenho certeza que não. Mas não se preocupe, vamos fazer o possível para encontrar o Sr. Forbes. – Ele deu um sorriso tranquilizador quando Angelina lhe serviu uma xícara de café. – Obrigado. Sem açúcar mesmo. Então, poderia me dizer exatamente onde ele estava e quando falou com ele pela última vez?

Angelina repetiu a última conversa que tiveram, com a maior precisão possível.

– Então – Miles tomou um gole do café –, Rory ainda não conheceu seu namorado?

– Não, eu senti que era melhor esperar um pouco até Rory conseguir superar a ausência do pai em casa antes de eu o apresentar ao futuro padrasto.

– Então ele e a senhora iam se casar?

– Nós íamos anunciar nosso noivado no verão, na festa de aniversário de 40 anos de Julian. – Lágrimas encheram de novo os olhos de Angelina. – Eu estava tão animada... Tinha começado a contatar vários ex-colegas de Julian da St. Stephen e...

– Seu namorado estudou na St. Stephen?

– Sim. Coincidentemente, ele morou na Fleat House, e eu decidi que Rory iria para lá antes mesmo de ter conhecido Julian.

– Certo. Então, quem eram esses ex-colegas?

Angelina listou os nomes, lembrando-se deles devido aos e-mails que enviara.

– E, claro, Julian já conhecia Sebastian Frederiks, que agora é o administrador do dormitório de Rory. – Angelina deu um breve sorriso. – Mundo pequeno.

– Nesta cidade, certamente parece ser. O que o Sr. Forbes acha de se tornar padrasto de uma criança que ele nunca conheceu?

– Acho que ele está nervoso, pois nunca teve filhos. Mas ele sempre soube que Rory fazia parte do pacote. Temos uma temporada de esqui reservada para as férias do meio do ano, para nós três. Julian achou que seria uma boa maneira de se aproximar de Rory.

– E o que Julian achou sobre seu ex-marido confessar o assassinato de Charlie Cavendish?

– Ele ficou chocado, como todos nós. – Angelina deu de ombros. – Mas não particularmente surpreso. Ele sabia quanto David era instável.

– Ele sabe que o Sr. Millar foi solto sem ser acusado?

– Detetive Miles, não tenho notícias dele desde antes de Issy me contar isso.

– Não, é claro que não. Sra. Millar, na última vez em que viu o Sr. Forbes, ele fez ou disse qualquer coisa que lhe desse alguma indicação de que algo estava errado?

Angelina suspirou.

– Não, não deu. Ele não ficou muito satisfeito por ter que ficar no apartamento dele só porque Rory estava aqui em casa. Eu tinha sugerido ir vê-lo ontem à noite em Norwich e pedir alguma coisa para comer.

– A senhora pode me dar o endereço do apartamento dele e uma chave? Vou pedir a alguém que vá dar uma olhada – disse Miles.

– A secretária dele já foi lá, e não encontrou nenhum sinal de que ele tenha ido embora de repente. Além disso, não é do temperamento de Julian fazer alguma coisa por impulso, muito menos de não entrar em contato com o escritório. Eu tentei todos os hospitais da área, e eles não têm ninguém que se encaixe no perfil registrado nos últimos dois dias. – Ela olhou para Miles em desamparo. – Ele desapareceu.

– Se a senhora puder me dar uma foto dele, vou adicioná-la ao nosso banco de pessoas desaparecidas.

– Isso é tudo o que vocês podem fazer?

– Como eu disse, vamos dar uma olhada no apartamento dele, iremos ao escritório dele, mas... – Miles deu de ombros. – Ele é um homem adulto, e só está desaparecido há dois dias. A menos que haja alguma evidência que sugira o contrário, temos que presumir que, por razões pessoais, ele decidiu isolar-se em algum lugar.

– E quanto a... – Angelina fez uma pausa. – Meu ex-marido? Ele odiava Julian. Estávamos na cidade havia cerca de uma semana, e David ameaçou matar Julian. Havia muitas testemunhas e... David foi solto na terça-feira à noite, e essa foi a última vez que tive notícias de Julian, e...

– Entendo o que quer dizer – Miles a interrompeu. – Mas tente não se preocupar. Duvido que haja qualquer conexão. A senhora mesma disse que o Sr. Millar não é um homem violento. Agora, peço desculpas, mas tenho outro compromisso. – Miles se levantou. – Tente manter a calma. Tenho certeza de que há uma explicação lógica para seu companheiro não ter aparecido.

– Espero que o senhor esteja certo. Com tudo isso acontecendo, me parece que é muita coincidência.

Angelina procurou na bolsa a chave do apartamento de Julian e a entregou a Miles.

– Faremos todo o possível para encontrá-lo. Bem, preciso ir embora. Issy vai voltar sozinha para a delegacia. Eu vou entrar em contato se tiver alguma notícia.

Angelina levou Miles até a porta da frente.

– Obrigada por vir.

– Por nada. Até logo, Sra. Millar.

Lá fora, Miles pegou o celular para ligar para Roland e descobrir se havia alguma notícia sobre David Millar.

Sebastian olhou por cima da pilha de papéis sobre sua mesa quando Bob, o zelador, entrou em seu escritório.

– Certo, Sr. Frederiks, o assunto do cano está resolvido. Só temos que ir até o porão, reiniciar a caldeira e pronto.

O rosto corado de Bob estava ainda mais vermelho do que o normal.

– Ótimo. Você tem a chave?

– Sim, tenho, obrigado, Sr. Frederiks.

Bob saiu da sala e atravessou o corredor dos fundos. Destrancou a porta do porão, acendeu a luz e desceu lentamente pelos degraus irregulares. As malas e os baús dos meninos ficavam armazenados ali, um lugar perfeito para mantê-los aquecidos e secos. Quando chegou ao degrau inferior, Bob sentiu um cheiro.

Não era avassalador, mas ele reconheceu o aroma desagradável de putrefação.

– Um maldito rato provavelmente entrou aqui – murmurou para si mesmo, os olhos varrendo o chão para identificar a presença de excrementos.

Olhou para trás da pilha de malas e não viu nada. Farejou o ar de novo. O cheiro era mais forte ali. Curvando-se, usou o nariz para guiá-lo. O cheiro parecia estar vindo de um dos baús, cuja tampa não estava bem fechada.

– Não vá me dizer que essa coisa nojenta entrou aqui. O pobre rapaz vai ter um ataque quando vier abri-lo.

Bob segurou a trava de bronze e abriu a tampa.

Sebastian Frederiks pulou em sua cadeira quando ouviu o grito de um homem atravessar o silêncio do prédio.

25

Jazz e Celestria se entreolharam nervosamente quando o Dr. Carlisle se sentou diante delas, na sala de espera.

– Boas notícias. – Ele sorriu. – Tom está respondendo ao tratamento. Ele ainda não se recuperou totalmente, mas o líquido está sendo drenado de seus pulmões, a pressão sanguínea melhorou, o que significa que o coração está bombeando com mais eficiência do que ontem. Eu diria que o prognóstico é muito mais positivo hoje e, se ele continuar a responder bem, poderá sair do CTI dentro de alguns dias.

Celestria apertou a mão da filha e sorriu de alívio.

– Que notícia maravilhosa, não é, querida?

Jazz assentiu.

– Esplêndida.

– Devo avisar que, se ele sobreviver, terá que se cuidar muito bem no futuro. Seu músculo cardíaco foi seriamente danificado por esse segundo infarto e ficou bastante enfraquecido. Portanto, no que se refere à situação de longo prazo...

– Por favor, vamos primeiro ajudá-lo a sair dessa, e nos preocuparemos com o futuro quando ele chegar – interrompeu-o Celestria, não querendo ouvir nada que pudesse estragar as boas notícias.

– Claro. – O especialista assentiu. – A senhora é muito sensata por encarar a situação um dia após o outro.

– Então, para resumir, não há mais risco imediato? – perguntou Jazz.

– Quando se trata de pacientes com estado de saúde tão delicado como o de Tom, não há garantias, mas ele está definitivamente caminhando na direção certa. – Carlisle se levantou. – Vejo vocês amanhã.

Quando ele saiu da sala, Jazz abraçou a mãe.

– Ai, meu Deus, eu estava com tanto medo de que nós fôssemos perdê-lo de vez.

– Bem, ele ainda está vivo e lutando. – Celestria acariciou os cabelos da filha. – E acho que é melhor você voltar para Norfolk.

– Vou lá embaixo falar com Miles, mas, a menos que eu tenha mesmo que ir, prefiro ficar aqui.

– Se for de alguma ajuda, meu instinto me diz que seu pai vai enganar o Criador mais uma vez. De qualquer forma, desça e ligue, e eu vou ver Tom, dizer a ele que o médico está satisfeito com sua melhora. – Celestria sorriu, tomou o rosto da filha nas mãos e lhe deu um beijo na testa. – O que eu faria sem você, minha querida? Obrigada por estar aqui.

– Não seja boba, mamãe. Vou voltar daqui a pouquinho.

Jazz desceu as escadas correndo e saiu do hospital. Ao ligar o celular, viu que havia uma mensagem de Miles.

A cor desapareceu de seu rosto quando ela a ouviu.

Issy estava saboreando um excelente prato de canja feita por Angelina quando seu celular tocou.

– Com licença – disse ela a Angelina, enquanto atendia.

– Você ainda está na casa dos Millars? – Era Miles.

– Sim. Estava prestes a voltar para a delegacia.

– Você pode falar? Sem ser ouvida?

– Espere apenas um segundo. – Issy percebeu a tensão na voz de Miles. Levantou-se da cadeira. – Desculpe, é o chefe ao telefone – disse ela a Angelina, saindo da cozinha e entrando na sala de visitas. – Ok, pode falar.

– Acabaram de encontrar o corpo de Julian Forbes dentro de um baú, no porão da Fleat House.

Issy instintivamente levou a mão à boca.

– Meu Deus! Quem o encontrou?

– O zelador. Ele teve que reiniciar a caldeira esta manhã. Foi puro acaso. Se um cano não tivesse estourado, o corpo poderia ter permanecido lá até a Páscoa, quando os meninos iriam precisar de suas malas para passar o feriado em casa.

– Há quanto tempo ele está morto?

– Há uns dois dias, eu diria, mas os peritos já estão a caminho.

– Angelina vai pirar, coitada.

– Nem me fale. Issy, preciso de um favor. Você pode ficar aí por enquanto?

Você está perfeitamente segura: colocamos um guarda vigiando a casa quando soubemos que Millar havia desaparecido, mas não quero que a Sra. Millar ou Rory saiam daí neste momento. Já liguei para Jazz e ela vai chegar aqui dentro de uma hora.

– O ex-marido de Angelina já apareceu?

– Não. Você poderia se assegurar de que todas as portas estejam trancadas, apenas no caso de David Millar estar alterado e decidir fazer uma visita à ex-esposa?

– Duvido que ele faça, mas sim, posso.

– Eu sei que você duvida, Issy, mas ele foi libertado ao mesmo tempo que a Sra. Millar teve notícias de Julian Forbes pela última vez. E ele está desaparecido desde então.

– Como eu não quero mudar de nome, tenho que acreditar que é pura coincidência – murmurou Issy. – Especialmente porque tenho novidades sobre Rory.

– Eu ligo de volta assim que Jazz chegar, mas, no momento, não diga nada.

– Vou puxar um papo educado e interessante da melhor maneira que puder.

– Obrigado, querida. Desculpe por colocá-la nessa situação.

– Não tem problema. Quando voltar para a cidade, eu vou ter um pouco de paz. Tchau.

Issy fixou um sorriso no rosto e caminhou lentamente de volta para a cozinha.

Jazz conseguira encontrar Patrick quando ele estava prestes a pegar a estrada de volta para Londres. Ele a buscara na saída do hospital e eles partiram em direção a Norfolk.

Jazz passou a maior parte da viagem ao celular, com Norton.

– A situação está feia, Hunter. Eu já enviei os peritos extras, mas está claro que você vai precisar de mais ajuda. Temos um oficial com muita experiência que já está, convenientemente, no local, por assim dizer. A questão é: você consegue trabalhar com ele?

Jazz sabia que estava em um beco sem saída. Se dissesse "não", Norton consideraria sua atitude o auge da falta de profissionalismo; se dissesse "sim", ela estaria condenada a trabalhar com Patrick até que o caso fosse resolvido.

Ela não teve escolha.

– Sim, senhor. Claro – respondeu ela, com certa aspereza.

– Ótimo. Entrei em contato com King's Lynn, e eles estão enviando alguns oficiais para você neste exato momento. Eles podem pelo menos marcar presença na escola.

– Eu ia falar sobre isso, senhor. Devo isolar a escola imediatamente? Miles evacuou a Fleat House, e os meninos estão sendo realocados em outros dormitórios, por enquanto. Mas assim que se espalhar a notícia dessa terceira morte, que, pelo que Miles me disse, foi inquestionavelmente um assassinato, haverá pânico generalizado.

– Vá até lá primeiro para então podermos decidir. Me ligue depois que examinar a cena do crime.

– Sim, senhor.

Ela desligou o celular e olhou para longe.

– Você está bem?

Patrick pegou na mão dela. Jazz se desvencilhou.

– Sim, sim, estou bem.

– Você está exausta, Jazz, não se esqueça disso. Os últimos dois dias foram muito difíceis.

– Sério, vou ficar bem – repetiu ela, tomada de um orgulho repentino. – Consigo lidar com isso perfeitamente bem.

– Eu sei que consegue, Jazz. E imagino que trabalhar comigo era a última coisa que você tinha em mente.

– Especialmente agora que você é o oficial sênior – resmungou Jazz.

– Ouça, juro que não vou passar por cima de você. Poderia me dar um resumo da investigação?

Ela cerrou os dentes.

– Vou fazer meu melhor.

Quando chegaram a Foltesham, Patrick sabia de todos os detalhes da situação.

– Pelo que você acabou de me dizer, não tenho a mínima ideia de onde Julian Forbes se encaixa nessa história. A menos que você e Issy estejam erradas e David Millar realmente tenha surtado – supôs Patrick.

Jazz abriu a boca para responder, mas Patrick acrescentou:

– Não, Jazz, não estou criticando você. Nem os fatos nem a análise do personagem se conectam, mas não podemos negar que ele tem o motivo, tanto para o garoto Cavendish quanto para o namorado da ex-esposa.

– Mas mesmo que isso conectasse as mortes de Charlie e Julian, mesmo que Millar tivesse matado Charlie porque ele estava fazendo bullying com o filho, e Julian por ser namorado de sua ex, Hugh Daneman continua não se encaixando na história – disse Jazz, com um suspiro.

– Você não falou que foi um simples suicídio? Então ele não precisa estar envolvido.

– Mas *há* uma conexão com Charlie... Hugh Daneman foi amante do tio dele muitos anos atrás.

– Bem, isso não pode ser pura coincidência? Norfolk é um lugar tão pequeno...

– Talvez, mas eu preciso investigar isso. A mãe do amante morto de Daneman ainda está viva. Aparentemente, é uma senhora muito frágil, mas talvez ela possa esclarecer o que aconteceu naquela época, de uma maneira ou de outra. E como os casos podem estar conectados uns aos outros no presente.

Quando Patrick entrou no terreno da escola, Jazz viu a fita amarela da polícia ao redor da Fleat House.

– Certo, vamos – disse ela, saindo do carro.

Antes que Jazz pudesse dar mais alguns passos, o diretor já estava no seu encalço.

– Graças a Deus a senhora chegou! Isso aqui virou um caos! Está cheio de policiais, os meninos se perguntando o que está acontecendo, e é apenas uma questão de tempo até que eles peguem os celulares e contem aos pais. Eu sei que vocês vão precisar fechar a escola, evacuar o local, e ainda tem a imprensa... Meu Deus, isso vai acabar conosco!

Robert Jones estava fora de si.

– Eu compreendo o seu pânico, diretor. Não é mesmo um bom cenário – concordou Jazz. – Obviamente, precisamos conversar, mas primeiro deixe-me dar uma olhada na cena do crime, ter uma visão geral do que aconteceu exatamente. Este é o inspetor-chefe Coughlin, que está aqui para nos ajudar a resolver essa situação o mais rápido possível. O senhor quer vir conosco à Fleat House ou prefere esperar em seu escritório?

O diretor parecia estar prestes a desmaiar.

– Não, não. Vou esperar por vocês no meu escritório.

Então ele se virou e quase correu de volta para o santuário do edifício principal da escola.

Jazz e Patrick atravessaram o gramado da capela, ainda coberto de pequenos montes de neve.

Roland estava esperando por eles na entrada da Fleat House, parecendo cheio de si.

– Meus homens fecharam o prédio e ninguém foi autorizado a entrar desde que nos chamaram. Os alunos foram evacuados e somente o Sr. Frederiks, o zelador que encontrou o corpo e o detetive Miles estão esperando no escritório do administrador.

– Obrigada, Roland. Alguma notícia sobre Millar?

– Nenhuma. Ele parece ter se desvanecido.

– Inspetor-chefe Coughlin. – Patrick estendeu a mão para Roland, que a apertou nervosamente. – Coloque todos os oficiais reservas no caso. Precisamos encontrá-lo.

Jazz conduziu Patrick pelo corredor que levava até o escritório.

Miles, Frederiks e um homem mais velho, usando um macacão marrom, estavam sentados, tensos, na sala.

– Bom dia a todos – disse Jazz, e logo em seguida apresentou Patrick ao zelador e a Frederiks.

– Então, quem encontrou o corpo foi o senhor...? – perguntou Jazz.

– Bob Gilkes. Sim. Um cano havia estourado e a caldeira explodiu. Tive que ir lá para religá-la, senti um cheiro esquisito e... – O homem engoliu em seco. – Foi quando eu encontrei... *ele*.

– Eu ouvi o grito de Bob e corri até o porão para ver qual era o problema. E consegui identificá-lo – explicou Frederiks.

– Então o senhor o conhecia? – indagou Jazz.

– Coincidentemente, sim, embora eu não o visse havia muitos anos. Ele estava numa série acima de mim aqui na St. Stephen. Eu soube na hora que era Julian. Coitado. Ainda não acredito numa coisa dessas – disse Frederiks, balançando a cabeça.

– Há quanto tempo o senhor não o via?

– Talvez quinze anos? – Ele deu de ombros. – Fomos para a universidade e depois acabamos passando um tempo juntos em Londres. Algumas vezes nos encontramos para tomar uma cerveja, então eu voltei para Norfolk e ele ficou em Londres. Ouvi dizer que tinha vindo para cá recentemente, mas nenhum de nós dois fez um esforço especial para nos encontrarmos. Sabe como é...

Jazz percebeu que Bob Gilkes parecia pálido.

– Sr. Gilkes, por que não vai para casa? Descanse um pouco. Deixe seu número de telefone com o policial à porta, caso precisemos entrar em contato novamente.

– Obrigado, senhora – disse Bob, levantando-se com alívio.

– E, como tenho certeza de que o detetive Miles já lhe explicou, quero que guarde segredo sobre essa descoberta por enquanto. É melhor não assustar os alunos ou os funcionários até descobrirmos o que aconteceu lá embaixo.

– Claro. Eu não vou contar nem para a minha mulher, eu juro.

– Obrigada.

Jazz esperou até ele sair da sala antes de se virar para Frederiks.

– Sr. Frederiks, sabia que Julian em breve seria o padrasto de Rory Millar?

Frederiks pareceu genuinamente surpreso.

– Não, eu não sabia. Eu nunca o vi com Rory. Não fazia ideia de que a Sra. Millar tinha um parceiro. Rory não mencionou o nome dele.

– Rory não sabia que a mãe estava em um relacionamento. A Sra. Millar queria que o filho tivesse algum tempo para superar o divórcio antes de introduzir Julian na vida dele – explicou Jazz.

Houve uma batida à porta e Roland apareceu.

– Os peritos chegaram de Londres, senhora. Eles estão descarregando o material agora.

– Obrigada. Avise que os encontrarei em cinco minutos. – Ela assentiu e voltou sua atenção para o administrador. – Ouvi dizer que o senhor acabou de ganhar um dinheiro, Sr. Frederiks.

Sebastian levantou uma sobrancelha e mexeu nervosamente o anel de sinete de ouro que usava no dedo mindinho.

– Sim. Eu não sabia que isso era de conhecimento público.

– Não é, mas, diante das circunstâncias, ficamos interessados em saber a quem o Sr. Daneman destinaria seus bens. O senhor era, obviamente, próximo dele, certo?

Sebastian deu de ombros.

– Não próximo o suficiente para imaginar que ele fosse me deixar a maior parte de seus bens. Para ser sincero, fiquei muito surpreso... e satisfeito, é claro.

– Não imaginava que estaria no testamento, Sr. Frederiks? – perguntou Patrick.

– Não, nem podia imaginar.

Patrick levantou as sobrancelhas.

– Entendo.

– O senhor conhece Jenny Colman? – indagou Jazz.

– Eu a conheço, sim. Mas não intimamente. Ela trabalha aqui há séculos. Por quê?

– Ela é a outra beneficiária – respondeu Jazz.

– Faz sentido. Eles eram amigos há muito tempo. Se bem me lembro, foi Hugh quem conseguiu o emprego na escola para Jenny.

Bateram novamente à porta.

– Desculpe, senhora, os peritos estão esperando.

– Estou indo agora, Roland. – Jazz se levantou. – Detetive Miles, por favor, continue tomando o depoimento do Sr. Frederiks. Patrick, você vem comigo?

Patrick assentiu e os dois saíram da sala.

– Inspetora Hunter?

A voz de Frederiks a fez parar. Ela se virou.

– Sabe, não fui eu quem encontrou Julian. E nem quem o colocou lá. E eu não pedi para receber a herança de Hugh. Foi uma completa surpresa. Pergunte ao advogado.

– Eu sei, Sr. Frederiks. Às vezes a vida nos coloca em circunstâncias infelizes, não é mesmo?

Ele apenas assentiu, reconfortado.

– Sim. Obrigado, inspetora.

Jazz e Patrick caminharam de volta pelo corredor para se encontrar com os peritos. A inspetora ficou grata por ele não ter interferido enquanto ela conduzia o interrogatório.

– Um pouco estranho, não é, que Daneman tenha deixado seu dinheiro para esse Frederiks assim, do nada? – observou ele.

– Quando Miles falou com o advogado, ele disse que Hugh mudou o testamento recentemente a favor de Frederiks. Precisamos descobrir um pouco mais sobre o passado familiar de Frederiks. Olá, Martin, obrigada por vir. – Sorrindo, Jazz foi ao encontro de seu perito forense favorito e apertou sua mão. – Estou feliz que seja você. Isso está se tornando um pesadelo. Vamos conversando no caminho?

– Claro que sim. Eu entendo que o tempo urge. – Martin Chapman acenou com a cabeça. – Olá, Patrick, como estão as coisas?

Se Chapman ficara surpreso ao ver o inspetor-chefe Coughlin em Norfolk com sua ex-mulher, não demonstrou.

– Tudo bem, Martin. Vim respirar um pouco do ar fresco de Norfolk e acabei com um caso em minhas mãos.

– Alguma ideia de como ele foi parar lá? – perguntou Chapman a Jazz, quando ela destrancou a porta do porão.

– Nenhuma, acabei de chegar aqui também.

Jazz desceu as escadas do porão com bastante cuidado. O cheiro familiar de carne em decomposição encheu suas narinas. Normalmente, isso não a afetava, mas ela vacilou quando desceu o último degrau. Patrick a segurou para ajudá-la a se equilibrar.

– Cuidado, Jazz.

Patrick agarrou a mão dela, percebendo que ela estivera enfrentando a perspectiva da morte de uma maneira intensamente pessoal apenas algumas horas antes.

Ela soltou a mão, mas deu-lhe um breve sorriso.

– Obrigada.

– Então, o que temos aqui?

Chapman já estava olhando para dentro do baú.

– Contusões profundas à esquerda e no meio da testa. Ele conseguiu um galo bem grande em algum lugar ao longo do caminho... Luvas, por favor, Bonnetti.

Bonnetti, o devotado assistente de Chapman, desceu a escada com dificuldade carregando a pasta com o material forense, colocou-a no chão do porão, abriu-a e passou um par de luvas para o chefe.

Jazz e Patrick ficaram lado a lado, atrás de Chapman, enquanto ele gentilmente levantava a cabeça do homem morto para fora do baú. Uma das razões pelas quais Jazz gostava de Chapman era a forma como ele respeitava os restos físicos da vida humana. Ele lidava com os cadáveres com sensibilidade, ao contrário de alguns peritos que ela já vira trabalhar.

– Não há muita dúvida sobre como o pobre Julian foi conhecer o Criador. Vejam.

Jazz e Patrick olharam para as manchas de sangue marcando a lateral do baú, atrás da cabeça de Julian.

– Um golpe contundente na parte de trás da cabeça. – Chapman pegou uma das mãos de Julian. – A palma está coberta de arranhões e tem uma camada de pó branco. – Chapman verificou a outra palma, que estava nas mesmas condições. Olhou para trás, em direção às escadas íngremes do porão. – Eu diria, pela aparência de suas mãos e pelos hematomas na testa, que ele foi atingido por trás enquanto descia as escadas. Ele caiu de cabeça. Deve ter estendido a mão para aparar a queda, por isso a poeira nas palmas, logo ainda estava consciente, nem que por alguns segundos, antes de ser atingido mais uma vez. – Chapman voltou a examinar a nuca de Julian. – Eu diria que ele foi golpeado pelo menos três ou quatro vezes.

Jazz engoliu em seco, sentindo náuseas naquele espaço confinado, onde o ar era fétido.

– Com o quê? Alguma ideia?

– Alguma ferramenta com uma borda afiada, como um machado ou talvez um cutelo de carne. Foi um ataque frenético. Violento. – Ele se virou, abaixou-se e começou a estudar o chão do porão, alguns metros à frente da escada. – Estão vendo que há algumas manchas de sangue aqui também? Parece que o assassino acabou de matá-lo no chão e, em seguida, arrastou seu corpo para dentro do baú.

– Há quanto tempo você calcula que ele está morto?

– Não posso ter certeza até fazer a necrópsia, porque o calor aqui é intenso. O corpo se deteriorou mais rápido do que o normal.

– A caldeira ficou desligada esta manhã durante algumas horas, devido a um cano estourado – disse Jazz. – Julian está desaparecido desde terça à noite.

– Então, meu palpite seria de que ele morreu logo depois disso, o mais tardar às primeiras horas da manhã de quarta-feira. Bonnetti, peça uma maca aos rapazes. Vamos tirar Julian daqui e lhe dar um pouco de dignidade. Vou dar uma olhada, pegar algumas amostras do chão e do baú, ver se o assassino deixou algum rastro para trás.

– Para onde você vai levá-lo? – inquiriu Jazz.

– Já liguei para o legista em Norwich, e Julian vai para lá. Duvido que o necrotério seja tão moderno quanto o nosso, mas vai dar para o gasto, tenho certeza.

– Quando você vai ter alguma notícia? Precisamos avançar nesse caso.

– Quando eu terminar aqui, vou direto para lá. Devo lhe entregar um relatório hoje à noite, mas não espero ter muito mais informações do que já dei em relação à causa da morte. Se eu conseguir uma boa amostra de DNA, eu aviso.

– Obrigada, Martin.

– Acho que terminamos aqui – declarou Patrick.

Quando ele se virou e começou a subir as escadas, Jazz passou pelo baú e se abaixou para estudar as iniciais em relevo, gravadas na frente.

R. M. M.

Poderia haver outros garotos na Fleat House com aquelas iniciais, mas Rory Millar se enquadrava no primeiro e no último nome.

– Obrigada, Martin – disse Jazz, acenando e seguindo Patrick até a escada do porão.

Miles estava esperando por eles no saguão.

– Peguei o depoimento de Frederiks, senhora. Martin Chapman teve alguma informação esclarecedora para nos dar?

– Ele acha que Julian morreu na terça-feira à noite. E foi definitivamente assassinato – respondeu Jazz, em voz baixa. – Patrick, você poderia ir até o diretor e contar o que Martin relatou, de preferência sem deixá-lo em um estado de apoplexia? Diga a ele que a escola vai estar cheia de policiais e que não acreditamos que haverá outro assassinato nas próximas 24 horas...

– Quando então o criminoso estará trancado a sete chaves... – Patrick assentiu. – Vou fazer meu melhor, mas estamos navegando em águas turvas. Se eu fosse pai, não ia querer ver meu precioso descendente nem perto deste lugar.

– Para nossa sorte, a Fleat House estava deserta quando Bob encontrou o corpo, então apenas Frederiks o ouviu gritar – comentou Miles. – Os rapazes acham que foram evacuados e que a polícia está aqui porque alguns restos mortais antigos foram encontrados sob o chão do porão, quando a caldeira estava sendo consertada. Eles estão agitadíssimos e especulando quem poderia ser.

Jazz franziu a testa.

– Um pouco inverossímil, não?

– Não, senhora, aparentemente não. Diz a lenda que Fleat House é assombrada pelo fantasma de um garoto. Esse tal garoto se sentia tão infeliz aqui que se enforcou usando um gancho de ferro do teto do porão. Os meninos estão achando que é ele.

– E isso é verdade? Ele se enforcou? – perguntou Jazz.

– Eu não sei se a história é verdadeira. – Miles deu de ombros. – Como toda lenda, provavelmente exageraram. Vou perguntar a Frederiks, que, por sinal, quer saber se pode fazer a ronda nos dormitórios onde colocaram seus meninos.

– Sim. Diga a ele que pode, mas que não deve sair da escola. Se ele tiver um celular, pegue o número.

– Agora mesmo, senhora.

– A propósito, onde estava a governanta quando o corpo de Julian foi encontrado? – indagou Jazz.

– Não sei. Eu a vi mais cedo levando os meninos para fora do alojamento quando a polícia estava chegando.

– Você pode procurá-la e tomar seu depoimento?

– Pode deixar – confirmou Miles. – E quanto a Issy? Ela acabou de ligar para dizer que está ficando sem assunto com Angelina Millar e quer saber quando alguém vai chegar para substituí-la. Ela está louca para falar com a senhora sobre Rory.

– Por que você não vai até lá e resolve logo isso, Jazz? – sugeriu Patrick. – Miles e eu vamos cuidar das coisas por aqui. Vou investigar o que está sendo feito para encontrar o tal Millar.

– Sim. – Jazz suspirou. – Seria bom se eu pudesse assegurar a Angelina que sabemos onde seu ex-marido está quando lhe dermos a triste notícia, mas, mesmo assim, não acho que Millar seja o assassino.

– Você diria isso de qualquer maneira. Você o liberou sem nenhuma acusação, Jazz. Se eles o encontrarem, gostaria de interrogá-lo, se você me permitir – afirmou Patrick.

Jazz ficou indignada.

– É claro que sim. Você é o oficial sênior. Você pode fazer o que quiser. Por favor, converse com Roland para garantir que seus homens continuem a manter um ambiente tranquilo para o diretor. Estou indo.

Jazz acenou para Patrick e atravessou o gramado da capela para pegar seu carro.

A interferência de Patrick a deixara irritada, embora fosse ridículo. No momento, ela deveria ser grata por toda a ajuda que ele poderia oferecer.

Mas os antigos sentimentos estavam à espreita, prontos para saltar para fora e atacá-la. Aquele caso era seu, ela o assumira de boa-fé, sem imaginar nem por um instante que Patrick se envolveria nele.

Parte do problema que acontecera na Yard era que Patrick parecia ter prazer em diminuí-la na frente de sua equipe e seus superiores. Antes de sair de lá, Jazz achava que Patrick era um dos piores expoentes do machismo. Mas, como ele era seu marido, ela não podia fazer nada a respeito.

Era interessante o fato de que esse comportamento não tinha passado despercebido por Norton. Ele havia mencionado isso quando fora até sua casa, na semana anterior.

Jazz deu partida no carro, tentando tirar Patrick de seus pensamentos e se concentrar no caso. Se havia uma parte do trabalho que ela odiava era informar os parentes sobre alguma morte. Especialmente naquele dia, depois de 24 horas pensando que ia perder o pai, ela se identificava totalmente com os sentimentos que Angelina estava prestes a vivenciar.

Pegando o celular, ligou para o hospital e pediu que fosse transferida para a ala de cuidados intensivos. A doce enfermeira com quem ela havia conversado no dia anterior lhe disse que Tom continuava a progredir e que, se ela ligasse mais tarde, talvez conseguisse falar com ele.

Aliviada, Jazz foi em direção à casa dos Millars. Mesmo cansada, mantinha sua mente alerta, e a adrenalina estava fluindo, como sempre acontecia quando vivia uma situação de alta pressão.

Dois assassinatos e um suicídio, os três com alguma conexão com a Fleat House: Charlie, um aluno, Julian, um ex-aluno, e Hugh, o orientador.

Assim como Rory, enteado de Julian, cujo baú quase se tornara sua tumba temporária.

E se Patrick estivesse certo e ela tivesse se deixado influenciar pelas tristes circunstâncias de David Millar?

Não. Ela não deixaria Patrick afetar sua confiança.

Jazz suspirou. Ele já a estava incomodando.

26

Parada diante da casa de Angelina, Jazz se preparou.

Issy abriu a porta e levantou as sobrancelhas.

– Você demorou. Passei as últimas duas horas jogando com Rory. Ela está lá dentro. – Issy indicou a cozinha. – Vou continuar com minhas funções de babá lá em cima. Me avise quando você terminar. Eu preciso conversar com você o mais rápido possível – murmurou ela.

– Obrigada, Issy. Ah, e você poderia perguntar a Rory qual é seu nome do meio, por favor?

Jazz atravessou o corredor e abriu a porta da cozinha. Pálida, Angelina estava sentada à mesa, folheando, apática, uma revista de decoração de interiores. Ela se levantou quando Jazz entrou, os olhos brilhando de expectativa.

– Vocês o encontraram, inspetora Hunter?

Jazz assentiu lentamente.

– Sente-se, Sra. Millar.

Angelina procurou no rosto de Jazz algum sinal de segurança. Como não encontrou nenhum, o medo brilhou em seus olhos.

– Ele está bem, certo? Por favor, diga-me que está. Ele sofreu um acidente naquela nevasca terrível? Eu sabia que alguma coisa tinha acontecido com ele, eu sabia! Onde ele está? Ai, meu Deus, meu Deus!

Jazz conduziu Angelina gentilmente até a cadeira, em seguida puxou uma para si mesma e se sentou perto dela. Tomou as mãos delas nas suas.

– Sinto muito, Sra. Millar, não há uma maneira fácil de lhe dizer isso, mas infelizmente Julian está morto.

– Morto? *Morto?* Ele não pode estar morto! – Angelina balançou a cabeça. – Não, ele não pode estar...

Ela ficou em silêncio enquanto examinava novamente o rosto de Jazz. Então, quando começou a assimilar a informação, seus ombros despencaram e ela murmurou:

– Como?

– Sra. Millar, eu sinto muito mesmo – disse Jazz baixinho. – O corpo de Julian foi encontrado há algumas horas dentro de um baú no porão da Fleat House.

Angelina encarou Jazz, incrédula.

– Como? Por quê?!

– Ainda não sabemos, mas está claro que alguém o colocou lá. Sinto muito em dizer isso, mas achamos que ele foi atacado por trás, caiu dos degraus do porão e morreu. Seu corpo foi então colocado em um baú.

– Está... está me dizendo que ele foi... assassinado?

– É quase certo que sim. Me perdoe, mas é melhor que a senhora saiba logo a verdade.

Angelina olhava para Jazz sem enxergá-la, seu rosto a própria imagem do horror.

– Julian, assassinado? – sussurrou. – Ele não tinha inimigos. Todos o amavam, o respeitavam.

– Ele era advogado, Sra. Millar. Deve ter feito alguns inimigos entre os criminosos locais. Precisaremos explorar essa linha de investigação...

– Ele foi encontrado no porão da Fleat House... O corpo de Charlie Cavendish foi encontrado lá há algumas semanas, e um professor da casa cometeu suicídio... O que está acontecendo naquele lugar e por que vocês ainda não descobriram nada antes de Julian ser assassinado? – Angelina estava de pé, puxando os cabelos com angústia e raiva. – Bem, *onde* está David?! Ele fez isso, ele matou Charlie e Julian! E agora virá aqui matar a mim e Rory! Julian morreu porque você deixou David escapar!

Angelina se lançou de repente sobre a detetive, os pequenos punhos cerrados, atacando-a como uma criança. Jazz agarrou seus pulsos sem dificuldade enquanto a mulher revidava, em um frenesi de choque e raiva.

– Sra. Millar, eu entendo o enorme choque que isso é para...

– Não, você *não* entende! Julian está morto! Ele está *morto*!

Toda a energia de Angelina a deixou de repente, e ela caiu nos braços de Jazz, soluçando. Jazz a colocou na cadeira o mais suavemente que pôde e acomodou-se de frente para ela, impotente como sempre se sentia naqueles momentos. Presenciar a crueza e a intimidade do sofrimento de outro ser humano nunca era fácil. Ela ficou sentada calmamente, aguardando.

Depois de algum tempo, os soluços diminuíram. Angelina levantou-se e caminhou, instável, pela cozinha para pegar uma caixa de lenços de papel no balcão. Ela assoou o nariz e secou os olhos.

– Desculpe, inspetora Hunter. Eu me descontrolei por um minuto.

– Por favor, não se preocupe. É completamente compreensível. Eu devo ser a última pessoa com quem a senhora gostaria de estar neste momento. Posso chamar alguém para ajudá-la?

Os olhos de Angelina se encheram de lágrimas mais uma vez.

– Quando você deu a notícia, eu imediatamente pensei em ligar para Julian, porque ele estaria do meu lado para me apoiar, mas então… – Angelina mordeu o lábio em um esforço para evitar as lágrimas – … eu me lembrei…

– E sua mãe ou seu pai? Talvez seja bom ter alguém para ajudá-la com Rory, apenas por alguns dias.

– Meu Deus, Rory! Pobre Rory. Ele nem conhecia Julian. Vai se perguntar por que estou tão triste, e ele já passou por tanta coisa. O que digo a ele, inspetora? Será que devo lhe contar?

– Cabe à senhora decidir. Rory não conhecia Julian, então o lado bom é que pelo menos ele não terá que passar pelo processo de luto.

– Sim. Vou ligar para minha mãe. Ela e Rory são próximos – disse Angelina, assentindo.

– Sra. Millar… Eu sei que tudo isso é muito difícil, mas poderia me contar sobre a última conversa que teve com Julian, na terça à noite?

Angelina estava andando de um lado para outro, formando uma bola com os lenços de papel encharcados.

– Eu não sei, eu não sei mesmo.

– Veja, quanto mais puder se lembrar sobre aquela noite, mais rápido poderemos descobrir quem fez isso.

– Mas não há nada para contar.

– Julian não parecia, de alguma maneira, agitado ou angustiado quando vocês se falaram?

– Ele não ficou muito feliz quando lhe pedi que passasse a noite em seu apartamento em Norwich porque Rory estava em casa. Meu Deus, será que tudo teria sido diferente se eu tivesse permitido que ele voltasse para casa? Ele estaria morto agora? A culpa é minha?!

– Não, claro que não. Temos certeza de que Julian também não voltou ao apartamento dele. Alguma coisa, ou alguém, o deteve. Consegue lembrar que horas eram quando falou com ele?

– Sim, foi por volta das 18h45. Eu sei disso porque Rory estava vendo *Os Simpsons*.

– Julian costumava trabalhar até tarde no escritório?

– Às vezes, mas... Ah, me lembrei de uma coisa. Na terça-feira de manhã, antes de ele sair... a última vez que o vi... ele disse que, mesmo que voltasse para cá, chegaria tarde, pois tinha um compromisso com um cliente às sete da noite.

Jazz pegou seu bloco e anotou.

– Isso era comum? Encontrar-se com clientes fora do horário de expediente?

– Sim, ocasionalmente. Julian era muito dedicado à sua carreira e aos clientes. – Angelina assentiu. – Me desculpe, inspetora, mas estou sem forças. Eu... não consigo responder mais perguntas. Preciso me deitar.

– Acho que é uma ótima ideia, e obrigada, Sra. Millar. Sei como deve ter sido difícil, mas o que me contou foi muito útil. Devo chamar o médico para lhe dar algum remédio para ajudá-la a dormir?

– Não. O médico me prescreveu Valium quando Rory desapareceu, quando... quando eu não imaginava que as coisas poderiam piorar. – Angelina deu de ombros, com tristeza. – E pioraram. Você poderia dizer a Rory que eu fui descansar um pouco?

– Claro que sim. Acho que ele e Issy se tornaram grandes amigos. Tenho certeza de que podemos convencê-la a ficar mais um tempinho até sua mãe chegar. Gostaria que eu ligasse e a chamasse?

– Não, eu mesma vou ligar do meu quarto. Vai ser um choque para ela também. Para todos... – Angelina atravessou a cozinha e, ao chegar à porta, teve que se apoiar na maçaneta, seu rosto de repente uma máscara de medo. – E David? Você sabe onde ele está? E se ele vier aqui?

– Por favor, tente não se preocupar, Sra. Millar. Eu lhe dou a minha palavra de que haverá um policial sentado lá fora 24 horas por dia. Vocês dois estarão perfeitamente seguros, eu garanto.

Jazz esperou até Angelina sair da cozinha, então ligou o celular. Havia uma mensagem de Patrick dizendo que David Millar tinha sido finalmente encontrado em Norwich, bêbado, e que estava sendo levado de volta para a delegacia de Foltesham, onde permaneceria pelo menos até ficar sóbrio. Patrick estava saindo da St. Stephen e a encontraria lá.

Jazz saiu da cozinha e subiu as escadas para procurar Rory e Issy. Eles estavam sentados no quarto de Rory, Issy tentando dirigir um carro por uma pista de corrida no PlayStation do menino.

– Ainda bem que você está aqui. Acabei de descer uma rua de mão única e atropelar três mães com carrinhos de bebês. Ela está bem? – perguntou Issy.

– Não – respondeu Jazz. – Olá, Rory, como você está?

– Bem. – A atenção de Rory estava focada em colocar o carro de Issy de volta na rua.

– Rory, aquele assunto que discutimos, sobre o Sr. Daneman, eu gostaria que contasse a Jazz exatamente o que você me disse – pediu Issy.

Rory virou-se para ela, nervoso.

– Eu tenho mesmo que fazer isso? Você tinha dito que era um segredo nosso.

– Bem, eu gostaria que Jazz também soubesse. Isso poderá ajudá-la a resolver o caso. Ela não vai contar a ninguém, vai, Jazz?

– É claro que não. Eu sou uma policial, Rory. É meu trabalho guardar muitos segredos.

– É só que... – Rory olhou para Issy procurando apoio. – É muito constrangedor, entende, e se algum dos meninos na escola souber, então... – Ele suspirou. – Eles vão achar que eu sou ainda mais esquisito do que já acham.

– Eu entendo, Rory. E prometo que não vou contar para ninguém – afirmou Jazz, com suavidade.

– Ela não vai contar, pode acreditar, Rory – Issy o encorajou. – Agora, fale exatamente o que aconteceu naquela sexta à noite, quando você procurou o Sr. Daneman para tomar um remédio para dor de cabeça.

– Bem, é que... – Rory baixou os olhos. – Eu estava com uma dor de cabeça muito, muito forte. Foi logo depois de cantar na capela. A governanta não estava no apartamento dela, então fui ao escritório do Sr. Frederiks para ver se ele poderia me dar algum remédio. O Sr. Frederiks tinha saído e o Sr. Daneman estava lá, no lugar dele.

– Que horas eram, Rory? – perguntou Jazz.

– Eu não sei ao certo. Mais ou menos às nove e meia, eu acho. Todos os outros garotos já tinham ido dormir.

– E o que aconteceu então?

– O Sr. Daneman me pediu que entrasse e me sentasse, enquanto ele pegava os comprimidos para mim. Então, ele voltou e disse que estava fazendo chocolate quente e perguntou se eu queria um pouco também. Eu respondi que sim, que eu queria, porque eu estava me sentindo um pouco triste.

– Por quê, Rory? – perguntou Jazz, já sabendo a resposta.

Ele deu de ombros.

– As coisas de sempre, sabe como é.

– Não, não sei – insistiu Jazz. – Me conte.

– Os outros garotos fazendo bullying comigo, principalmente.

– Alguém em particular?

Rory olhou para Jazz.

– Nenhum dos garotos é muito legal comigo, mas Charlie Cavendish era o que mais implicava. Ele tinha feito isso naquela tarde, e eu estava chateado.

– Ok, então você e o Sr. Daneman tomaram uma xícara de chocolate quente juntos. Isso ajudou você um pouquinho?

– Ah, sim. O Sr. Daneman é... era... sempre muito legal comigo. Ele cuidava de mim. Ele sabia como eram essas coisas de bullying, entende? Ele me falou que também passou por isso quando estava na escola. Nós nos dávamos muito bem. Ele era meu amigo.

Rory deu de ombros.

– Que bom. Deve ter ajudado muito.

– Ajudou, sim. Ele me perguntou o que havia acontecido e eu contei a ele sobre Charlie me chamar de "viadinho" no vestiário, depois do treino de rúgbi. O Sr. Daneman me aconselhou a ignorar esse tipo de comentário, que era a própria insegurança do Charlie que o fazia dizer coisas assim, que todos sabiam que ele provocava as pessoas, e eu bebi meu chocolate quente e me senti melhor. Até que... – As mãos de Rory esfregavam agitadamente as coxas. – Issy, eu tenho mesmo que contar?

– Sim, meu querido, você precisa contar. Eu sei que isso vai ser de grande ajuda para Jazz entender o que aconteceu naquela noite.

Rory respirou fundo.

– Está bem. Foi assim: o Sr. Daneman se sentou ao meu lado no sofá. Eu estava chorando um pouco, então ele passou o braço pelos meus ombros, dizendo que ia conversar com Charlie e que ia fazer com que ele me deixasse em paz. Então... de repente, ele me falou que uma vez conheceu alguém que se parecia muito comigo, e colocou as mãos no meu rosto e então...

Rory tomou fôlego, porque estava falando muito depressa.

– Continue, Rory, você está quase lá – insistiu Issy.

– Bem, ele... me beijou... na boca... e tentou enfiar a língua lá dentro. – Rory levou a mão instintivamente para o rosto e arrastou os dedos pelos lábios, como se estivesse tentando limpá-los. – Foi nojento!

Jazz balançou a cabeça silenciosamente, olhando para Issy, que levantou as sobrancelhas.

– Com certeza foi. E o que você fez?

– Eu fugi, corri para fora da sala e subi para o meu quarto. Me enfiei debaixo das cobertas e chorei. O Sr. Daneman era meu único amigo, ele me protegia sempre, e eu sabia que ele não poderia mais me ajudar porque era um velho sujo e tão ruim quanto todo mundo de lá. E eu sabia que estava completamente sozinho, que não podia confiar em ninguém nunca mais. A não ser...

– Seu pai? – completou Jazz.

Rory assentiu.

– Eu liguei para ele. Queria ver meu pai. E como ele não apareceu, eu fugi para procurá-lo.

– Seu pai se esforçou muito para descobrir o que estava acontecendo e por que você estava tão chateado. Eu o vi alguns dias depois, no escritório do Sr. Jones, tentando ver você.

– E eles não deixaram meu pai entrar, não é? Ele estava bêbado?

Jazz decidiu que uma pequena mentira era necessária.

– Não sei. Mas ele ficou muito chateado por não poder encontrar você. Então, quando você foi com seu pai para os Lagos, contou a ele o que o Sr. Daneman tinha feito?

– Contei, sim. E ele jurou que ia guardar segredo. Ele não contou, não é?

Rory olhou para Issy e Jazz ansiosamente.

– Não, ele não contou mesmo, eu juro – respondeu Jazz. – Só mais uma coisa: você acabou tomando os comprimidos que o Sr. Daneman lhe deu?

Rory empalideceu.

– Eu acho que tomei. Mas não consigo me lembrar.

– Bem, talvez você possa tentar se lembrar. É muito importante que você se lembre, Rory.

– Sim, sim, eu sei.

Rory parecia agitado. Discretamente, Issy se virou para Jazz e articulou a palavra "chega".

– Rory, você foi ótimo. – Jazz sorriu. – E ajudou muito. Se você se lembrar de mais alguma coisa, pode me procurar. Vou lhe dar meu cartão.

Jazz o entregou para Rory.

– Está bem, obrigado – disse Rory, guardando-o no bolso.

– Sua mãe não está se sentindo muito bem, então foi se deitar um pouco. Ela pediu à sua avó que ficasse aqui por alguns dias para cuidar de você, até ela melhorar. Issy, você pode aguentar um pouco mais até a vovó chegar, não pode? Eu tenho que correr.

Os olhos de Issy disseram tudo.

– E quanto tempo a vovó vai demorar? – perguntou ela, entre os dentes.

Jazz virou a esquina que levava à delegacia de Foltesham, sua mente zumbindo com a revelação de Rory.

Patrick estava instalado na pequena sala de interrogatório, atrás do que um dia fora a mesa de Jazz. Dizendo a si mesma para parar de ser tão mesquinha, ela acenou para ele enquanto colocava a pasta sobre a mesa.

– Vejo que você conseguiu um café de verdade.

– Sim, mandei uma jovem e encantadora policial buscar. Tem um para você também.

– Obrigada. – Jazz levantou as sobrancelhas. – Dá para saber quando um mandachuva chega. Ninguém jamais saiu para comprar café para nós.

– Você me conhece, Jazz, meu charme natural irlandês pode operar milagres.

Patrick sorriu. Jazz estremeceu involuntariamente diante daquele pensamento.

– Então me diga – prosseguiu Patrick –, como foi com a pobre Sra. Millar?

– Ela está arrasada, é claro. Mas Issy é um gênio. Ela conseguiu que Rory se abrisse sobre a noite em que Charlie Cavendish morreu. O garoto me revelou que Hugh Daneman o beijou.

– Meu Deus! Pensei que esse tipo de coisa tinha sido erradicado, até mesmo nas escolas públicas inglesas. Pobre coitado, provavelmente vai ficar marcado pelo resto da vida, e tenho medo até de pensar com quantos outros meninos o velho safado fez a mesma coisa – comentou ele, fazendo uma careta.

– Acho que esse é um conjunto de fatores muito mais complexo. Duvido que Hugh Daneman tivesse feito algo assim antes. Mas, por certas razões, dessa vez ele foi incapaz de se controlar. Acho que ficou tão envergonhado que decidiu tirar a própria vida.

Jazz sabia que estava defendendo Hugh, cujo comportamento fora inaceitável, mas, diante das circunstâncias singulares, compreendeu seus motivos.

– Desculpe, Jazz. – Patrick balançou a cabeça, lendo sua mente. – Não há circunstâncias atenuantes para justificar isso.

– Concordo com você, mas Rory era a imagem cuspida e escarrada do jovem que foi o amor da vida de Hugh – explicou ela. – Por alguns segundos, ele obviamente perdeu o controle. E então, como poderia conviver com o que tinha feito? A história acabaria vindo à tona. Rory contou ao pai sobre isso.

– David Millar? O pinguço que está lá embaixo? Meu Deus – protestou Patrick –, ele estava bêbado quando chegou aqui há uma hora. Não vamos conseguir uma palavra decente dele até amanhã de manhã. Bem, agora... – Patrick tamborilou os dedos na mesa. – Isso está começando a fazer sentido. David Millar mata Charlie por intimidar seu filho. Hugh Daneman se mata por ter beijado Rory, em seguida Millar mata Julian, a porra do amante que ia virar padrasto do garoto, em um acesso de raiva e de ciúme. Tudo parece se encaixar para mim.

– Acho que é um pouco mais complexo do que isso, Patrick – respondeu Jazz tão pacientemente quanto conseguiu.

A conversa trazia de volta lembranças de outros casos, em que eles haviam discordado fundamentalmente. Patrick usava a abordagem factual "geral", enquanto Jazz sempre analisava os detalhes humanos. Como uma equipe, os dois conjuntos de habilidades podiam funcionar bem, mas, quando um estava tentando competir com o outro, como tantas vezes tinha acontecido quando trabalharam juntos, era a receita para o desastre. Patrick sempre queria que o caso fosse resolvido depressa. Jazz preferia seguir seus instintos e ir devagar, investigando as histórias dos envolvidos e esgotando todas as opções antes de chegar a uma conclusão.

– Eu acredito que Millar quase certamente estava encobrindo o filho quando veio com sua história forjada de matar Charlie Cavendish – prosseguiu ela. – Lembre-se: a ex-mulher declarou que ele também era alérgico a aspirina. Não havia nenhuma possibilidade de ele ter os comprimidos guardados no bolso.

– A menos que *tenha* sido premeditado, e Millar tivesse comprado a aspirina antes de chegar à escola. Ele pode estar mentindo para você. É uma possibilidade, não é, Jazz?

– Sim – concordou ela –, pode ser. Mas a pessoa que *teve* acesso à aspirina naquela noite foi Rory. Hugh Daneman a colocou em suas mãos. E quando perguntei ao garoto se as tinha tomado, ele me disse que "não se lembrava". Preciso que Issy converse com ele mais uma vez para tentar chegar ao fundo da história.

– Você acha que uma criança de 13 anos fez isso? – Patrick assobiou. – Uau, que ideia sem sentido. De qualquer forma, quando o cara lá embaixo acordar, vou dar uma geral nele, pode acreditar.

Jazz cerrou os dentes.

– Faça isso. Mas Issy concorda comigo. Nenhuma de nós duas acha que foi Millar.

– Bem, agora surgiu outro corpo, desde que vocês duas falaram pela última vez com Millar. O sujeito foi até pego em Norwich, perto do escritório do homem morto. Você não pode ignorar os fatos, Jazz.

– Não estou ignorando. E, para ser sincera, não quero perder mais tempo discutindo sobre eles. Onde está Miles?

– Em Norwich, no escritório de Forbes, tomando depoimentos.

– Muito bem. – Jazz pegou sua pasta. – Vou visitar a mãe de Corin Conaught e ver se ela pode esclarecer essa relação entre seu falecido filho e Hugh Daneman. Depois vou para casa e nos encontramos aqui amanhã de manhã.

– Você vai perder seu tempo, Jazz. Já sabemos que Daneman cometeu suicídio. Ele está fora do circuito de assassinatos e, lá embaixo, temos um suspeito com um motivo perfeito...

As boas intenções de Jazz a abandonaram quando a frustração veio à tona.

– Pensei que tínhamos concordado que esta investigação era *minha*, não sua, Patrick. E até chegar a hora em que fizermos uma prisão, é meu dever como oficial comandante continuar fazendo perguntas a qualquer um capaz de me dar alguma pista adicional sobre a razão pela qual três homens morreram na última semana. – Ela o encarou. – A menos que, como oficial sênior, você use sua patente e me diga para não fazer isso.

Os olhos de Jazz brilhavam de raiva.

Patrick ergueu as mãos, em um gesto apaziguador.

– Para deixar bem claro, Jazz, eu não estou usando minha patente e não tenho nenhuma intenção de fazê-lo. Vá embora; vejo você aqui amanhã de manhã. A menos que... você gostaria da minha companhia mais tarde?

Suprimindo uma súbita vontade de bufar diante do absurdo da sugestão de Patrick, Jazz disse:

– Estou exausta e preciso dormir. Boa noite, Patrick.

Ela saiu rapidamente da delegacia e entrou em seu carro. Então, bateu com força no volante, dando um grito de frustração.

27

Sebastian Frederiks estava do lado de fora da Walsingham House, para onde doze de seus meninos mais novos haviam sido remanejados enquanto a Fleat House estava isolada, e pegou o celular. Digitou um número e, quando a chamada foi completada, falou baixinho:

– Olá, querida, não vou poder sair hoje à noite. Está um caos completo aqui. Posso ligar mais tarde? Talvez eu consiga amanhã de manhã. Ok, te amo, tchau.

Ele guardou o celular no bolso e foi ver os meninos.

Estava escuro quando Jazz chegou à residência dos Conaughts. Não havia luzes acesas em nenhuma das janelas da casa principal, embora ela pudesse ver um brilho vindo da ala menor, do lado esquerdo. Sem resposta ao seu persistente toque da campainha, ela caminhou pela frente da casa. Contornando a propriedade, chegou a uma porta com uma lâmpada acesa logo acima e tocou a campainha.

Alguns segundos depois, ouviu passos silenciosos do outro lado.

– Quem é? – A voz parecia temerosa.

– Inspetora Hunter. Estou procurando por lady Emily Conaught.

Houve uma pausa antes de a voz perguntar:

– Por quê?

– Absolutamente nada que possa preocupá-la. Talvez ela pudesse me ajudar com uma história familiar, só isso. Tem a ver com um caso que estamos investigando, envolvendo um... amigo da família.

A porta foi destrancada com hesitação e Jazz se deparou com um rosto bem idoso, mas ainda bonito.

– Você tem identificação? Tenho certeza de que você é quem diz, mas todo cuidado é pouco nos dias de hoje.

– É claro. – Jazz mostrou seu distintivo para a mulher. – Posso entrar?
– Sim.

A idosa abriu mais a porta para que Jazz pudesse entrar.

– Obrigada. E a senhora é...?

– Sou a própria Emily Conaught. Prazer em conhecê-la.

Jazz notou imediatamente a semelhança física entre Adele Cavendish e sua mãe. Ambas eram mulheres altas, elegantes e bonitas. Emily estava impecavelmente vestida, com uma saia de tweed e suéter de caxemira, embora usasse pantufas.

– Venha. A lareira está acesa na sala de estar.

Mancando ligeiramente, Emily conduziu Jazz por um corredor estreito até uma aconchegante sala de estar. As paredes exibiam pinturas a óleo, que eram grandes demais para terem sido originalmente destinadas àquele local. A televisão estava ligada em um canto, e Emily imediatamente a desligou.

– Desculpe-me, eu não estava esperando visitas esta noite. Sente-se – disse ela. – Posso lhe oferecer um chá?

– É muito gentil de sua parte, mas, por favor, não se dê ao trabalho. Não quero tomar muito do seu tempo. Preciso de uma ajuda em relação a fatos do passado.

– Meus filhos estão sempre comentando que é lá que eu vivo a maior parte do tempo, então você procurou a pessoa certa. – Emily sorriu. – Como posso ajudar?

Aquela mulher lúcida e alegre não se encaixava na imagem que Edward Conaught tinha invocado quando descrevera a mãe.

– Como a senhora já deve saber, não achamos que a morte de seu neto Charlie tenha sido um acidente – começou Jazz.

Emily assentiu lentamente.

– Edward comentou que provavelmente não havia sido, mas não entrou em detalhes. Ele não gosta de me aborrecer, acha que sou uma velha frágil que não pode lidar com os problemas, quando na verdade eu sofri muito mais tragédias do que ele jamais saberá, e ainda estou viva para contar a história. Você conseguiu descobrir quem foi o autor do crime?

– Temos um suspeito, mas, antes que eu possa tirar qualquer conclusão, preciso descobrir um pouco mais sobre seu passado familiar. – Jazz fez uma pausa antes de prosseguir. – Tenho certeza de que foi uma notícia desagradável para a senhora.

– Claro. – Emily assentiu. – Fiquei angustiada ao saber da morte de Charlie. Mas, para ser sincera, nunca fui próxima do garoto nem gostava muito dele. Acho que deveria me sentir culpada. – Ela suspirou. – Afinal, ele era meu neto, mas infelizmente ele se parecia com o pai, que eu sempre considerei um sujeito muito arrogante.

Jazz tentou conter um sorriso.

– Bem, no mínimo, a senhora gostaria de saber por que ele foi morto.

– É claro que sim. Perdoe-me, inspetora – Emily se recompôs –, mas falar o que penso é a única vantagem de envelhecer. Então, como posso ajudá-la?

– Bem, não foi só Charlie que morreu recentemente. Um orientador da escola, Hugh Daneman, também faleceu, mas não foi assassinato no caso dele. Ele tirou a própria vida.

Uma sombra cruzou o rosto de Emily.

– Sim, eu li o obituário dele no *Times*. Um homem tão gentil, em todos os sentidos. Embora impudico.

– Por que impudico?

– Certamente, inspetora, você já sabe sobre a orientação sexual de Hugh. E sobre o fato de que ele foi cegamente apaixonado pelo meu filho durante a maior parte de sua vida.

– Eu sabia, sim. Lady Conaught...

– Por favor. Me chame de Emily.

– Emily. – Jazz tirou de sua pasta um porta-documentos de plástico. – Você reconhece este menino? – perguntou, entregando-lhe a fotografia.

– Deixe-me procurar meus óculos. – Emily tateou atrás das almofadas da poltrona, de onde, triunfante, sacou os óculos. Colocou-os e estudou a fotografia. Removendo-os, olhou para Jazz. – Claro que sim, é meu filho, Corin.

– Na verdade – prosseguiu Jazz –, não é Corin. É outro jovem, chamado Rory Millar, um aluno da Escola St. Stephen.

– Meu Deus! – Emily parecia genuinamente espantada. – A semelhança é notável, especialmente quando Corin era mais jovem. A bebida e as drogas já o haviam destruído quando ele morreu. Parecia ter 56 anos, e não 26...

Emily devolveu a fotografia a Jazz.

– Obrigada, Emily. Você acabou de ajudar a confirmar uma das minhas teorias. – Jazz sorriu. – E agora talvez possa me contar um pouco mais sobre a relação entre Corin e Hugh?

Emily suspirou.

– Bem, foi tudo bastante trágico, na verdade. Se conversou com Edward, você deve ter descoberto por ele que Corin era rebelde. Só Deus sabe a quem puxou, pois nem o pai dele nem eu éramos assim, mas Corin *era*, desde o dia em que nasceu. Um bebê tão travesso. – Ela riu. – Não gostava muito de dormir. Talvez sentisse que poderia perder tempo. E, claro, ir para Oxford não ajudou em nada. Para Corin, foi um maná dos céus. Ele não tinha absolutamente nenhum trabalho, gastava todas as suas energias se divertindo e experimentando de tudo. E eu quero dizer tudo mesmo.

– E foi lá que ele conheceu Hugh?

– Sim. Hugh era professor, mas não era muito mais velho do que os alunos. Um sujeito assustadoramente brilhante. – Emily balançou a cabeça. – Que desperdício. Ele poderia ter ido tão longe se não tivesse conhecido meu filho...

– Eles tinham um... caso?

– Não precisa ser evasiva. Tenho certeza de que você já sabe de tudo isso, inspetora Hunter. Quando os dirigentes de Oxford descobriram, Hugh foi demitido na hora. Meu filho foi expulso pouco tempo depois, por todos os tipos de crimes hediondos, incluindo não comparecer às aulas por um período inteiro.

– Corin amava Hugh? O que você acha?

Emily fez uma pausa para refletir. Finalmente, respondeu:

– À maneira de Corin, talvez sim. Quando ele foi expulso, veio morar aqui na propriedade. De repente, Hugh também estava aqui em Norfolk, trabalhando como professor na St. Stephen. Hugh andava com Corin o tempo todo. Raramente me lembro de visitar Corin em sua casa e não encontrar Hugh lá. Mas, se você está me perguntando se o sentimento era recíproco, eu diria, sem pestanejar, que não. Entenda, Corin não era... como devo dizer... homossexual em tempo integral e, mesmo se fosse, duvido que fosse fiel a Hugh. Não, ele gostava de mulheres também. Foi isso que acabou causando um problema entre os dois.

Jazz ficou surpresa.

– É mesmo? Corin se apaixonou por uma mulher?

– Não, minha querida. – Emily riu. – Como acabei de dizer, Corin era egoísta demais para se apaixonar por alguém. Mas isso não quer dizer que ele era avesso a suprir suas necessidades básicas. De qualquer forma, Hugh foi à casa de Corin um dia e o encontrou na cama. Com uma *mulher*. – Ela arqueou as sobrancelhas. – Imagine, minha querida, como ele poderia competir? Hugh veio aqui em casa e me procurou. Estava arrasado. Posso lhe afirmar que foi uma tarefa bastante estranha consolar um rapaz que era apaixonado pelo meu filho e que havia sido destronado por uma mulher. Mas o pobre Hugh não tinha mais ninguém a quem recorrer.

– Isso destruiu a relação deles? – perguntou Jazz.

– Sim, pelo menos por um período. Hugh parou de visitá-lo, mas Corin começou a se deteriorar e passava a maior parte do tempo bêbado ou drogado. Ele ligava para Hugh em seus momentos de carência, e Hugh voltava correndo para ajudá-lo. Corin morreu logo depois, de overdose de heroína. Foi Hugh quem o encontrou.

– Que história triste – comentou Jazz. – Corin era tão jovem.

– Sim. E para ser sincera, minha querida, acho que nunca superei a perda de Corin. Ele era meu primogênito e tudo mais. Há um vínculo inegável. – Emily balançou a cabeça. – Interessante, não é? A maioria das pessoas passa a vida querendo se apaixonar, e às vezes o amor pode ser terrivelmente destrutivo. Certamente destruiu Hugh. Ele nunca mais foi o mesmo a partir de então.

Jazz pensou por um momento antes de fazer a próxima pergunta:

– Emily, tem certeza de que Hugh não era bissexual? Que ele não teria tido relação com alguma mulher como Corin tinha?

– Tanta certeza quanto é possível, sim – respondeu Emily. – Hugh amava meu filho. Era um sentimento arrebatador. Por que você pergunta?

– Hugh deixou quase todos os seus bens para o administrador de um dos dormitórios da St. Stephen. Ele tinha mudado seu testamento poucas semanas antes. Os dois não eram particularmente próximos, embora tivessem trabalhado juntos durante anos e Hugh tivesse sido professor do administrador quando ele era mais novo. – Jazz deu de ombros. – Eu estava imaginando se poderia haver alguma... conexão familiar? Verifiquei no Registro Geral e eles não são oficialmente relacionados... – Jazz deixou a frase no ar antes de esclarecer: – Fiquei me perguntando se Hugh poderia ter sido pai de uma criança. Teria nascido por volta da época em que Corin morreu, aproximadamente quarenta anos atrás.

– Não. – Emily balançou a cabeça – *Hugh* não tinha filhos. Mas... Não... é claro que não... – sussurrou ela para si mesma.

– O quê, Emily? – perguntou Jazz baixinho, percebendo a confusão no rosto da idosa.

– Não, deve ser coincidência – murmurou Emily para si mesma. – Porque, como Hugh poderia...?

– Poderia o quê?

– Provavelmente estou enganada, mas acho que há uma chance de que...

– Sinto muito, Emily, estou perdida.

– Ai, meu Deus, meu Deus.

Jazz podia ver que Emily estava travando uma dolorosa luta interna. Ela esperou pacientemente, sem dizer nada.

Finalmente, Emily olhou para Jazz.

– Inspetora, eu nunca contei a ninguém sobre isso, nem mesmo a meu falecido marido. Você acha mesmo que isso é relevante para suas investigações?

– Não posso saber até que você me diga – respondeu Jazz, com toda a sinceridade. – Mas se acha que pode ser, então, por favor, me conte.

– Bem, o negócio é que... – Emily tocou um longo dedo ossudo na própria testa. – Havia uma criança, inspetora. O filho de Corin. Ele nunca soube disso. Morreu antes de o bebê nascer. Mas Hugh *sabia*.

– Entendo. E como você descobriu isso?

Emily encarou Jazz novamente, com o olhar perturbado.

– Foi Hugh. Alguns meses depois que Corin morreu, ele veio me procurar e me contou sobre a mãe do bebê. Aparentemente, ela surgira do nada na casa dele, muito agoniada. Estava grávida de quatro meses e não sabia o que fazer. Ainda que Hugh tivesse todos os motivos para odiá-la, ele era um homem muito bom, e talvez se sentisse, de alguma forma, responsável por ela e pelo problema que Corin havia criado para a pobre moça.

– Desculpe-me se estou sendo indelicada – disse Jazz –, mas, diante das circunstâncias que você está descrevendo, a melhor coisa para ela era fazer um aborto.

Emily sorriu.

– Minha querida, você ainda é jovem; entretanto, quarenta anos atrás, embora o aborto fosse legalizado em nosso país, na prática não era se você tivesse origem católica, como aquela garota. E Norfolk ainda estava saindo da Idade das Trevas.

– Sim, bem diferente de agora, tenho certeza – concordou Jazz, sentindo-se desconfortável. – Então, o que ela fez?

– Hugh me procurou confidencialmente para pedir um conselho. Diante das circunstâncias, ele achou que eu devia saber. Eu também sou católica, então não ia condenar uma vida à morte. Mas, pelo mesmo motivo, não havia lugar em nossa família para o filho ilegítimo de Corin, especialmente porque a jovem em questão era filha de um dos empregados de nossa propriedade – disse Emily com desdém. – Sugeri a Hugh que a garota tivesse o bebê em um daqueles lugares bem discretos que haviam sido criados para resolver esse tipo de problema, e que depois ela entregasse a criança para adoção. Eu também lhe ofereci dinheiro, e ela aceitou. E isso foi o fim de tudo, efetivamente. Ela fez o que eu sugeri, e nada mais foi dito sobre o assunto. Na verdade – ponderou Emily –, é a primeira vez em quarenta anos que comento sobre o acontecido.

– Peço desculpas por lembrá-la disso agora. Então você não tem ideia do que aconteceu com esse bebê?

– Meu Deus, não. Ele pode estar em qualquer lugar, inspetora Hunter. Ou até morto, sabe-se lá.

– E esse bebê não teria ideia de quem ele realmente é?

– Nenhuma. Eles tomavam muito cuidado com esse tipo de coisa naquela época.

Então, Jazz sugeriu, cautelosa:

– Mas digamos que *Hugh* tivesse descoberto quem era a criança...

– Eu não posso imaginar como, mas, por favor, continue com sua linha de raciocínio.

– Vamos dar um passo para trás. – Jazz esfregou a testa, enquanto tentava colocar as informações em ordem. – Edward me disse que Charlie era o único herdeiro da Propriedade Conaught. Agora que ele está morto, não há mais ninguém para herdar. É isso mesmo?

Emily assentiu.

– Contratamos um especialista para procurar em nossa árvore genealógica algum primo distante ou algum outro ramo dos Conaughts que pudéssemos ter esquecido. Caso contrário, quando Edward morrer, a linhagem estará terminada, a propriedade será vendida e o dinheiro será deixado para a caridade. – Ela suspirou. – Mais de quatrocentos anos... Tão triste.

– E se houvesse um herdeiro, digamos, o filho de Corin, seu filho mais velho? Eu entendo que teria que ser do sexo masculino.

– Mas, inspetora, se for um menino, nasceu fora do casamento! – retrucou Emily, chocada. – A criança é ilegítima.

– Mas ainda assim é um herdeiro direto pelo sangue. E hoje em dia, com os testes de DNA, isso pode ser provado sem qualquer sombra de dúvida. Tenho certeza de que houve alguns casos nos últimos anos em que os tribunais concederam ao filho ilegítimo seu direito legal.

– Bem – respondeu Emily –, isso dá fim ao debate. Corin morreu há quarenta anos. Não é possível provar nenhuma herança genética. Pelo amor de Deus, não resta nada *dele*.

– Não guardou nada, Emily?

– Guardei algumas coisas de sua infância, fotografias e outros objetos, mas nada físico, inspetora.

– Você por acaso mantinha um livro do bebê, detalhando o peso de Corin, seu primeiro sorriso, quando seu primeiro dente nasceu, esse tipo de coisa?

– Sim, na verdade, sim. – Emily assentiu. – Mas que relevância tem isso?

– Se puder encontrá-lo para mim, eu lhe mostro – pediu Jazz, torcendo para que ela conseguisse. – Sabe onde está?

– Vagamente. Eu teria que procurar.

Jazz teve a sensação de que Emily sabia exatamente onde estava o livro.

– Se você lembrar onde está esse livro, eu ficaria muito grata.

Emily hesitou, em seguida assentiu.

– Está bem. Não demoro.

Jazz a viu sair da sala. Torceu para que um dia chegasse aos 80 anos tão disposta quanto Emily. Então, pensou imediatamente em seu pai. Tirou o celular da bolsa e verificou se havia mensagens. Havia uma de Miles, que ela ouviria mais tarde, mas felizmente nenhuma do hospital.

Emily voltou triunfante da sala de estar.

– Achei! – Ela entregou a Jazz um livro cuidadosamente preservado, de capa azul acolchoada. – Não consigo imaginar como isso pode ajudar, mas dê uma olhada assim mesmo.

– Obrigada.

Jazz abriu o livro e começou a folheá-lo. Sabia exatamente o que procurava. Seu coração estava quase saindo pela boca quando ela se aproximou das últimas páginas. Deu um pequeno grito de triunfo quando ali, preso na última página, havia um pequeno saco de celofane contendo uma mecha de cabelo louro claríssimo.

Ela apontou para o saquinho.

– Pronto. É algo de Corin, Emily. Isso vai fornecer o DNA que, cruzado com outras amostras, nos dará a prova definitiva.

– O milagre da tecnologia, certo? – Emily olhou para Jazz com preocupação. – Você acha que sabe quem é o filho de Corin, não é?

– Não é nada mais do que um palpite no momento – disse Jazz. – E prometo que você será a primeira a saber se for confirmado.

– Eu nem sei o que pensar.

– Por favor, tente não se preocupar com isso. Afinal, pode ser uma coisa boa, não é?

– Talvez. Não tenho certeza.

– Ora, é uma possibilidade de a linhagem dos Conaughts continuar.

– Da maneira mais extraordinária, mas, sim, suponho que você tenha razão – admitiu Emily, com relutância.

Jazz olhou para as mãos entrelaçadas da velha senhora, que se flexionavam nervosamente.

– Que insígnia interessante essa que está em seu anel de sinete – comentou Jazz.

Ela achava que vira o mesmo anel havia pouco tempo, mas no dedo de outra pessoa.

– Sim, remonta aos tempos elisabetanos. Os Conaughts são originalmente descendentes da família Dudley. Você deve ter ouvido falar do famigerado Robert, possível amante da Rainha Virgem. – Ela olhou para o anel de sinete no dedo mindinho. – O brasão, que é uma bolota, foi alterado há algumas centenas de anos para incorporar outra insígnia, uma cotovia, quando o antepassado de meu marido fez um casamento bem-sucedido com outra grande família de Norfolk, cuja residência era em Holkham.

– É mesmo? E só os membros da família teriam direito de usar o anel? – sondou Jazz.

– Sim. Na verdade, é estranho você comentar isso, pois, quando o corpo de Corin foi encontrado, demos falta de seu anel. Foi muito triste, mas imaginamos que ele o tivesse penhorado para comprar mais heroína.

– Sério? Então há um anel faltando?

– Sim. Nunca me preocupei em substituí-lo. Não valia a pena. Ninguém iria usá-lo no futuro.

– Bem, vamos esperar para ver, certo? – Jazz se levantou. – Emily, muito obrigada por sua hospitalidade e toda a ajuda. Vou devolver esta mecha de cabelo nos próximos dias e aviso sobre as novidades assim que puder. Não, por favor, não se levante. Eu conheço a saída.

– Até logo, então, inspetora. Fico feliz por ter ajudado.

Jazz chegou à porta e parou.

– Só mais uma pergunta: por acaso se lembra do nome da garota que estava grávida de Corin?

– É claro que me lembro – respondeu Emily, zangada. – Ainda não estou completamente senil, seja lá o que meu filho tenha lhe dito. Ela era filha de um de nossos criados. Foi diarista de Corin por alguns meses, quando ele morava na casa de campo. Seu nome era Jenny Colman.

Do lado de fora da casa, Jazz entrou em seu carro e parou para ouvir a mensagem de Miles, dizendo que tinha ido ao escritório de Julian Forbes para fazer perguntas aos colegas dele e se encontrar com os peritos. Aparentemente, não havia nada de importante para relatar, e ele a encontraria na delegacia na manhã do dia seguinte.

Ela ligou para o celular de Martin Chapman.

Ele respondeu ao primeiro toque.

– Martin, onde você está?

– No laboratório, em Norwich.

– Preciso que um de seus colegas processe e compare algumas amostras de DNA com urgência.

– Isso pode esperar até eu voltar a Londres?

– Definitivamente não. Eu preciso que seja feito agora. Se você me der o endereço do laboratório, posso pedir a Miles que leve a amostra de imediato. É um caso de vida ou morte.

Martin deu o endereço e ela o anotou.

– O carro de Julian acabou de aparecer aqui, então vou passar a noite trabalhando, de qualquer maneira. Vou ver se consigo convencer alguém no laboratório a processar seu DNA nas próximas 24 horas. Fique tranquila.

– Preciso dos resultados até amanhã, Martin.

– Vou fazer o máximo, mas Patrick está exigindo receber um relatório forense completo logo pela manhã. Caso contrário, ele disse que vai ter que fechar a escola.

– É mesmo?! – rebateu Jazz, com irritação, mas em seguida tentou controlar a raiva. – Faça o que puder, Martin. E eu fico lhe devendo um jantar.

– E eu vou cobrar a dívida.

– Alguma novidade até o momento?

– Estou trabalhando nisso. Amanhã de manhã você terá um relatório completo da perícia.

– Vou esperar ansiosa. Obrigada, Martin. Tchau.

– Por nada.

Jazz ligou para Miles. Ele atendeu imediatamente.

– Sim, senhora?

– Onde você está?

– No hotel, prestes a me sentar para jantar.

– Sozinho?

– Ahn... não. Issy está aqui comigo.

Jazz deu um sorriso quando percebeu o desconforto na voz do parceiro.

– Desculpe por interromper o *tête-à-tête*, mas preciso que leve um material ao laboratório em Norwich. Você pode me encontrar no estacionamento da escola?

– Sim, senhora.

– Onde está Patrick? – perguntou ela.

– Ainda na delegacia.

– Ok, vejo você em quinze minutos.

Jazz jogou o celular no assento e dirigiu lentamente ao longo da passagem arborizada da Propriedade Conaught.

Ela se esforçou para deixar de lado a raiva que sentia com a intromissão de Patrick e tentou se concentrar na nova informação.

Houve uma criança. E a mãe era Jenny Colman – mais uma conexão com a Escola St. Stephen.

Não o filho de Hugh Daneman, mas, na verdade, um herdeiro direto dos Conaughts.

Hugh *devia* acreditar que Sebastian Frederiks era filho de Corin; essa era a única explicação para a mudança súbita no testamento. Ele teria considerado o filho de Corin o mais próximo de um parente.

E se Hugh Daneman tivesse dito a Frederiks quem ele era? Jazz deixou seus pensamentos fluírem... Frederiks saberia que poderia reivindicar diretamente a Propriedade Conaught, cujo valor devia ser de milhões.

Mas Charlie Cavendish, como herdeiro direto da propriedade, era um obstáculo. E talvez, ponderou Jazz, para garantir que o caminho estivesse livre e para evitar passar anos e gastar milhares de libras até um tribunal decidir quem na verdade *era* o herdeiro legal – um sobrinho ou um filho ilegítimo –, Frederiks precisava que Charlie saísse de cena.

Quando Jazz virou à direita e entrou na estrada que a levaria para casa ou para a St. Stephen, percebeu quanto estava cansada. A ideia de um bom banho e de uma cama era extremamente atraente. No entanto, ela não conseguiria descansar enquanto não falasse com Frederiks. E enquanto não tivesse verificado e confirmado o objeto que Hugh Daneman tinha visto e que o fizera acreditar que Sebastian era filho de Corin.

28

Depois de estacionar na St. Stephen e entregar o envelope e o endereço para um Miles bastante envergonhado, Jazz foi procurar Sebastian Frederiks.

Ela o encontrou no refeitório, jantando com alguns garotos, que tentavam descobrir por que a Fleat House fora fechada pela polícia.

– Bem, meninos, aqui está a pessoa certa para responder, a inspetora em pessoa.

Sebastian deu um de seus melhores sorrisos falsos quando pegou seu prato vazio e fez menção de se levantar.

Naqueles poucos segundos, Jazz soube que não tinha se enganado. O anel no dedo mínimo de Frederiks era *idêntico* ao de Emily Conaught.

– Na verdade, vocês poderiam nos dar licença, meninos? – Jazz indicou que eles deveriam sair. – Gostaria de alguns minutos para atualizar o Sr. Frederiks sobre o que está acontecendo.

– A senhora encontrou um cadáver, inspetora? Era o cara que se enforcou lá embaixo? É o que estão dizendo – indagou um dos rapazes.

– Depois eu falo com você, James – disse Frederiks, com cordialidade. – Vou passar em Walsingham daqui a uma hora para colocá-los na cama.

Os garotos se levantaram. Jazz estava prestes a se sentar quando Frederiks comentou:

– A senhora se importaria se conversássemos enquanto caminhamos? Não tive tempo de fazer as malas durante a noite. Vou com os meninos para a Walsingham House, o policial informou que deve trancar a Fleat House esta noite.

– Tudo bem.

Eles saíram do refeitório e atravessaram o gramado da capela.

– Que história é essa sobre o garoto que se enforcou no porão? – perguntou Jazz.

Sebastian balançou a cabeça.

– Nada, apenas uma parte da história da St. Stephen que os meninos gostam de transformar em algo mais empolgante.

– Então um menino *de fato* se enforcou lá embaixo?

Frederiks parecia desconfortável.

– Sim, é verdade. Mas aconteceu há muito tempo.

Eles chegaram à fita amarela da polícia que contornava a Fleat House. Jazz passou por baixo e caminhou em direção à entrada. Frederiks fez o mesmo. Havia um jovem policial do lado de fora, andando de um lado para outro, tentando se manter aquecido.

– Boa noite, senhora.

– Boa noite. Vou entrar com o Sr. Frederiks.

– À vontade.

Eles entraram no prédio escuro e deserto, e Frederiks acendeu a luz. De repente ele estremeceu quando passaram pelo corredor que levava ao porão.

– Que dia. Não consigo nem acreditar. Pobre Julian. Vocês já têm alguma ideia do que está acontecendo por aqui?

– Estamos trabalhando nisso, Sr. Frederiks – respondeu Jazz, de forma evasiva, quando chegaram à porta que levava ao apartamento dele.

– Não vou demorar, só quero pegar algumas coisas – explicou Frederiks, quando a deixou na sala.

Jazz andou pelo ambiente enquanto esperava. Sobre a escrivaninha, havia uma grande fotografia emoldurada de um casal idoso.

Frederiks voltou, carregando uma sacola aberta.

– São seus pais? – perguntou Jazz, apontando para o porta-retratos.

– Sim.

– Os dois ainda estão vivos?

– Não, infelizmente não.

– Eles morreram recentemente?

– Meu pai morreu há quinze anos, e minha mãe, há alguns meses – respondeu Frederiks.

– Entendo. Você tinha irmãos e irmãs?

– Não, só eu.

– Eles moravam aqui?

– Sim… Olha, inspetora – ele franziu a testa –, não vejo o que minha família tem a ver com isso. Podemos parar de falar deles, por favor? Eu era muito apegado à minha mãe e ainda sinto a falta dela.

– Peço desculpas. E sinto muito por incomodá-lo, mas seria possível me trazer um copo d'água? Estou com muita sede.

– Claro. – Frederiks assentiu. – Eu posso lhe dar um copo d'água daqui mesmo, a menos que prefira mineral, aí teremos que ir até a cozinha.

– Não, daqui mesmo está ótimo, obrigada.

Enquanto Sebastian buscava a água, Jazz caminhou até a sacola, pegou o item que despertara seu interesse no topo da pilha de pertences e o colocou no bolso.

Frederiks reapareceu com um copo.

– Obrigada. – Jazz bebeu a água em temperatura ambiente. – Então, imagino que tenha herdado tudo quando sua mãe morreu.

– Sim, o que sobrou de nossos bens. Minha mãe foi diagnosticada com Alzheimer há dez anos. Ela só tinha 60 anos. Passou os últimos sete em uma casa de repouso. Tive que vender a casa dela para pagar os custos com enfermeiras. Não sobrou muita coisa.

– Ela lhe deixou todos os seus bens pessoais?

– É claro que sim. – Frederiks estava ficando visivelmente irritado. – Por quê?

– Sr. Frederiks, desculpe perguntar isso, mas por acaso o senhor sabe se foi adotado?

– O quê?! Não, não fui! Ou pelo menos, se eu tivesse sido, meus pais esconderam muito bem para que eu nunca soubesse. Me desculpe, inspetora, sou um homem sensato, mas essas perguntas são muito pessoais e desagradáveis, e não vejo por que eu deveria respondê-las. Não estou sob suspeita, estou?

– Não, não está, Sr. Frederiks. Apenas uma última pergunta: que dia o senhor nasceu?

– Em 10 de abril de 1965.

– Certo, é só isso. – Ela meneou a cabeça. – Obrigada por ser tão paciente.

Agitado, Sebastian passou a mão pelos cabelos.

– Isso tem a ver com a herança, não é? Bem, vou lhe dizer que sei tão pouco quanto a senhora, mas o fato de Hugh ter decidido fazer de mim seu beneficiário não me torna um criminoso, certo? Estou começando a desejar que ele não tivesse feito isso, para ser bem sincero!

– Obrigada pela colaboração, Sr. Frederiks. Vou deixá-lo coletando seus pertences. Avise ao policial quando sair, por favor.

Jazz levantou-se e saiu da Fleat House, pegando o celular enquanto atravessava o gramado da capela em direção ao seu carro.

– Roland, aqui é Hunter. Sim, foi um dia agitado. Não, nenhuma notícia ainda. Eu gostaria que prestassem atenção especial em Sebastian Frederiks. Mande um de seus homens para segui-lo. Se a qualquer momento ele sair das instalações da escola, certifique-se de que seja vigiado. E não o perca, certo? Obrigada. A gente se vê amanhã de manhã. Enquanto isso, estou no meu celular.

Em seguida, Jazz ligou para Patrick, cujo celular estava excepcionalmente desligado. Então, dirigiu-se para a estrada costeira e foi para casa. Enquanto atravessava as ruas estreitas de Cley, lembrou-se de uma coisa. E fez uma anotação mental de ir atrás daquilo no dia seguinte.

Chegando à casa, Jazz destrancou a porta da frente e entrou em um lugar abençoadamente aquecido.

Havia um bilhete do encanador dizendo que ele tinha deixado o aquecimento ligado continuamente. Ficara preocupado em evitar que um cano estourasse durante a onda de frio.

Jazz poderia tê-lo beijado, independentemente de quanto aquilo fosse lhe custar.

Ela colocou a pasta de lado, ligou a secretária eletrônica e entrou na cozinha para encher a chaleira enquanto ouvia as mensagens. Havia uma série delas, enviadas pelo pedreiro desculpando-se por já ter saído, e uma de sua mãe para dizer que havia se permitido dormir uma noite fora do hospital. E que tudo indicava que seu pai sairia do CTI no dia seguinte.

Subindo as escadas com uma xícara de chocolate quente nas mãos, Jazz encheu a banheira com água bem quente e afundou nela com um sentimento de gratidão. Relembrar os acontecimentos das últimas 24 horas, tanto pessoais quanto profissionais, e depois assimilá-los, não era algo que estivesse em seus planos naquela noite.

Quinze minutos depois, ela estava na cama. Ligou para o celular de Patrick outra vez e ficou irritada ao descobrir que ainda estava desligado. Ligou para o de Issy, que também caiu na caixa postal, e deixou uma mensagem, pedindo que voltasse a ver Rory logo pela manhã, para tentar ajudá-lo a se lembrar exatamente do que tinha feito com as duas aspirinas que recebera na noite em que Charlie morreu.

Finalmente, ela ligou para Celestria, que atendeu ao segundo toque.

Uma voz tensa respondeu:

– Alô?

– Oi, mamãe, sou eu.

– Ah, graças a Deus. Achei que fosse do hospital.

– Desculpe por assustá-la. Eu só queria saber como você e papai estavam. Acordei você?

– Não, eu só estava cochilando. Me disseram para tomar um sonífero, mas fiquei com medo de não ouvir o telefone caso tocasse.

– Tome, sim, mamãe. Você também precisa descansar. Como ele está?

– Muito melhor, filha, de verdade. Mas, como aquele médico bem complacente me alertou, ele ainda não está fora de perigo.

– Você deve ter sentido que o papai está muito melhor, já que decidiu voltar para casa esta noite.

– Ele está, Jazmine, e se continuar progredindo sem quaisquer contratempos, acho que vai sair dessa. Ele é um homem incrível, esse seu pai – disse ela, com a voz embargada.

– Eu sei. Espero poder visitá-lo no fim de semana. Eu gostaria de ir amanhã, mas este caso está no auge, e Patrick tem se comportado como sempre – disse Jazz, suspirando.

– Que chato. Eu não sabia que ele estava trabalhando no caso. Muito desagradável, querida.

– Ele não estava, mas... Ah... – Jazz bocejou. – É uma longa história, mamãe.

– Coitadinha. Tenho certeza de que era a última coisa que você queria.

– Sim, mas, de uma forma estranha, me fez bem: me ajudou a lembrar por que eu estava tão infeliz e por que deixei Patrick... Essa situação expulsou quaisquer pensamentos românticos remanescentes.

– Bem, não seja dura demais consigo mesma, Jazz. Todos nós nos lembramos dos bons tempos e tentamos esquecer os ruins. É da natureza humana, e temos que dar graças a Deus por isso.

– A menos que esquecer nos leve de novo pelo caminho errado – murmurou Jazz.

– Patrick deu em cima de você ontem, não é? – indagou Celestria, delicadamente. – A verdade é que, quando o ego dele não entra em cena e ele não se sente ameaçado, acho que ele gosta de você. Mas isso não significa que eu ou seu pai algum dia tenhamos achado que ele era o homem certo para você. E às vezes o amor pode ser terrivelmente destrutivo.

– Sim, eu concordo. – Jazz bocejou. – Certo, mamãe, por favor, dê notícias. Eu vou estar muito ocupada amanhã, então seria ótimo se você pudesse me deixar uma mensagem para dizer se papai está bem.

– Claro que sim. Agora, vá descansar também, e boa sorte amanhã.

– Obrigada. Boa noite.

– Boa noite, minha querida. Durma bem.

Enquanto se deitou sob o edredom, Jazz ficou em silêncio na escuridão e pensou em todas as pessoas daquele dia, cujas vidas não tinham sido enriquecidas pelo amor, mas destruídas por ele.

Jazz bateu à porta de Jenny Colman às sete e meia da manhã seguinte.

– Quem é? – perguntou Jenny do lado de dentro.

– Inspetora Hunter, Sra. Colman. Desculpe incomodá-la tão cedo, mas eu queria conversar antes de sua saída para a escola. Posso entrar?

– Ora, claro, detetive. – Jenny parecia agitada quando abriu a porta, levando Jazz para sua pequena sala de estar. – Eu não fiz nada de errado, fiz?

– Não, nada. – Jazz sentou-se no sofá e Jenny empoleirou-se nervosamente na beirada da poltrona de frente para ela. – Eu só achei que seria melhor discutir esse assunto com a senhora em particular.

– Ah, inspetora, do que se trata? – Jenny parecia aterrorizada.

– Bem, eu vou direto ao ponto – disse Jazz, delicadamente. – Eu fui visitar lady Emily Conaught ontem à noite. E ela me contou sobre seu caso com Corin Conaught. E sobre o *bebê* que a senhora teve há quarenta anos.

Jenny parecia ter sido esbofeteada. Seus olhos se encheram de lágrimas e ela se recostou, sem dizer nada.

– Eu sinto muito – desculpou-se Jazz. – Sei que é um assunto doloroso, mas preciso saber se Emily Conaught estava certa. E se a senhora é a mãe do filho de Corin.

Jenny assentiu, parecendo entorpecida. Puxou um lenço e secou os olhos.

– Ela também revelou que a senhora só descobriu que estava grávida depois que Corin morreu.

Mais uma vez Jenny só conseguiu assentir.

– E Hugh Daneman a ajudou? – perguntou Jazz.

– Sim, ele me ajudou – Jenny conseguiu sussurrar. – Ele sempre foi tão gentil, eu não sei o que teria feito sem ele na época. Ele me chamou, me arranjou um emprego aqui, na St. Stephen. Eu não podia enfrentar a volta para casa, não com mamãe e papai vivendo e trabalhando na Propriedade Conaught e tudo mais.

– Claro, eu imagino – concordou Jazz. – O bebê foi entregue para adoção?

– Sim.

– Era menino ou menina?

– Menino. – Jenny secou os olhos. – Sim, um menininho lindo.

– Certo. – Jazz sentiu uma pequena onda de adrenalina percorrer seu corpo. – A senhora tem alguma ideia de quem o adotou?

Jenny balançou a cabeça.

– Não. As freiras eram muito rigorosas quanto a isso. Achavam que era melhor se nós, mães, não soubéssemos para onde os bebês iam. Elas estavam certas. Qual seria o sentido? Não teríamos nossos filhinhos de volta, não é mesmo? – Jenny assoou o nariz ruidosamente. – Foi o pior dia da minha vida, dar à luz e, apenas algumas horas depois, ver meu filho ir embora. Eu ainda sentia dores, o leite estava descendo e as freiras enfaixaram meus seios até o leite parar... Desculpe, inspetora, é melhor nem saber como é isso.

– Sra. Colman – Jazz inclinou-se para a frente enquanto falava, decidindo testar sua teoria –, por acaso deu às freiras algum objeto para entregar aos pais adotivos do seu filho?

– Não, elas não teriam permitido nada assim.

Ela balançou a cabeça, mas havia incerteza em seus olhos.

– Tem certeza?

– Tenho, sim. Eu não dei nada às freiras. Juro.

Jazz tentou de novo.

– Tudo bem, então. Vou reformular: a senhora, por exemplo, conseguiu esconder algo no bebê? Algo que pudesse ser encontrado pelos novos pais e talvez mantido até o dia em que a criança fosse mais velha e pudesse querer descobrir sobre sua verdadeira origem?

Jenny cobriu a boca com o lenço e olhou horrorizada para Jazz.

– Como você...? Sim! Sim, eu fiz isso! – Jenny começou a derramar lágrimas sinceras. – Eu queria que meu bebê soubesse de onde ele tinha vindo! Ele era filho de um lorde, mesmo que Corin estivesse morto e eu não passasse de um esfregão sujo do qual os Conaughts queriam se livrar! – gritou ela, soluçando.

– Está tudo bem, Sra. Colman, acalme-se.

– Sinto muito, inspetora. O fato de você saber de tudo me deixou chocada, só isso. – Jenny aquiesceu. – É um segredo que guardei por tanto tempo, entende?

– Eu entendo, sim, mas o problema é que eu *não* sei de tudo. Por favor, não pense que a estou julgando. Só preciso de sua ajuda para juntar as peças do quebra-cabeça. E rápido. Então, se você se sentir à vontade para continuar, poderia me dizer o que escondeu no bebê antes que ele fosse levado?

– Bem, eu... eu lhe dei um anel, um anel de sinete, que tinha a insígnia da família Conaught gravada. Não vou ter problemas por causa disso, vou? Eu não o roubei nem fiz nada parecido.

– Não, Sra. Colman, eu garanto que não vai ter problemas por causa disso. Como o escondeu no bebê?

– Bem – ela fungou –, quando as freiras me deram meu filho para eu segurar por alguns minutos, pouco antes de ele ser levado, elas o haviam vestido e o deixado prontinho para seus novos pais buscarem. – Jenny sorriu. – Ele estava tão lindo em sua touca e sapatinhos, e era tão pequeno. Ele de fralda sob o macacão, uma daquelas toalhinhas antigas que não são mais usadas. Estava presa por um alfinete grande. Foi quando vi isso que eu tive a ideia. Peguei o anel no meu armário, abri o alfinete e deslizei o anel para dentro dele. Fechei o alfinete, escondendo o anel nas dobras da fralda o melhor que pude, e abotoei de novo o macacãozinho. – Ela sorriu com tristeza. – Até hoje, eu nunca fiquei sabendo se as freiras o encontraram antes de o bebê ser entregue a seus novos pais ou se os novos pais viram mas se livraram dele, caso não quisessem ter nada que pudesse lembrá-los de que seu bebê não era seu filho biológico.

Jazz sentia um nó na garganta.

– Bem, Sra. Colman, se serve de consolo, eu acho que foi uma coisa linda de se fazer, e a admiro por isso. De verdade.

– Eu teria feito qualquer coisa para poder ficar com ele. – Jenny sorriu tristemente. – Ele era uma parte de Corin. Eu o amava, sabe? Sempre o amei, mesmo ele tendo morrido há quarenta anos. Eu penso nele, e em nosso bebê, todos os dias da minha vida.

Instintivamente, Jazz estendeu a mão e tomou a de Jenny.

– Não consigo nem imaginar como foi terrível.

Jenny deu um sorriso triste.

– Sim, foi, mas eu sobrevivi, não é? Do jeito que dava. Pelo menos eu tinha Hugh. Ele entendia. Ele também amava Corin. Tínhamos isso em comum.

– Eu sei. – Jazz assentiu. – Afinal, como você conseguiu o anel?

– Ah, foi por meio de Hugh – admitiu Jenny. – Ele foi me visitar umas duas vezes no convento para onde fui enviada. E, na última vez, antes de o bebê nascer, ele tirou um anel do bolso e disse que queria que eu o tivesse como lembrança de Corin. Acho que ele sentiu pena de mim. Foi uma atitude bonita da parte dele.

– Foi mesmo – concordou Jazz. – Chegou a contar a Hugh sobre o que fez com o anel?

– Ah, sim. Fiquei com medo de que ele pensasse que eu o havia perdido ou algo assim, se não o tivesse comigo. Era justo contar a ele, já que foi ele quem me deu o anel. Hugh também disse que foi uma atitude bonita da minha parte, mas que nenhum de nós tinha ideia do que aconteceria com ele no futuro. Ainda assim, Hugh comentou que isso não importava, que o que valia era o gesto. – Os olhos de Jenny ficaram marejados novamente. – Ah, o querido Hugh... Eu sinto falta dele. Ele era o único que sabia, além de minha melhor amiga, Maddy.

– Parece que ele foi muito gentil – observou Jazz, sorrindo.

– Foi, sim. – Jenny assentiu. – E ele me deixou alguma coisa em seu testamento, que Deus o abençoe, embora, com tudo o que está acontecendo na escola, eu ainda não tenha conseguido ir até Londres para descobrir o que é.

Jazz fez uma pausa antes de perguntar:

– Sra. Colman, já sabe para quem Hugh deixou o resto de seus bens?

Ela balançou a cabeça.

– Não, não sei.

– Bem, ele os deixou para Sebastian Frederiks.

Jenny levantou as sobrancelhas.

– Sebastian? Que estranho. Lembro que Hugh dizia que nunca gostou muito dele, nem quando era criança nem depois de adulto. Aqueles dois eram mais diferentes do que água e vinho. Mas, de certa maneira, se completavam na Fleat House.

– O que a *senhora* acha de Sebastian?

Ela deu de ombros.

– Acho o mesmo que Hugh, na verdade. Ele sempre foi metido a valentão quando era jovem, e Hugh pensava que ele era ríspido demais como administrador da casa. Por outro lado, suponho que alguns desses meninos precisem mesmo de uma mão firme.

– Então, faz ideia de por que Hugh deixou tudo para um homem de quem ele nunca tinha gostado?

Jenny balançou a cabeça.

– Não faço a menor ideia, inspetora. Se quer minha opinião, achei muito estranho, mas não cabe a mim opinar. Tenho certeza de que Hugh teve suas razões. Ele costumava pensar em tudo, nunca fazia nada por impulso, que Deus o tenha.

– Sim, pelo que ouvi dizer, ele parecia ser um homem muito cuidadoso. Por isso, eu me pergunto o que teria feito Hugh mudar seu testamento em favor de Sebastian.

– Como eu falei, também não consigo entender.

– A menos que... – Jazz sabia que precisava escolher as palavras cuidadosamente. – E se Hugh tivesse visto algo... um... pertence de alguém, que o levou a pensar que ele tinha identificado seu filho?

– Eu não sei o que quer dizer, inspetora. – Jenny parecia confusa. – Como seria possível?

– Pelo anel – respondeu Jazz, suavemente.

– Está se referindo ao anel que eu enviei junto com meu bebê?

– Sim.

Jenny ficou em silêncio, encarando Jazz, que prosseguiu:

– Seu filho nasceu há quarenta anos?

– Ele completaria 40 anos em abril – confirmou Jenny.

– Quando exatamente ele nasceu?

– No dia 4 de abril.

– No dia 4 de abril? – Jazz franziu a testa. – Tem certeza disso?

– Me desculpe por parecer rude, inspetora, mas eu não me esqueceria dessa data, não é?

– Não, é claro que não. Sra. Colman, muito obrigada por sua colaboração. – Jazz levantou-se do sofá.

Jenny também se levantou e agarrou o braço da policial.

– Por favor, inspetora, não pode me deixar assim! Você sabe muito bem quem é meu filho, não sabe? Por favor, me diga. Por favor!

Jazz viu o desespero no rosto dela.

– Seria muito irresponsável da minha parte afirmar algo que pode não ser verdade. – Ela falou tão gentilmente quanto possível. – Deixe-me verificar os fatos e eu prometo que a senhora será a primeira a saber. Pode ser apenas uma coincidência.

– Que Hugh tenha visto um homem na idade certa, usando o anel que eu escondi nele quando bebê?

– Pode haver muitos desses anéis...

– Não! Os anéis só eram dados aos membros diretos da família Conaught. Lembro que Hugh me disse que não havia outros.

– Então alguém pode tê-lo copiado – sugeriu Jazz.

– Pelo amor de Deus, por que fariam isso? Não significaria nada para ninguém. – Jenny balançou a cabeça. – Não, se Hugh encontrou alguém usando esse anel, ele sabia se era real ou não. – Jenny afundou na poltrona. – Eu sei quem ele é, eu sei quem é o meu filho. Foi por isso que Hugh deixou todos os seus bens para ele, não é? Porque ele era filho de Corin. E meu. Me diga, por favor, Sebastian Frederiks é meu filho? É ele?

Jazz percebeu que Jenny estava à beira da histeria. Ela tomou as mãos trêmulas da mulher.

– Eu ainda não sei. E essa é a verdade. Sim, o Sr. Frederiks usa um anel de sinete idêntico ao que Emily Conaught estava usando ontem à noite. E como ele me contou que sua mãe morreu há apenas alguns meses, ela pode muito bem ter deixado o anel para ele em seu testamento... o que explicaria por que ele só começou a usá-lo recentemente. E, sim, é estranho que Hugh tenha mudado seu testamento em favor do Sr. Frederiks, mas não devemos fazer suposições até termos provas absolutas.

– Como posso *não* fazer suposições? – Jenny arrancou suas mãos das de Jazz. – Conheço Sebastian desde que ele tinha 13 anos, e nunca pensei por um momento que ele fosse meu... – Ela mordeu o lábio, incapaz de dizer a palavra. – Se alguém devia saber, por certo seria eu, não é?

– Como poderia saber, Sra. Colman? Por favor, tente não se culpar. Mas, ouça, a boa notícia é que eu tenho uma maneira de obter provas: lady Conaught guardou uma mecha do cabelo de Corin. Estava no livro do bebê dele. Se corresponder a uma amostra do cabelo de Sebastian, saberemos definitivamente se ele é seu filho e de Corin.

– Eu fiz isso também – murmurou Jenny.

– Fez o quê?

Jenny levantou-se e foi até a gaveta do aparador. Procurou na parte de trás, pegou um envelope e o entregou a Jazz.

– Aqui. Dê uma olhada.

Jazz tirou o conteúdo do envelope. Em um envelope menor havia uma mecha de cabelo louro-claro e uma fotografia em preto e branco. Lágrimas surgiram em seus olhos enquanto ela examinava a silhueta do bebê de Jenny.

– Hugh me emprestou sua câmera para que eu pudesse tirar uma foto – explicou Jenny. – Precisei tirar rapidamente, por isso está tão ruim. Lembro que derramei um rio de lágrimas quando Hugh a revelou e me entregou, pois mal dá para vê-lo.

– E este é o cabelo do seu bebê?

– Sim. Eu o cortei quando ninguém estava olhando.

– A senhora confiaria em mim para levar isso comigo por um tempo? Obviamente, quanto mais material o geneticista tiver para cruzar as referências, maior a chance de chegarmos a uma prova absoluta.

– Sim, eu tenho certeza de que vai cuidar bem disso.

– Prometo que sim. Obrigada. – Jazz colocou a mecha de cabelo em um porta-documentos de plástico e o guardou no bolso. – Vou sair agora. Muito obrigada por ter colaborado tanto.

Jazz saiu da sala de estar e foi até a porta da frente. Jenny a seguiu.

– Sabe, o mais triste é que eu passei todos esses anos imaginando o que teria acontecido com meu menino, onde ele estaria, quem ele se tornou, se ele tentaria me encontrar. E agora, talvez, meu filho seja uma pessoa que cresceu debaixo do meu nariz, alguém de quem eu não gostava muito quando era criança e por quem não tenho muito respeito ou interesse agora. Irônico, não é?

– Bem, vamos esperar e ver o que o laboratório…

– Ah, meu Deus, meu bom Deus do céu! – exclamou Jenny, tampando a boca de repente.

– O que foi, Sra. Colman? – perguntou Jazz, com preocupação.

– Agora é que percebi por que você tem tanto interesse em saber se Sebastian é filho de Corin. É por causa de Charlie e tudo mais, não é? Está pensando que, se Sebastian tivesse descoberto que era filho de Corin, poderia querer tirar Charlie do caminho e reivindicar os…

A campainha tocou.

– Meu Deus, isso aqui está mais movimentado do que Piccadilly Circus esta manhã – disse Jenny, enquanto abria a porta. – Olá, Maddy.

Jazz se deparou com a governanta da Fleat House.

– Bom dia – disse ela, e se voltou para Jenny. – Já estou indo.

– Obrigada, inspetora. Por favor, me avise sobre o que descobrir, está bem? – pediu Jenny. – Boa sorte.

As duas mulheres observaram enquanto Jazz saía do local e do alcance de sua visão.

– Você vai entrar, Maddy?

– Não, eu estava voltando para a escola. Tive que deixar uns exames de um dos garotos no médico da cidade. Achamos que ele pode estar com mononucleose – explicou Maddy. – Você está bem, minha querida? Está um pouco pálida.

– Nada surpreendente, levando em conta o que está acontecendo na escola. – Jenny suspirou. – Espere só um pouquinho. Vou pegar meu casaco e caminhar com você.

Dois minutos depois, elas deixaram a casa para fazer a curta caminhada até a escola.

– Vim me desculpar por ter cancelado na outra noite. Como eu falei, meu carro está na oficina. Pensei que talvez pudéssemos ir ao cinema na próxima semana, que tal? – sugeriu Maddy.

– Sim, seria ótimo – respondeu Jenny de forma automática, ainda pensando em tudo o que a inspetora lhe dissera.

– Ainda não tenho certeza de quando será minha noite de folga – acrescentou Maddy.

– Não, bem, as coisas estão mesmo bastante caóticas ultimamente.

– De fato. Tirar todos aqueles garotos da Fleat House e acomodá-los em outro dormitório... Espero que a polícia resolva tudo em breve e possamos voltar à normalidade. A propósito, o que a inspetora queria?

– Ah, só uns assuntos administrativos. Nada importante. Ninguém parece saber direito o que está acontecendo, não é? – Jenny suspirou. – Tantos problemas neste semestre. Não é bom para a reputação da escola...

– Não, não é, mas enquanto o Sr. Jones não tomar uma atitude mais firme, nada vai melhorar.

– O Sr. Jones faz o melhor que pode, sabe? – Jenny defendeu o chefe com lealdade. – Ele tem que agradar a muita gente. O conselho superior, os pais, os alunos... Por falar em alunos, ainda não vi o jovem Rory de volta à escola.

– Não, e duvido que volte, depois de tudo que aconteceu com ele. Se eu fosse a mãe desse menino, eu o manteria são e salvo em casa, cuidaria dele. Rory é tudo o que ela tem, agora que *ele* se foi, e o menino é muito frágil. Ficaria melhor em uma escola na qual pudesse voltar para casa todos os dias, talvez.

– Sim. – A mente de Jenny estava ocupada por pensamentos sobre o próprio filho havia muito perdido. – Talvez...

– A inspetora só queria saber mesmo sobre a administração da escola? Você está me parecendo um pouco distraída.

– Ah. – Jenny bocejou. – Estou cansada, é isso. Tentar manter a sanidade do Sr. Jones com todas essas coisas acontecendo é um trabalho difícil. Embora... – Jenny suspirou. – Há algo que eu gostaria de conversar com você, Maddy.

Elas pararam em frente ao prédio principal.

– Comigo?

– Sim. – Jenny assentiu, pensando que, se não contasse a alguém sobre o que a inspetora lhe dissera, sua cabeça iria explodir.

– Olha, se você puder, venha me ver no intervalo do almoço – sugeriu Maddy. – Estarei na sala de atendimento, mas podemos ir ao meu apartamento para comer um sanduíche e tomar uma xícara de café.

– Eles vão me deixar entrar na Fleat House? – indagou Jenny. – Pensei que o local estivesse isolado.

– Eles estão me permitindo usar a sala de atendimento durante o dia. Vamos nos encontrar à uma hora, na entrada dos fundos, está bem?

– Combinado. Eu gostaria muito de falar com você. Obrigada, Maddy, nos vemos mais tarde.

Ela acenou para a amiga e se dirigiu à recepção.

29

Jazz chegou à delegacia de Foltesham, onde encontrou Miles e Issy em uma conversa profunda no estacionamento.

– Bom dia, Jazz, estou saindo para ver Rory – avisou Issy.

– Ótimo. Onde está Patrick?

– Com David Millar – respondeu Miles.

Jazz franziu a testa, imaginando por que ele começara a interrogá-lo sem a presença dela.

– Surgiu alguma coisa interessante no escritório de Julian Forbes ontem à noite? – perguntou ela a Miles.

– Apenas que o cliente das sete horas era um tal de Sr. Smith. Mas pode ser um nome falso. Não havia número de telefone ou endereço registrado na agenda. A secretária disse que não se lembrava de ter recebido a ligação, mas que estivera ausente na semana anterior por motivo de doença e outra pessoa a substituiu. Tentei a agência ontem, mas já estava fechada. Verifiquei o banco de dados dos clientes e há 132 Smiths registrados. É como procurar uma agulha em um palheiro, senhora.

– E o computador de Forbes? Alguma coisa lá?

– Um cara está tentando hackeá-lo neste momento. Ele acha que resolve isso em cerca de uma hora. Estou indo até a escola falar com os policiais. Aparentemente, a imprensa esteve lá. – Miles arqueou as sobrancelhas. – Pelo que entendi, ninguém sabe o que está acontecendo, mas não podemos esconder a verdade por muito tempo. Vou deixar Issy no caminho. Até mais tarde.

Jazz sentiu um toque em seu ombro. Era Martin Chapman.

– Olá.

– Bom dia, Martin.

– Tchau – despediu-se Issy, seguindo Miles até o carro dele e dando-lhe um tapinha brincalhão no traseiro enquanto se encaminhavam para o veículo.

– Esses dois estão…? – Martin deixou a pergunta no ar. – Bem que eles estavam muito carinhosos um com o outro ontem à noite, quando me juntei a eles para um conhaque no hotel.

– Sendo uma policial altamente treinada, eu deduziria, pelo comportamento conjunto dos suspeitos, que a probabilidade é que estejam, sim. – Jazz sorriu. – Alguma notícia?

– Acabei de entregar a Patrick toda a patologia e os relatórios forenses.

– Você encontrou alguma coisa? – perguntou Jazz.

– Converse com Patrick sobre isso – respondeu ele, diplomaticamente.

– E minha amostra de DNA?

– Deixei uma pessoa trabalhando no caso, Jazz.

– Ótimo. – Jazz tirou do bolso dois porta-documentos de plástico e os entregou a Chapman. – Aqui estão outras duas amostras para comparar com o resto. Uma delas é uma mecha de cabelo do "Bebê X". E pelo menos uma ou ambas as amostras devem coincidir com ela.

Chapman olhou para ela interrogativamente.

– Isso foi obtido com a completa cooperação de seu proprietário, certo?

– É claro que sim.

– E esta escova de cabelo? – Chapman coçou o queixo.

– Não – admitiu Jazz. – Eu a roubei…

– Foi o que pensei. – Chapman suspirou. – Legalmente, você está roubando DNA, o que é um ato criminoso, e eu deveria me recusar a analisá-lo.

– Martin, *por favor*. Não havia outra maneira. E eu não posso provar nada até descobrirmos se as amostras correspondem.

– Está bem, está bem, como é para você… Mas insisto que, se isso se provar conclusivo para o caso e alguém for preso, prosseguiremos com o perfil de DNA usual, de modo que ele e todos os outros não saibam que você tinha conhecimento prévio. Ok?

– Claro – concordou Jazz. – E eu preciso disso com muita, muita urgência mesmo.

Chapman ergueu as mãos.

– Chega. Eu já entendi.

– Tudo bem. Desculpe, e obrigada, Martin.

– Até logo.

Chapman se afastou e Jazz entrou no edifício. Caminhou em direção à sala de interrogatório, olhou pela janela e viu Patrick sozinho, falando ao celular. Ele acenou para ela e indicou "dois minutos" com os dedos enquanto terminava a conversa.

– Sim, senhor. Pode deixar. A gente se vê mais tarde. – Ele terminou a chamada e sorriu para Jazz. – Você está bem? Parece cansada.

– Estou bem – respondeu ela, bruscamente. – Soube que você já conversou com David Millar.

– Já, sim. Ele estava sóbrio o suficiente para falar ontem à noite, então eu o interroguei por umas duas horas. Depois, quando recebi a nova informação de Chapman, resolvi lhe dar outra chance esta manhã.

Jazz bateu sua pasta na mesa.

– Patrick! Combinamos que iríamos interrogá-lo juntos!

– Calma, Jazz. Pensei que estava lhe fazendo um favor. Você estava exausta ontem à noite. Eu queria lhe dar uma boa noite de sono, e…

– Patrick! Esse caso é *meu*! Como você se atreve a presumir o que eu queria?

– Ora, Jazz, não faz diferença quem o interrogou. A boa notícia é que temos nosso assassino trancado a sete chaves lá embaixo. Detive David Millar há dez minutos e o acusei dos assassinatos de Charlie Cavendish e Julian Forbes.

Jazz encarou Patrick com uma mistura de horror e descrença.

– Você fez o *quê*?!

– Caramba, Jazz, você mesma mandou prendê-lo há alguns dias.

– Não, não mandei! Eu o interroguei quando ele entrou em uma delegacia para se entregar. Ele estava aqui por vontade própria. Em nenhum momento eu o *prendi*.

– Bem, ele me confessou ontem à noite que matou Charlie Cavendish.

Jazz colocou as mãos na cintura e arqueou as sobrancelhas.

– Claro. – Ela assentiu. – Quando ele ainda estava meio alto e sob pressão e…

– Novas evidências vieram à tona esta manhã. Chapman encontrou as impressões digitais de Millar por todo o baú onde o corpo de Forbes estava escondido. Isso é bastante conclusivo – revelou Patrick, demonstrando presunção.

– O baú pertencia ao filho dele, então não é nada conclusivo! – gritou ela. – Pelo amor de Deus, aquele baú era do *Rory*! É óbvio que o pai dele, também conhecido como David Millar, deixaria suas impressões digitais por toda a parte! Isso não prova nada e não se sustentaria em um tribunal. Você sabe que não!

Patrick não retrucou. Jazz percebeu que ele não sabia que o baú era de Rory.

– Então... – Jazz tentou se acalmar. Ela andava de um lado para outro em frente à mesa de Patrick. – Millar confessou o assassinato de Julian Forbes?

– Não, ainda não, mas ele admitiu ter dito a Julian na semana passada que o "mataria".

– Isso se Julian colocasse um dedo em Rory, o que seria muito difícil, já que ele ainda nem tinha *conhecido* o garoto. Pelo amor de Deus, Patrick! – Jazz finalmente desabou em uma cadeira. – Não acredito que você não me esperou para dar voz de prisão.

– Sinto muito, Jazz, de verdade, mas todos estão interessados em resolver isso o mais rápido possível. Acabei de falar com o diretor, que está muito aliviado por tudo ter acabado. Norton acha que provavelmente poderemos controlar a imprensa, mantê-la mais discreta... um incidente "doméstico" que saiu do controle e...

– Você não andou espalhando a notícia por aí, certo? – Jazz levantou-se novamente. – Contando a todo mundo sobre o seu grande troféu? Inspetor-chefe Coughlin entrando em cena, solucionando o caso de sua ex-mulher incompetente em questão de horas...

– Ora, Jazz, vamos ser sinceros. – Patrick se inclinou para trás em sua cadeira, os braços cruzados. – Você sempre teve um problema comigo no local de trabalho. E agora, é claro, depois que eu fui promovido...

– Como é? – Jazz avançou sobre a mesa, as mãos na cintura. – Eu nunca tive nenhum problema! Jamais! *Você* era quem tinha um problema! Até Norton reconheceu isso!

– É mesmo? Bem, ele nunca mencionou isso para mim e, vamos ser justos, Jazz, se há algum problema aqui, tem muito mais a ver com Norton, que sempre achava você a perfeitinha e sempre a favoreceu...

Patrick levantou-se, e os dois se encararam com raiva, cada um de um lado da mesa.

– Como você se *atreve* a dizer isso? Ele não me favoreceu de forma alguma. Eu subi na carreira porque sempre batalhei para isso e...

– Não é o que todo mundo do departamento pensa – comentou Patrick, com um sorriso.

– Seu imbecil!

Incapaz de se controlar, Jazz deu um tapa no rosto de Patrick.

O choque de ambos os deixou atordoados e em silêncio.

– Droga! Me desculpe – disse Jazz, depois de algum tempo, quando Patrick colocou a mão na bochecha que ardia. – Eu não devia ter feito isso.

Patrick deu de ombros.

– Você sempre teve um temperamento incomum. E eu entendo que está chateada, ainda mais com o problema do seu pai e todo o resto.

– *Não*, Patrick! Isso não tem nada a ver com qualquer "chateação" da minha parte! O grande problema é que *eu* estou no comando desta operação, e se alguém aqui tinha que dar voz de prisão, devia ter sido *eu*. O fato de você ainda não ter me dado a chance de interrogar Millar para que eu pudesse verificar os fatos por mim mesma...

– Fique à vontade. – Patrick deu de ombros e desligou seu notebook. – Ele é todo seu. Norton me mandou voltar para Londres. Surgiu alguma coisa. A partir de agora, você está livre de mim.

Ele pegou sua maleta e procurou no bolso as chaves do carro. Ela o observou silenciosamente, fervendo de raiva, enquanto ele caminhava em direção à porta. Hesitante, ele parou e se virou.

– Veja bem, Jazz, havia provas suficientes para prender Millar. E o tempo é essencial. A imprensa sabe que tem algo errado na escola. Eles já devem estar sendo atraídos para lá como um bando de urubus.

– Tenho certeza disso – disse ela, assentindo, percebendo que era inútil continuar a discussão.

Ele lhe entregou um arquivo.

– O relatório da necrópsia está aí, assim como o laudo pericial. Cabe a você extrair uma confissão do assassinato de Forbes, embora eu ache que Millar será acusado, mesmo que não confesse. Ele disse que passou a noite da morte de Forbes em um banco de parque, em algum lugar de Norwich.

– Obrigada.

Ela pegou o arquivo das mãos dele.

Patrick estendeu a mão para abrir a porta e parou.

– Está vendo, Jazz? O que acabou de acontecer ilustra por que nosso casamento não deu certo.

– Você quer dizer que o fato de transar com Chrissie não teve nada a ver com isso? – respondeu Jazz, com sarcasmo, enquanto dava a volta na mesa e se jogava na cadeira atrás dela.

– Bem, isso também, é claro. – Patrick assentiu. – O que estou dizendo é que aquela última noite foi maravilhosa. Quando estávamos só você e eu.

Jazz se concentrou em pegar o notebook na pasta. Ela não olhou para ele quando falou:

– Patrick, naquela noite meu pai estava morrendo e eu não estava em condições de pensar direito. Você e eu juntos fomos um erro, e é a minha vez de me desculpar. Obrigada, de qualquer forma, por ter me apoiado. Eu agradeço. Mas acabou. Estamos divorciados. E é isso. Fim. – Ela suspirou, cansada, quando abriu o computador. – Boa viagem de volta a Londres.

– Jazz, eu...

O celular dela tocou. Ela ignorou Patrick e atendeu.

– Hunter.

Pelo canto dos olhos, ela viu Patrick sair da sala.

– Alô, senhora, aqui é Roland.

– Roland, tudo bem?

– Achei que gostaria de saber que Frederiks deixou a escola de carro há cerca de uma hora. Um policial o seguiu até uma casinha em Cley. Ele passou vinte minutos lá dentro, depois saiu e voltou para a escola. Acabou de chegar.

– Ele foi se encontrar com alguém lá?

– O policial disse que Frederiks tocou a campainha e alguém o deixou entrar, mas, como a casa fica no final de uma travessa estreita, ele não pôde ver quem era. De qualquer forma, eu vou lhe dar o endereço.

– Ótimo. Obrigada por me avisar, Roland. Quantos repórteres temos na escola no momento?

– Eu diria uns dez, mais ou menos, mas a senhora sabe como eles são. Enquanto falamos, outros estão chegando.

– Certo. Você viu Miles?

– Ele está aqui ao meu lado, senhora.

– Pode pedir a ele para voltar aqui para a delegacia? Preciso falar com ele.

– Está bem, senhora.

– Obrigada, Roland. Eu vou até a escola mais tarde. Por enquanto, assuma o controle da melhor forma que puder.

Colocando o celular na mesa, Jazz se inclinou para trás na cadeira e se esticou. O dia mal tinha começado e ela já se sentia exausta. Mas seu alívio por Patrick ter voltado para Londres era colossal.

Ela passou os dedos pelos cabelos compridos. Precisava fazer uma ligação agora, antes que perdesse a confiança. Sua mão pairou sobre o telefone enquanto refletia sobre o que diria. Em seguida, discou o número de Norton.

– Bom dia, senhor, aqui é Hunter.

– Hunter, parabéns! Coughlin me contou sobre a prisão de Millar. – Ele parecia alegre. – Boas notícias, hein?

– Sim, senhor. – Jazz sabia que não deveria, de jeito nenhum, soar como se estivesse com dor de cotovelo. – Mas ele ordenou a prisão sem nem discutir comigo antes.

– Entendo. Então, Hunter, diga logo aonde você quer chegar, por favor.

– A verdade é que não estou convencida de que Millar cometeu o crime. Até o momento em que eu me *convencer*, gostaria de sua permissão para conduzir outras linhas de investigação.

Houve uma pausa do outro lado da linha. Então, Norton disse:

– Segundo Coughlin, há evidências forenses incontestáveis. Além disso, esse tal Millar já admitiu ter matado Charlie Cavendish.

– Temo que eu seja obrigada a discordar disso, senhor... Não que eu esteja duvidando do julgamento do inspetor-chefe Coughlin – acrescentou ela, depressa. – Há evidências forenses, sim, mas sua confiabilidade em termos de sustentar uma condenação é questionável. Como entrou no caso somente ontem, o inspetor-chefe Coughlin não estava ciente de todos os fatos.

– Bem, o *fato* é que há um homem sob custódia. Pelo menos os responsáveis pela escola estão dormindo com mais tranquilidade, assim como a Sra. Millar e seu filho – respondeu Norton secamente.

– Sim, senhor. Só não estou totalmente convencida de que ele é o homem *certo*.

Jazz quase podia ouvir as engrenagens na cabeça de Norton.

Finalmente, ele decidiu:

– Falando francamente, Hunter, é óbvio que o fato de o inspetor-chefe Coughlin aparecer de repente deve ter dificultado as coisas para você. Portanto, preciso que me dê sua palavra de que a necessidade de continuar com a investigação é baseada puramente em razões profissionais, não pessoais.

Quem quer que tenha prendido Millar é irrelevante, se ele cometeu mesmo o crime.

– Estou ciente disso, senhor. Apesar do que pode parecer, não tem nada a ver com qualquer situação entre mim e o inspetor-chefe Coughlin. Na minha opinião profissional, há uma série de pistas que ainda deve ser seguida. Acredito que eu estaria comprometendo a integridade da instituição se não agisse assim.

Ela o ouviu suspirar.

– Tudo bem. Mas mantenha Millar preso enquanto você faz isso. Vinte e quatro horas é o máximo que posso lhe dar e então vou encerrar o caso.

– Obrigada. Agradeço muito. Assim que eu tiver notícias, ligo para o senhor.

– Faça isso, Hunter. Boa sorte.

– Obrigada, senhor.

Jazz desligou sentindo-se aliviada e feliz por ter resolvido *aquela* situação. Inclinou-se e ligou o gravador para ouvir o interrogatório de David Millar. Quando terminou, pediu ao policial de plantão que o buscasse na cela e o levasse até ela.

Jazz o examinou enquanto ele estava sentado à sua frente. A aparência de Millar era horrível, os olhos vermelhos, o rosto magro com um tom acinzentado.

– Como o senhor está? – perguntou ela.

– Como estaria alguém na minha situação? – respondeu ele, dando de ombros.

– Eu sei que o senhor foi interrogado pelo meu colega, então não pretendo retomar o que já foi dito, mas há algumas perguntas que gostaria de lhe fazer.

– Então faça, inspetora.

– Segundo sua declaração, na terça à noite, quando Julian Forbes foi assassinado, o senhor saiu de sua casa, caminhou até Foltesham, depois pegou um táxi para Norwich e passou a noite bebendo em um pub perto de Castle Mall.

– Sim, foi isso mesmo.

– O senhor se lembra do nome do pub?

David balançou a cabeça.

– Eu fui a alguns.

– E depois, o que fez?

– Eles me expulsaram na hora de fechar, então eu encontrei um banco e adormeci nele.

– Quando o senhor acordou?

– Em algum momento antes do amanhecer. Tinha começado a nevar, e eu estava sóbrio e congelando. Andei por lá tentando achar um táxi, mas ninguém quis me levar até Foltesham por causa do tempo. Então, fui para o hotel Travelodge perto da estação ferroviária e pedi um quarto lá.

– Isso foi na quarta-feira de manhã?

David coçou a cabeça.

– Sim, deve ter sido na quarta-feira. Dormi a maior parte do dia e fui ao pub de novo naquela noite. Depois voltei para meu quarto e dormi outra vez, até que a polícia bateu à minha porta e me trouxe até aqui.

– Então, na noite do assassinato de Julian Forbes, o senhor dormiu em um banco, em algum lugar em Norwich?

– Sim.

– Sr. Millar – Jazz suspirou –, percebe que essa informação não o ajuda, certo? É improvável que alguém possa corroborar sua história.

– Eu sei. – David assentiu. – Mas de que adiantaria, de qualquer maneira, se alguém *pudesse* corroborá-la? Seu colega insistiu que eu ainda teria tempo de visitar Julian Forbes em seu escritório às sete, persuadi-lo a entrar em seu carro e obrigá-lo, sob a mira de alguma arma, a dirigir até a St. Stephen, matá-lo, e depois voltar para Norwich a tempo de tomar uma bebida rápida e dormir em um banco da praça. E esta manhã ele me contou que minhas impressões digitais estavam por todo o baú em que Forbes foi encontrado.

– Sr. Millar, aquele era o baú do seu filho. Era o baú de *Rory*.

Jazz ressaltou o fato na tentativa de despertar pelo menos uma faísca de espírito combativo naquele homem.

– Sério? – David arqueou as sobrancelhas. – Eu não sabia disso.

– Então o senhor não confessou ter matado Julian Forbes?

– Não.

– E o senhor mantém essa declaração?

– É claro que sim!

Jazz bateu a caneta na mesa.

– Eu só estou insistindo porque o senhor parece mudar continuamente sua história sobre ter ou não assassinado Charlie Cavendish.

– Eu já lhe disse, inspetora, *pode ser* que eu tenha feito isso. Eu sinceramente não consigo me lembrar.

– E foi isso que o senhor disse ao inspetor-chefe Coughlin? Que não se lembra?

– Sim.

Jazz ficou em silêncio por um tempo. Então, assentiu.

– Ok, Sr. Millar. Obrigada.

– É só isso? Não vai me interrogar e me ameaçar como o outro detetive fez? – perguntou David, demonstrando surpresa.

– Não, é tudo de que preciso. – Ela apertou uma campainha e o policial entrou. – Leve o Sr. Millar de volta à sua cela, por favor.

– Sim, senhora.

David levantou-se, caminhou até a porta, depois virou-se de novo para Jazz.

– Eu entendo, sabe? Se eu confessei que matei Charlie Cavendish quando estava zangado, por que não teria feito o mesmo com o namorado da minha ex-mulher? Até onde sei, eu poderia mesmo ter feito isso. Fiquei muito bêbado na terça-feira. E eu tinha o motivo perfeito. Julian era um cara nojento, e eu odiava a ideia de ele criar o Rory no meu lugar. E tenho certeza de que algumas testemunhas me ouviram dizer que eu queria matá-lo, há alguns dias, no centro da cidade. – Ele deu de ombros. – Estou enrascado de verdade, não estou?

– Falaremos sobre isso mais tarde.

Jazz meneou a cabeça e o viu sair da sala.

– Senhora, o detetive Miles está lá fora. Posso mandá-lo entrar? – perguntou o policial.

– Sim, obrigada.

Jazz desligou o celular quando Miles entrou na sala.

– A senhora me chamou?

– Sim. Sente-se, Miles, por favor. – Jazz usou sua caneta para indicar uma cadeira. – Você já está sabendo da prisão de Millar?

– Só soube quando o Sr. Jones me contou, na escola. Patrick não me falou nada. Na verdade, eu me senti como um idiota – admitiu Miles.

– Sem comentários. – Jazz suspirou. – Eu nem vou gastar minha saliva. Agora, o mais importante é o seguinte: Patrick voltou para Londres a pedido de Norton, e Norton nos concedeu 24 horas para nos aprofundarmos na investigação antes que ele encerre o caso e acuse Millar pelos assassinatos. Então, eu quero lhe contar bem depressa tudo o que descobri ontem. Não sei aonde isso nos leva. Mas, se não conseguirmos descobrir a verdade, mesmo que a declaração de Millar esteja cheia de furos, eu acho que, com uma boa acusação, ele pode acabar sendo preso por ambos os crimes.

– Tudo bem, senhora. – Miles sentou-se. – Me conte tudo.

Dez minutos depois, Miles já sabia de todos os fatos. Ele esfregou a testa com os dedos enquanto se concentrava.

– Então o que a senhora está dizendo é que, se Sebastian Frederiks descobriu que era o verdadeiro mas ilegítimo herdeiro da Propriedade Conaught, ele pode ter se livrado de Charlie para conseguir o que queria?

– Isso mesmo.

– Mas e Julian Forbes? Por que Frederiks o teria matado?

– Eles estudaram juntos na St. Stephen, certo? Estou querendo descobrir se há alguma conexão aqui. Frederiks comentou que eles eram amigos e que se encontraram para tomar cerveja. – Ela bateu no tampo da mesa com as palmas das mãos. – Precisamos voltar ao passado.

– Sim, senhora, acho que é isso mesmo – concordou Miles. – O único denominador comum a tudo o que aconteceu é a escola. E, mais especificamente, a Fleat House.

– Exatamente. – Jazz assentiu. – Eu quero saber mais sobre essa história do menino que se enforcou no porão: quem e quando foi, e o que realmente aconteceu. Rory Millar ficou preso lá durante a noite há algumas semanas. Pode ser coincidência, mas...

– Precisamos encontrar um funcionário mais velho que conheça a história.

– Exatamente – confirmou Jazz. – E a pessoa que deve saber isso mais do que ninguém é Jenny Colman, a secretária do diretor. Ela está lá há muito tempo. Pobre mulher. A coitada não me pareceu muito feliz quando sugeri que Frederiks poderia ser seu filho há muito perdido.

– Imagino que não.

– Preciso esperar por Martin Chapman e as amostras de DNA. Se forem correspondentes, vou levar Frederiks para interrogatório. Se não forem... –

Jazz suspirou. – Eu ainda quero saber onde ele conseguiu aquele anel. Embora, na verdade, eu tenha uma teoria... – A voz de Jazz foi sumindo enquanto ela pensava sobre o caso. – Sim, aposto que é isso mesmo.

– Não estou entendendo nada, senhora.

– Me desculpe. Eu vou lhe dizer mais tarde, quando confirmar minha teoria.

– Está bem. A propósito, meu colega conseguiu entrar no computador de Julian. Vou me reunir com ele, ver se isso nos traz alguma luz. Tudo bem se eu trabalhar aqui?

– Fique à vontade. Vou visitar Angelina Millar, ver como ela está e tentar descobrir um pouco mais sobre seu namorado morto. Me ligue se houver alguma notícia.

– Pode deixar, senhora. Aliás, se isso ajudar, Issy ainda está convencida de que Millar não é um assassino.

– Ótimo. Você sabe quanto eu confio na opinião dela. Aliás, como ela está? – perguntou Jazz, descontraidamente.

– Ah... – Miles assentiu. – Está bem. Sim. Muito bem.

– Hummm... Para alguém que odeia o campo, ela parece ter se acostumado muito bem por aqui.

Miles se remexeu desconfortavelmente e mudou de assunto:

– Antes que eu me esqueça, Roland perguntou se seria possível a senhora ir à escola e fazer uma declaração. O lugar está começando a ficar cheio de jornalistas. Eles não irão embora enquanto não lhes dermos alguma informação. E o diretor está ansioso para se livrar deles o mais rápido possível.

– Avise a eles que vou dar uma coletiva de imprensa no fim da tarde, às seis horas. Peça a Jones que disponibilize o Salão Principal para que eles possam montar os equipamentos. Ele vai ter que se segurar até lá.

– A senhora vai falar que nós prendemos e acusamos David Millar? – perguntou Miles.

Jazz suspirou.

– Não. Vou dizer que ele está colaborando com a investigação. Temos 24 horas, só isso, antes que você seja enviado de volta para Londres e eu volte para minha tranquila vida no campo.

– Tenho certeza de que a senhora consegue – disse Miles, com um sorriso.

– Obrigada. E isso só tem a ver com garantir que o homem certo pague pelo crime. Ok?

Jazz levantou-se e olhou para Miles.

– Eu sei. – Ele assentiu. – Sinceramente, eu não estava pensando em outra coisa.

– Ótimo. Estou saindo. Vamos torcer para que Issy tenha conseguido usar todos os seus encantos em Rory. Vejo você mais tarde.

– Issy é boa em encantos – murmurou Miles bem baixinho, enquanto observava Jazz sair da sala.

– Só tome cuidado para não se magoar, está bem? – sussurrou Jazz em resposta, fechando a porta ao sair.

30

Angelina parecia pequena e frágil quando abriu a porta, como se os eventos daqueles dias a tivessem encolhido fisicamente.

– Olá, Sra. Millar. Como está hoje? – perguntou Jazz, seguindo-a na direção da cozinha.

– Como você acha que estou?

Angelina desabou em uma cadeira. Jazz também se sentou.

– Há alguma coisa que eu possa fazer?

Angelina balançou a cabeça, em seguida olhou para ela com tristeza.

– Trazer Julian de volta à vida? – Ela deu um breve sorriso. – Isso seria ótimo.

Jazz tomou a mão pequena e fria de Angelina.

– Eu sinto muito. Tenha certeza de que estamos fazendo o possível para descobrir quem fez isso com o Sr. Forbes e por quê. E, devo avisá-la, a imprensa está lá na escola. Eles ficaram sabendo de alguma coisa, como sempre acontece. Eu ainda não fiz nenhuma declaração, mas farei hoje, no fim da tarde, então talvez seja melhor a senhora não ficar aqui. Tenho medo de que eles acampem aí fora, e isso é a última coisa de que vocês precisam no momento.

Angelina aquiesceu. Ela mal estava ouvindo.

– E, infelizmente, a outra coisa que devo lhe pedir não é nada agradável: a senhora terá que fazer uma identificação formal do Sr. Forbes.

Angelina colocou as mãos na cabeça.

– Meu Deus, é sério? Eu nunca vi um cadáver de perto. – Ela balançou a cabeça. – Acho que não vou conseguir.

– Talvez possamos contatar os pais dele? Presumo que você tenha lhes dado a notícia.

– A mãe dele já morreu, mas o pai está de férias no exterior, então não, ele ainda não sabe. Não tive coragem de deixar uma mensagem dizendo a ele que o filho foi assassinado – explicou ela, completamente desolada. – Eu só pedi que me ligasse de volta.

– Então, infelizmente terá que ser a senhora. Eu vou junto.

Angelina assentiu.

– Se eu tiver que fazer, eu faço. Julian ia querer que eu fosse forte... – Lágrimas vieram aos olhos de Angelina. – Isso vai me ajudar a acreditar que é verdade. Vai tornar a morte dele real. Porque, no momento, não consigo acreditar que seja.

– Não, é claro que não – concordou Jazz, delicadamente. – Quer que eu prepare um café?

– Fique à vontade – respondeu Angelina, apontando para o fogão.

Jazz levantou-se e colocou a água para ferver.

– Como está Rory?

Angelina meneou a cabeça.

– Está bem. Issy tem sido uma dádiva de Deus nos últimos dois dias. Ela e Rory se tornaram grandes amigos. Minha mãe vai chegar esta tarde, então já vai ser de grande ajuda.

– Eu realmente sugiro que a senhora pense em sair daqui. – Jazz colocou um pouco de café, água quente e leite em duas canecas e jogou uma colher de chá bem cheia de açúcar na segunda. Ela as levou para a mesa. – Tente beber isso.

– Obrigada. Não, eu vou ficar aqui, na nossa... *minha*... casa. – Ela mordeu o lábio. – Vocês já...?

– Se já prendemos alguém? – Jazz tomou um gole de seu café. – Bem, seu ex-marido está detido, colaborando com as investigações. Mas ele não confessou o assassinato do Sr. Forbes.

Angelina ficou em silêncio, olhando para o nada.

– Desculpe, mas preciso lhe fazer algumas perguntas.

– Pode fazer, sem problemas – concordou Angelina, dando de ombros com indiferença.

– Por acaso sabe se o Sr. Forbes conhecia alguém chamado Smith? Social ou profissionalmente?

– Pode ser que sim.

– Ele tinha alguma agenda de endereços aqui?

– Sim. Está na gaveta, em seu escritório.

– A senhora se importaria se eu desse uma olhada nela?

Angelina caminhou lentamente para o escritório e voltou com um livro de couro, que entregou a Jazz.

– Obrigada. Falando de pessoas que ele conhecia, o Sr. Forbes alguma vez mencionou que conhecia Sebastian Frederiks?

– Não, nunca.

– Eles estudaram juntos.

– Sim, eu tinha ouvido falar. Mas não no mesmo ano. – Angelina encarou Jazz, os olhos sem nenhum brilho. – Por quê?

– Nenhuma razão em particular. – Jazz mudou de assunto. – Então, o Sr. Forbes agiu normalmente nas últimas semanas? A senhora não se lembra de nenhum comportamento incomum?

Angelina balançou a cabeça.

– Não. Ele estava muito feliz. O trabalho estava indo bem, nós dois estávamos juntos...

– Então não parecia haver nada que o estivesse preocupando? Nem o fato de finalmente conhecer Rory e tudo o que isso implicava?

– Não, apesar de... Por falar em Rory... – Angelina franziu a testa. – Na verdade, acabei de pensar em algo.

– O quê?

– Provavelmente não é nada, mas, no sábado passado, eu fui à escola com Julian para ver Rory, que estava doente na enfermaria. Eu entrei e Julian esperou no carro. Quando voltei, lembro que ele se comportou de forma estranha. Estava angustiado, louco para ir embora. E no dia seguinte, quando Rory desapareceu, Julian se recusou a ir até lá comigo para ajudar a procurá-lo. Nós acabamos discutindo por causa disso. Senti que ele não estava me apoiando.

– Posso imaginar – concordou Jazz. – Perguntou a ele por quê?

– Claro que sim. Ele não me deu nenhuma resposta. Mas parecia... – Angelina fez uma pausa, tentando encontrar a palavra certa – ... assustado, eu acho. Quando voltei para o carro, lembro que comentei que ele parecia ter visto um fantasma. Estava muito pálido.

– Será que ele viu alguém que não queria ver enquanto esperava? Afinal, era sua antiga escola.

– Talvez. – Angelina deu de ombros. – Ele não disse nada, mas não podemos lhe perguntar agora, não é?

O celular de Jazz tocou.

– Com licença, por favor – disse ela, enquanto atendia. – Hunter.

– Sou eu, Martin. Estou com os resultados daquelas amostras que você me deu.

– Posso te ligar em cinco minutos?

– Claro.

Jazz desligou o telefone.

– Eu preciso ir, mas o que a senhora acabou de me contar é muito interessante. Quer que eu volte essa tarde, por volta das três horas, e a leve ao necrotério? Talvez possamos conversar um pouco mais. Vou subir e dar uma palavrinha com Issy, pode ser? Não se levante, eu sei o caminho.

Angelina assentiu.

– Obrigada, inspetora.

Jazz subiu as escadas e chamou por Issy. Ela apareceu vindo de dentro de um dos quartos.

– Conseguiu alguma coisa? – sussurrou Jazz.

– Estamos chegando lá, mas devagar. Eu contei a ele que o pai está na cadeia de novo. Isso pode despertar sua consciência.

– Você quer que eu fale com ele?

– Não, agora não. O garoto está morrendo de medo, e eu ainda não sei por quê. Deixe-o comigo mais um pouco.

– Certo, mas estamos correndo contra o tempo. Preciso ir. Mantenha contato.

– Pode deixar.

Jazz desceu as escadas, atravessou o corredor e foi até seu carro, discando enquanto caminhava.

– Martin, quais são as notícias? – perguntou, o coração disparando.

– A primeira é que a amostra da escova de cabelo não combina com nenhuma das outras mechas que você me deu.

Jazz sentiu um desânimo.

– Droga!

– Sinto muito. No entanto, as outras duas amostras de fato *combinam*. O "Bebê X" tem uma relação direta com a "Amostra A".

– Certo. Obrigada, Martin.

Jazz mordeu o lábio, decepcionada.

– Mas, ouça, o técnico de laboratório encontrou algo interessante. Ele está comparando novamente para ter certeza; eu ligo de volta quando souber.

– Você pode me dizer o que é?

– Não até que tenhamos confirmado. Tenha paciência, por favor.

– É claro, Martin, desculpe. A gente se fala mais tarde. – Jazz bateu as mãos no volante. – Droga!

Ela ligou para a recepção da escola. Jenny Colman atendeu.

– Sra. Colman, aqui é a inspetora Hunter. Achei que gostaria de saber os resultados o mais rápido possível.

– Sim, sim.

Jenny parecia nervosa e esperançosa.

– O DNA de Sebastian não bate com o de Corin nem com o da amostra de cabelo que a senhora me deu. Isso significa que ele não é seu filho.

Jenny soltou um suspiro de alívio.

– Ah, meu Deus! O que eu aprendi com tudo isso é que talvez seja melhor não saber.

– Sim. Bem, peço desculpas por lhe causar algumas horas de incerteza. Só uma pergunta rápida: a senhora se lembra de um aluno chamado Julian Forbes?

Houve um silêncio do outro lado da linha. Então, Jenny respondeu:

– Julian Forbes? Por que a pergunta?

– Eu só queria saber se a senhora se lembra dele. Ele é o companheiro de Angelina Millar, mãe de Rory.

– É mesmo? Bem, eu nunca soube disso.

– Lembra-se dele?

– Eu... Bem, sim, eu me lembro, mas, na verdade, eu não o conhecia muito bem.

Jazz percebeu nitidamente a reticência na voz de Jenny.

– Última pergunta: sabe alguma coisa sobre essa história que parece estar circulando na escola, sobre o menino que foi encontrado enforcado no porão?

– Não... eu... não, não sei – respondeu Jenny, com cautela.

– Tem certeza?

– Sim, quer dizer, aconteceu de fato, mas eu não sei muito sobre isso.

– Quer dizer que, quando isso aconteceu, a senhora já trabalhava na escola?

– Sim, mas... inspetora Hunter, não cabe a mim falar sobre o assunto. O Sr. Jones sabe muito mais do que eu.

– Foi suicídio, não foi?

– Sim.

– A senhora se lembra do nome do menino?

Houve uma pausa na linha. Então Jenny disse, relutantemente:

– Ele se chamava Jamie.

– E o sobrenome? – indagou Jazz.

– Inspetora, acho que deveria perguntar ao Sr. Jones, realmente eu... prefiro não comentar.

Jazz percebeu que não ia conseguir mais nada.

– Obrigada por sua ajuda. Poderia avisar ao Sr. Jones que vou aí para vê-lo assim que puder?

– Sim, inspetora. Meu telefone não parou de tocar o dia todo. Obrigada por me ligar. Até logo.

Jenny desligou o telefone e olhou para o nada. Por que o passado estava voltando agora? E por que a inspetora estava interessada em algo que tinha acontecido havia tantos anos? Isso sem contar Julian Forbes...

Será que ela sabia o que tinha acontecido?

Jenny se mexeu desconfortavelmente na cadeira. Teria sido errado de sua parte mencionar o nome de Jamie?

Certamente que não. Afinal, o que tinha acontecido era de conhecimento público...

Mas não cabia a ela contar.

As cortinas das janelas de baixo da pequena casa ainda estavam fechadas quando Jazz se postou na frente delas. Bateu algumas vezes, mas não obteve resposta, até que, finalmente, ouviu um movimento do lado de dentro.

– Quem está aí? – perguntou uma voz familiar.

Ao ouvi-la, a teoria de Jazz foi confirmada.

– É a inspetora Hunter. Podemos conversar, Sra. Cavendish?

A porta foi destrancada, e Adele Cavendish ficou parada sob o batente, diante de Jazz.

– Como sabia que eu estava aqui?

– Eu a vi alguns dias atrás, aqui em Cley, estacionada na rua principal, descarregando suas compras. Posso entrar?

Adele concordou relutantemente e levou Jazz a uma sala de estar pequena, porém aconchegante.

– Então... – começou Adele, sem se preocupar em convidar Jazz a se sentar. – Alguma notícia sobre Charlie?

– Não, embora espere ter muito em breve. Mas não é por causa disso que eu estou aqui.

Adele cruzou os braços de maneira defensiva.

– Bem, se não está aqui para falar sobre Charlie, *por que* veio aqui?

– Estou aqui, Sra. Cavendish, porque gostaria que me contasse sobre seu relacionamento com Sebastian Frederiks.

Adele Cavendish levou a mão à testa e suspirou pesadamente.

– Ah, meu Deus. Sebastian bem que falou que acabariam sabendo de alguma forma. – Então ela olhou para Jazz com uma mistura de admiração e horror. – Como descobriu?

– Isso não faz diferença. E sua vida pessoal não é da minha conta. No entanto, a senhora entende que eu seria negligente se não investigasse qualquer relação entre a mãe da vítima e o administrador do alojamento onde ela morreu. Podemos nos sentar? – sugeriu Jazz.

– Sim, é claro.

Adele empoleirou-se no braço do sofá e Jazz afundou em uma antiga poltrona.

– Leve o tempo que precisar, Sra. Cavendish.

Adele respirou fundo.

– Começou muito devagar, na verdade. Conheci Sebastian porque ele era o administrador do alojamento de Charlie. Meu filho estava sempre se metendo em encrencas e, no primeiro ano, Sebastian provavelmente tinha motivos para me ligar com mais frequência do que para os outros pais.

– Ele era compreensivo em relação a Charlie?

– Eu não diria que abertamente, mas, talvez o mais importante, ele o entendia. Em resumo, sabia exatamente como lidar com Charlie, que já era mais do que o pai dele conseguia fazer.

– Então, quando sua relação com o Sr. Frederiks começou a mudar?

Adele corou.

– Bem, ele tinha levado os meninos para velejar no fim de semana em Rutland Water, bem perto da minha casa. William estava viajando, e eu sugeri a Charlie que trouxesse seus oito amigos para jantar no sábado à noite.

Sebastian também veio. Eles tinham passado um dia fantástico praticando esportes e estavam muito animados... Eu não me divertia tanto havia muito tempo... – Adele deu um sorriso irônico. – Eu não sou tão esnobe quanto aparento, inspetora, mas acabei anulando meu verdadeiro eu para me adequar à minha realidade e ao meu marido.

Jazz assentiu, concordando. Ela sabia como o processo funcionava.

– Enfim, acho que acabamos exagerando um pouco na bebida. E Sebastian estava me fazendo rir. Ele sabe ser muito espirituoso quando quer. Eu estava lavando a louça na cozinha enquanto os meninos viam um filme na salinha quando Sebastian veio me ajudar. Nós conversamos e... percebi que ele estava realmente me *ouvindo*. – Ela sorriu com carinho. – Ele parecia interessado no que eu tinha a dizer. Então, quando chegou a hora de levar os meninos de volta para o hotel, Sebastian sugeriu que continuássemos nossa conversa algum dia, durante um jantar, para que ele pudesse retribuir minha hospitalidade com ele e os meninos. Presumi que só estivesse sendo educado. Afinal, ele é sete anos mais novo do que eu.

– E ele ligou para a senhora? – indagou Jazz.

– Sim, ligou cerca de três dias depois. Ele sugeriu um almoço, na verdade, dizendo que seria mais apropriado, diante das circunstâncias. Eu tinha acabado de comprar esta casa, para ter um lugar onde dormir quando visitasse Norfolk para os jogos de rúgbi de Charlie, além de outros eventos escolares. Eu odiava me hospedar no dormitório, pois acho que é frio como um necrotério. Então, eu ficava muitas vezes aqui em Norfolk, colocando as coisas em ordem.

Jazz foi direto ao assunto:

– E vocês dois se tornaram amantes?

– Não imediatamente, inspetora. – Adele corou. – Primeiro, fomos amigos por muito tempo. Lembre-se: ele era o administrador do alojamento de Charlie e eu era uma mulher casada, ou seja, uma relação não muito apropriada. Eu o achava muito bonito; na verdade, acho até que já tinha uma queda por ele, mas nunca imaginei, nem por um segundo, que fosse recíproco. Então, um dia, ele me revelou que sentia o mesmo.

– Há quanto tempo foi isso?

– Há dois anos. – Adele suspirou. – Obviamente, não havia alternativa a não ser manter nosso relacionamento em segredo enquanto Charlie estivesse na escola. Mas nós dois concordamos que, quando ele se formasse, não haveria mais nada que nos impedisse de ficar juntos. Sebastian ia procurar outro emprego, e eu estava decidida a deixar William. Estávamos planejando um recomeço juntos.

– A senhora queria passar o resto de sua vida com ele?

– Sim. – Adele assentiu. – Gostamos das mesmas coisas. Nós dois gostamos de ficar ao ar livre, somos esportistas. Posso não parecer agora, mas fui uma excelente jogadora de netball na minha época. Eu costumava cavalgar e nadar e… – A voz de Adele foi se enfraquecendo. – William era um cara da cidade, sob todos os aspectos. Sua ideia de um dia no campo era encontrar o pub mais próximo e ler os jornais de domingo. A morte de Charlie precipitou a situação. Deixei William há alguns dias. Chegamos a um acordo quanto ao divórcio. – Adele deu de ombros. – Foi muito fácil. Não havia mais nada que nos unisse.

– Agradeço sua franqueza, Sra. Cavendish – disse Jazz. – Em algum momento, deu a Sebastian algum objeto pessoal seu… um item de joalheria, por exemplo, como um… sinal de sua afeição?

Adele parecia surpresa.

– Sim, dei. Eu dei a ele meu anel de sinete, que traz o brasão da minha família. E ele me deu isso. – Adele estendeu o terceiro dedo na mão esquerda e mostrou a Jazz uma linda aliança em estilo russo. – Claro, Sebastian não podia usar o anel na frente de Charlie. Ele o guardava em uma das gavetas de sua mesa e o usava quando estávamos juntos.

– Ele o está usando agora. Eu vi – confirmou Jazz. – Há quanto tempo a senhora lhe deu o anel?

– Por volta do início de novembro, eu acho. – Ela massageou o pescoço como se tentasse dissipar a tensão. – Uau, isso parece ter sido há muito tempo. Antes de meu filho morrer. Quando a vida era relativamente normal. – Ela balançou a cabeça. – A senhora deve imaginar como tem sido difícil para nós dois desde então.

– Fale mais sobre isso – encorajou-a Jazz.

Adele franziu a testa.

– Precisa mesmo perguntar, inspetora? Meu filho morreu sob os cuidados de Sebastian. Não há mais o que dizer, ele está cheio de culpa.

– Exceto pelo fato de que ele *não* estava sob os cuidados de Sebastian, Sra. Cavendish – falou Jazz lentamente –, Sebastian não estava no alojamento na noite em que Charlie morreu.

– Exatamente. – Adele sentou-se ereta, olhando para Jazz. De repente, ela colocou as mãos no rosto e balançou o corpo para trás e para a frente. – Não percebe que isso torna tudo ainda mais terrível?

– O quê? – perguntou Jazz, calmamente, já sabendo a resposta.

Adele tirou as mãos do rosto para revelar a dor estampada nele.

– Quando meu filho foi assassinado, o homem que deveria tê-lo protegido... estava *aqui*... comigo...

Miles ainda estava sentado à mesa quando Jazz retornou à delegacia de Foltesham.

Ela contou sobre sua conversa com Adele da forma mais sucinta que pôde e concluiu:

– Acho que isso explica por que Hugh *pensou* que Sebastian era o filho de Corin havia muito perdido. Em algum momento, Hugh viu Sebastian usando o anel que Adele lhe dera em novembro. O administrador parece ter a mesma idade que o filho de Jenny teria; além disso, Hugh sabia que Frederiks cresceu em Norfolk. Sem contar os cabelos louros e os olhos azuis, iguaizinhos aos de Corin – acrescentou Jazz.

– Sim, senhora, mas aonde isso nos leva?

– Bem, é improvável que Frederiks tivesse ideia do motivo para Hugh lhe deixar seus bens. – Jazz esfregou o nariz, pensativa. – Quer dizer, se ele tivesse, teria chegado à dolorosa conclusão de que estaria, na verdade, tendo um caso com a própria tia.

Miles fez uma careta.

– Sim. É verdade. A menos, é claro, que Frederiks e a Sra. Cavendish estivessem juntos nisso...

– Ora, Miles! Você acredita de verdade que Adele iria conspirar para assassinar o próprio filho? – Jazz balançou a cabeça. – Altamente improvável. Adele adorava Charlie. Mas agora pelo menos eu entendo por que Frederiks fazia vista grossa para Charlie e seu bullying. Ele queria que Charlie gostasse dele. Afinal, um dia ele poderia ser seu padrasto. Não – ela suspirou –, infelizmente temos que descartar Frederiks como suspeito...

– Isso nos leva de volta à estaca zero...

– Vou retornar à escola para conversar com o Sr. Jones sobre aquele menino que morreu no porão – prosseguiu Jazz. – Jenny Colman disse que ele se chamava Jamie, mas foi muito evasiva. Quero saber de toda a história. Meu instinto me diz que isso tem algo a ver com o que aconteceu.

– E eu vou continuar analisando o computador de Forbes. Já olhei em seus arquivos de trabalho e não encontrei um único Smith. Vou partir para os arquivos pessoais agora – acrescentou Miles.

– Ótimo. Vou ver Frederiks também e pedir que me conte tudo o que sabe sobre o tal garoto enforcado no porão. E vou perguntar de novo sobre Julian Forbes. Vejo você mais tarde.

– Boa sorte.

Miles bocejou – tinha dormido tarde na noite anterior –, então voltou sua atenção para o notebook de Forbes e tentou se concentrar no trabalho a fazer.

31

Issy observava enquanto Rory desenhava uma flor que estava em um pequeno vaso, na mesa de seu quarto.
– Você desenha muito bem, meu querido.
– Obrigado – respondeu Rory, concentrando-se em sua tarefa.
– A propósito, seu pai voltou a ser detido em Foltesham – revelou Issy, com casualidade.
O lápis de Rory só hesitou por um segundo.
– Sério?
– Sim. Acham que ele matou outra pessoa também.
O lápis de Rory pairou no ar. Ele se virou para Issy, o choque estampado em seu rosto.
– O quê?
Issy assentiu.
– Infelizmente.
– Mas... – Rory balançou a cabeça. – Não pode ser.
– Por que não? Se ele confessou que matou Charlie, por que a polícia não deveria pensar que matou outra pessoa também?
– Porque... porque...
Issy colocou as mãos nos ombros magros de Rory, para reconfortá-lo.
– Eu sei, querido. Deve ser muito difícil para você.
– Não. – Rory balançou a cabeça. – Não é difícil para *mim*.
Ela sentiu os ombros dele tremerem, olhou para baixo e viu que o garoto estava chorando.
– Ora, meu bem, é sim, claro que é. Venha aqui. – Ela se ajoelhou ao lado da cadeira do menino e o envolveu em seus braços. Ele chorou em seu ombro enquanto ela acariciava seus cabelos louros. – Isso, coloque tudo para fora. Um bom choro faz bem, não é? Você vai se sentir melhor depois, eu prometo.

Rory olhou-a nos olhos.

– Não, não vou. Eu nunca vou me sentir melhor, entende? Tudo isso é minha culpa.

– Não, não é, meu querido. Você nunca poderia imaginar que seu pai iria matar Charlie quando contou a ele sobre o bullying. Você não deve se culpar. *Ele* tomou essa decisão, não você, e você não é responsável pelas ações dele, de jeito nenhum.

– Mas eu sou, Issy, eu sou.

– Por quê, Rory? – perguntou ela. – Me diga por quê.

– Porque… porque… – Rory pousou a cabeça no joelho de Issy e fechou os olhos com um suspiro. – Não foi o papai que matou Charlie, fui *eu*.

– Jenny. – O rosto cinzento de Robert Jones estava virado para o lado de fora do escritório. – Você poderia preparar um café e trazer aqui?

– Claro, Sr. Jones. Agora mesmo.

Jenny foi até a pequena cozinha e colocou a chaleira para ferver. Sentia-se exausta. O telefone tocara sem parar a manhã inteira, pois a imprensa ficara sabendo que havia algo estranho acontecendo na Fleat House. E isso tudo quando ela estava enfrentando uma montanha-russa emocional em *sua* vida. Ela colocou uma xícara, leite e açúcar em uma bandeja e levou-os à sala do Sr. Jones.

– Obrigado, Jenny. – Robert Jones serviu-se de leite e uma colher de chá bem cheia de açúcar, levou a xícara aos lábios e bebeu ruidosamente. – Você está dando conta de tudo lá fora?

– Estou tentando, mas não sei bem o que dizer a todos aqueles jornalistas. O senhor sabe o que está acontecendo?

Ele colocou a xícara de café sobre o pires e suspirou.

– Sim, infelizmente, sim. Outra morte.

– Outra morte? Ah, Sr. Jones!

O diretor suspirou e balançou a cabeça, cansado.

– Acho que não vai fazer diferença agora se eu lhe contar. O mundo inteiro vai ficar sabendo em poucas horas. O corpo de um homem foi encontrado em um baú no porão da Fleat House ontem. E ficou óbvio que ele foi assassinado.

Jenny levou a mão à boca.

– Sr. Jones, meu Deus, que horror! Já sabem quem ele era?
– Julian Forbes, um ex-aluno da escola.
Jenny abriu a boca, mas não conseguiu dizer nada.
– Você conheceu Julian quando ele estudou aqui? – perguntou ele.
Jenny assentiu, anestesiada.
– Aparentemente, ele era namorado de Angelina Millar, a mãe de Rory Millar, e morava com ela.
Jenny ouviu o telefone tocando na antessala. De alguma forma, ela conseguiu recuperar a voz.
– Com licença, Sr. Jones, é melhor eu atender.
– Claro. E não diga nada para ninguém. A inspetora Hunter virá aqui para dar uma coletiva de imprensa mais tarde. Então, todos nós saberemos de mais detalhes.
Jenny sentiu falta de ar e o coração apertado quando voltou para a recepção, para atender a chamada. Depois de falar, ela desligou o telefone e ficou olhando para o nada.
Alguns minutos depois, ela se levantou e voltou para o escritório do Sr. Jones.
– Desculpe, Sr. Jones. Eu... O senhor disse que até agora ninguém sabe da morte de Julian?
– Ninguém além de mim, a polícia, Sebastian Frederiks e Bob, que foi quem encontrou o pobre coitado.
– Tem certeza disso?
– Total. Todos fomos obrigados claramente pela polícia a não dizer nada. Por quê?
Jenny balançou a cabeça.
– Ah, não importa – respondeu ela, forçando um sorriso e caminhando de volta para sua mesa.
Pensamentos se multiplicaram em sua mente... Pensamentos que ela não conseguia evitar que sua mente processasse, embora fossem...
– Pare com isso! – disse ela a si mesma. – Não se deixe levar pela imaginação...
Mas havia uma coisa que ela não conseguia entender. Por mais que tentasse.
– Olá, Sra. Colman, como está?
Jenny olhou para cima e viu Hunter parada na frente de sua mesa.
– Ahn... estou... bem.

– Ótimo… que bom. – Hunter parecia tão distraída quanto Jenny. Ela acenou para o escritório do Sr. Jones. – Ele está aí?

– Sim.

– Obrigada.

A detetive sorriu e se afastou.

– Inspetora Hunter?

Ela parou e se virou.

– Sim?

– Eu… Bem, é que…

– O que foi, Sra. Colman?

As palavras não saíam. Ela não sabia como dizê-las. Afinal, poderia estar enganada e, então, em que situação isso a deixaria?

– Não é nada. – Jenny balançou a cabeça. – Nada mesmo.

A inspetora a encarou.

– Tem certeza?

Jenny assentiu.

– Sim, eu só… – Ela mordeu o lábio. A inspetora era tão bonita e gentil que Jenny quis confiar nela. – Eu não quero criar problemas para ninguém.

– Por que não conversamos depois que eu falar com o Sr. Jones?

– Vou sair para almoçar com uma amiga daqui a vinte minutos.

– Bem, eu não vou me demorar lá. – Jazz indicou o escritório do diretor. – Então, teremos tempo suficiente. E qualquer coisa que me disser ficará entre nós, a senhora sabe disso. E se há algo que…

– Inspetora Hunter! Finalmente! – Robert Jones apareceu à porta de sua sala. – Isso aqui está cheio de repórteres. Eu não tenho ideia do que dizer a eles e…

Ela se virou para o Sr. Jones.

– Vamos então falar sobre isso. Vejo a senhora daqui a pouquinho.

A detetive sorriu enquanto conduzia calmamente Robert Jones de volta para seu escritório e fechava a porta.

Jenny suspirou. A pergunta era: como ela poderia descobrir o que precisava saber sem causar problemas?

Talvez a melhor coisa fosse ir direto à fonte. Sim, era isso que deveria fazer. Jenny consultou o relógio e, tirando o telefone do gancho, pegou sua bolsa e saiu.

— Eu o aconselho a não sair da recepção principal no momento. Os abutres querem bicar qualquer coisa que conseguirem — disse Jazz, sentada na cadeira diante do diretor.

— Eles irão embora depois que você disser, na coletiva de imprensa, que o assassino já está sob custódia? — indagou o diretor.

— Depois de um tempo, sim — respondeu Jazz, de maneira evasiva. — Sr. Jones, preciso lhe perguntar sobre aquele garoto, Jamie, que morreu no porão da Fleat House. O que sabe a esse respeito?

Ele suspirou.

— Inspetora, isso aconteceu muito antes do meu tempo. O que sei é o que todos sabem. O garoto tinha 13 anos, se bem me lembro. Ele se enforcou usando um gancho de carne do porão.

Robert Jones se mexeu desconfortavelmente na cadeira.

— Alguém sabe por que ele tirou a própria vida?

— Você deveria estar fazendo todas essas perguntas a Jenny. Ela trabalhava aqui naquela época, inspetora. Isso é realmente relevante?

— Sim — retrucou Jazz com firmeza, e esperou que ele respondesse.

— Reitero que isso aconteceu cerca de dez anos antes do meu mandato...

— Então, há uns 25 anos?

— Sim, mais ou menos por aí. E havia muito bullying naquela época. O que me disseram foi que esse Jamie foi alvo de alguma brincadeira especialmente cruel. Eu gostaria de salientar que a polícia investigou sua morte e concluiu que não houve crime.

— E o senhor sabe quem foram os meninos que fizeram essa brincadeira de mau gosto?

— Não, não sei.

— Então, quem saberia?

— Talvez Jenny? E Sebastian Frederiks, possivelmente. Ele é ex-aluno.

— Assim como Julian Forbes?

Robert Jones parecia confuso.

— Sim, mas ele não pode nos ajudar agora, pode? E por que isso seria relevante? David Millar já está detido. Seu chefe me disse isso hoje de manhã.

Mesmo não querendo, Jazz se irritou com o uso da palavra "chefe".

— Ele está, de fato. Mas ainda há alguns detalhes que quero esclarecer. Por exemplo, Rory Millar acabou no porão da Fleat House durante a noite, não foi? O senhor acha que isso foi apenas coincidência?

– Provavelmente não. Dizem que o garoto assombra o porão onde morreu. Quem trancou Rory lá dentro sabia bem o que estava fazendo.

– Charlie Cavendish, o senhor quer dizer?

– Sim. – Robert Jones suspirou. – Ele pagou um preço bem alto por seus delitos, não pagou?

Jazz o ignorou.

– Alguma ideia de onde Sebastian Frederiks possa estar?

Jones verificou as horas.

– Provavelmente no refeitório ou nos vestiários com os garotos se preparando para o treino de rúgbi. A vida deve continuar, embora só Deus saiba como os garotos estão encarando as câmeras de TV lá fora. Eu só espero que você lhes ofereça o suficiente na coletiva de imprensa para fazê-las ir embora. Seis horas, certo?

Jazz estava de pé.

– Sim, eu o vejo às seis. Se precisar de mim, ligue para o celular.

Ela meneou a cabeça e saiu da sala, seu relógio avisando que faltavam poucas horas para ela nomear David Millar como o principal suspeito.

A mesa de Jenny estava vazia. Ela provavelmente tinha ido almoçar. Quando Jazz saiu do prédio, seu celular tocou.

– É Issy, Jazz.

– Issy, alguma notícia?

– Sim. Você pode me encontrar na delegacia?

– Neste momento, não. Faça um resumo, por favor.

– Rory acabou de admitir que o pai dele o estava encobrindo. Parece que Rory disse a ele nos Lagos que não conseguia se lembrar se engoliu a aspirina ou não.

Jazz continuou andando.

– Tudo bem, não se preocupe. Mas deve ter havido mais do que isso.

– Houve. Ele me contou que Charlie Cavendish o estava usando como lacaio, fazendo-o limpar seus sapatos, ajudá-lo a se vestir... esse tipo de coisa, você sabe como é.

– Sei, sim.

– Bem, na noite em que Charlie morreu, ele tinha ordenado a Rory que fosse ao seu quarto antes de ele voltar do bar e ligasse o cobertor elétrico. Então, depois do interlúdio angustiante com Hugh Daneman, Rory ainda teve que subir até o quarto de Charlie...

– E acha que pode ter deixado a aspirina lá sem perceber.

– Exatamente.

– Então, ele deixou mesmo? – indagou Jazz, quando viu Frederiks marchando pelo campo de rúgbi e acelerou o passo, esquivando-se de um repórter com uma câmera.

– Deixou o quê?

– Deixou os comprimidos no quarto de Charlie por acidente? Ou de propósito? Afinal, Cavendish estava infernizando a vida dele.

– Rory se lembra de Hugh Daneman lhe dando um copo d'água. Provavelmente ele tomou as aspirinas antes mesmo de chegar perto do quarto de Charlie. Entretanto, com o trauma emocional do beijo de Daneman, a constatação de que ele foi a última pessoa a estar no quarto de Charlie antes da morte do rapaz e o fato de ele ter estado com duas aspirinas na mão apenas meia hora antes... Bem, acho que a imaginação de Rory trabalhou em excesso. Isso se chama autossugestão, Jazz. Além do mais, duvido que Rory estivesse raciocinando adequadamente naquele momento, depois do que tinha acabado de acontecer entre ele e Daneman, para conceber um plano de assassinar Charlie.

– Mas, Issy, isso coloca Rory na cena do crime, com os meios para cometê-lo. Então tem que ser uma possibilidade... Issy? Alô?

Jazz tirou o celular do ouvido e percebeu que tinha perdido o sinal.

– Droga! – murmurou ela.

Sebastian Frederiks estava a poucos metros dela.

– Sr. Frederiks, podemos conversar? – chamou Jazz, quando se aproximou o suficiente dele.

– Desde que não seja para questionar minha ascendência.

Ele continuou andando a passos largos. Jazz precisou correr para conseguir acompanhá-lo.

– O diretor comentou que o senhor deve se lembrar dos alunos que, segundo dizem, estavam envolvidos no bullying do menino que se enforcou no porão da Fleat House.

Frederiks parou e a encarou.

– Essa é uma história bem antiga, não é? O que tem a ver com qualquer coisa agora?

– Provavelmente nada, mas se puder se lembrar dos nomes dos meninos, eu ficaria grata.

Sebastian parecia cauteloso.

– Nunca ficou provado, sabe, e eu nem estava na escola quando aconteceu. Cheguei alguns meses depois. Só que alguns dos rapazes falavam que esse tal de Jamie era instável, um garoto esquisito. Não acho que sua morte possa ser colocada na conta de alguém.

– Eu entendo, mas ainda assim eu gostaria de saber os nomes – insistiu Jazz.

Ele coçou a cabeça.

– Olha, lembre-se de que são apenas boatos. Eu conhecia alguns daqueles caras, eles eram seres humanos comuns; meninos como eu, que gostavam de uma brincadeira.

– Sr. Frederiks, os nomes, por favor.

– Ok, ok. – Ele assentiu. – As pessoas afirmaram que quatro estavam envolvidos no bullying, aparentemente. Eles chegaram à escola, se uniram e formaram uma "gangue": Adam Scott-Johnson, Freddie Astley, Harry Connor e... Julian Forbes.

– Julian Forbes? Tem certeza?

– Sim. Mais tarde, ele se tornou um colega. Era um médio de abertura fantástico. Coitado, fico triste que tenha morrido.

– Obrigada. O senhor me disse tudo o que eu precisava saber. Com licença, por favor, mas preciso voltar para a delegacia.

Sebastian observou a inspetora se virar e sair andando depressa pelo campo.

Entrando na delegacia de Foltesham, Jazz foi procurar Issy.

– Ela saiu para comer um sanduíche, senhora. Parecia exausta quando chegou. Ela já lhe contou a notícia, certo? – falou Miles.

– Sim, sim. – Jazz andou de um lado para outro no pequeno espaço, irritada por Issy não estar ali. – Onde está Rory?

– Em casa. Issy sugeriu que vocês duas fossem vê-lo esta tarde. Mas, senhora, pelo que ela disse, Rory apenas ficou um pouco confuso por causa de seu estado de alta ansiedade. Além do mais, como poderíamos ligar isso à morte de Forbes? Afinal, sabemos que Rory estava em casa com a mãe na terça à noite. Um de nossos policiais estava montando guarda do lado de fora de sua casa.

– Eu sei, eu sei. – Jazz afundou em uma cadeira. – A menos que as mortes não estejam relacionadas, mas, considerando que foram três na última semana, isso está estatisticamente fora da escala Richter de probabilidades.

339

Acabei de falar com Frederiks, que me contou que Julian Forbes era um dos supostos valentões responsáveis pela morte do menino que se enforcou no porão da Fleat House... – Ela consultou o relógio. – Droga! Duas horas e meia até a coletiva de imprensa... Eu *sei* que David Millar não matou ninguém... É algo ligado ao passado, mas eu simplesmente não consigo...

– Afinal, o que Frederiks disse? – perguntou Miles calmamente.

Ele já estava acostumado à estridência da voz de sua chefe quando ela estava perto de descobrir a verdade.

– Eles formavam uma gangue...

– Nomes?

– Harry alguma coisa, Adam... eu anotei os nomes, mas não reconheci nenhum deles.

– Espere um momento, senhora. – Miles voltou sua atenção para o notebook, rolou a tela para baixo e leu o e-mail que surgiu à sua frente. – Por acaso um dos nomes era Freddie?

– Sim. – Jazz parou de andar e virou-se para ele, surpresa. – Por quê?

– Acho que a senhora pode ter acertado em cheio sobre este caso ter algo a ver com o passado. Veja esse e-mail. Foi enviado a Julian na noite em que ele morreu. Achei estranho quando o li.

Miles virou a tela para Jazz, que começou a ler:

Caro Julian,

É muito bom ter notícias suas depois de todos esses anos. Fiquei feliz por você ter me localizado. Aquele site "Reunião escolar" de fato funciona, não é?

Você perguntou se eu tinha notícias dos outros membros da nossa gangue. Infelizmente, sou portador de notícias bem ruins, pelo menos para dois deles. A esposa de Harry me contatou no ano passado para me dizer que ele havia morrido. Ele tinha se mudado para Sydney, sabia? E, ao que tudo indica, era um cirurgião muito talentoso. Parece que foi encontrado morto na sala de desinfecção do hospital onde trabalhava. Não sei bem os detalhes, mas não foi acidental. Ainda não pegaram o assassino, até onde eu sei.

E ouvi há alguns meses que Freddie também não está mais entre nós. Ele morreu há cerca de três anos, nos Estados Unidos – um amigo de um amigo trabalhou com ele no Goldman Sachs. Suicídio, aparentemente. Ele pulou da janela do escritório e foi encontrado morto na calçada. Assim é o mundo das finanças – a pressão é inacreditável. Só tinha 38 anos; deixou dois filhos. Caramba, isso faz a gente refletir. Então, infelizmente, velho amigo, restamos apenas nós dois.

Atualmente estou morando na Provença, aprendendo a transformar uvas em vinho. Fora da loucura da cidade, num lugar muito mais aprazível. Estou casado pela segunda vez; tenho dois filhos do primeiro casamento e um bebê a caminho daqui a três meses com a esposa número dois.

Vou adorar estar presente à sua festa de 40 anos e tomarei providências para isso quando a data se aproximar. Nem preciso dizer que Norwich não fica tão longe de Marselha. Diga a data e nos encontraremos.

Lamento saber que você viu "Il Forgeron". Não estou surpreso que tenha ficado chocado. Eu teria tido a mesma reação.

Entre em contato assim que puder.

Adam

Quando Jazz terminou de ler, sentou-se em silêncio. Finalmente, ela disse:

– Harry, Freddie, Adam e Julian. Os nomes dos rapazes que faziam bullying, provavelmente levando Jamie a se enforcar há 25 anos.

– Harry, Freddie, Julian... todos mortos – acrescentou Miles.

– E não se esqueça de Charlie Cavendish, que também era um valentão renomado...

Forgeron... A palavra se repetia dentro de sua cabeça... A resposta inalcançável...

Sydney... Estados Unidos...

Jazz tirou seu caderno da pasta, relendo rapidamente as anotações rabiscadas que havia feito na semana anterior.

Então, ela encontrou.

– É claro – disse baixinho.

– O quê? – indagou Miles.

– *Il Forgeron*... Agora acho que entendi.

Miles parecia confuso.

– Entendeu o quê?

Jazz já estava à porta.

– Julian viu seu assassino recentemente. Angelina Millar me contou que ele parecia ter visto um fantasma quando a levou até a escola há alguns dias. Alguém que amava Jamie o suficiente para matar aqueles que acreditava terem sido a causa de sua morte. E para acabar com qualquer outro que cometesse o mesmo crime. Mande um e-mail para esse tal Adam imediatamente. Entre em contato com a polícia da Provença, se necessário. Faça o que for preciso, encontre-o. E avise a ele.

– Avisar sobre o quê, senhora?

– *Il Forgeron*. Diga que ele é o próximo.

32

Jenny ainda não estava de volta à sua mesa quando Jazz chegou.

A inspetora entrou no escritório de Robert Jones e o encontrou, com a cabeça inclinada para trás, meio adormecido.

– O senhor viu a Sra. Colman? – perguntou ela, abruptamente.

– Sim, está na sala dela.

– Não, não está.

– Então talvez tenha ido ao banheiro.

– Sr. Jones, é muito importante que eu a encontre. Quando foi a última vez que a viu?

– Talvez cerca de uma hora atrás.

– Certo. Posso usar seu telefone?

– Claro que sim.

Ela discou.

– Roland, preciso que reúna o maior número possível de homens na escola para procurar Jenny Colman, a secretária do diretor. O quê? Não, esqueça os jornalistas e comece a procurar agora. Me avise se a encontrar. Obrigada. – Jazz desligou e voltou sua atenção para o diretor. – Preciso *agora* de uma lista completa dos funcionários da escola nos últimos 25 anos.

– Essa lista deve estar no arquivo do escritório do tesoureiro. – Robert Jones se levantou, finalmente sentindo a urgência. – Vou lhe mostrar onde fica, ok?

Eles usaram a saída de incêndio para deixar o prédio, atravessaram o gramado da capela e entraram no Salão Principal. Andando bem depressa, forçando Robert Jones a fazer o mesmo, Jazz disse:

– Presumo que o senhor peça referências completas de todos os funcionários que vêm trabalhar na escola.

– Claro que sim. – Jones parou, ofegante, diante de uma porta no terceiro andar. – Todo cuidado é pouco hoje em dia.

– Mesmo em relação a membros da equipe que podem ter trabalhado aqui antes?

– Sim, eu... – Jones estava suando quando destrancou o grande armário de arquivos. – Ano 1985?

– Vamos começar com isso.

Ela mal podia conter sua irritação diante daquela lentidão presunçosa.

– Aqui está.

Robert Jones levou o livro até a mesa e o abriu.

– Obrigada.

Jazz começou a dar uma olhada nos nomes.

– Posso ajudar?

Ignorando-o, ela virava as páginas em uma agonia de suspense. Então, finalmente, encontrou o que estava procurando. Fechou o livro com força e encarou o diretor.

– Com licença, Sr. Jones, preciso correr.

Jazz correu até a Fleat House, chamando Roland enquanto entrava.

– Algum sinal de Jenny Colman até agora?

– Não, senhora.

– Vocês já entraram na Fleat House?

– Claro que não. Para ser sincero, eu pensei que estava interditada. Não achei que a senhora fosse querer todos os policiais se arrastando por lá com...

Jazz nem o deixou terminar. Quando chegou à frente do prédio, perguntou ao policial se alguém havia entrado.

– Não, senhora, não nessa última hora.

– Obrigada.

Jazz abriu a porta e atravessou o corredor rapidamente em direção às escadas.

Discou o número de Miles, mas ele não atendeu, então ela deixou uma mensagem.

– Encontre-me na Fleat House com urgência, e traga reforços. Diga a Roland para vir para cá também, o mais rápido possível.

Ela subiu as escadas e seguiu em frente, sabendo exatamente para onde estava indo, temendo que fosse tarde demais.

Ao chegar ao último andar, ela correu em direção à porta da frente e a encontrou trancada.

– Droga!

Tentou todas as chaves da Fleat House que tinha em mãos, mas nenhuma se encaixou. Ela se afastou e se lançou de encontro à porta, mas sem sucesso.

Batendo com toda a força, ela gritou:

– Sra. Colman, é a inspetora Hunter. Está aí? Responda-me se puder!

Silêncio.

– Olá, senhora. Como estão as coisas? – indagou, de repente, Miles, que surgiu ao lado de Jazz acompanhado de dois policiais corpulentos.

– Arrombem, rapazes – ordenou ela. – O mais depressa que puderem.

Os policiais empurraram a porta com toda a força. Na quarta tentativa, ela cedeu.

– Obrigada, pessoal – disse Jazz, aliviada, quando entrou no apartamento, com Miles ao seu lado.

Ela atravessou o hall e entrou na pequena sala de estar. Jenny estava deitada no chão, inconsciente. Jazz se ajoelhou e verificou seu pulso. Sentiu um leve batimento.

– Chame uma ambulância e diga a Roland para colocar seus homens em todas as saídas. Ninguém entra ou sai até que eu dê permissão.

Jazz se levantou e entrou no quarto. E, como já esperava, encontrou o guarda-roupa e as gavetas vazios.

Miles se juntou a Jazz, que suspirou.

– Provavelmente fez as malas ontem. Imagino que ela tenha ido ao aeroporto de Norwich ou talvez a Stansted. Eles têm voos para o sul da França. Contate as autoridades do aeroporto. Dê-lhes uma descrição, Miles. Vou ver se a escola tem uma foto de passaporte em seus registros.

– Uma descrição de quem, senhora? – indagou Miles, franzindo a testa, confuso.

– De Madelaine Smith, Miles. A governanta da Fleat House. Mãe de Jamie Smith, o jovem que se enforcou no porão há 25 anos. Ou, como suas vítimas prefeririam chamá-la, "A Ferreira".

33

Scotland Yard, Londres
Uma semana depois

Norton abriu a porta e deu as boas-vindas a Jazz.
– Entre e sente-se. É bom vê-la, inspetora Hunter.
Jazz acomodou-se na cadeira diante da mesa.
– É estranho estar de volta? – perguntou ele, enigmaticamente.
– Sim, mas enterrei os fantasmas, senhor.
– Ótimo, ótimo. – Ele assentiu. – Obviamente, eu li seu relatório sobre o caso, mas, mesmo assim, gostaria que você me falasse sobre isso. Eu tenho que viver por tabela por meio dos meus investigadores, agora que sou um velho triste que só faz serviços burocráticos.

Ele sorriu sombriamente, e Jazz percebeu que falava a sério.
– Bem, como o senhor sabe, eu tinha certeza de que David Millar não era o assassino de Charlie. Os fatos não faziam sentido. Eu estava convencida o tempo todo de que isso tinha algo a ver com o passado. E a única conexão que consegui para as três mortes foi a Fleat House. Quando ouvi a história completa sobre o suicídio de Jamie Smith e depois li o e-mail que Adam Scott-Johnson enviara para Julian Forbes, as coisas se encaixaram. Lembrei que, quando interroguei Madelaine pela primeira vez, ela me contou que já tinha trabalhado na escola havia muitos anos. Ela também disse que trabalhou nos Estados Unidos e na Austrália. O que ela não mencionou foi que seu filho tinha estudado na St. Stephen e, tempos depois, se enforcara.
– Então, quem mais a conhecia?
– A pobre Jenny Colman, é claro. Ela sabia – respondeu Jazz. – As duas eram amigas havia muito tempo. E Hugh Daneman reconheceu a governanta, segundo a Sra. Colman. Certamente o diretor não sabia. Ele me mostrou

referências excelentes do arquivo sobre os cargos que ela ocupou na Austrália, particularmente no mesmo hospital onde o pobre Freddie acabou morto...

– Presumo que você entrou em contato com Sydney – interveio Norton.

– Sim, e com os federais sobre Freddie Astley – confirmou Jazz. – A Sra. Smith nunca mais sentirá o cheiro da liberdade. Ela estava castigando a "Gangue dos Quatro" um a um. Claro, sua motivação para as mortes foi talvez a mais forte de todas: o amor de uma mãe por seu filho.

– Sim, é um motivo muito sólido – concordou Norton. – Então, ela aceitou o emprego em Norfolk com a intenção de assassinar Julian Forbes?

– Sim. E estou inclinada a acreditar nela quando afirma que o trabalho temporário que surgiu na St. Stephen foi uma coincidência. Ela estava em Norfolk procurando trabalho e, ao mesmo tempo, uma oportunidade de se livrar de Forbes, e lá estava ela. – Jazz deu de ombros. – Deve ter achado a oportunidade bastante irônica: combinava perfeitamente com suas necessidades, lhe oferecia um lugar para morar e também os meios para matar Julian no mesmo lugar onde seu próprio filho havia morrido. Segundo ela, Julian era o líder da gangue. A pessoa que ela mais culpava pelo bullying que acreditava ter levado à morte de seu filho.

– E Charlie Cavendish foi vítima das circunstâncias – sugeriu Norton –, no sentido de que Smith viu Rory Millar sendo intimidado impiedosamente, uma situação que era similar ao que acontecera com seu próprio filho, 25 anos antes. Ela sentiu que precisava fazê-lo parar.

– Exatamente – concordou Jazz. – A dedicada governanta. Mais uma vez, o motivo dela para matar Charlie era sólido. Smith era altamente protetora em relação a Rory. Pode-se entender por quê. Sua fragilidade a fazia lembrar-se do filho, Jamie. Foi por isso que, quando ela viu as duas aspirinas no registro de remédios que Hugh Daneman dera a Rory, logo depois que ela mesma havia tirado duas do armário para matar Charlie, decidiu mudar o registro e criar um falso para evitar implicar Rory.

– Você está dizendo que ela entrou no escritório de Forbes em Norwich naquela terça à noite e, de alguma forma, conseguiu persuadi-lo a acompanhá-la de volta à escola?

Jazz assentiu.

– Ele deve ter ficado apavorado quando ela apareceu. Os meninos a apelidaram de "A Ferreira" quando ela era a governanta da Nelson House, há 25 anos, devido ao seu sobrenome e à sua mão de ferro para lidar com eles.

– Ela está me parecendo assustadora – admitiu Norton. – Eu tive uma governanta assim quando estava na escola.

– Para ser justa, tenho certeza de que, antes de seu filho morrer, ela era uma mulher normal – explicou Jazz. – E não ajudou muito o fato de seu marido ter sido fatalmente baleado na Propriedade Conaught quando Jamie tinha apenas alguns meses de idade. O pequeno valor da indenização que Smith recebeu da família permitiu que ela mandasse o filho para a St. Stephen, onde ela presumiu que ele teria a chance de um futuro melhor. Infelizmente – ela suspirou –, acabou por ser o oposto.

Norton fez um som de desaprovação.

– Sim, eu me lembro de um menino estranho, muito inteligente, da classe trabalhadora, que tinha uma bolsa de estudos em minha antiga escola. Tenho vergonha de dizer que não facilitamos a vida dele. O velho sistema de classes britânico, que nunca parece desaparecer de nossa psique. Tenho certeza de que deve ter desempenhado um papel no suicídio do menino também.

– Por mais terrível que seja, deve ter sido isso mesmo, senhor.

– Então, a dor obviamente fez a mulher enlouquecer – concluiu Norton.

– Isso mesmo. Quando falei com Adam há alguns dias, ele me contou que depois que Jamie foi encontrado, cada membro da "Gangue dos Quatro" foi visitado pela Sra. Smith, que os ameaçou dizendo que um dia os faria pagar pelo que tinham feito com seu filho. Ela deixou a escola logo depois, mas Adam comentou que nenhum deles jamais se esqueceu de suas palavras.

– Acabou por ser uma ameaça real. Fale-me sobre Jenny Colman – pediu Norton. – Como ela está?

– Teve alta, já está em casa. Está indo bem, levando-se em conta a situação. Ela ainda está se recuperando do choque de saber que a mulher que ela considerava sua melhor amiga tentou assassiná-la. Jenny tinha adivinhado. Graças a Deus chegamos lá a tempo. Ela é uma senhora adorável. Ao longo das adversidades, foi corajosa, nunca culpou ninguém por seu infortúnio. E... – Jazz sorriu – ... *há* um lado bom em tudo isso. Martin Chapman descobriu algo muito interessante quando comparou amostras de DNA.

– Ele descobriu quem é o filho perdido de Jenny?

– Sim. Por uma total coincidência, Martin tinha visto um padrão de DNA semelhante bem no dia anterior, durante o exame forense da cena do crime. Ele os comparou e descobriu que eram idênticos.

– Posso perguntar quem é? – indagou Norton.

– Como não é relevante para o caso, o senhor ficaria ofendido se eu não revelasse agora? Sinto que Jenny e seu filho devem ser os primeiros a saber – explicou Jazz.

– Sem dúvida. – Norton sorriu para ela. – Então, o que foi que Smith falou que fez Jenny perceber que a amiga poderia estar envolvida?

– Jenny disse que na sexta-feira de manhã, um dia depois que Forbes fora encontrado morto, Madeleine falou que Rory era tudo o que Angelina Millar teria, e usou as palavras "agora que ele se foi". Na época, o fato de um corpo ter sido encontrado ainda era segredo, e o fato de ser Julian Forbes era um segredo maior ainda. Jenny também não conseguiu entender como Maddy... como ela a chama... sabia do relacionamento de Angelina com Forbes. Não poderia ter sido Rory quem lhe contou porque ele próprio não sabia. Então, quando Robert Jones contou, no dia seguinte, que era Julian o homem assassinado e, sabendo mais do que ninguém quanto Smith o culpava e a seus companheiros pelo suicídio do filho, Jenny tirou as próprias conclusões.

– Então, antes de falar com você, ela foi tirar satisfação com Maddy Smith?

– Sim. Smith disse a Jenny que Sebastian Frederiks havia lhe revelado a morte de Forbes. Em seguida, acalmou-a e foi lhe preparar uma xícara de chá, onde colocou anticongelante. Não o suficiente, graças a Deus, para causar muito dano, mas, realmente, esse foi o terceiro caso que tivemos. O senhor não pode sugerir aos seus amigos em posições de comando que façam alguma coisa? Essa substância está prontamente disponível e, quando não mata, deixa a vítima desejando *estar* morta.

– Veneno de rato e alvejante também estão prontamente disponíveis, Hunter.

– Mas não são tão convenientemente sem sabor, senhor.

– Não. Mas o fato é que a maioria das pessoas quer ter um carro que liga de manhã e um banheiro limpo. Elas não querem matar os outros. – Norton sorriu. – Quando descer do palanque, por favor, continue, Hunter.

– Desculpe. Eu sei que o que vemos é aquela pequena porcentagem de uso indevido e que preciso manter esse número em perspectiva. Às vezes é difícil, só isso.

– O que é interessante, Hunter, é que *você* não é durona. Ainda. Uma policial empática e experiente é o melhor que podemos oferecer ao público. Certifique-se de continuar assim.

Jazz percebeu que tinha recebido um elogio disfarçado.

– Sim, senhor, vou tentar.

– Ótimo. Então, continuando... – Norton a olhou de soslaio. – Eu temo que a Sra. Smith esteja um tanto insana. Ela será considerada mentalmente responsável para ser julgada?

– Issy tem estado bastante com ela e me falou que Smith é perfeitamente sã para uma pessoa *insana*, palavras dela. Ela não demonstrou nenhum remorso. Acredita que a justiça foi feita para vingar a morte de seu filho. Não será um julgamento longo, isso é certo. Há também a possibilidade de que ela seja enviada para o Hospital Psiquiátrico Broadmoor, eu acho.

– Bem... – Norton fechou o arquivo na mesa à sua frente. – Você acabou conseguindo, Hunter. Parabéns. E antes da coletiva de imprensa. Não quero nem pensar nas consequências se você tivesse anunciado que tínhamos prendido David Millar, e mais tarde descoberto que estávamos enganados.

Houve um reconhecimento velado sobre quem quase causara um verdadeiro caos.

– Agora, deixando o caso de lado, quero saber como você está se sentindo em relação ao futuro.

– Não tive muito tempo para pensar, senhor – respondeu Jazz, com toda a sinceridade.

– O negócio é – Norton pegou um envelope de sua mesa – que esta é sua carta de demissão. E eu sugiro que, se você quiser renunciar ao seu posto novamente, reflita um pouco mais e se esforce para redigi-la melhor. Presumo que ainda esteja determinada a não voltar para Londres.

– Sim, senhor.

Norton ergueu as mãos em resignação.

– Bem, não vou tentar persuadi-la de novo, se você já está decidida. Mas, independentemente do que digam, é na Yard que as coisas acontecem e onde você, como investigadora, é notada para futuras promoções.

– Eu compreendo, senhor. Mas não sou particularmente obcecada por progredir na carreira, apenas por fazer um bom trabalho. E ser feliz – acrescentou Jazz.

Norton arqueou uma sobrancelha.

– E você acha que está feliz em Norfolk?

– Pelo pouco tempo que estive lá, sim, acredito que estou – concordou Jazz.

– Eu não vou fingir que não quero você de volta aqui. No entanto, se você resolver ficar conosco, o comissário gostaria de vê-la o mais rápido possível.

– É mesmo? Por quê? – perguntou Jazz, nervosa.

– Para discutir sobre como você poderia ajudá-lo em seus planos para criar um Departamento de Operações Especiais na Ânglia Oriental. Deverá cobrir Norfolk, Suffolk e partes de Cambridge e Lincolnshire – explicou Norton. – Para ser franco, o comissário está cansado de ver sua equipe daqui sendo levada para lá e para cá. Especialmente quando Londres se torna cada vez mais necessitada de nossos serviços. Há três outros departamentos regionais sendo criados atualmente, que devem cobrir todo o país, sem que precisemos ceder nosso pessoal.

– Entendo. – Jazz assentiu. – E o que o comissário quer que eu faça, exatamente?

– Que chefie esse departamento, é claro. Que comece recrutando uma pequena equipe itinerante para fazer contato com as Unidades de Crimes Graves nas regiões mencionadas e trabalhar em conjunto com elas. É um trabalho especializado, Hunter. São necessárias excelentes habilidades relacionais e uma grande capacidade de se adaptar a uma centena de situações diferentes. E eu diria que você acabou de provar ter exatamente isso no caso da St. Stephen.

Jazz percebeu que Norton provavelmente sabia tudo sobre aquele novo departamento quando fora procurá-la algumas semanas antes e lhe oferecera o caso da St. Stephen. Ele a estivera testando. Por um lado, ela ficou com raiva por ter sido manipulada; por outro, sentiu-se honrada por ele valorizá-la o suficiente para se dar a tanto trabalho.

– Posso ter alguns dias para pensar? Desculpe, fui pega de surpresa. Não esperava mesmo por isso.

– No máximo dois dias, Hunter. Eu me arrisquei por você nessa. O comissário já está nervoso com seu suposto "ano sabático" e expressou a preocupação de que você desapareça no horizonte outra vez. Se estiver disposta a aceitar, quero que todos sintam que você está cem por cento comprometida.

– Eu entendo, senhor. E o pessoal? Eu poderia levar alguns dos meus antigos colegas?

– Dois, no máximo – avisou Norton. – Já perdi o suficiente das minhas tropas no último ano, por vários motivos. Presumo que queira Miles. Ele já está aqui há bastante tempo. Talvez ele deseje um novo desafio. Nunca senti que conseguimos tirar o melhor dele – ponderou Norton. – Mas você parece que conseguiu. E talvez uma mudança e uma promoção possam ser a resposta.

Norton consultou o relógio.

Jazz percebeu que era um sinal para ela ir embora. Ela se levantou e estendeu a mão para Norton.

– Obrigada, senhor, eu reconheço a confiança que o senhor depositou em mim. Vou lhe dar uma resposta até o fim da semana, prometo.

– Ótimo. Espero que seja positiva.

Jazz se virou e caminhou em direção à porta. Quando a abriu, ele disse:

– Hunter?

– Sim, senhor?

– Não permita que ele saia como vencedor, está bem?

Ela sorriu para si mesma.

– Vou tentar, senhor, prometo.

Jazz dirigiu pela estrada até Norfolk, sua mente borbulhando.

"Não permita que ele saia como vencedor"...

Eram palavras poderosas, mas Jazz não podia se dar ao luxo de tomar uma decisão baseada em nada além do que *ela* desejava fazer pelo resto da vida.

E já tinha feito duas grandes mudanças: divorciar-se de Patrick e deixar Londres. E quando sua casa começasse a tomar forma, ela sabia que ia adorar viver lá.

Mas será que ela conseguiria viver sem a adrenalina do trabalho? Por mais frustrante e desanimador que às vezes fosse?

Ela era *boa* no que fazia, muito boa. E *gostava* da sensação. Talvez sem Patrick tratando-a com condescendência e abalando sua confiança, ela pudesse gostar ainda mais...

Jazz avistou a placa para Cambridge e, por impulso, fez a curva e foi para o hospital.

Tom estava na enfermaria, sentado na cama, conversando com o paciente ao lado.

– Jazz querida. – Ele abriu os braços para a filha, que o abraçou, sentindo seus ossos através do pijama. – Como está minha menina favorita?

– Estou bem, pai, muito bem. – Jazz sentou-se na cadeira ao lado dele, examinando seu rosto encovado e sua pele ainda acinzentada. Seus olhos, porém, eram claros e cintilantes. – Como você está?

– Estou vivo, meu coração ainda está batendo, embora de forma errática, segundo o médico, e estou muito feliz em vê-la. Sua mãe me contou tudo sobre o caso. – Ele estendeu a mão para ela e a apertou. – Estou extremamente orgulhoso de você.

– Obrigada, papai. Já sabe quando terá alta?

– Na próxima semana, se eu me comportar bem e tomar meus betabloqueadores direitinho. Mal posso esperar, para dizer a verdade. – Tom baixou a voz: – Os pacientes aqui são muito senis, gritam no meio da noite. É muito melhor em casa, com sua mãe, na minha própria caminha.

– Você não pode sair enquanto os médicos não o liberarem, pai – avisou-o Jazz. – Não é justo com a mamãe, principalmente. Sabe quanto ela se preocupa.

– Eu sei, mas os hospitais *fazem* a pessoa ficar doente. Os pacientes aqui toda hora batem as botas – sussurrou ele.

– Eu sei, papai, mas este ainda é o melhor lugar para você no momento.

– De qualquer forma, chega de falar de mim. Quero ouvir sobre você. Qual é o próximo passo?

– A cozinha está quase pronta, eu tenho um novo banheiro na suíte e o pintor apareceu ontem para trabalhar – disse Jazz, dando uma pequena salva de palmas.

– Sim, sim, muito bom. Mas eu quero dizer em relação à sua vida, querida.

– Ah, sim – disse Jazz, lentamente. – Perguntaram se eu quero me encontrar com o comissário na próxima semana. Recebi a proposta de chefiar um novo Departamento de Operações Especiais, na Ânglia Oriental.

Tom ficou impressionado.

– Isso é uma grande honra, não é?

– Bem, Norton veria isso como algo menos importante do que trabalhar na Yard, mas eu seria mais ou menos autônoma.

– Sem nenhum chefe a quem se curvar, porque você seria a própria chefe – reconheceu Tom.

– Sim. Um peixe grande em um lago bem menor.

– Então… – Tom examinou as próprias unhas. – Você já decidiu?

– Não, eu disse que queria pensar no assunto – respondeu Jazz. – Alguns meses atrás, eu deixei a polícia e ia fazer algo completamente diferente da vida. O que você acha?

Ele olhou para a filha e sorriu.

– Sabe, uma das coisas sobre as quais refleti aqui é que eu posso ter influenciado demais seu processo de tomada de decisões. Porque tenho convicção dos meus próprios conselhos e... porque eu te amo muito. – Ele estendeu a mão para ela, lágrimas se formando em seus olhos. – Portanto, agora eu vou ficar de boca fechada. Você deve fazer o que achar certo. E isso é tudo o que posso responder.

Jazz apertou a mão dele, seus próprios olhos marejados.

– Ok, papai.

– Qualquer decisão que você tomar será a certa. Eu sei que será. Não tenha medo do fracasso, Jazz. Às vezes as coisas dão errado, isso faz parte da vida. E também faz parte da vida se levantar, sacudir a poeira e seguir em frente.

– Sim, você tem razão. Obrigada.

– A propósito, Jonathan apareceu aqui para me ver uma noite dessas – lembrou-se Tom, erguendo uma sobrancelha.

– É mesmo?

– Sim, ele perguntou por você, mandou um abraço e pediu que você ligasse para ele quando pudesse.

– Papai, por favor, pare de fazer o papel de casamenteiro. Eu não estou interessada, de verdade.

– Jazz... – Tom fez um som de desagrado. – Um dia você vai perceber que o que de fato nos conduz pela vida é o amor, seja pela família, pela religião ou pela arte. O plano mais alto, como eu gosto de pensar. Desculpe, minha querida, mas você não nasceu para ser uma ilha. Sempre vai querer um amor em sua vida, garanto. – Ele sorriu. – Afinal, você é minha filha.

Enquanto Tom fechava os olhos e adormecia, Jazz se perguntou como poderia viver sem ele.

David Millar estava sozinho em casa, jantando feijão enlatado com torradas em sua cozinha horrorosa. Desde que fora liberado uma semana antes, ele passava muito tempo dormindo. Isso ajudava a matar o tempo e o impedia de se servir de uma bebida.

As últimas duas semanas pareciam um borrão, mas aos poucos sua mente estava começando a clarear, e ele se sentia um pouco melhor. Seu padrinho dos Alcoólicos Anônimos tinha aparecido para vê-lo, e ele estava de volta ao programa. E, dessa vez, estava determinado. Havia se rendido, admitido que a bebida acabara com sua vida. Não havia mais luta, apenas uma percepção de que, se quisesse recuperar o controle, tomar as medidas necessárias para ver sua vida melhorar, ele jamais poderia ingerir uma gota. Porque ele não conseguia parar como as outras pessoas. Porque ele era alcoólico.

O celular tocou na sala de estar, e David correu para atender.

– Alô?

– David, é Angie. Como... como você está?

– Melhor, já que não estou mais sendo acusado de duplo homicídio. Obrigado.

– É verdade. – Houve uma pausa antes de ela prosseguir: – Sabe, eu nunca acreditei que você fosse culpado. Eu disse à inspetora Hunter que você não podia ter feito uma coisa daquelas.

– Obrigado – respondeu ele, com frieza.

– E... eu estava pensando, se você estiver disposto, se Rory poderia visitá-lo na quinta-feira e passar o dia com você. É só por meio período... porque é o dia do funeral do Julian. Seria melhor se ele não estivesse por perto.

– Claro que sim. Contanto que você confie em mim.

– Você está...?

– Sim, estou sóbrio. E você sabe que eu nunca fiquei bêbado na frente de Rory, em nenhuma ocasião. Eu nunca poderia fazer isso com ele. Jamais.

Houve um silêncio e Angelina disse, finalmente:

– Me desculpe, David. Por tudo.

– Tudo bem, não faz sentido ficar remoendo o passado, não é?

– Não. Mas eu esperava que pudéssemos ao menos ser amigos, pelo bem de Rory, e pelo nosso também.

Depois de alguns instantes, David disse:

– Angie, eu te amei. Tudo o que eu queria era fazer você e Rory felizes. E você me destruiu completamente. Então, não, Angie, não dá para sermos amigos.

– Não. Mas não foram momentos fáceis para nenhum de nós, David.

– Bem, você parece ter superado a situação consideravelmente melhor do que eu. Você tem a guarda de Rory e agora é a proprietária da casa, não é? Você é uma mulher rica, um bom partido.

355

Ele a ouviu sufocar um soluço.

– Você acha mesmo que eu sou uma pessoa tão má?

– Acho. Traga Rory na quinta-feira a qualquer hora. Eu vou estar aqui.

Quando ele desligou, houve uma batida à porta.

– Droga! Quem pode ser? – murmurou ele quando foi abri-la. – Ah, é você? – disse ele, ao ver Hunter parada à porta. – Por acaso não veio me questionar sobre o misterioso desaparecimento de um gnomo do jardim dos vizinhos, não é? Porque eu não fiz nada, juro, inspetora.

Jazz ignorou o comentário. Achou que ele tinha direito ao sarcasmo.

– Posso entrar?

– Suponho que sim. – Ele abriu mais a porta para que ela passasse e a levou até a cozinha. – Me desculpe, inspetora. – Ele suspirou. – Acabei de falar com Angie ao telefone e fiquei irritado.

– Eu entendo. Posso me sentar? – perguntou Jazz, observando os pratos sujos perto da pia e o caos doméstico.

– Fique à vontade. – Ele deu de ombros. – Eu vou ficar em pé.

– Olha, Sr. Millar, eu lhe peço desculpas em nome dos meus colegas pelo tratamento que recebeu. No entanto, deve se lembrar de que foi o senhor quem se entregou e confessou o assassinato de Charlie Cavendish.

– Eu sei. – David passou a mão pelos cabelos. – Foi uma decisão idiota, mas a ideia de Rory ter a vida inteira abalada por um simples erro me fez sentir que eu tinha que agir.

– Ele tem muita sorte de ter um pai que o ama tanto a ponto de ser preso por um crime que não cometeu. Eu o admiro, Sr. Millar, de verdade. Não sei se eu teria coragem de fazer a mesma coisa no seu lugar. Mas... – Jazz sorriu com ironia – eu sei muito bem como são as prisões.

– Naquele momento, inspetora, não me parecia uma alternativa ruim à vida que eu estava levando. Quer dizer – ele abriu os braços para indicar a sala –, isto aqui dificilmente é o Palácio de Buckingham, não é? Nem se compara ao lugar onde minha esposa e meu filho estão morando. Era só isso que eu queria: que Rory tivesse uma infância feliz – disse ele, suspirando.

– O senhor teve uma infância feliz? – perguntou ela.

– Muito. Às vezes, eu me sentia um pouco sozinho, já que era filho único. Eu fui adotado quando era bebê. E foi por isso que eu quis tanto que Rory tivesse irmãos e irmãs, que fizesse parte de uma grande família.

– O senhor cresceu em Norfolk?

– Morei aqui até os 2 anos, então meu pai conseguiu um emprego em Kent e nos mudamos para lá. Mas eu sempre amei Norfolk.
Pela primeira vez, David conseguiu esboçar um sorriso.
– Seus pais lhe contaram que foi adotado?
– Ah, sim. Eles nunca esconderam. E eu sei que nasci aqui. Talvez seja por isso que sempre tive afinidade com este lugar. Enfim, imagino que não esteja interessada em ficar sentada aqui, ouvindo sobre minha vida e meu passado maçante, inspetora. Posso ajudar com mais alguma coisa?
– Na verdade, pode, sim, Sr. Millar. Eu tenho algo para lhe dizer, e acho que *deve* se sentar.

Epílogo

Um mês depois

Quando acordou e abriu as cortinas, Jazz viu o céu azul e a luz do sol além da vidraça pela primeira vez em semanas. Abriu a janela e sentiu o cheiro do frescor que anunciava a primavera.

Correndo, meio estabanada, para conseguir pintar antes que o tempo mudasse, Jazz vestiu uma roupa qualquer, pegou seu banquinho, cavalete e tintas e atravessou depressa a rua em direção aos pântanos.

Arrumou tudo em um ponto privilegiado, percebendo que não estava tão quente como imaginara ao ver toda aquela claridade. Passou duas gloriosas horas fazendo um esboço. Normalmente, usaria uma perspectiva muito mais surrealista, mas Jazz queria pintar a paisagem da forma mais precisa possível, para que pudesse pendurá-la na parede de sua sala de estar e lembrar-se dela durante os longos e escuros dias de inverno.

Quando voltou para casa, suas mãos estavam congeladas, e ela nem sentia os dedos dos pés. Pulou na banheira para se aquecer, depois vestiu calça jeans e camiseta e começou a preparar uma salada de queijo de cabra para o almoço.

À uma hora, ela viu o carro parar lá fora.

Abriu a porta e esperou que ele percorresse o caminho curto.

– Detetive Miles... Alistair, como você está?

– Estou bem, muito bem. – Ele a beijou com carinho em ambas as faces, e ela o conduziu para dentro. – Jazz, isso aqui ficou um espetáculo.

Ele olhou ao redor da sala de estar, admirando as paredes cor de creme recém-pintadas, o sofá com capa creme, tapetes de fibra de coco e grossas cortinas douradas nas janelas.

– Que bom que você gostou. Não é pretensioso, é?

– De jeito nenhum. É acolhedor e elegante, um pouco como a dona – comentou ele, com um sorriso.

– Adorei a metáfora, Alistair. Quer beber alguma coisa? – perguntou Jazz, dirigindo-se para a cozinha.

– Uma taça de vinho seria perfeito. Já me esqueci de como é longe esta parte do país. Levei quase quatro horas para chegar... obras na rodovia. – Miles a seguiu, observando os azulejos cinza e os armários de cozinha brancos, que realçavam tão bem o conjunto de forno e fogão vermelhos.

– Você fez milagres aqui, Jazz, de verdade – observou ele, admirado. – É uma mistura fantástica de velho e novo.

– Era isso mesmo que eu queria – respondeu Jazz, sentindo-se feliz. – E tentar trazer um pouco de luz para o lugar. Esses chalés muitas vezes são escuros.

Miles observou a grande pintura moderna pendurada na parede creme, acima da pequena mesa da cozinha. Suas cores eram ousadas e marcantes: blocos brancos, cinza e vermelhos, que combinavam perfeitamente com a cozinha.

– Onde você comprou isso? – indagou ele, olhando mais de perto. – É uma pintura original, não é?

– Bem, tem que ser, pois foi feita por mim.

Ela sorriu. Miles parecia espantado.

– Por você?

– Sim, por mim.

– Seus talentos não têm limites, senhora? – brincou ele. – Ficou muito, muito bom. Parabéns.

– Saúde – disse Jazz, brindando com um copo d'água. Nos últimos tempos, ela estava evitando o álcool. – Vamos nos sentar.

Ela o conduziu até a sala de estar, onde o fogo na lareira estava ficando cada vez mais forte.

Miles sentou-se.

– Isso é realmente idílico. Você deve ser muito feliz aqui.

– Sou mesmo. É o retiro perfeito para uma solteirona. E você está tendo a honra de ser meu primeiro convidado oficial.

– É bom mesmo estar de volta. Quando parti para Londres, depois do caso, fiquei me sentindo claustrofóbico por semanas. – Ele deu de ombros. – Acho que a gente se acostuma com isso aqui.

– Pode até ser que eu mude de ideia, mas não desejo voltar a Londres – declarou Jazz, falando de coração.

– Mas, por favor, me conte todos os detalhes pós-caso. – Miles se ajeitou no sofá. – Qual foi a reação de Jenny Colman quando viu o filho pela primeira vez?

– Ficou muito emocionada, é claro. Assim como David Millar. Temos que agradecer a Martin Chapman. Quando ele estava examinando o baú de Rory, coletou o DNA de David das impressões digitais, além de um fio de cabelo que encontrou lá dentro. Ele se lembrou disso quando estava analisando a mecha de cabelo que Jenny tinha tirado do bebê. Eram idênticos. Ele então comparou com o cabelo de Corin Conaught e fez a mágica!

– Uau! – exclamou Miles, admirado. – Às vezes, eu odeio as práticas forenses modernas. Elas parecem desacelerar ou até mesmo arruinar um caso, mas, dessa vez, o resultado foi espetacular.

– De fato. Jenny Colman tem uma vida nova. David também.

– E a Propriedade Conaught? – questionou Miles. – Será que David poderá reivindicá-la como herdeiro direto, ainda que ilegítimo?

– Sem dúvida. Apesar do preconceito inicial, Emily Conaught ligou para me agradecer há alguns dias. David foi até a casa dela para encontrá-la. Ele levou Rory junto, que, é claro, nós dois sabemos, é a imagem viva de seu avô, Corin.

– Hugh Daneman pode ter se enganado em relação ao verdadeiro pai, mas é fácil entender por que ele gostava tanto de Rory – comentou Miles, delicadamente.

– E morreu lamentando a afeição que sentia – disse Jazz, suspirando. – No entanto, os Conaughts agora recuperaram sua linhagem: David e Rory. E Emily e Edward já ofereceram a David uma casa na propriedade. Eles sabem que David tem problemas com a bebida, assim como o pai, e querem ficar de olho nele.

– Dizem mesmo que pode ser genético – comentou Miles, segurando sua taça de vinho para que Jazz a enchesse de novo. – Angelina Millar já sabe que o marido que ela abandonou sem a menor cerimônia, achando que era um fracassado, será eventualmente o senhor de um reino e herdará uma das maiores propriedades de Norfolk?

Jazz sorriu.

– Consegue imaginar como ela vai se sentir quando souber? Vai ficar inconsolável! Jogou fora a chance de se juntar à aristocracia e ter metade do condado se curvando a ela. É o sonho de qualquer alpinista social. Sem dúvida, ela vai tentar reconquistar David. Espero que ele não permita, depois da maneira como ela o tratou.

– Fico tão feliz por David. Ele me pareceu ser um sujeito genuinamente do bem.

– Ele é mesmo – concordou Jazz. – E, como Emily sinalizou, desde que se mantenha sóbrio, ele terá a visão empresarial para trazer a propriedade para o século XXI, pois trabalhou no City Bank. Ah, eu amo esses finais felizes que aparecem de vez em quando! Eles fazem com que esse nosso trabalho às vezes ingrato valha a pena. Bem, vamos comer?

Jazz esquentou alguns pedaços de ciabatta, e eles compartilharam a salada apreciando a companhia um do outro.

– E quanto a Adele Cavendish e Sebastian Frederiks? Quer dizer, na verdade, os bens do testamento de Hugh Daneman deviam ter ido para David Millar. Embora eu suponha que ele vá ter muitos outros algum dia – comentou Miles.

– O Sr. Jones me contou que Frederiks pediu demissão. Ele e Adele estão juntos, aparentemente, e querem construir um novo começo.

– Não me surpreende, depois de tudo por que passaram. Ambos terão uma chance de superar o que aconteceu com Charlie.

– Bem, pelo menos este caso, para variar, teve alguns pontos positivos.

– Sim. E... hum... para mim também, na verdade.

Miles corou.

– É mesmo? Por quê?

Jazz já sabia, mas queria deixá-lo contar.

– Eu e Issy... Bem, nós estamos... – Alistair deu de ombros. – Nós estamos juntos, eu acho.

– Que notícia maravilhosa, Alistair – respondeu Jazz, calorosamente. – Você sabe que eu adoro Issy.

– Parece que eu também – disse ele, com timidez. – As pessoas comentam que formamos um casal estranho, mas eu não penso assim. Sim, ela é mais extrovertida do que eu, e não há dúvida de que ela ama me tratar como filho, mas até que eu gosto disso. – Miles sorriu. – Não sei se vai durar, mas está indo muito bem no momento. E nós dois estamos muito felizes.

– É só isso que importa. Café?

Jazz se levantou e colocou água para ferver.

– Sim, obrigado.

– A única coisa que eu diria, Alistair, é para ter muito cuidado. Eu sei que vocês não são policiais, como Patrick e eu, mas vão acabar trabalhando juntos em algum momento. Nem preciso dizer que isso provou ser um desastre para nós e nosso relacionamento.

– E eu nem preciso dizer que Issy não é idiota, egoísta e arrogante e nem precisa usar de toda e qualquer oportunidade para querer provar sua superioridade sobre seu cônjuge, que é bem mais capaz.

Jazz assentiu, com dignidade.

– Tem razão.

– Todo mundo sabe que ele é um idiota, Jazz. Ele não é benquisto na Yard. E você vai gostar de saber que o desastre dele com Millar caiu na boca do povo. – Miles deu de ombros inocentemente. – Eu não tenho ideia de quem espalhou a fofoca de que ele levou a maior bronca de Norton.

– Obrigada, Alistair. – Jazz deu um tapinha na mão dele. – Você não precisa se preocupar. Já superei isso. Acabou. Agora, quero falar com você algo muito mais importante. Vamos nos sentar de novo em frente à lareira e tomar nosso café.

Jazz atiçou o fogo e se sentou diante de Miles, que se acomodou no sofá.

– Alistair, eu o chamei aqui hoje não apenas para que você pudesse massagear meu ego e admirar minhas habilidades como decoradora e pintora, mas também para lhe apresentar uma ideia – começou Jazz.

– Se você quer que eu pose nu para um de seus esboços, pode esquecer. – Ele deu um sorriso largo. – Fora isso, pode falar.

– Bem, pediram que eu montasse uma filial do Departamento de Operações Especiais aqui, na Ânglia Oriental. Estou recrutando uma equipe. E gostaria de saber se você está interessado em se juntar a mim como meu segundo em comando.

Miles a encarou, sem palavras. Finalmente, ele respondeu:

– Desculpe. Eu não sei o que dizer. Realmente, não sei.

– Ora, você pode dizer que vai pensar seriamente sobre isso. – Jazz não pôde deixar de ficar desapontada com a reação dele. – Nós trabalhamos juntos há cinco anos, com muito sucesso. Você estaria progredindo em termos de salário, teria todos os custos de mudança pagos, mas não sei como se sente sobre deixar a Yard e viver em um cenário bem mais provincial.

Miles suspirou e olhou para as próprias mãos.

– Não é da Yard que eu sentiria falta, Jazz, é da Issy. Droga! – Miles bateu no braço do sofá, frustrado. – Alguns meses atrás eu teria agarrado um novo desafio com unhas e dentes, mas agora... – Ele balançou a cabeça. – Não sei mesmo.

– Eu entendo. – Jazz assentiu. – Por que você não bate um papo com Issy para saber o que ela acha?

– Ela vai dizer que não rola ir para o campo. Você sabe como ela é. Isso significa que eu teria que me deslocar todos os dias. Olha, vou pensar sobre a proposta, está bem?

– É claro que sim. Eu quero você, Alistair. Não no sentido bíblico – disse Jazz, com um sorriso –, mas acho que poderíamos liderar uma boa equipe juntos.

– Obrigado, Jazz. O sentimento é mútuo. E eu gosto da ideia de criar um departamento do zero. Sem precisar lidar com maçãs podres...

– Então não vou pedir que Patrick se candidate.

– Sugiro que não. – Miles riu. – Mas há uma jovem oficial destacada para trabalhar conosco que realmente me impressionou. Acho que você também ia gostar dela...

– Me dê o nome dela – pediu Jazz, com ansiedade. – Norton disse que não posso roubar ninguém do departamento, mas, se ela está em destacamento, não conta. E quanto mais mulheres, melhor. Podemos compartilhar batons e trocar fofocas sobre o tamanho dos cassetetes dos outros policiais.

Miles achou graça.

– Como é bom ver que seu velho senso de humor está voltando.

Jazz franziu a testa.

– Você achou que ele tinha sumido?

– Você não estava relaxada como de costume, Jazz. De jeito nenhum. Na verdade, quando penso nisso, já não estava por muito tempo antes de você sair – declarou ele, com sinceridade.

Jazz concordou e suspirou.

– Você tem razão. Mas estou me sentindo muito mais como eu mesma agora.

– Fico feliz. Eu odiaria pensar naquele pateta a humilhando.

– Pode ter certeza de que isso não aconteceu.

Miles consultou o relógio.

– Preciso ir ou vou ficar preso na rodovia.

– Use a sirene, Alistair. Todo mundo faz isso. Menos eu, é claro.

– Certo. – Ele se levantou, e Jazz também. – Vou lhe dar uma resposta o mais rápido possível. E obrigado pelo almoço.

– Toda vez que estiver passando por aqui, se aceitar minha proposta, pode vir. – Ela o beijou no rosto e pegou uma de suas mãos. – Por favor, pense seriamente, está bem?

– É claro. Até logo, Jazz, cuide-se.

Jazz fechou a porta, depois foi lavar a louça do almoço. Enquanto estava despejando na pia o que sobrara do vinho de Miles, ela olhou para os pântanos que se espalhavam em frente ao chalé. A maré estava subindo e, em poucas horas, as intrincadas vias navegáveis e trilhas que serpenteavam pela vasta paisagem estariam completamente ocultas. Jazz sorriu, satisfeita por sua nova casa ser ao mesmo tempo bonita e tão marcante.

Enquanto observava o mar cinzento ao longe começar a se intrombr pelo verde do pântano, seus pensamentos se voltaram para Madelaine Smith, uma mulher tão determinada quanto a maré em completar sua missão. A vida dela fora motivada por um único e terrível propósito, alimentado pela dor e pela agonia do passado.

O celular de Jazz vibrou na mesa da cozinha, e ela o pegou para ler uma mensagem de Jonathan:

Saindo de Cambridge agora. Vejo vc em uma hora. Bjs.

Jazz tinha decidido que, por enquanto, estava feliz em deixar o passado para trás. Só estava concentrada no futuro.

Agradecimentos

Sou muito grato a Maria Rejt, da Macmillan, cuja enorme experiência e conhecimento de ficção policial nos garantiu que *Morte no internato* proporcionasse aos leitores as fortes emoções que minha mãe pretendia. Meus sinceros agradecimentos também aos maravilhosos Lucy Hale e Jeremy Trevathan, por continuarem a abraçar o trabalho de Lucinda.

Conforme mencionado no prefácio, este romance foi escrito em 2006. Na época, eu tinha 13 anos e não consigo imaginar a quem mamãe gostaria de agradecer. Portanto, aproveito para agradecer à própria autora.

A verdadeira prova da determinação de Lucinda é o fato de ela ter escrito nada menos que cinco romances durante a luta contra sua doença. Além do mais, por meio da série As Sete Irmãs, mamãe alcançou o estrelato mundial e se tornou uma das contadoras de histórias mais renomadas do planeta.

Os livros, no entanto, sempre ficaram em segundo plano em relação à família. Ao longo de sua vida tragicamente curta, não acredito que ela tenha, alguma vez, se colocado em primeiro lugar. Nisso, e em todos os aspectos, Lucinda era a melhor mãe do mundo. Sua capacidade de apoiar, defender, consolar e motivar seus quatro filhos era incomparável.

Felizmente, sua sabedoria duradoura significa que todos nós conhecemos o grande segredo da felicidade, que mamãe nos transmitia com frequência, e sinto-me na obrigação de compartilhar com vocês agora:

Aproveite o dia, viva o momento e saboreie cada segundo da vida – até as partes mais difíceis.

Harry Whittaker

CONHEÇA A SAGA DAS SETE IRMÃS

"O projeto mais ambicioso e emocionante de Lucinda Riley. Um labirinto sedutor de histórias, escrito com o estilo que fez da autora uma das melhores escritoras atuais. Esta é uma série épica." – *Lancashire Evening Post*

"Lucinda Riley criou uma série que vai agradar a todos os leitores de Kristin Hannah e Kate Morton." – *Booklist*

Com a série As Sete Irmãs, Lucinda Riley elabora uma saga familiar de fôlego, que levará os leitores a diversos recantos e épocas e a viver amores impossíveis, sonhos grandiosos e surpresas emocionantes.

No passado, o enigmático Pa Salt adotou suas filhas em diversos recantos do mundo, sem um motivo aparente. Após sua morte, elas descobrem que o pai lhes deixou pistas sobre as origens de cada uma, que remontam a personalidades importantes. Assim começam as jornadas das Sete Irmãs em busca de seus passados.

Baseando-se livremente na mitologia das Plêiades – a constelação de sete estrelas que já inspirou desde os maias e os gregos até os aborígines –, Lucinda Riley cria uma série grandiosa que une fatos históricos e narrativas apaixonantes.

Conheça a série:

As Sete Irmãs (Livro 1)
A irmã da tempestade (Livro 2)
A irmã da sombra (Livro 3)
A irmã da pérola (Livro 4)
A irmã da lua (Livro 5)
A irmã do sol (Livro 6)
A irmã desaparecida (Livro 7)

LEIA UM TRECHO DO PRIMEIRO LIVRO

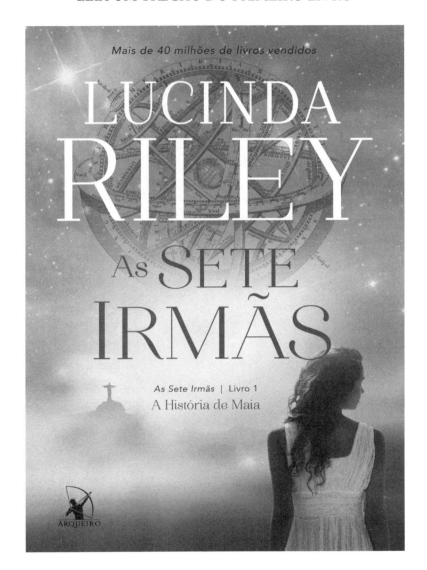

Personagens

ATLANTIS

Pa Salt – *pai adotivo das irmãs [falecido]*
Marina (Ma) – *tutora das irmãs*
Claudia – *governanta de Atlantis*
Georg Hoffman – *advogado de Pa Salt*
Christian – *capitão da lancha da família*

AS IRMÃS D'APLIÈSE

Maia
Ally (Alcíone)
Estrela (Astérope)
Ceci (Celeno)
Tiggy (Taígeta)
Electra
Mérope [desaparecida]

Maia

Junho de 2007

Quarto crescente

13; 16; 21

1

Sempre vou lembrar exatamente onde me encontrava e o que estava fazendo quando recebi a notícia de que meu pai havia morrido. Estava sentada no lindo jardim da casa da minha velha amiga de escola em Londres, com um exemplar de *A odisseia de Penélope* aberto no colo, mas sem nenhuma página lida, aproveitando o sol de junho enquanto Jenny buscava seu filho pequeno no quarto.

Eu estava tranquila e feliz por ter tido a bela ideia de sair de casa um pouco. Observava o florescer da clematite. O sol, tal qual um parteiro, a encorajava a dar à luz uma profusão de cores. Foi quando meu celular tocou. Olhei para a tela e vi que era Marina.

– Oi, Ma, como você está? – falei, esperando que ela conseguisse notar o calor em minha voz.

– Maia, eu...

Marina fez uma pausa e, naquele instante, percebi que havia algo terrivelmente errado.

– O que houve?

– Maia, não existe uma maneira fácil de dizer isto. Seu pai teve um ataque cardíaco aqui em casa, ontem à tarde, e hoje cedo ele... faleceu.

Fiquei em silêncio, enquanto um milhão de pensamentos diferentes e ridículos passavam pela minha mente. O primeiro era o de que Marina, por alguma razão desconhecida, tivesse resolvido fazer uma piada de mau gosto.

– Você é a primeira das irmãs para quem estou contando, Maia, já que é a mais velha. Queria saber se você quer contar para suas irmãs ou prefere que eu faça isso.

– Eu...

Eu ainda não conseguia fazer nada coerente sair dos meus lábios, agora que começava a me dar conta de que Marina, minha querida Marina, o mais próximo de uma mãe que eu conhecera, nunca me falaria algo assim *se não fosse verdade*. Então tinha que ser verdade. E, naquele momento, meu mundo inteiro virou de cabeça para baixo.

– Maia, por favor, me diga que você está bem. Esta é a pior ligação que já tive que fazer, mas que opção eu tinha? Só Deus sabe como as outras garotas vão reagir.

Foi então que ouvi o sofrimento na voz *dela* e percebi que Marina precisava me contar aquilo não apenas por mim, mas também para dividir aquela tristeza. Então passei à minha zona de conforto usual, que era tranquilizar os outros.

– É claro que conto para minhas irmãs se você preferir, Ma, embora não tenha certeza de onde todas estão. Ally não está longe de casa, treinando para uma regata?

E, enquanto falávamos sobre a localização de cada uma de minhas irmãs, como se tivéssemos que reuni-las para uma festa de aniversário e não para o enterro de nosso pai, a conversa foi me parecendo cada vez mais surreal.

– Quando você acha que deve ser o funeral? Com Electra em Los Angeles e Ally em algum lugar em alto-mar, com certeza não podemos pensar nisso até semana que vem – disse eu.

– Bem... – Ouvi a hesitação na voz de Marina. – Talvez seja melhor conversarmos sobre isso quando você estiver em casa. Não há nenhuma pressa agora, Maia, por isso, se preferir passar seus últimos dias de férias em Londres, não tem problema. Não há mais o que fazer por ele aqui... – Sua voz falhou, tomada pela tristeza.

– Ma, é claro que vou estar no primeiro voo para Genebra que eu conseguir! Vou ligar para a companhia aérea imediatamente e depois vou fazer o máximo para entrar em contato com todas elas.

– Sinto tanto, *chérie* – disse Marina com pesar. – Sei como você o adorava.

– Sim – falei, a estranha tranquilidade que eu sentira enquanto debatíamos o que fazer me abandonando como a calmaria antes de uma tempestade violenta. – Ligo para você mais tarde, quando souber a que horas devo chegar.

– Por favor, cuide-se, Maia. Você passou por um choque terrível.

Apertei o botão para encerrar a ligação e, antes que as nuvens em meu coração derramassem uma torrente e me afogassem, subi até o quarto para pegar minha passagem e entrar em contato com a companhia aérea. Enquanto esperava ser atendida, olhei para a cama em que eu tinha acordado naquela manhã para mais *um dia como outro qualquer*. E agradeci a Deus por os seres humanos não terem o poder de prever o futuro.

A mulher intrometida que acabou atendendo não era nem um pouco prestativa, e eu sabia, enquanto ela falava sobre voos lotados, multas e detalhes do cartão de crédito, que minha barragem emocional estava prestes a se romper. Finalmente, quando consegui que me garantisse, com muita má vontade, um lugar no voo das quatro horas para Genebra – o que significava ter que jogar tudo na minha mala imediatamente e pegar um táxi para Heathrow –, sentei-me na cama e olhei por tanto tempo para a ramagem que decorava o papel de parede que o padrão começou a dançar diante dos meus olhos.

– Ele se foi… – sussurrei. – Se foi para sempre. Nunca mais vou vê-lo.

Esperando que dizer essas palavras fosse provocar uma torrente de lágrimas, fiquei surpresa em ver que nada aconteceu. Em vez disso, permaneci ali sentada, paralisada, a cabeça ainda cheia de questões práticas. Seria horrível ter que contar às minhas irmãs – a todas as cinco –, e revirei meu arquivo emocional para decidir para qual ligaria primeiro. Tiggy, a segunda mais jovem de nós e de quem eu sempre fora mais próxima, foi a escolha inevitável.

Com dedos trêmulos, toquei a tela para achar seu número e liguei. Quando caiu na caixa postal, não soube o que dizer além de algumas palavras confusas lhe pedindo que me ligasse de volta com urgência. Ela estava em algum lugar das Terras Altas, na Escócia, trabalhando em uma reserva para cervos selvagens órfãos e doentes.

Quanto às outras irmãs… Eu sabia que as reações iam variar, pelo menos externamente, da indiferença ao choro mais dramático.

Como não sabia bem para que lado *eu* penderia na escala de emoção quando falasse de fato com alguma delas, escolhi o caminho covarde de mandar para todas uma mensagem pedindo que me ligassem assim que pudessem. Então arrumei apressadamente a mala e desci a escada estreita que levava à cozinha para escrever um bilhete para Jenny explicando por que tive que partir tão de repente.

Resolvi arriscar a sorte e pegar um táxi na rua, então saí de casa andando rapidamente pela verdejante Chelsea Crescent como qualquer pessoa normal faria em qualquer dia normal de Londres. Acho que cheguei a dizer oi para um cara com quem cruzei, que passeava com um cachorro, e até consegui esboçar um sorriso.

Ninguém poderia imaginar o que tinha acabado de acontecer comigo, pensei enquanto entrava num táxi na movimentada King's Road, instruindo o motorista a seguir para Heathrow.

Ninguém poderia imaginar.

Cinco horas depois, quando o sol descia vagarosamente sobre o lago Léman, em Genebra, eu chegava a nosso pontão particular na costa, de onde eu faria a última etapa da minha viagem de volta.

Christian já esperava por mim em nossa reluzente lancha Riva. Pela expressão em seu rosto, dava para ver que ele já sabia o que acontecera.

– Como você está, mademoiselle Maia? – perguntou, e percebi a compaixão em seus olhos azuis enquanto ele me ajudava a embarcar.

– Eu... estou feliz por ter chegado aqui – respondi sem demonstrar emoção.

Caminhei até a parte de trás do barco e me sentei no banco de couro cor de creme que formava um semicírculo na popa. Normalmente eu me sentava com Christian na frente, no banco do passageiro, enquanto atravessávamos as águas calmas na viagem de vinte minutos até nossa casa. Mas, naquele dia, queria um pouco de privacidade. Quando ele ligou o potente motor, o sol cintilava nas janelas das fabulosas casas que ladeavam as margens do lago. Muitas vezes, quando fazia esse trajeto, sentia que entrava num mundo etéreo, desconectado da realidade.

O mundo de Pa Salt.

Notei a primeira vaga evidência de lágrimas arder em meus olhos quando pensei no apelido carinhoso de meu pai, que eu tinha criado quando era mais nova. Ele sempre adorou velejar e, às vezes, quando voltava para nossa casa à beira do lago, cheirava a mar e ar fresco. De alguma forma, o nome pegou e, à medida que minhas irmãs mais novas foram chegando, passaram a chamá-lo assim também.

Conforme a lancha ganhava velocidade, o vento quente passando pelo meu cabelo, pensei nas centenas de viagens que eu tinha feito para Atlantis, o castelo de conto de fadas de Pa Salt. Como ficava em um promontório particular, atrás do qual se erguia abruptamente uma meia-lua de montanhas, inacessível por terra: só se podia chegar lá de barco. Os vizinhos mais próximos ficavam a quilômetros de distância pelo lago, então Atlantis era nosso reino particular, isolado do resto do mundo. Tudo o que havia naquele lugar era mágico, como se Pa Salt e nós – suas filhas – tivéssemos vivido ali sob algum encantamento.

Cada uma de nós tinha sido adotada por Pa Salt ainda bebê, vindas dos quatro cantos do mundo e levadas até lá para viver sob sua proteção. E cada uma de nós, como Pa sempre gostava de dizer, era especial, diferente... éramos *suas* meninas. Ele tirara nossos nomes das Sete Irmãs, sua constelação preferida. Maia era a primeira e a mais velha.

Quando eu era criança, ele me levava até seu observatório com cúpula de vidro no alto da casa, me levantava com suas mãos grandes e fortes e me fazia olhar o céu noturno pelo telescópio.

– Ali está – dizia enquanto ajustava a lente. – Olha, Maia, aquela é a linda estrela brilhante que inspirou seu nome.

E eu a *via*. Enquanto ele explicava as lendas que eram a origem dos nomes das minhas irmãs e do meu, eu mal escutava, simplesmente desfrutava da sensação de seus braços apertados à minha volta, completamente atenta àquele momento raro e especial quando o tinha só para mim.

Com o tempo percebi que Marina, que eu imaginava enquanto crescia que fosse minha mãe – eu até encurtara seu nome para "Ma" –, era apenas uma babá, contratada por Pa para cuidar de mim porque ele passava muito tempo fora. Mas é claro que Marina era muito mais do que isso para todas nós, garotas. Era ela quem secava nossas lágrimas, nos repreendia pelo mau comportamento à mesa e nos orientara tranquilamente durante a difícil transição da infância para a idade adulta.

Ela sempre estivera por perto, e eu não a teria amado mais se tivesse me dado à luz.

Durante os três primeiros anos da minha infância, Marina e eu moramos sozinhas em nosso castelo mágico às margens do lago Léman enquanto Pa Salt viajava pelos sete mares cuidando de seus negócios. E então, uma a uma, minhas irmãs começaram a chegar.

Normalmente, Pa me trazia um presente quando voltava para casa. Eu escutava o motor da lancha chegando e saía correndo pelos vastos gramados e por entre as árvores até o cais para recebê-lo. Como qualquer criança, eu queria ver o que ele tinha escondido em seus bolsos mágicos para me encantar. Em uma ocasião especial, no entanto, depois de me presentear com uma rena de madeira primorosamente esculpida, assegurando que vinha da oficina do Papai Noel no polo Norte, uma mulher uniformizada apareceu saindo de trás dele, e em seus braços havia um pequeno embrulho envolto em um xale. E o embrulho se mexia.

– Desta vez, Maia, eu lhe trouxe o mais especial dos presentes. Agora você tem uma irmã. – Ele sorrira para mim enquanto me pegava nos braços. – E não vai mais ficar sozinha quando eu tiver que viajar.

Depois disso, a vida mudou. A enfermeira que Pa trouxera com ele foi embora em algumas semanas, e Marina assumiu os cuidados da minha irmãzinha. Eu não conseguia entender como aquela coisinha vermelha que berrava e que por vezes cheirava mal e desviava a atenção de mim poderia ser um presente. Até que, certa manhã, Alcíone – que recebeu o nome da segunda estrela das Sete Irmãs – sorriu para mim de sua cadeira alta no café da manhã.

– Ela sabe quem eu sou – falei fascinada para Marina, que lhe dava comida.

– É claro que sabe, querida. Você é a irmã mais velha, aquela que ela vai admirar. Caberá a você lhe ensinar tudo que ela não sabe.

À medida que crescia, ela ia se tornando minha sombra, seguindo-me para todos os lugares, o que me agradava e me irritava em igual medida.

– Maia, me espere! – pedia gritando enquanto cambaleava atrás de mim.

Apesar de Ally – como eu a apelidara – ter sido originalmente um acréscimo indesejado à minha vida de sonho em Atlantis, eu não poderia ter desejado uma companhia mais doce e adorável. Ela raramente chorava e não tinha os ataques de pirraça das crianças de sua idade. Com seus cachos ruivos caindo pelo rosto e os grandes olhos azuis, Ally tinha um encanto natural que atraía as pessoas, incluindo nosso pai. Quando Pa Salt voltava de suas viagens longas ao exterior, eu notava como seus olhos se iluminavam quando ele a via, de uma maneira que eu tinha certeza que não brilhavam por mim. E, enquanto eu era tímida e reticente com estranhos, Ally tinha um jeito sempre receptivo, sempre disposta a confiar nos outros, e isso encantava todos.

Ela também era uma daquelas crianças que parecem se sobressair em tudo – especialmente na música e em qualquer esporte que tivesse a ver com água. Lembro-me de Pa ensinando-a a nadar na nossa ampla piscina. Enquanto eu lutava para me manter na superfície e odiava ficar embaixo d'água, minha irmãzinha parecia uma sereia. E, enquanto eu não conseguia me equilibrar direito nem no *Titã*, o imenso e lindo iate oceânico de Pa, quando estávamos em casa Ally implorava que ele a levasse para dar uma volta no pequeno Laser que mantinha atracado em nosso cais particular. Eu me agachava na popa estreita do barco, enquanto Pa e Ally assumiam o controle e cruzávamos rapidamente as águas cristalinas. Aquela paixão comum por velejar os conectava de uma forma que eu sentia que nunca conseguiria.

Embora Ally tenha estudado música no Conservatório de Genebra e fosse uma flautista altamente talentosa, que poderia ter seguido carreira em uma orquestra profissional, desde que deixara a escola de música tinha escolhido ser velejadora em tempo integral. Agora participava regularmente de regatas e representara a Suíça em diversas competições.

Quando Ally tinha quase 3 anos, Pa chegou em casa com nossa próxima irmã, a quem deu o nome de Astérope, como a terceira das Sete Irmãs.

– Mas vamos chamá-la de Estrela – disse Pa, sorrindo para Marina, Ally e para mim, que observávamos a recém-chegada deitada no berço.

Naquela época, eu tinha aulas todas as manhãs com um professor particular, por isso a chegada da minha mais nova irmã me afetou menos do que a de Ally havia afetado. Então, apenas seis meses depois, outra bebê se juntou a nós, uma garotinha de doze semanas chamada Celeno, nome que Ally imediatamente reduziu para Ceci.

Havia uma diferença de apenas três meses entre Estrela e Ceci e, desde que me lembro, as duas forjaram uma estreita ligação. Pareciam gêmeas, conversando em uma linguagem de bebê só delas, e continuavam se comunicando desse jeito. Elas viviam em seu próprio mundo particular, que excluía todas nós, suas outras irmãs. E mesmo agora, na casa dos 20 anos, nada havia mudado. Ceci, a mais nova das duas, era sempre a chefe, atarracada e morena, em contraste com Estrela, pálida e muito magra.

No ano seguinte, outra bebê chegou – Taígeta, que apelidei de "Tiggy", porque seu cabelo escuro e curto nascia em ângulos estranhos de sua cabecinha e me fazia lembrar do porco-espinho da famosa história de Beatrix Potter.

Eu tinha então 7 anos e me liguei a Tiggy desde o primeiro momento em que coloquei os olhos nela. Ela era a mais delicada de todas nós e, na infância, enfrentara uma doença atrás da outra, mas, mesmo ainda bem pequena, fora sempre serena e complacente. Depois que Pa trouxe para casa, alguns meses mais tarde, outra neném, que recebeu o nome de Electra, Marina, exausta, muitas vezes me perguntava se eu me importaria de ficar com Tiggy, que continuamente tinha febre ou tosse. Depois que a diagnosticaram como asmática, raramente a tiravam do quarto para passear em seu carrinho, de modo que o ar frio e a névoa pesada do inverno de Genebra não atingissem seu peito.

Electra era a mais nova das irmãs, e seu nome combinava perfeitamente com ela. Eu já estava acostumada com bebês e toda a atenção que exigiam, mas minha irmã mais nova era, sem dúvida, a mais desafiadora de todas. Tudo relacionado a ela *era* elétrico. Sua habilidade natural de mudar em um instante da água para o vinho e vice-versa fazia nossa casa, antes tão tranquila, reverberar diariamente com seus gritos agudos. Os ataques de pirraça ressoavam na minha cabeça de criança e, quando ela cresceu, sua personalidade impetuosa não se suavizou.

Ally, Tiggy e eu tínhamos, secretamente, nosso próprio apelido para ela: nossa irmã caçula era chamada entre nós três de "Difícil". Todas pisávamos em ovos perto dela, tentando não fazer nada que pudesse deflagrar uma repentina mudança de humor. Sinceramente, havia momentos em que eu a odiava por toda a perturbação que trouxera a Atlantis.

Porém, quando Electra sabia que uma de nós estava em apuros, ela era a primeira a oferecer ajuda e apoio. Assim como era capaz de um enorme egoísmo, sua generosidade em outras ocasiões era igualmente marcante.

Depois de Electra, toda a família esperava a chegada da Sétima Irmã. Afinal, tínhamos recebido nossos nomes em homenagem à constelação preferida de Pa Salt e não estaríamos completas sem ela. Até sabíamos seu nome – Mérope – e nos perguntávamos como ela seria. Mas um ano se passou, depois outro, e outro, e nosso pai não trouxe mais nenhum bebê para casa.

Lembro-me claramente de um dia em que estava com ele no observatório. Eu tinha 14 anos, e entrava na adolescência. Esperávamos para assistir a um eclipse, que, explicara Pa, era um momento seminal para a humanidade e geralmente trazia alguma mudança.

– Pa – disse eu –, o senhor nunca vai trazer para casa nossa sétima irmã?

Ao ouvir isso, sua figura grande e protetora pareceu congelar por alguns segundos. De repente, parecia que ele carregava o peso do mundo nos ombros. Embora não tivesse se virado, pois estava ajustando o telescópio para o eclipse que ia acontecer, percebi instintivamente que o que eu dissera o deixara angustiado.

– Não, Maia, não vou. Porque eu nunca a encontrei.

Quando pude enxergar Marina de pé no cais, perto da cerca viva de abetos que escondia nossa casa de olhares curiosos, finalmente senti o peso da verdade inexorável que era a perda de Pa.

Então percebi que o homem que tinha criado o reino em que todas havíamos sido princesas não estava mais lá para conservar o encantamento.

CONHEÇA OS OUTROS LIVROS DA SÉRIE

A IRMÃ DA TEMPESTADE

Ally D'Aplièse é uma grande velejadora e está se preparando para uma importante regata, mas a notícia da morte do pai faz com que ela abandone seus planos e volte para casa, para se reunir com as cinco irmãs. Lá, elas descobrem que Pa Salt – como era carinhosamente chamado pelas filhas adotivas – deixou, para cada uma delas, uma pista sobre suas verdadeiras origens.

Apesar do choque, Ally encontra apoio em um grande amor. Porém, mais uma vez seu mundo vira de cabeça para baixo, então ela decide seguir as pistas deixadas por Pa Salt e ir em busca do próprio passado. Nessa jornada, ela chega à Noruega, onde descobre que sua história está ligada à da jovem cantora Anna Landvik, que viveu há mais de cem anos e participou da estreia de uma das obras mais famosas do grande compositor Edvard Grieg. E, à medida que mergulha na vida de Anna, Ally começa a se perguntar quem realmente era seu pai adotivo.

A IRMÃ DA SOMBRA

Estrela D'Aplièse está numa encruzilhada após a repentina morte do pai, o misterioso bilionário Pa Salt. Antes de morrer, ele deixou a cada uma das seis filhas adotivas uma pista sobre suas origens, porém a jovem hesita em abrir mão da segurança da sua vida atual.

Enigmática e introspectiva, ela sempre se apoiou na irmã Ceci, seguindo-a aonde quer que fosse. Agora as duas se estabelecem em Londres, mas, para Estrela, a nova residência não oferece o contato com a natureza nem a tranquilidade da casa de sua infância. Insatisfeita, ela acaba cedendo à curiosidade e decide ir atrás da pista sobre seu nascimento.

Nessa busca, uma livraria de obras raras se torna a porta de entrada para o mundo da literatura e sua conexão com Flora MacNichol, uma jovem inglesa que, cem anos antes, teve como grande inspiração a escritora Beatrix Potter. Cada vez mais encantada com a história de Flora, Estrela se identifica com aquela jornada de autoconhecimento e está disposta a sair da sombra da irmã superprotetora e descobrir o amor.

A IRMÃ DA PÉROLA

Ceci D'Aplièse sempre se sentiu um peixe fora d'água. Após a morte do pai adotivo e o distanciamento de sua adorada irmã Estrela, ela de repente se percebe mais sozinha do que nunca. Depois de abandonar a faculdade, decide deixar sua vida sem sentido em Londres e desvendar o mistério por trás de suas origens. As únicas pistas que tem são uma fotografia em preto e branco e o nome de uma das primeiras exploradoras da Austrália, que viveu no país mais de um século antes.

A caminho de Sydney, Ceci faz uma parada no único local em que já se sentiu verdadeiramente em paz consigo mesma: as deslumbrantes praias de Krabi, na Tailândia. Lá, em meio aos mochileiros e aos festejos de fim de ano, conhece o misterioso Ace, um homem tão solitário quanto ela e o primeiro de muitos novos amigos que irão ajudá-la em sua jornada.

Ao chegar às escaldantes planícies australianas, algo dentro de Ceci responde à energia do local. À medida que chega mais perto de descobrir a verdade sobre seus antepassados, ela começa a perceber que afinal talvez seja possível encontrar nesse continente desconhecido aquilo que sempre procurou sem sucesso: a sensação de pertencer a algum lugar.

A IRMÃ DA LUA

Após a morte de Pa Salt, seu misterioso pai adotivo, Tiggy D'Aplièse resolve seguir os próprios instintos e fixar residência nas Terras Altas escocesas. Lá, ela tem o emprego que ama, cuidando de animais selvagens na vasta e isolada Propriedade Kinnaird.

No novo lar, Tiggy conhece Chilly, um cigano que altera totalmente seu destino. O homem conta que ela possui um sexto sentido ancestral e que, segundo uma profecia, ele a levaria até suas origens em Granada, na Espanha.

À sombra da magnífica Alhambra, Tiggy descobre sua conexão com a lendária comunidade cigana de Sacromonte e com La Candela, a maior dançarina de flamenco da sua geração. Seguindo a complexa trilha do passado, ela logo precisará usar seu novo talento e discernir que rumo tomar na vida.

A IRMÃ DO SOL

Electra D'Aplièse parece ter a vida perfeita: uma carreira de sucesso como modelo, uma beleza inegável e uma vida amorosa agitada com homens bonitos e influentes.

No entanto, longe dos holofotes, Electra está desmoronando. Com a morte do pai adotivo, Pa Salt, e o recente término de um relacionamento, ela afunda em seus vícios, incapaz de pedir ajuda à família e aos amigos.

É nesse momento conturbado que Electra recebe uma carta inesperada. Uma mulher chamada Stella Jackson afirma ser sua avó... e ela tem uma longa história para contar.

É assim que Electra mergulha numa saga emocionante que envolve as turbulências da guerra, a militância por direitos civis e um amor que ultrapassa barreiras sociais. Todo o seu passado se revela para ajudá-la a entender o presente e, quem sabe, mudar seu futuro.

A IRMÃ DESAPARECIDA

Cada uma das seis irmãs D'Aplièse seguiu uma jornada incrível para descobrir sua ascendência, mas elas ainda têm uma pergunta sem resposta: quem é e onde está a sétima irmã?

Elas têm só duas pistas: o endereço de um vinhedo e o desenho de um anel incomum, com esmeraldas dispostas em forma de estrela. A busca pela irmã desaparecida vai levá-las numa viagem pelo mundo – Nova Zelândia, Canadá, Inglaterra, França e Irlanda –, unindo-as em sua missão de finalmente completar a família.

Nessa saga, as seis vão desenterrar uma história de amor, força e sacrifício que começou quase cem anos atrás, quando outra corajosa jovem arriscou tudo para mudar o mundo ao seu redor.

CONHEÇA OS LIVROS DE LUCINDA RILEY

A garota italiana
A árvore dos anjos
O segredo de Helena
A casa das orquídeas
A carta secreta
A garota do penhasco
A sala das borboletas
A rosa da meia-noite
Morte no internato
A luz através da janela
Beleza oculta

Série As Sete Irmãs

As Sete Irmãs
A irmã da tempestade
A irmã da sombra
A irmã da pérola
A irmã da lua
A irmã do sol
A irmã desaparecida
Atlas

Para saber mais sobre os títulos e autores da Editora Arqueiro,
visite o nosso site e siga as nossas redes sociais.
Além de informações sobre os próximos lançamentos,
você terá acesso a conteúdos exclusivos
e poderá participar de promoções e sorteios.

editoraarqueiro.com.br